リサ・マリー・ライス/著
上中 京/訳

闇を駆けぬけて
Woman on the Run

扶桑社ロマンス
1135

闇を駆けぬけて

登場人物

ジュリア・デヴォー――――ボストンの編集者、証人保護プログラムでサリー・アンダーソンと名を変えアイダホ州の田舎町で小学校教師をすることになる

サム・クーパー――――元SEALの牧場主

ハーバート・デイビス――――ジュリアの保護を受け持つ連邦マーシャルサービス担当官

アリス・ピーダーセン――――田舎町の食堂のオーナー

チャック・ピーダーセン――――町の保安官、アリスの父

バーニー――――サムの部下、牧場頭

ラファエル――――バーニーの息子

ドミニク・サンタナ――――マフィアの大ボス

プロ――――殺し屋

プロローグ

ボストン
九月三十日

「あなたは今からサリー・アンダーソンです」司法省連邦司法執行《マーシャル》サービスの担当官がそう告げた。いわゆる、連邦保安官である。

「ばかばかしい」ジュリア・デヴォーは、ぴしゃりと言い返した。ちょっと言っておかねば。「私が、サリーなんて名前の女に見える？」

「ま、どう見えるかと聞かれれば……」連邦保安官はジュリアの姿をじろじろとながめた。「今のあなたは、ひどいのひと言ですけど」

「あなたに言われなくても、わかってるわよ！」ジュリアは汚らしくて擦り切れたホテルの毛布を、しっかり襟元《えりもと》に引き寄せた。すえた臭いがする。きっと数十年にもわたって、ここに泊まったセールスマンたちが、この毛布にくるまってマスターベーシヨンをしてきたのだろう。ただ、それでも暖かい。この三日間というもの、ジュリアは骨の髄《ここ》まで凍えるような寒さを感じてきた。三日三晩命を狙《ねら》われ続ければ、誰だってそうなるはずだ。

薄汚いホテルの部屋の、薄汚いベッドにジュリアは男性と並んで座っていた。男性がジュリアの手を取る。連邦保安官と聞けばゲイリー・クーパーを想像してしまうものだが、ハーバート・デイビスは、まったくそんな男性ではなかった。ジュリアとほとんど背丈も変わらず、連邦保安官というより公認会計士といった雰囲気だ。

映画会社でキャスティングの仕事をしていたなら、デイビスに連邦保安官の役を割り当てることはあり得ない。ジュリアなら、こんな人は役にふさわしい身体的特徴がない、と切り捨てているところだ。連邦保安官というのは、背が高くて、引きしまった体、鋼鉄のような瞳《ひとみ》、贅肉《ぜいにく》のない腰周りに拳銃《けんじゅう》と、相場は決まっているはず。こんなチビで、ずんぐりして近眼で、拳銃のホルスターがあるべきところに携帯電話を入れているような男性ではない。しかし誰もジュリアの意見など聞いてはくれないので、デイビスで我慢するしかない。

「いいですか、サリー――」

「サリーって？」

「この瞬間から、あなたはサリー・アンダーソンなんです」ハーバート・デイビスがしわだらけのスーツの上着から、書類を取り出した。「あなたの正式な名前は、サリー・メイ・アンダーソン、一九七七年八月十九日、オレゴン州ベンド生まれ、両親は経理係の父ボブと専業主婦の母ラバーンです。生まれてからずっと太平洋岸の北部地域で過ごしてきて、海外に出たことは一度もなし、カナダに行ったことすらありません。地元の教員養成大学を一九九九年に卒業し、それ以来故郷のベンドで教師をしながら暮らしてきました。親元を離れたくなって、アイダホ州シンプソンの町の教職に応募し、小学校二年生の受け持ちになることに合意しました」

小学校の先生？　うわあ。

「とんでもないわよ」ジュリアは断固とした口調で言うと立ち上がった。苛々《いらいら》と歩き回りたいところだが、コーヒーのしみと煙草《たばこ》の焦げあとのついた、泥のような色合いのカーペットでおおわれたこの部屋はあまりに狭すぎる。しかたなくジュリアはその場で身を震わせた。

「そんなのうまくいきっこないわ。私はオレゴンなんか行ったことないし、アイダホだって知らない。シカゴより西には行ったことがないのよ。小学校の先生なんて、どう考えても無理。私はひとりっ子で、子供と接したことがないの。子供自体好きじゃない。子供のことなんか何もわからないわ。私は編集者なの、それも優秀な。教師じゃない。父も母も亡くなっているけど、絶対にボブとラバーンなんて名前じゃあり得ない。私は外国で生まれて、いつだって有効なパスポートを持っていた。それに何より、私は絶対にサリーなんていう女じゃないから。しかも、サリー・メイなんて……」とんとんとプラスチックの棚を叩《たた》いていた指を、ジュリアは止めた。ひびの入った棚には、デイビスがドラッグストアで買ってきてくれた洗面道具が並んでいた。ジュリアはまたベッドにどさっと座り込み、毛玉だらけの毛布を抱えた。「だからね、もう少しましなのを考えてもらわないと」

ハーバート・デイビスは、首をかしげ、まじめな表情でジュリアを見ていた。ジュリアが言いたいことを最後まで言わせたのだ。「なるほど」デイビスは手を膝《ひざ》でこすると、口元を引きしめた。「では、こういう措置はまるで必要ないということになりますね」

ジュリアは不意をつかれてしまった。え、そうなの？

デイビスがため息を吐《つ》く。「決めるのはあなたですから。サンタナに対する証言はしないと決めるのはあなたの自由ですし、私たちは他の証拠だけで裁判を闘うしかないですね。法律では、あなたを証人として拘束することも可能ですが、無理やりそんなことをさせようなんてことはまずありませんよ。最低の卑劣な男を牢屋《ろうや》に入れるために証言するのは、市民としての義務ですが、それをあなたに強制することはできませんからね。あなたが本当に望むのであれば、このままこの部屋から出て行って家に戻り、以前どおりの生活をすればいいんです。ドミニク・サンタナがジョーイ・キャプルッツォの頭を銃で撃ち抜くのを目撃した、先週の土曜日までの暮らしにね」

希望にジュリアの心が躍った。よーし！ まさに悪夢だったのだ。そんな悪い夢も消えていこうとしている。三日ぶりに体の中が温まってくるような気がした。三日間、胸にぐさりと突き刺さった刺《とげ》が、なくなっていくようだ。

逃げ道があるとは考えもしなかった。もちろん善良な市民としては、公正な裁きが下されるよう義務は果たすべきなのだろう。ほんの二秒ほど、ジュリアは市民としての務めと、自分の生活を取り戻すことのどちらが大切かと考えてみた。

比べるまでもない。生活を取り戻すほうが大事に決まっている。

すえた臭いのする毛布をジュリアはベッドに投げ捨てた。「そう、それなら私は――」

「ただし」デイビスがほつれた毛布の裾《すそ》を指でつまみながら言った。「外に出たところで、十五分はもたないと思いますがね。サンタナはあなたの首に懸賞金をかけたようでしてね。噂《うわさ》では、あなたの頭を――比喩《ひゆ》的な言い方をしているのではなくて、文字どおり胴体から切り離したあなたの頭部です、それを彼のところに持ってきた最初の人間に百万ドルを支払うということになっているようです。百万ドルですよ、サリー――」

「ジュリアよ」ぐらぐらするベッドにまた腰を下ろし、ジュリアは小さな声で訂正した。すうっと血の気が引いていくのがわかった。

「サリー」デイビスはジュリアの言葉には動じない。「つまり、あなたの頭を袋に詰めた人間は百万ドル稼げるんです。キャッシュで。もっと少ない金額で、人殺しや死体の切断より、さらにひどいことをする人間は、世の中にうじゃうじゃいます。サリー、狩りが始まったんです、獲物はあなたなんですよ」

ジュリアは何か言おうとしたが、喉《のど》が変な音を出しただけだった。デイビスがうなずいている。

「さて」デイビスはまた書類に目を通した。「あなたについて確認しておきましょうか。一九七七年三月六日、ロンドンで生まれる。年老いたご両親のたった一人の娘さんだった。お父さんはＩＢＭの重役で、あなたは成長期を世界中さまざまな場所で過ごし、現地のアメリカン・スクールで教育を受けた。ご両親はすでに他界され、親戚《しんせき》もいない。高校を終えると、あなたはアメリカに戻ってコロンビア大学の英文科を卒業、その後ボストンの著名な出版社で編集者として働いてきた。年収は三万八千ドルだが、しっかりした福利厚生を得ている。ボストンにご両親が残してくれたマンションがあり、そこに住んでいる。一緒に住んでいるのは、フェデリコ・フェリーニという猫だけ。映画を観るのが趣味で、特に昔の映画が大好き。本が大好きで、暇があれば古書店で時間を過ごしている。親友の名前はドーラ、辛《から》い食べ物が好き、時々、メイソン・ヒューイットという名前の男性とデートを楽しむ」そこでデイビスは無表情な顔を上げた。「ここまでのところは正しいですか?」

ジュリアは言葉もなく、あえぐような声を出した。

「今言ったことはすべて公的な書類で手に入れられる情報です。近所の人や、会社の同僚たちは、あなたの趣味についてもぺらぺらと話してくれましたよ。これぐらいの情報は、誰にだってすぐに手に入れられるんです。百万ドルというのは、多くの人間をその気にさせてしまう金額です。今の情報からわかるのは、非常に洗練されて、外国にも行き慣れた若い女性、都会暮らしが性《しょう》に合っていて、本と映画が好きで、ずっと東海岸で暮らしてきた人物です。だからこそ、西部の田舎《いなか》町にあなたを置いておきたいんです、おわかりでしょう? 本屋もないような小さな町で、生まれてから一度もパスポートを申請したこともない小学校教師になってほしい理由が」

デイビスは流行遅れのツイードのジャケットをはおり、ドアへと向かった。

「お願い」ジュリアはささやくような声で呼びかけた。「私、そんなことできない」

ささやく声が震えていた。

デイビスはバセット犬のような人懐こい瞳でジュリアを見守っている。そして悲しそうな面持ちで伝えた。「弱肉強食の世界に足を突っ込んだんですよ、サリー」静かにそれだけ言うと、くすんだ色になったべとべとの真鍮《しんちゅう》のドアノブに手をかけ、そっと部屋をあとにした。

百万ドル。

殺し屋《プロ》はコンピュータの画面を見つめていた。プロがスタンフォード大学でも指折りのハッカーだったのも、それほど昔のことではなかった。その力はまだ衰えていなかった。情報は力となる。

ほとんどの人々は、殺し屋を頭の回転の鈍い、何かといえば暴力に訴えるタイプの人間で、できることといえば銃口で狙いをつけるのが精一杯だと考えている。それは間違いだ。上昇志向の強い、束縛されるのが嫌いな野心家にこそ、うってつけの職業なのだ。働く時間を自分の裁量で決められる。報酬はすばらしい。そして何より、税金をとられることがない。仕事の仕上げのところ、つまり銃の引き金に力を加えるのは、全体の中でいちばん簡単な部分だ。週に数時間、射撃練習場で訓練すればそんなことはどうにでもなる。

殺す相手を見つけること、つまり狩りの獲物を探すことが大変なのだ。この部分で百万ドル稼げるプロになるか、数百ドルで仕事を請け負うちんぴらになるかの差が出る。この相手、今回は女――そう思ってプロはにやりとした、これは最高の獲物になる。見つけ出せば、一発で仕留められるだろう。

いや、青酸入りのカプセルをコーヒーに落とすぐらいのことで済むかもしれない。コーヒーを誘うぐらい、簡単なことだ。ジュリア・デヴォーは、ずいぶん人付き合いのいい女のようだから。人に好かれる、まじめな本の虫。映画も大好きなようだ。外国で育って、三ヶ国語を話せる。英語で学位をとり、本の編集をしている。猫が大好きで犬が嫌い。飼っている猫の名前は、フェデリコ・フェリーニ。

この女のことを調べるのは造作もなかった。仕立てのいいスーツに、十ドルで手に入る偽のＦＢＩバッジをちらつかせれば、人は驚くほどいろんなことを話してくれる。

百万ドル。結構な額だ。今までにやった仕事で入ってくる金に、この報酬を足せば、カリブ海の島で優雅に引退生活を送れる。ビーチを見下ろすコテージで、毎月スイスの銀行から確実に利子が振り込まれ、税金に悩むこともない。三十歳にして太陽の下で引退生活を豪勢に楽しむ。こんないい仕事はない。

ジュリア・デヴォーには死んでもらおう。

少し残念な気もする。彼女はすこぶる評判がよかった。話をした全員がそう言った。手に入れることができた写真は、会社の社内報から取った、ぼけたような一枚だけだったが、なかなか美人のようだ。それでも……百万ドルは百万ドルだから。

サンタナの手下のばかどもが、国じゅうに散っていった。あちこちで大騒ぎを起こし、サンタナの手の者が来たことが丸わかりになる。

ふん、そういうやり方では無理だね。ジュリア・デヴォーを見つけるのに、もっと賢い方法があるはず。プロは、とんとんとキーボードを指で打ちながら考え込んだ。

1

一ヶ月後
ハロウィーンの日
アイダホ州、シンプソンの町

「おい、サリー」息を切らして後ろから声をかけてくる人がいる。「ちょっと待ってくれ」

ジュリア・デヴォーは学校の廊下をすたすたと歩き続けたが、はっとして足を止めた。サリー。私のことだ。こんな名前に、いつになったら慣れるのだろう? サリーという名前の女性になったような気にはどうしてもなれない。しかし、自分の姿を見下ろしてみると、いかにもサリーという格好だった。

こげ茶のスカート、くすんだ茶色のセーター、かかとのない控えめな茶の靴。ハーバート・デイビスがどうしてもと言い張って髪を特徴のない茶色に染めたが、それに完璧《かんぺき》にマッチしている。ジュリアは輝くような金色の赤毛が自慢で、愚かなことだが、髪を染めなければならないということになって、事態の深刻さをやっと本当に認識できたのだった。とめどなくあふれる涙でヘアダイの使用説明書を読んで、頭の上に乗っかっている光沢のない死んだような色合いの塊は、きちんと染められていることがわかった。そして自分でその髪をばっさり切った。ジョージ・クルーニーを女装させたような姿になった。

ハーバート・デイビスからは、自分の衣類を持ち出すことを禁止された。空港に着くと、スーツケース二個に衣類が詰め込まれていたが、すべてもさっとして、これといったデザイン性もなく、流行とは無縁のもので、ジュリアならこんな服を着たところをけっして人に見られたくないというものばかりだった。

そのときは特に気にしていなかった。だからこそショッピングという、神様が発明してくださった楽しみがあるのだと考えていた。シンプソンの町でいちばん品物が豊富にあるのは、『何でもそろうケロッグ金物道具店』だけだという事実を知らなかったのだ。

ひとつ確かなことは、この姿だと完全に町に溶けこめるということだった。アイダホ州シンプソンの町では、ファッションは重要なことがらではない。そう思うと背筋が寒くなるような気がして、ジュリアはほっそりした身につけたセーターの襟元《えりもと》を合わせた。死なないこと、暖かくすること、それが大切なのだ。

「ああ、ジェリー」小学校の事務員の呼びかけに対して、できるだけうれしそうな声を出そうと、ジュリアは努力した。親切で基本的には害のない男性だが、問題はまるで無意味としか言いようのない善行を懲りることもなく繰り返し、その活動にジュリアを巻き込もうとすることだった。彼の最近の大事業は、大地震の被害にあった国に二百キロ近い豚のハムと毛布を送ったことだが、そこはイスラム教国で冬場の平均気温が三十二度にもなるところだった。

「やあ、サリー」ジェリー・ジョンソンは笑顔を向け、眼鏡を目頭《めがしら》のところで押し上げた。黒っぽいポリエステルの細身のズボンをはき、裾《すそ》からくるぶしがにゅっと見えている。外はみぞれ混じりの天気なのに半袖《はんそで》のポリエステルのシャツ、眼鏡は安っぽいプラスチックのフレームだ。誰がこの人にこんな服を着させてるわけ？　ジュリアは心の中でうめいた。エルマー・ファッド？　こんな服装をするのは、バッグス・バニーに騙《だま》されてばかりいる間抜けな猟師ぐらいだ。

「どんな調子かな？」子犬のような笑みを浮かべて、ジェリーが話しかけてきた。

私を殺そうとしてる人がいっぱいいるわ。だからシンプソンの町に姿を隠した。シベリアでもよかったんだけど。気難しい愛猫のフェデリコ・フェリーニは人に預けてしまった。預けた人たちは、肉の部位をきちんと選んで餌《えさ》にすることを覚えていてくれているだろうか? 病気の治療は、ホメオパシー療法でなければならない。ホメオパシー専門の動物病院に連れていってくれるだろうか? そして私は大好きな仕事を失い、屋根だけでなく壁からも水漏れのする家に住んでいる。

ジュリアはかすかな笑顔を見せた。「最高よ、ジェリー。本当に何もかも。何かご用だった?」

ジェリーが笑顔を返してきた。真っ白の歯がまぶしいほど光る。ジェリーの妻の弟が歯科衛生士の勉強をしているところで、ジェリーを練習台にしているのだ。しかも、しょっちゅう。

「エルザと僕とで明日、夕食に何人かを招待するんだ。だから、君も来られたらいいなと思って」ジェリーが身をかがめてくると、さっとミントの匂《にお》いがした。また歯垢《しこう》を取ってもらったらしい。「エルザ特製のマカロニ料理なんだ。食べないと損するよ」

ジュリアははっと顔を上げた。

パスタですって?

イタリアにあった、お気に入りのトラットリアのことが脳裏をよぎり、思わず涙がこぼれそうになった。ゴルゴンゾーラのペンネ。アマトリチャーナ。ペスト。本物の料理を味わえるなら、魂を売ってもいい気がした。

「エルザが、イタリア料理が得意だとは知らなかったわ」

「本当にうまいんだ」ジェリーの顔が得意そうに輝く。「最高のレシピだね。いつもこれを用意するんだ。麺《めん》を一時間ぐらい茹《ゆ》でて、じゅうぶん軟らかくしてからケチャップとチーズをかけて、オーブンに入れるだけなんだけど」ジェリーがにやっと笑うと、不必要なほど大きな眼鏡の向こうで茶色の瞳《ひとみ》が輝いた。「すっごく、うまい」

ジュリアは目を閉じ、心の中で天にまします神様に祈った。一刻も早く、このB級映画みたいな腐った場所から助け出してください。こんなところに閉じ込められているのはたくさんです。映画なら新しい脚本を用意していただけませんか？　洗練されたロマンチックなコメディ映画で、そうね、ケーリー・グラント主演で、『シャレード』とか『赤ちゃん教育』みたいなのがいいわ。『アメリカン・パイ』みたいなさえない人が出てくるどたばたは勘弁してほしい。

「誰かを連れて来たっていいんだ。デートの相手とか。エルザなら、人数が増えても大丈夫だから」

ナツメヤシ《デーツ》？　木になる柔らかくて円筒形の果物のことね。シンプソンに来て一ヶ月、今まで出会った男性は全員結婚していて、しかも十二歳のときからずっと同じ女性を相手にしてきたようだった。そうでない男性は、身体的に著しい欠損がいくつかあるか。ケーリー・グラントのような男性にはお目にかかったことがない。アイダホ州西部の独身女性たちが、セックスを求めるときはどうするのだろう？ 謎《なぞ》だ。北極に移住でもするのかもしれない。

そう思ったとき、ジュリアは、地元の人間とは親しくなってもいけなかったことを思い出した。生まれ変わりでもしなければ、おそらく二度とセックスもできないのだと思うとさらに落ち込む。

「ジェリー、ご親切にありがとう。でも、やらなきゃならないことがいっぱいあって」爪《つめ》を磨いて、調味料入れをアルファベット順に並べ替えて、ストッキングをすがないとね。「成績をつけなきゃならないのに、予定がすっかり遅れているの。でもエルザにはありがとうって、伝えておいて。次の機会があれば、参加できるかもしれないわ」

「わかった」ジェリーの陽気さが、すでにささくれていたジュリアの神経をさらに逆なでする。「でも、すごく楽しいんだよ。きっと後悔するから」

ジュリアは力なくほほえんだが、すぐに金切り声を上げた。「ああ、もう！ あのいまいましい――ええと、ひどいベルね。何とかならないの？」耳がまだがんがん鳴るので、ジュリアは頭の片方をぴしゃっと叩《たた》いた。「あんなベルどこで手に入れたのよ。廃棄処分になった潜水艦とか？」

「あれが鳴れば、子供たちは注目するからな」ジェリーはジュリアをなだめるように言った。「さてと、もう行くよ。明日来られないのは残念だな」

ジュリアは何とか笑顔に見えるような表情を作った。「次の機会にね」そして二度目のベルが鳴り響いたので、身をすくめないように体にえいっと力を入れた。これは子供たちが、「言いつけ」ベルと呼ぶもので、これが鳴ると教師は、教室に入って静かにしなさい、と大声で叫び、子供たちは言いつけに従うことになる。

ジュリアの受け持ちの子供たちは非常に行儀が良かった。初めて十二人の二年生の子供たちが待つ教室に入ろうとしたときのためらいは、はっきり覚えている。子供たちはいったい自分をどんなふうに……。

一ヶ月前の恐怖に近いような狼狽《ろうばい》を思い出すのさえ、難しくなっていた。黒いジャケットを着た悪者がナイフとマシンガンを手に迫ってくる姿が眼に浮かんだ。裏社会で今人気のドラッグが何かはわからないが、そういう薬でハイになって、ナイフを振りかざしてくるところ。悪者たちはジュリアの体を切り刻んで、首から下は街外れに捨てるつもりなのだ。悪者たちは未成年だから、法律で罰せられることはない。

実際には、ジュリアは教室に入っていって、ジョハンセン先生の後任の新しい担任ですと自己紹介した。前任者はカリフォルニアにいる母親が突然病気になって世話をしなければならなくなったのだった。ジュリアは出席を取り、国語の教科書の最初のページを開けた。それだけのことだった。子供たちの行儀の良さは衝撃とも言えるほどで、ときどき子供たち同士の喧嘩《けんか》があるぐらいだった。ジュリアは「先生」と呼ばれることに慣れ、自分のことを先生と思うようになっていった。

最初のうちは子供たちがあまりにかわいらしくて、ジュリアは奇妙な恐怖感を持つことさえあった。ホラー映画の『ボディ・スナッチャー／恐怖の街』のリメーク版の場面にでも飛び込んだのかと思ったのだ。子供たちは実は、学校の地下室に置かれた植物のさやの中で育ってきたエイリアンなのかも、と。そのうち、ジュリアにも理解できるようになってきた。厳しい環境の中で育ってきた子供たちは、よちよち歩きの頃から親の手伝いをさせられ、言われたことには口答えすることなく従うのだ。

ジュリアが教室に入ると、すぐに茶色の頭の下にある細い肩に両手を置いた。肩の骨があまりに華奢《きゃしゃ》で、手の中で小鳥を包んでいるような気がした。

「ラファエル」ジュリアはほほえむと、子供の目の位置までかがみこんだ。ラファエル・マルチネスは、特に大好きな生徒だった。小さくて、恥ずかしがり屋で、薄茶色の皮膚がかわいらしい少年で、この一ヶ月ジュリアの周りをいつも離れようとしなかった。両手いっぱいに盛りの過ぎた野菊《のぎく》を摘《つ》んできたり、恐竜の化石だと興奮して汚らしい茶色の骨を持ってきたり、特にジュリアが気に入ったのは、小さなミドリガメを持ってきてくれたことだった。

しかしこの二週間ほど、ラファエルはどんどん元気がなくなってきて、ジュリアは心配していた。子供の家庭で何かが起きたのだ。映画などで見かけるように、ラファエルが攻撃的になり、暴力を振るうところまでいったら事情を聞いてみようと思ったが、それまでは家庭のことに立ち入らないでおこうとジュリアは考えた。しかしラファエルはただおとなしくなっていくばかりで、その後友だちとも遊ばなくなり、ラファエルの丸い小さな黒髪の頭の周囲に、悩みがオーラのようにまとわりつくようになった。

「あら」ジュリアはやさしく話しかけ、何気ない調子でラファエルの頰《ほお》の涙をそっと拭《ぬぐ》ってやった。「どうしたのかな?」

ラファエルはじっとうつむいたまま、何かをつぶやいた。「ミッシー」と「かあちゃん」という言葉が聞こえたような気がしたので、ジュリアはさっとミッシー・ジェンセンのほうを見た。ミッシーは麦わら色の金髪を短く刈り上げ、つなぎのズボンをはいているので、女の子というよりは、少年のように見える。

事情がわからない。本来ミッシーとラファエルはいちばんの仲良しで、野球カードやおたまじゃくしを交換する間柄なのだ。

「トイレ行ってくる」ラファエルがうなだれたまま、ジュリアの腰のあたりでもごもごとつぶやいた。人に見られず泣きたいのだ。ジュリアが手をどけると、少年はそっと腕から抜け出し、廊下の端にあるトイレに走っていった。

ミッシーは悲痛な表情を浮かべて、ラファエルの後ろ姿を目で追った。ジュリアは立ちつくす少女のところまで歩いていった。

「どういうことなの、ミッシー？」ジュリアは声を荒げないように問いただした。

「わからないの」少女の下唇も震えていた。「何も言ってないんだもん。ただハロウィーンだしお菓子をもらいに行くでしょ、トリック・オア・トリートに一緒に行こうって、そいで、ラファエルのママに連れてってもらおうよって、言っただけなの」ミッシーは困ったような表情で、真っ青な瞳を向けてきた。「そしたら、ラファエル、走ったったの」

なるほど。問題が起きたわけね。こんなのどかな田舎《いなか》でも。

「走っていった、よ」ジュリアはすぐに少女の言葉を訂正した。「そうね、じゃあ、走っていかせてあげましょうよ。今夜出かけるなら、それまでに済ませておかなきゃならないことがいっぱいあるわよ」ジュリアは前に出て、手を叩いた。「はい、皆さん、始めましょう。ミスター・ビッグの準備をしなくちゃいけません」

子供たちは全員、今夜のハロウィーンのために自分用のかぼちゃを用意していた。小さな十二個のかぼちゃが、不気味な笑顔を見せて棚に並べられている。いよいよ、ミスター・ビッグ、大きなかぼちゃの準備にかからねばならない。地元の農家の誰かが、午後、ひと言のメッセージも添えず――シンプソンの住民はコミュニケーションは最小限にしておこうと決めているらしく――二十キロ近くもある巨大かぼちゃを学校に届けていた。これを子供たちが飾り用にくりぬくのだ。

巨大かぼちゃのくりぬき作業は学校行事で、きれいに中身をくりぬいて顔を彫り上げられたかぼちゃは、その夜ろうそくを入れて、学校の玄関のところに飾りつけられることになっている。

海外在住のアメリカ人はみんなそうなのだが、ジュリアの家族もアメリカの祭日を熱心に祝った。そのときの任務地がどこでも忠実に伝統を守ってきた。ジュリアの母は行事に必要なものを苦労して手に入れていた。ドバイでの感謝祭に七面鳥、リマでのハロウィーン用のかぼちゃ、シンガポールのクリスマス・ツリー、みんな大変だった。ジュリアはアメリカに戻ってきたとき、ニューヨークやボストンでは、もう子供たちがトリック・オア・トリートと言いながらお菓子をもらいに家を回り歩いたりはしないのだと知って、何だか裏切られたような気分になった。都会でそんなことをするのは、危険すぎるのだ。

幸運なことに、シンプソンの町で子供たちが遭遇する危険といえば、ヘラジカの角にかけられるぐらいだった。子供たちが今週ずっとこの行事を楽しみにして、トリック・オア・トリートにはどんな扮装《ふんそう》で出かけようかと考えているのを目にするのは、ジュリアにとってもうれしかった。

「ヘンリー、マイク、二人で大きなビニール袋をもらってきてちょうだい。そこに種や実を入れるから。シャロン、フェルトのペンを持ってきて。顔を描きましょう。ろうそくは誰が持っているの?」

「僕」リューベン・ヨーゲンセンがにっと笑い、歯の抜けた隙間《すきま》を見せながら、大きなろうそくを掲げた。

「よろしい。では、みんな、始めましょう。三十分あるから、そのあいだに誰にも負けないような大きくて、怖いかぼちゃのランタンを作りましょうね。町いちばんのすごいのにして、学校の入り口に飾るのよ」

「よーし!」「やるぞ!」小さな手が入り乱れ、最大級の騒ぎを経て、ミスター・ビッグが形作られてきた。不思議なことに、子供たちの作る騒音や混乱は、ジュリアの心を鎮めてくれる。ジュリアは大都会の喧騒《けんそう》にずっと慣れていたので、シンプソンの静けさや、昼間でも人が少ないことには、ときにぞっとさせられるのだ。

巨大なかぼちゃから子供たちが種を取り出すのを、ジュリアは黙って見ていた。手を出すのは床に中身がこぼれたときだけで、これは子供たちが滑って転ばないようにするためだ。ただし、きちんと後始末するのは、掃除をしてくれるジムという男性に任せることになる。

十五分ほどすると、ラファエルがそっと教室に戻ってきた。涙はもうないが、目の周りが赤く、楽しく騒ぐ子供たちの中に入ってくれればと願うジュリアの期待に反して、ラファエルは騒動の中心からは離れたところでぽつんとしていた。ジュリアはため息を吐《つ》いて、ラファエルの両親に宛《あ》てて、一度お会いしたいと告げる連絡メモを書き、その紙をラファエルのお弁当箱に忍ばせた。この二週間で五回目だった。できるだけ避けたいとは思っているが、今度返事がなければ、ジェリーからラファエルの家の住所を聞き出して、月曜日にでも訪問してみようと考えていた。

「アンダーソン先生、見て」

こんなにかわいい少年が、これほど悲しそうにしているのに、無関心でいられる親というのは、どういう神経をしているのだろう。そう考えていたジュリアは、興奮した声に答えるのに、少し時間がかかってしまった。振り向くと十二個の顔が、まぶしい表情を見せていた。ジュリアが太陽で、彼らは今開こうと待ち構えている蕾《つぼみ》のようだった。私は蕾を吹き飛ばしてしまうだけの存在かもしれないのにね、とジュリアは心の中で皮肉っぽく考えた。

「ほら、見て、すごいのできるから」リューベンが誇らしげに巨大かぼちゃに手を置いて、立ち上がった。

「できた、でしょ」ジュリアは言葉を正しながらも、笑顔で机のほうに歩み寄り、ミスター・ビッグの恐ろしい形相に、おやおや、という顔をした。時間がなかったので、実や種はまだずいぶん残っていたが、外側は上手に彫られていて、ホラー映画好きの人間が喜びそうな顔になっている。

大げさに怖がっているふりをしながら、ジュリアはじっくりかぼちゃをながめた。「すごく怖そうね。『エルム街の悪夢』からフレディ・クルーガーが出てきたみたい」満足のため息を吐きながら、ふとジュリアの胸を締めつける想いがあった。笑みが消えていく。ここにいる子供たちはあまりに幼い。この年頃だと、怖い思いというのは、わくわくすることでしかない——夜中に何かとぶつかる、押入れからお化けが出てくる、するとパパとママが抱きしめてくれて、笑顔で大丈夫だからね、と怖いものを追い払ってくれる。

ジュリアの恐怖は、誰が追い払ってくれるのだろう?

突然、激しい騒音が起こった。ジュリアはベルの音にびくっとして、心の中でジェリーを呪《のろ》った。びくっとした瞬間、反射的にジェリーに対して悪口を考えてしまうようになっていた。

「さよなら、アンダーソン先生、またね」ほんの数秒のあいだに、教室は空っぽになっていた。子供たちが放課後、あっという間に教室からいなくなってしまうのは、いつの時代も同じだ。驚くひまもなく、学校じゅうから人が消えていった。金曜日だったので教師たちもできるだけ早く家に帰ろうとしているのだ。

受け持ちの子供たちのほとんどには、今夜また会うことになる。さまざまな扮装をしてやって来る子供たちのために、玄関横にでこぼこした傷だらけのテーブルを置いて、その上にキャンディやチョコレートでいっぱいにした袋を用意してある。

週に何度か口実を作っては、ジュリアは学校に残り、ハーバート・デイビスから言われたとおり、公衆電話から連絡を入れている。二、三日おきに連邦保安官に連絡を取るのだが、こんな田舎では携帯電話の電波は不安定だし、自宅の電話を使うことは避けるようにと指示されている。

シンプソンがどんな町か、デイビスにはまるでわかっていないことが、その指示からもはっきりする。この町には公衆電話が三つしかなく、ひとつは学校の外、ひとつはカーリーの食堂、そしてもうひとつは食料雑貨店の中だ。ジュリアは人から不審の目で見られないよう、その三箇所をローテーションで使い分けなければならない。

ジュリアが外に出ようと歩いていくと、ひと気のない廊下に足音が響いた。掃除をしに用務員のジムがまもなくやって来てくれるはずだが、今は建物には誰もいない。子供たちの元気な声や喧騒で普段はわからないが、学校の建物は古くてひどくがたがきている。歩いていくと、タイルのひびが目に入った。くずれかけた漆喰《しっくい》と壁にできた黄色の雨漏りあとに、目をそむけたくなる。

建物の入り口で歩を止め、ジュリアは中央通りを向こうのほうまで見た。実際のところ、アイダホ州シンプソン、人口千四百七十五人の町の中で通りと言えるのは、ここだけだ。周囲にがらんと広がる牧場地帯を入れても、シンプソン周辺の人口は二千人足らずでしかない。

つかの間、みぞれ混じりの雨はやんでいたが、向こうの峰にかかっている雲が重く暗く、今夜はかなり荒れた空模様になることを告げていた。天気がどうであろうと、子供たちがトリック・オア・トリートをしに外に出ることは、ジュリアにはわかっていた。ここの子供たちは頑丈な体とへこたれない精神を持ち、生命力にあふれている。これほど厳しい気候の中では、強くなければ生き残れないのだ。

デイビスは勘違いしている。ここに来るにはパスポートが必要だった。

風も強くなってきたので、ジュリアはセーターの襟をぎゅっと寄せた。ふと、風に飛ばされてしまうような気がした。世界の果てまで飛ばされて、あと一歩踏み出してしまうと、まっさかさまに……。

昔見た、中世の地図を思い出した。地球は平らで、外の世界は野蛮な地なのだ。地図を描いた人が、外の世界に「ここにはライオンがいる」と説明していた。文明の最果て。今いるところが、まさにそれだ。ただし、「ここにはクーガーがいる」と書けばいいだけだ。

サンタナは、私を見つけられっこないわ。だって、私自身、自分がどこにいるかもわからないんだもの。

シンプソンは古い冗談のネタみたいなものだ。そこにそのままいれば、誰からも存在を忘れられる。ここはどんな場所ともつながっていない。ここから、どこに行けることもない。五十キロばかりでこぼこ道を戻れば、分かれ道があり、一方はルパートという町に通じている。そこは人口四千を誇るちょっとした都会だ。反対に行けば死《デッ》んだ馬《ドホース》という名の町に出るが、名前のとおりひどいところである。

はらはらと雪が舞い降りてきた。地面に届くまでに解けていくが、空を見上げると本格的な雪になりそうだった。しかも家のボイラーが、よりにもよって今日、ジュリアに反乱を起こしたのだ。

激しいホームシックにかられ、胸がふさがる思いがした。ボストンの自宅なら、万一何かが壊れたとしても、仕事場からでも管理人のジョーに電話を入れておけば、仕事から戻る頃には修理が終わっていた。自宅ならこんな寒くてじめじめした日には、何か特別のことをして自分を元気づけることもできた。たとえば昔の映画を借りてくるとか。新しい本を買う、友人、おそらくドーラと食事に出かける。ドーラもぴりっと辛《から》い料理を、寒くてじめじめした日には食べたがる。二人で、チャールズ通りに新しくできた『鉄の処女』という奇抜なウクライナ料理の店に行ってみてもいい。いや、四川《しせん》料理がいいかも……それより、家にメキシコ料理を出前してもらうのもいいかな……。

あるいは、メイソン・ヒューイットに電話してみてもいい。二人でアメリカン・コミックの本を探して、ローの中華料理屋で点心を食べ、夜が更けたらおしゃれなカフェでコーヒーを楽しむ。最近になって、メイソンがもう少し積極的な行動に出るよう誘いをかけてみることをジュリアは考えていた。最後にセックスをしたのは、ずいぶん遠い昔のことだ。実を言えば、両親が亡くなってからしていない。そういうつもりはなかったのだが、結果としてそうなってしまった。

メイソンならセックスを楽しむ相手としてぴったりだと思った。セクシーさには欠けるが愉快な人だし、うまくいかなかったとしても、二人でそのことを笑い飛ばせる。

突き刺すような氷雨《ひさめ》が頬を打ち、ジュリアははっと物思いから引き戻された。今夜、ドーラと一緒に出かけることはない。映画を借りることも、本を買うこともない。さらに確かなのは、セックスはないということ。おまけに、家には暖房さえないかもしれない。

私はいったい、こんなところで何をしているの？　エスティー・ローダーの化粧品を売っているいちばん近くの店はここから八十キロも先。ファースト・フードといえば、鹿肉《しかにく》にかぶりつくこと、そんな場所にいるのよ。そう思うと、心まで凍りつきそうだった。

皮肉なことに、ドーラ、メイソン、その他の知人たちは、ジュリアがフロリダにいると思っている。デイビスに会社へ電話をかけさせられ、もちろん逆探知できない回線を使い、無給の看護休職を申請したのだ。フロリダ州の海辺に暮らす祖父が病気になったと説明した。ときおり、ジュリアのサインの入った絵葉書が職場の同僚や、デイビスに言われて作ったリストに載っている人々に送られることになっている。ドーラとメイソンは今頃ジュリアのことを羨《うらや》ましがっていることだろう。祖父の面倒をみるという善行をしがてら、フロリダの太陽を存分に浴びて気楽に過ごせるなんてと思われているはずだ。

そんなのってあんまりだわ、ジュリアはいたたまれない気分になった。打ちひしがれて、絶望に押しつぶされそうになっている。どうしてこんな目に遭わなければならないの？ 自分が犯したのでもない罪のせいで、こうやって罰せられることになるなんて。殺人を目撃したのは偶然だったのに、ほんの数時間で人生はがらりと様変わりしてしまった。

ジュリアはゆっくり通りを横切って、向こうの角へ行くまでの途中にある、しっかりと覆いのついた公衆電話へと歩いていった。ニューヨークやボストンの公衆電話と違って、この電話はいたずらで壊されたりはしていない。しかし機械そのものが、ひどくぼろぼろの状態だった。まともに聞こえるときのほうが少ないぐらいで、おそらくエジソン以降、電話会社はこのあたりに気を配ることもなかったのだろうと思える。

電話は今にも崩れ落ちそうなバラック造りの二階家の外にあった。ラモナ・シンプソンの家だ。ラモナは、この町の創設者であるキャスパー・シンプソンの唯一の末裔《まつえい》なのだが、噂《うわさ》では頭がおかしいらしい。ジュリアはその噂は絶対正しいと思っていた。シンプソン家の通りに面した窓の「貸し部屋あり」という看板を見ると、ぞくっとした感覚が背中を走る。坂の上に建っているのではないが、それ以外はまさに『サイコ』に出てくるノーマン・ベイツの屋敷そっくりだった。

ジュリアは電話のところまで来ると、通りをずっと見渡した。用心するまでもなかった。中央通りに人はいない。町の中心部の通りに人のいない理由が、ひどく寒い金曜日の午後四時だからというのなら救われる気もするが、そうではない。中央通りには、いつだって人影など見当たらない。

ジュリアは硬貨を入れ、交換手にコレクトコールを頼んだ。

「デイビスです」

ジュリアはプラスチックの電話ボックスの壁に寄りかかり、ほっとした。デイビスの声を聞くと安心する。「ハイ、私よ」デイビスからは、自分の名前を口にしないようにと厳しく指示されている。デイビスが電話に出られないときには、いとこのエドウィナから電話があったと伝えるようにと言われている。デイビスがいったいどこからそんな名前を思いついたのかは謎だ。ジュリアは何度も考えてしまった。きっと家にあった聖書にそんな名前があったんだわ。

「どんな調子です？」デイビスの口調は感情がなく、話をすることに飽きているようにさえ聞こえる。彼が世界でも有数のわくわくするような大都会のオフィスで、ぬくぬくとしているのに、自分は凍《こご》えそうになりながらこんなじめじめしたところにいるのだと思うと、突然ジュリアは猛烈に頭にきた。デイビスの目の前にはルイスバーグ・スクエアの洗練された景色があり、自分の前にはこの中央通り。向こうではすばらしい料理にいつでも舌鼓《したつづみ》を打てるのに、こっちにあるのはコシがなくなるまで茹でられたマカロニのケチャップがけ。

「私がどんな調子かって？」ジュリアは緊張した面持ちで、言葉を探そうと鉛色の空を見上げた。深く息を吸って、ゆっくりと吐き出す。声が震えるようなところは、どうしても相手に聞かせたくはない。「そうね。今は氷点下四十度で、これからまだ下がっていくところでしょ。このあたりは『OK牧場の決闘』の銃撃戦のさなかの町の中みたいで、ミッシー・ジェンセンがラファエル・マルチネスを泣かせて、私も一緒に泣きたくなったでしょ。それからここはこの世の果てだし。私がいったいどんな調子だと思うのよ？」

これはもうおなじみの言葉のやりとりになっていた。別れようと言い続けながらも、最初は子供のため、その後は犬のためにと、ずるずる連れ添った夫婦がするような会話だ。ジュリアが文句を言い、デイビスがそれを聞いて同情を示す。デイビスが穏やかな言葉で慰めてくれるのをジュリアは期待するが、そんなものは来ない。

「あとどれぐらい?」ジュリアはあきらめたように受話器を持っているほうの腕を反対の手でさすった。吹きつけてくる氷雨から身を守ろうと、ジュリアはプラスチックの壁にさらに隠れるようにした。

あとどれぐらい? いつもジュリアがたずねることだ。

「今のところ、イースターのあとになりそうですね」

「イースターのあと?」ジュリアはもたれていた体を起こし、怒りに満ちた声を上げた。「イースターのあとって、どういう意味よ? こんなところであと半年も辛抱しろって言うわけ、ミスター――」

「名前は言わないように」デイビスが急いでさえぎった。

「ああ、もう」ジュリアが何よりも嫌悪していること、アイダホ州シンプソンの町以上に嫌っていることがあるとすれば、それは思ったことをそのまま口にできないことだった。「ここからできるだけ早く助け出してくれるってことになってたじゃないの。いったいどうなってるのよ?」

「何が起きたかを説明するとですね、私たちの知り合いのフリッツが――」サンタナを意味する、二人のあいだの暗号だ。「彼がS・T・エイカーズに仕事を依頼したということなんです」

「誰ですって?」

「S・T・エイカーズです。ああ、すみません、あなたが帰国子女だってことをすぐに忘れてしまって。この男はアメリカでいちばん有名な刑事弁護士です。彼に仕事を依頼するのはすべて非常に財力のある、有罪であることが間違いない人間ばかりなんですが、この弁護士のモットーは、仕事を依頼してきたクライアントを全員必ず……無罪にする、ということで」

急に空気が薄くなったような気がして、あえぎながらジュリアは問いかけた。「で、本当にそうなるの?」

重々しいため息が聞こえた。「ええ、本当にそうなります。今回の事件に関してエイカーズは引き伸ばし戦術に出て、公判停止のためのありとあらゆる申請を行なってきているんです。今、地方検事局では向こうの出してきた書類が雪のように舞っていて、ロシアの冬の猛吹雪《もうふぶき》の中みたいな状態ですよ。検事局がこの申請をすべて処理するだけでも一ヶ月はかかります。検事が昨日私にだけ話してくれたんですが、裁判が夏前に始まるかも怪しいということで」

「じゃあ……」ジュリアはごくっと唾《つば》を飲み込んだ。「……私はどうなるの？」

「ええっと、あなたは……我々の切り札です。他の証拠はすべて、もう意味はないんです。エイカーズっていうのはヒトラーだって無実にしてしまうやつですからね。ですから、あなたにはもうしばらくのあいだ、そこでおとなしくしていただかなければなりません」

目元が濡《ぬ》れているのがわかったが、それは冷たい風のせいで、涙ではないとジュリアは思おうとした。あと半年も――おそらくそれ以上長い期間、シンプソン強制収容所に入っていなければならない。胸がふさがる。

「何？」デイビスが何か言ったが、吹雪で電話線がやられたようだ。「よく聞こえないの。今何て言ったの？」

雑音が返ってくる。そのあと「……おかしなことなどは？」と聞こえた。

「接続がよくないのよ」ジュリアも大声になった。「もう一度言って」

急に接続がよくなって、ハーバート・デイビスが耳元で怒鳴っているように聞こえた。「何か気づいたことがあったか、って聞いたんです。おかしなこととか」

「おかしなこと？」ジュリアの中で、魔女のような狂気の笑いを高らかに声にしたい気持ちがわき上がってきたが、ぴしりと押し殺した。「おかしなことがお望みかしら？」

あたりを見回すと、黒雲が地平線から何層にも広がり、のったりと空に昇っていくのが見えた。名残惜しそうな昼間の明るさが、雲のあいだからわずかに射しこむ。その光で、町のわびしさがいっそう強調されている。

中央通りはいつもながらに、ひと気がない。通りに並ぶ建物はすべて、塗り直す必要がある。ほとんどの店は空きが出ているが、これでは商売が成り立たなくても当然で、まだ何とか持ちこたえている店があることのほうが驚きだった。シンプソンはもう死に絶えた町なのだ。ところが死体である町そのものが、そのことに気づいていない。ジュリアはまた電話に意識を戻した。

「ここのすべてがおかしいわよ。特におかしなことって、たとえば何なの？」

「いや、その……」ハーバート・デイビスが言葉に詰まっているのにジュリアは驚いた。接続が悪いだけかもしれないが。「つまりですね、誰か変わった人に気づいたとか――その場所にそぐわないというか……納得のいかないような人物です」

ジュリアは足踏みをして、苛立《いらだ》つ気持ちをふうっと吐き出した。息が白く見えた。気温が急速に下がってきている。「ここの人全員、私には納得がいかないわよ。何代もにわたって、親戚《しんせき》同士で結婚を繰り返してきたから、遺伝子の種類が少ないんだわ。普通の人なんてここにはいないの。でなきゃこんなところにいたいと思う？　普通ならさっさとここから出てるわよ。ばかげた質問しないでちょうだい」

がさがさっと大きな雑音がして、ジュリアは思わず受話器を耳から遠ざけた。「何て?」

ハーバート・デイビスの声が、また遠くなっていた。「コンピュータの……暗号……機密のはず」そして警告するような調子になる。「……ファイルが紛失して……あなたのデータが……」あとは雑音だけだった。

「ちょっと!」デイビス、と呼びかけそうになったが、かろうじて留まる。「もう一度、説明してちょうだい」

急に雑音が消えた。「……コンピュータのファイルの一部が流失しました。ファイルをCD-ROMに書き換えている最中だったんです。新しいデータ圧縮プログラムが導入されましてね」デイビスの自慢げな調子が、ジュリアにも伝わった。「すごいプログラムなんです。それでファイルの変換を……」

ジュリアは寒さに肩をすくめた。黒雲がさらに空に垂れ込めていく。地平線のほうに、稲妻がときおり光るのが見える。

「いいから、白状しなさい。隠したってすぐに突き止めてやるわよ」荒っぽい言葉が思わず口から飛び出し、ジュリアは自分でもどきりとした。隠れたものをすぐに突き止める。まずい言葉を使ってしまった。「何でそんな話を持ち出すの? それが私とどういう関係があるのよ?」

「ああ」電話の向こうでデイビスが話の腰を折られて、はっとしている様子が目に浮かぶようだった。デイビス自慢の新しいおもちゃ、コンピュータ技術に夢中にならなかったからがっかりしているはずだ。態勢を立て直すように息を吸うのが聞こえる。「いえ、実際にあなたの状況に影響があるとは思っていないし、びくびくしてもらっても困るんですが、ただしばらくのあいだ、いくつかのファイルがなくなって……どこにあるか場所の特定ができなくなっただけのことで——ほんのしばらくのことですよ、言っておきますが。その中にあなたの分も含まれていたんです」

「何ですって？」思わず叫び声を上げたジュリアは、すぐに声を落とした。あたりにひょっとして人がいたらと思ったのだ。心臓が大きな音を立てている。「私のファイルって言った？　私が今、どこにいるかという情報のこと？　それをなくしたっていうこと？」

「いえ、その……なくしたというのは、言いすぎです。ファイルがどこにあるか、場所がわからなくなったというふうに考えています。しかも一時的に。それでも……」デイビスが声を落とした。そうするほうが、ジュリアの気が鎮まるとでも思っているのだろうが、ジュリアはそれでますます怖くなってしまった。「……心配する必要はないんです。情報はすべて暗号化されていますし、我々の暗号プログラムは非常に厳重なものです。さらに証人保護のファイルは、二重に暗号がかけてあります。天才が最高のコンピュータを使っても、解読には一ヶ月はかかります。信じてください、フリッツはそのどちらにも接触することができませんから。ファイルのプログラムは特定のコードを入力しなければ三十分ごとに、ファイルそのものを破壊していくんです。だから、あなたは安全です。ファイルのある場所はもうわかりましたし、また新しい暗号プログラムにダウンロードし直しましたから」

ジュリアは受話器を握りしめ、デイビスが訳のわからないコンピュータ用語を並べ立てるのを聞いていた。しかし頭では、息をしなければ、落ち着くにはどうすればいいだろうと考えていた。シンプソンには薬局すらない。都会ではすぐに手に入れられる精神安定剤すら、ここでは買えないのだ。ウィスキーを飲むと、ジュリアは胸焼けに悩まされる。最低のセックスでもいいが、それさえここでは望めない。

「ちょっと聞いてみただけなんです、不審そうな人を見かけなかったか。少なくともお耳には入れておくべきだと思いましたので。でも大丈夫ですよ、あなたが何者だとか、今どこにいるかは、誰にも知られていません」

そりゃそうでしょうよ。私だって自分が何者で、今どこにいるかもわかっていないんだから。ジュリアは凍えそうになって、また足踏みした。電話はまた雑音だらけになった。

突然大きな音がした。ジュリアはどきっとして、さっと振り向いた。古びて色あせたコカコーラの看板が氷混じりの強い風に舞い上げられ、ひび割れたコンクリートの壁に、ばしん、ばしんと打ちつけられていただけのことだった。ほっとしたジュリアはまた電話ボックスの壁の陰に身を寄せた。風が強くなり、看板が壁から吹き飛ばされた。ひと気のない通りを、看板はなすすべもなく風の勢いに身を任せ、くるくる回りながら大きな音を立てて飛んでいった。

あなたの気持ちは、よーくわかるわ。ジュリアは心の中で看板に語りかけた。

「また接続が悪くなってきたわ」ジュリアは送話口を手でおおいながら、怒鳴りつけるように言うと、受話器を置いた。もうじゅうぶん悪い知らせは耳にした。あと何ヶ月もこんなところで身動きがとれないというだけでもひどい話なのに、自分の居所を探ろうとした人間までいて、しかも、もう少しで成功するところだったとは。

気温のせいというより、頭に浮かんだことにぞっとして、ジュリアは動きを止めた。デイビスは、司法省のファイルをハッキングするのは不可能だと絶対の自信を持っているようだが、ジュリアが前に新聞で読んだ記事では、にきび面の十二歳の子供が大企業や軍のコンピュータ・ネットワークへのハッキングをやってのけたということだった。

ドミニク・サンタナがコンピュータを使い慣れているとしたらどうなるのだろう？　ジュリアの脳裏に、一ヶ月前のあのひどい日のことが浮かんだ。普通はその場面は、夜中の二時に悪夢となって現れ、精神を蝕《むしば》んでいこうとする。いつもはそんなイメージは頭から振り払おうとするのだが、今、ジュリアはわざとあの場面を思い出し、頭の中に永遠に焼きつけておこうとしていた。

あのときはまだ、暑かった。ねっとりと蒸し返す、季節外れの気候の秋の日だった。ゆっくりと、あのときのことを最初から思い出してみる。痩《や》せこけた男がひざまずいている。恐怖でぐっしょり汗をかき、油に汚れた地面にぽたぽたと汗が落ちていく。もうひとりの男が、痩せた男の頭に銃を突きつけ、引き金に置いた指にゆっくりと力を入れていく、銃声、痩せた男の頭が吹き飛び……普通はこのシーンで、ジュリアは頭の中のフィルムを止めていた。しかし今日はそのまま続けてみた。銃を持った男に注意を向ける。背の高い男。がっしりとした体つき。顔に焦点を当てると、顔つきに凶暴な冷酷さが、はっきり見て取れる。暴力、残忍さ——しかし知性は感じられない。ジュリアは止めていた息を、吐き出すことができた。大丈夫だ、あの男はコンピュータの暗号を解くことなどできない。男は金庫を破ることはできるかもしれないが、暗号は無理だ。

それに、一ヶ月いただけでシンプソンの住人全員の顔まで覚えてしまっているわ。ひと気のない学校へと戻りながら、ジュリアはそうも思った。もう見知らぬ顔はない。学校の廊下を歩いていくと、雷が鳴り、稲光が走った。まったく、もう。悪いことはこうも重なるわけ？　今頃は家路を急いでいるはずだった。その家は水漏れがするの。どこから漏れているのかを、懐中電灯で調べるとなるとうんざりする。

自分の教室に入っていくと、なじみのあるチョークと埃《ほこり》の臭いがした。ミスター・ビッグが部屋の隅からこちらを見ている。ジムに、掃除が終わったらあれを玄関に飾っておくように言うのを忘れないようにしよう。

暗くなった部屋に、また稲光がひらめいた。教室の外で廊下を歩く、重い足音が聞こえる。静まりかえった学校で、妙に大きく靴音が響く。誰かが早足で歩いている。そして、音が止まり、また急いで歩き出す。何だか――ジュリアの心臓が大きな音を立て始めた――何かを探しているような……いや、誰かを見つけようとしているように聞こえる。

想像しすぎよ、ジュリアは自分に言い聞かせた。しかし、それでも心臓の高鳴りは止まらない。ジュリアは震える手で、テスト用紙をかばんに詰めこんだ。一枚が、床に滑り落ち、口汚く自分をののしる言葉が出た。呼吸が荒くなっているのが自分でもわかり、意識して息を静めようとした。足音が止まる。そしてまた歩き出す。担任教師の名札が、すべての教室につけてある。もし誰かが、サリー・アンダーソンという名前を探しているとすれば……。

足音が止まり、また歩き出す。

ジュリアはコートをつかんで、体の震えを止めようとした。デイビスに言われたことで、神経がぴりぴりしているのだ。それだけのこと。きっとあの足音はジムのもの……。

ただし、ジムは老人で、足を引きずるようにしか歩かない。

いや、同僚教師の誰かかも……。

ただし、他の教師は全員、すでに帰ってしまっている。

どんどん近づいてくる……。

足音が、ジュリアの教室のドアの前で止まった。ドアの上半分はガラス窓になっているので、ジュリアは映る姿に目を凝らした。誰が来たのかを確認しなければ、人畜無害なシンプソンの住人であると知って、安心しなければならないが……そこに見えたのは……今まで見たことのない……。

窓に顔が押しつけられた。男だ。ポケットの内側に手を入れて、何かを取り出している。

そのとき電気が消えた。

ジュリアはひっというような悲鳴を上げ、心の中に冷たい恐怖がわき起こる中、何とか頭を使おうとした。何か武器を探さなければ。バッグの中には何もない。スケジュール帳と鍵《かぎ》と化粧道具ぐらいだ。教室の机は持ち上げるには重すぎる。椅子《いす》はプラスチック製なので軽すぎる。やみくもに手を動かすと、何かに触れた。硬くて丸いもの。ミスター・ビッグだ！

荒い息の中、ジュリアはドアに近いところにある机の向きを変え、巨大なかぼちゃを抱えてその上に乗った。震えながら、ドアのすぐ横で待つ。男が入ってきたら、すぐに上からかぼちゃで殴りつけるのだ。攻撃態勢に入ったジュリアの体が緊張に強ばった。

ドアノブが、がちゃりと音を立てた。

ジュリアは目を閉じ、次に目を開けたときに、廊下の蛍光灯に照らし出された男の顔をしっかり見た。

長く伸ばした黒い髪。鋭角的な頬と尖《とが》った顎《あご》の線が、粗野な雰囲気を作り出している。まっすぐな口元、黒い瞳。

見たことのない顔。

ひと目見れば、忘れられない顔。

殺し屋の顔だ。

2

サム・クーパーは誰でもいいから殺してやりたい気分だった。具体的には、自分のところの牧場監督で親友でもあるバーニー・マルチネスあたりがいちばんいいのだが。それがうまくいかなかった場合には、彼を裏切った妻、カーメリータでもいい。どちらでも気は晴れるだろうとクーパーは思っていた。

あの夫婦がここに来るべきだったのだ。かわいいラファエルの担任教師と話をするのは、親の責任で、クーパーではない。こんなひどい気分を味わうぐらいなら、焼けた石炭の上を歩くほうがましなぐらいだ。飼料の価格の高騰、屋根の修理、クーパーの頭を悩ますことは他にもたくさんあるのだ。

ラファエルの担任に何を話せばいいのか、クーパーにはまったく見当もつかなかった。ただ、今のバーニーの状態では、誰とも話ができないことははっきりわかっている。

クーパーはジャケットのポケットに入れてきた教師からの連絡メモを取り出した。

アンダーソンという女性教師が、少年に託して家に届けさせたものだ。中に何が書かれているか一字一句覚えている。近くの都市、ボイーズへの出張から戻ってくると、バーニーが安物のバーボンを抱えて気を失っているのを見つけた。バーニーのもう一方の手には、この連絡メモが握りしめられていた。それから十回以上も読んだのだ。

クーパーはバーニーの手から連絡メモをもぎとり、バーニーの体を担いでシャワーブースまで運び、服の上からバーニーに冷たい水をかけた。

しばらくするとバーニーがやっと昏睡《こんすい》状態から覚め、クーパーを弱々しくなじって、そのあとどさりとベッドに崩れた。ベッドは何日も、いや何週間もベッドメイクされていなかった。クーパーは、バーニーをぐしょ濡《ぬ》れの服のまま、寝乱れたベッドに放っておこうかとも思ったのだが、あきらめて服を脱がせ、たっぷりの毛布で体を包んでやった。

起きたら二日酔いでひどい気分のはずだ。さらに肺炎にまでやられるのは、あんまりだろう。

しかし、この貸しは大きいからな、とクーパーは思った。乳母の代わりをしてやった上に、小学校の教師と面談するというのは、余暇の過ごし方としてはクーパーのお気に入りリストの上位に来るものではない。

クーパーは教室のすぐ外まで来た。ここだ。教室の横にS・アンダーソン教諭と名札がついている。ドアのガラス窓に顔を押しつけて中を見る。担任教師も、もう帰宅したあとならいいのにと思ったのだが、廊下の電気のほうが明るすぎて、ガラスには自分の顔が反射するだけだった。

その顔が困っているように見える。何で俺がこんなことをしなくちゃならないんだ? クーパーはそう思いながら、表情を引きしめた。それでもここまで来たのだ。一瞬、ドアをノックすべきかとも思ったが、ま、いいさ、とノブを引き、ドアを開いた。すると何千トンものレンガがクーパーの頭に落ちてきた。

「な、何……?」ふと気づくと、教室の壁に脚を大きく開いて押しつけられていた。手を上げて頭のてっぺんの痛むところを確認してみると、すぐに大きなこぶになりそうだった。何か湿った感触があったので、血だと思ってパニックになりかけたが、手を下ろすとオレンジ色のねっとりしたものと白い種がついていた。

かぼちゃ? クーパーは、かぼちゃの実と種だらけの自分の手を、ぼう然と見ていた。頭からかぼちゃをぶつけられたっていうのか?

「動かないで」緊張した高い声がした。小さくてほっそりした美しい女性が、息をはずませ、震えながらこちらを見ている。

怖がってるんだな、女性の状態をクーパーはすぐに見てとった。

赤毛のはずなんだけどな、そうも思った。女性の髪は、特徴のない茶色だが、真っ白な肌と濃い紺碧《こんぺき》の瞳《ひとみ》をしていて、この色の組み合わせでいくと、普通なら髪は赤いはずだ。彼女の様子に、昔、助けようとした子狐《こぎつね》を思い出した。前足を罠《わな》にはさまれていた小さな狐は、ひどい怪我《けが》をしていた。クーパーが何とか罠をはずしてやろうとしたのに、パニックで敵意をむき出しにして、まだ母乳しか飲んでいない小さな口で噛《か》みついてきた。女性はそんな子狐とそっくりだった。

クーパーは仕方なくかぼちゃの実がべったりまき散らされた床に座り、女性を見つめた。女性は過呼吸ぎみにはあはあ息をして、震えている。

小さなスプレー缶を震える手でこちらに向けている。クーパーの家のバスルームにもある口臭スプレーと同じものだ。「これは催涙ガスよ」女性が精一杯の嘘《うそ》をついた。「動いたら、ちょっとでも動いたら、あなたに向けて発射するから」

クーパーはもう歯磨きは済ませていたので、女性の言うとおりにすることにした。

これからどうすればいいの？

ジュリアはスプレーのノズルに指を置き、汗に濡れ震える手からスプレーが滑り落ちないようにと祈っていた。汗が目の中に入ってきたが、拭《ぬぐ》ってはいられない。息も満足に吸えないので、酸素が足りなくなって、目の前がくらくらする。こんな恐ろしい男を殴りつけようとしたのは、ジュリアのこれまでの人生でもっとも勇敢な行動ではあったが、テレビドラマの『戦うプリンセス』の主役ジーナ姫の真似をしてみたところで、そのあと気絶してしまったのでは何にもならない。

廊下で足音がする。ジュリアは恐ろしそうな男にしっかり目を据えて、壁際にじっとさせたまま、ドアのほうににじり寄った。

「ジム！　保安官を呼んで。先生が教室で凶悪犯を捕まえましたって、言ってちょうだい。今すぐ来てくださいって！」ジュリアは叫び終わると、ジムがモップを落としてドアから走り去っていくのを横目で確認した。そしてすぐに壁際の男に視線を戻す。

男は座っていても、どうしようもなく怖そうに見える。ミスター・ビッグを頭の上から振り下ろしても、びくともしなかった。大きくて分厚い肩、そのままでも幅は一メートルはあるだろう。黒のタートルネックのシャツ、黒のボマー・ジャケットと黒のジーンズ、黒っぽい厳しい顔立ちに、ぎらぎら光る何も見逃さないぞという瞳。何から何まで、この男は殺し屋そのものだ。そう思うと手が震える。バッグに口臭スプレーを入れていてよかった。

「動かないで」ジュリアはまた言った。声は緊張しているが、銃を構えているようなポーズで立っている。あまりに恐ろしくて、胸がぎゅっと握りつぶされるような気がする。この一ヶ月の恐怖が現実となって現れた。贅肉《ぜいにく》のない大きな分厚い肩に包まれた形となって、ジュリアに襲いかかってきたのだ。黒曜石のような真っ黒の瞳がジュリアに向けられている。男は次の行動をどうしようかと考えているのだ。それぐらいジュリアにもわかっている。この男はプロの殺し屋だ。口臭スプレーだけで、どれぐらいの時間この男の自由を奪っておけるのだろう。

学校の正面ドアが開き、廊下を走る足音がこちらに向かってきた。教室のドアがばんと開き、チャック・ピーダーセン保安官が現れた。手には銃を持っている。

ジュリアが口臭スプレーで殺し屋の動きを封じている間に、保安官はさっと男に近づいて床に押さえ込んだ。

「保安官」金切り声になっていた。ジュリアは落ち着きを取り戻そうと咳払《せきばら》いをしてから、もう一度話し始めた。「保安官、その男を逮捕してください。凶悪な犯罪者なんです」

ピーダーセン保安官は拳銃《けんじゅう》をホルスターに戻し、ドア枠によりかかった。「よう、クープ」

「チャック」

ジュリアは膝《ひざ》から力が抜けていくのを感じ、崩れ落ちないようにとぐっと脚を踏ん張った。保安官を見てから、酸素が足りなくなっていた肺にふうっと空気を取り込む。

「この男性をご存じなの？」

ピーダーセン保安官は大きな体を支える足を変え、嚙んでいたガムを一方の頰《ほお》から、反対側に移した。「知ってるかという質問に答えるのは、難しいな」哲学的な答を返してくる。「ある男と何年も一緒に過ごしたところで、その男を本当に理解しているかというと……」

「チャック」床に座っていた男がまた言ったが、今度は低音の声が保安官を威嚇《いかく》するように響く。

ピーダーセンが肩をすくめた。「ああ」そしてジュリアに向き直った。「サム・クーパーのことは知ってますよ。こいつのことは生まれたときから知ってるし、こいつの親父さんも知ってる。実を言えば、ここの爺っちゃまだって知ってます」

「まあ、どうしましょう」ジュリアは悲鳴に近い声を上げた。まだ、体の反応を抑えることができないでいる。時速何千キロの速さで、体じゅうをアドレナリンが駆け巡り、血管にさらに大量に吐き出されている。頭がきちんと回転しない。

完全に死を覚悟した。冷徹なプロの殺し屋に対して、身を守る術《すべ》は何もないと思った。なのに、実際にはシンプソンの善良な住民を殴りつけていたのだ。

床に座ったまま、その男性がジュリアを見上げている。

何かまともなことを言わなければならない。何といって謝ればいいのだろう？　失礼しました。あなたを殴ってしまったのは、殺し屋だと思ったからなんです。そんなことを言えば精神状態を疑われるだけだ。

ただ、想像が過ぎたというのでもないように思える。この男性、サム・クーパーと言ったっけ、彼ははっきり外見的には危険な男だ。プロの殺し屋なら、間違いなくこういう風体《ふうてい》をしているだろうと思う。恐怖を感じさせないところが、ひとつもないのだ。暗い力のようなオーラがその体から発散されていて、座ってはいても、獲物を捕らえに今にも飛びかかろうとしている虎《とら》のような雰囲気がある。鋭角的な顔は、ラシュモア山の岩場の人物彫刻のようで、柔らかなところがいっさいない。男性の何もかもが黒っぽくて、だからこそジュリアは本能的に、この人はシンプソンの住人ではないと思ってしまったのだ。

この町に来て一週間ほどで、ジュリアは、ハーバート・デイビスがなぜ、サリー・アンダーソンという名前にしたのか理由がわかった。シンプソンの住民全員が、ジェンセンとかジョーゲンセンだとかピーダーセンといった名前で、何世紀か前に太平洋岸をめざしてスカンジナビアから移住してきた貧しい人たちが、アイダホ州西部までたどり着いたときに、もう夢はあきらめようとこの地にいついてしまったためであることは明らかだった。シンプソンの人は皆、同じ遺伝子を持っているように見えた。これといった特徴のない、薄い色合いの体、薄いブロンドに白い肌だった。

しかし、さっき殴りつけてしまったこの男性はそうではない。色の薄いところなどまるでないし、強烈な印象を持ってしまう。

漆黒の髪に漆黒の瞳、それに合わせたような、真っ黒のボマー・ジャケット、頬に黒く無精ひげが生えている。唯一明るい色はといえば、かぼちゃの実だけだ。

申し訳ない気持ちは忘れることにして、ジュリアは口臭スプレーをバッグに収めた。

「あの……初めまして。私はジュ……サリー・アンダーソンと申します」声が震えるのを抑えようとしたものの、危うい調子の声だった。

「サム・クーパーです」男性は言うと、大きな手を床について、滑らかな動きで立ち上がった。突然の力強い動きに、ジュリアは怖くなって思わずあとずさりした。クーパーがかぼちゃの種を手で払い始めたので、ジュリアはまた罪悪感を覚えた。

「たいていの人間には、クープって呼ばれてるんですよ」保安官が説明する。礼儀にうるさかった母親なら、こんな場合のエチケットはどうあるべきだと言うだろうと、ジュリアはふと思った。気絶させようとして力の限り殴った相手をニックネームで呼ぶだろうか?

いや、それはない。

「ミスター・クーパー」

「アンダーソン先生」まさに殺し屋のような声を聞いて、ジュリアはまたかすかな疑念を抱いた。低音のハスキーな声。ちらっとクーパーを盗み見してみる。

やっぱり危険そうに見える。

「保安官、本当にこの人のことをご存じなのね?」

「ええ、先生」ピーダーセン保安官がにっと笑った。「馬の交配と訓練をしてるんです。ここからルパートまでのところに広大な土地を持ってましてね。あらゆる馬を生産していますが、主にはサラブレッドとアラビア種ですね」

「私……あの、あなたに謝らないとね、ミスター・クーパー」何かもっともらしい理由をつけなければ。「あの……人違いしてたみたいで」

ぎこちない空気が部屋に流れる。

「おまえが頭から殴られるとはな、クープ」保安官がくすっと笑った。「しかも、こんなお嬢ちゃんに」

「女性と言っていただけない?」ジュリアは、教養のない人たちね、と軽蔑《けいべつ》の色を出さないようにしながら、ぼそりと言った。

「あん? ああ、そう、そう。最近じゃ、お嬢ちゃんのことをお嬢ちゃんと呼ぶのもいけないんだよな」保安官は現代社会の移り変わりを嘆くように首を振った。そしてジュリアをじろじろ見たあと、クーパーをからかい始めた。「おまえのほうが、三十センチは背が高いし、四十キロは体重も多いはずだぞ、クープ。おまえもやきが回ったんじゃないか」そしてジュリアに向かって説明した。「クープは昔SEALだったんです」

あざらし《シール》?

一瞬ジュリアは、一ヶ月にも及ぶ恐怖体験で、自分の頭の回路が切れてしまったのかと思った。保安官は何の話をしているのだろう? あざらし《シール》って……?

ああ、そうか、海軍のＳＥＡＬのことだ。戦闘部隊ね。冷酷に人殺しができるように訓練されている人たち。

つまり、最初の印象も、それほど外れていたわけではなかったのだ。

ジュリアは今聞いたことをきちんと理解しようと、さっき殴ったサム・クーパーをじろじろと見た。脚をしっかり踏ん張って立つ彼は、いかにも危険そうだ。立ち上がるとあまりに大きく威嚇的で、近寄るのも怖い。純粋に戦闘のために作られた人間だ。こういう人には初めて会った。その姿を用心深く見て、彼が非常に大きな手をしていることに気づき、また保安官のほうを向いた。

「そうかもしれませんけど」ジュリアは礼儀正しい口調を崩さなかった。「でも、この方、足ひれをなくされたみたいだわ」

保安官はしばらくジュリアを見つめていたが、大きく喘息《ぜんそく》のような悲鳴を上げ、さらにもう一度、ぜいぜい言った。そして体を二つ折りにして肩を震わせ始めたので、ジュリアは保安官が笑っていることがやっとわかった。

もう限界だ。今日一日のひどかったことが、いっきにジュリアの心を押しつぶした。ハーバート・デイビスとの電話、ひょっとしたら殺し屋がジュリアの居所を探し当てようとしているのかもしれないという不安、サンタナが雇った殺し屋のひとりが、ついに自分を見つけたと思ったときの恐怖、アラモ砦《とりで》で勇敢に戦うヒロインを演じたこと、結局、死ななくても済むのだとわかったときの安堵《あんど》感。

そして保安官がジュリアを助けにやって来てくれた。ところが、現実は救われたのではなかった。実際のところ、逮捕されてもしょうがないところだ。罪状は……何になるのだろう？　殺傷する目的で野菜を使用して男性を襲ったこと？

おまけに、保安官は『リオ・ブラボー』のウォルター・ブレナンの真似のような笑い方をするのだ。全然似ていないが。歯もすべてそろっているし、脚を引きずるわけでもないから。それにジュリアは『リオ・ブラボー』という映画が大嫌いだった。よく考えてみると、『アラモ』も嫌いだった。

「保安官、もうよろしければ……」冷ややかにジュリアは告げた。

チャック・ピーダーセンは、最後にもう一度ぜいぜい言うと、涙を拭った。「足ひれだって」そう言うと、またぜいぜいやっている。そして首を振りながら、ジュリアのほうを向いた。「いや、実に……ミス……」

デヴォーよ、とジュリアは思った。「アンダーソンです」

「アンダーソン先生、いや、失礼。ここには引っ越して来られたばかりですね?」

「ひと月足らずになります」二十七日と十二時間よ。どうだっていいけど。

「だから、この辺の人間をよくご存じないわけだ。ここにいるクープのやつは元海軍でね。さっきも言ったようにSEALにいたんです。精鋭部隊でね。クープはすばらしい戦績を上げて、勲章《メダル》ももらったんです。それから、こいつの親父が死んで、クーパー牧場を経営するために、町に戻って来たってわけです」

大変だ。ジュリアはさらに傷ついて目を閉じた。事態は思っていた以上に悪くなっていく。善良なシンプソンの住民を襲っただけでも責められて当然なのに、相手が戦争で英雄になった人物だった。目を開けて、そっとサム・クーパーを見てみる。

やっぱり、怖そうで危険な感じ。

ジュリアが今さら威厳を取りつくろってもどうなるものでもないが、それでも何とか勇気を振り絞って、サム・クーパーときちんと握手しようと、手を差し伸べた。競走馬の生産者、元SEALのクーパーだ。

黒くて表情のないその瞳を見つめていると、ジュリアは身震いしてしまった。「申し訳ありませんでした、ミスター・クーパー」

少したためらってから、サム・クーパーはジュリアの手を取った。クーパーの手は非常に大きくて、がっしりとごつごつしていた。ジュリアがその手を握り、クーパーはジュリアの視線をとらえた。ジュリアも見つめ返し、そのあとそっと手を放して、目をそらした。強力な磁力につかまっていたのを、やっとの思いで振り切ったような気分だった。クーパーの口から、変な音が聞こえ、これが謝罪を受け止めたというしるしなのだろうとジュリアは考えた。ＳＥＡＬの人たちは話をしないと聞いていた。彼らはうなるだけらしい。

ジュリアは、保安官に笑顔を見せようとした。「保安官にも、謝らなければいけないですね」

「チャックって呼んでください。ここら辺じゃ、改まった言い方なんてしないんです」保安官がにこにこしている。

「じゃあ、チャック、本当にごめんなさい。こんな大騒動を起こしてしまって」

保安官が、所在なげに体を揺する。「こういうのはいつでもどうぞ、とは言えませんけどね。私もびっくりして、心配しましたよ、アンダーソン先生」

「サリーです」そう言いながらも、ジュリアはその名が大嫌いだった。

「では、私も気楽に話そうかな。つまりね、本当に悪いやつでも出たのかと思ったもので。私の仕事っていうのは、土曜の夜、ちょっとした喧嘩《けんか》の仲裁に入るとか、スピードを出しすぎた車を捕まえるぐらいのもんだから。そういうのも、めったになくてね」

「そうね、そうだと思うわ。シンプソンって、本当にいいところだもの」今日のような一日を過ごしたあとでは、ちょっとした嘘をつくぐらい、何でもない。いや、まあ、真っ赤な嘘ではある。「感じがよくて、親切な人ばかりの静かな町だわ」

外国で長く生活していると、事実とはかけはなれた耳ざわりのいいことを口にするのが上手になる。ジュリアの母はアイスランドの首都、レイキャビク周辺の風景——しなびて木々もなく、生命力の感じられない土地が延々と続くのを見て、やさしくほめ言葉をならべて、地元の人々をずいぶん喜ばせたものだ。

保安官の顔も、ぱっと明るくなった。「そうなんだ。先生が気に入ってくれてよかったよ。シンプソンに新しい住民が来てくれるのは、いつだって大歓迎さ。新しい息《い》吹《ぶき》がこの町にも必要なんだ。若い子たちは、高校を終えるとすぐに町を出て行ってしまう。外の世間ってものは厳しいもんだぞ、っていつも言ってやるんだが、誰も聞きやしない」

さあ、どうかしらね。本屋さん、映画館、劇場、美術館、おいしい料理、楽しい会話、すてきなお店が待ってるはずだけど。歩道もあれば、人間もいるのよ。そう思ったところで、ジュリアは自分の顔はすぐに思ったことが現れるといつも人から言われることを思い出した。それで笑顔を作り、他のことを考えることにした。「子供ってそういうものだから。とにかく一度飛び出してみて、自分で確かめてみなきゃって思うのよ、きっと」

礼儀として、もうひとりの人物も会話に入れなければと思ったジュリアは、頭を殴りつけた男性に顔を向けた。「そうですよね、ミスター・クーパー？」

クーパーは、びくっとした。問いかけられるまで、サリー・アンダーソンが知り合って五分にしかならないチャックと、あまりに気楽に話をするのに聞き入ってしまっていた。チャックの妻、カーリーが亡くなったとき、クーパーは、悲しみに打ちひしがれるチャックにかける言葉が見当たらず、途方に暮れた。

一方で、チャックのほうも、クーパーの妻メリッサが出て行ったときには、ぎこちなく横に立ちつくして、背中をぽんと叩《たた》いてくれただけだった。美人の小学校教師は、男性が抱えるような問題に悩まされることはないのだろう。特に、赤毛の教師――いや、もう一回見直してみても、やはり赤毛ではない――茶色の髪の女性教師は、会話の種に困ることはないようだ。

絶対赤毛のはずなんだが。いかにも赤毛という外見なのだ。クーパーは、赤毛の女性に弱い。いや本当のところは、映画以外ではこんなに見事な赤毛のセクシー美女を見たことはない。

彼女はまだ怯《おび》えている。握手したときに、手が震えていた。柔らかで小さくて、氷のように冷たい手だった。そのままその手を包んで温めてやりたいという気持ちでいっぱいになった。手を放したのは、彼女が自分のことを怖がっているようだったからだ。彼女に壁際に追い詰められたとき、その顔に浮かんでいた純粋な恐怖は忘れることができない。あんな表情を見たのは、戦場から戻ってきて初めてだ。

今はもう上手に恐怖を隠している。きれいな顔に正しく体面を保っているが、クーパーは彼女の震えていた手を忘れることができなかった。

ふと沈黙に包まれ、チャックと教師がそろってクーパーを見ていた。何か言うことを期待されている。アンダーソン教諭の質問が、まだ部屋の中に反響しているようだった。

「ああ……そうだと思う」これで、ちゃんとした答にはなっていたようだ。教師は持ち物をまとめると、教室から出て行った。チャックがクーパーの背中をとんと叩いて促し、教師のあとを追う。クーパーは学校にひとり残されてしまった。いるのは廊下をモップで拭いているジムだけだ。

ジムが調子外れの『ビー・マイ・ベイビー』を口笛で吹くのを聞いていた。メロディはとんちんかんだが、モップのざっざっというリズムには、ちゃんと合っている。クーパーもドアに向かったが、かさ、という音がするのに気づいた。サリー・アンダーソンのラファエルの親に宛《あ》てた連絡メモだ。クーパーがここに来た目的は、ラファエルのことを話し合うためだったのだ。
くそ。すっかり忘れてしまっていた。

オペラ『トスカ』の序曲が、軽やかに部屋に満ちている。部屋は美の極致、珍しい作品を詰め込んだ金庫室になっている。ちょっと見ただけでは、最先端の警備システムには気がつかないだろうし、オーク造りのルネッサンス様式の箪笥《たんす》の上げ蓋《ぶた》の中に銃やライフルが隠してあるのもわからないはずだ。

ヘップルホワイト様式のアンティークのキャビネット机にコンピュータが置かれている。その横には、十八世紀に作られたウェッジウッド製の細長い皿があり、鉛筆やペンを収めてある。

プロはファイルを開け、自分で作った暗号解読プログラムを起動し始めた。このプログラムの完成は、自分にとっての大きな勝利と言えた。ソフトウェアの市場に売り出せば、このプログラムなら軽く十万ドルは稼ぎ出すだろう。もし売り出せば、の話で、実際に売られることはない。十万は百万と比較すると、あまりに小さい額で、スタンフォード大学の起業促進プログラムの担当者からは、これで金儲《かねもう》けがしたいのなら、自分で投資するしかないとはっきり言われた。

コンピュータに最後のコマンドを入力すると、プログラムが実行され始め、ピーッピーッと信号音がした。すぐさま、文字がざーっと画面を流れ始めた。

alkdjfpiwe cmokjeqruepijfkmcx,vnsakjfqpoiurpi

alksdjpoiurekcnolskjfpieujfnolkdjfpawieurhmadnf

ncjdnemvkjfjruthdsgsrwvcjfkginbjdmslkcjhfgjkdk

解読60%……70%……80%……90%……

解読が完了しました。

コンピュータが低い信号音を鳴らすと、プロはもたれていた椅子《いす》の背から起き上がった。

ファイル番号：二四八

保護プログラム下にある証人：リチャード・M・アプト

生まれ：ニューヨーク市、一九六五年三月五日

以前の住所：ニューヨーク州ニューヨーク市、シュガーメープル・レーン、六八三九番

事件：証人はレドベター、ダンカン、テランス弁護士事務所の会計士。弁護士たちはマフィアのマネーロンダリングに関わっていた。アプトが唯一この事実を証言することを承諾。証言予定日、二〇〇四年十二月四日

証人保護プログラムに入った日：二〇〇四年九月九日

リチャード・アプトの仮の身分：ロバート・リトルウッドとして、地域二四八、コード7fn609jz5y
現住所：アイダホ州ロックビル、クレッセント・ドライブ、一二〇番
方法は正しい、だが違う人間が出てきた。
データが、だーっと吐き出されてくるのを、プロは失望しながら見ていた。体を起こして、バカラのフルート型のシャンパングラスを口に運び、冷えたヴーヴ・クリコをごくっと飲み込む。柔らかな仔《こ》ヤギ革の靴を足からぶらんと外す。イギリスの職人、ジェームズ&サンズに特注したものだ。これは時間がかかりそうだな、とプロは思った。
ヴーヴ・クリコは辛口で喉《のど》を滑らかに潤していく。ベネチア・ガラスのシャンデリアからの明かりがバカラのグラスにきらめき、数千もの虹《にじ》を作り出している。
簡単だ。あっという間に、こういった上質のものに慣れてしまう。上層階にあるひろびろとしたペントハウスに住み、見事な家具に囲まれてりっぱな仕立ての服を着ること。
トレーラーハウスの並ぶ貧民街で、酔っ払った父が帰ってくるのを待っていた暮らしからは、ずいぶん長い道のりだった。あんな生活は、もうすっかり過去のこと。永遠にさよならだ。振り上げられたベルト、教師が同情に満ちた目つきで、その顔のあ

ざはどうしたのとたずねてくること、無料の食糧配給をもらおうとスタンプを集めたこと、あんなことはもうない。

二度と、けっしてあんな暮らしはしない。

kdsjcnemowjsiwexnjskllspwieuhdksmclsldjkjhfd
kdiejduenbkclsjdjeudowjdiejdocmdksdldkjdjeiel
mpnwjcmsmwkcxosapewkrjhvgebsjckgfnghgdsj

解読60%……70%……80%……90%……

解読が完了しました。

コンピュータがまた信号音を鳴らした。ちょっと考え込むような間を置いてから、画面に文字が現れた。

ファイル番号：二四八

保護プログラム下にある証人：シドニー・L・デヴィッドソン

生まれ：バージニア州フレデリック、一九五六年七月二十七日

以前の住所：バージニア州フレデリック、サウスハンプトン・ドライブ、三〇八番、アパートメント3号B

事件：証人はサンシャイン製薬の薬剤師、会社の重役全員が友人や仕事関係の知り合いたちに、ドラッグを供与していた。デヴィッドソンは、州政府の証人保護プロ

グラムを受けることを条件に、自分の刑の軽減もしくは不起訴を求めた。証言予定日、二〇〇五年一月十三日

証人保護プログラムに入った日：二〇〇四年八月二十五日

シドニー・デヴィッドソンの仮の身分：グラント・パターソンとして、地域二四八、コード7gj668jx4r

現住所：アイダホ州エリス、ジャニパー通り、九〇番

プロはすぐさま、興味を失った。

それほど簡単なはずはないとは思っていた。

ある程度の時間がかかるのは当然だろう。禁輸品のイラン製キャビアと『トスカ』の第二幕をじっくり楽しめる時間はあるようだ。ヴーヴ・クリコは半分空けてしまったし、トスカが裏切り者のスカルピア男爵の胸にナイフを突き立てるところまできて、オーケストラが見せ場を盛り上げているところだ。コンピュータがうなり続けている。

プロは退屈してきた。ただし、プラスの面を考えれば、司法省のばかどもは、ジュリア・デヴォーのデータが入ったファイルを、証人のアルファベット順に並べているらしいことは確認できた。とすればデヴォーは、デヴィッドソンのすぐあとに出てくるはずだ。プロはシャンパンをもうひと瓶開けてみようかと思ったが、やめておくことにした。勝利の瞬間を鈍った頭で迎えるのはよくない。コンピュータが信号音を発

した。
プロは体を起こして、画面をじっと見据えた。
kdsjcnemowjsiwexnjskllspwieuhdksmclsldjkjhfd
kdiejduenbkclsjdjeudowjdiejdocmdksdldkjdjeiel
mpnwjcmsmwkcxosapewkrjhvgebsjckgfnghgdsj
解読60％……70％……80％……90％……
解読が完了しました。
ファイル番号：二四八
証人保護プログラム下にある証人：ジュリア・デヴォー
生まれ：英国ロンドン、一九七七年三月六日
さあ、おいで。ほら、早く。プロは体を乗り出すようにして、画面を注視した。こんなことぐらい、もうわかっている。私の知らないことを早く出してくれ。
以前の住所：マサチューセッツ州ボストン市、ラーチモント通り、四六七七番
よし。自分が誰よりも頭がいいことを確認できる知的興奮は何ものにも変えがたい。実際に獲物を追跡する作業などとは、比べものにならない。
さあ、知りたいのはこのあとの情報なんだから。プロは音楽に耳を傾け、グリッシーニでキャビアの最後を丁寧にすくい取った。

事件：殺人、二〇〇四年九月二十七日発生、被害者ジョーイ・キャプルッツォ、同人の最後に確認された住所はマサチューセッツ州ボストン市、シットウェルホテル内。

死因、三八口径銃による左前頭葉損傷。被疑者、ドミニク・サンタナ。被疑者の現住所、マサチューセッツ州ワーリック矯正施設。

証人保護プログラムに入った日：二〇〇四年十月三日

ジュリア・デヴォーの仮の身分：

そう、これだ。

画面のカーソルが止まり、点滅を始めた。機械の内部から何らかの合図が送られるのを待っているようだ。トスカはスカルピアと戦い、警察を激しくなじっている。すると、文字がゆっくり、そろそろとまたたき始め、ひとつずつ消えていき、最後には画面には何もなくなってしまった。

プロはあっけにとられて、椅子から動けなくなった。何が起きたかが、はっきりわかった。ファイルには時限爆弾のようなプログラムが組み込まれていて、設定された時間内にコードを入力しなければ、自動消滅してしまうのだ。プロは最初の仕事で手付としてもらった金で買ったロレックス・オイスターの文字盤を見つめた。おそらく三十分ごとにファイルは消える仕組みになっていたのだろう。

クリスタルのグラスが粉々になり、壁にはシャンパンが涙のような泡を立てていた。その上にキャビアがぶつかり、べっとりと黒っぽい筋を残しながら落ちていった。

もう少しだったのに。あとちょっとのところで。

五分ほど、怒りに満ちて部屋を歩き回ったあと、プロは心を落ち着けた。一ヶ月間の努力が水の泡だ。司法省はまたアクセスコードを変更するだろうし、そうすればまた侵入するのに一ヶ月かかる。

落ち着くんだ、深呼吸して自分を取り戻すんだ。自分をコントロールできたからこそ、トレーラーハウスの貧民街から抜け出せたんじゃないか。落ち着くんだ。

ファイル番号、二四八。ジュリア・デヴォーのファイルは二四八番というファイルに収められている。ジュリア・デヴォーを追いかけている者はたくさんいるが、ここまでの情報を持っている人間は他にはない。三桁《けた》のコードなら、二週間もあれば解読することができる。そしてS・T・エイカーズがついているのだから、公判が開かれるのは、早くても年明けにはなるはず。

まだ、時間はある。ファイル番号、二四八……これだけではたいした助けにはならないが、ここを取っ掛かりにすればいいのだ。

まだ、望みはある。トスカがサンタンジェロ城の屋上から身を投げるシーンを聞きながら、プロは思った。

まだ、望みはある。

学校からジュリアの家までは、歩いてすぐだった。

シンプソンの町では、どこへでも歩いてすぐにたどり着けるのだ。デイビスが何十年も昔に製造を終えているフォードの乗用車をジュリアのために用意してくれたが、そんなものもこの町では本当は必要ない。やたらとガソリンを食う本来なら廃車になっているべき車だった。

自分のおしゃれなフィアットが、恋しい。

あのおしゃれな生活が懐かしい。

ボストンは今頃どうなっているのだろう? ドーラは独立して編集の仕事をすることを真剣に考えるようになっていて、一緒にフリーで仕事をしないかと誘われたこともあった。近所に住むゲイのカップル、アンドリューとポールのあいだには喧嘩が絶えなかった。戻ったときにも――いや、もし戻れたとしてだが、その場合も二人が一緒でいてくれればいいのに。ポールほどおいしいラザーニャを作ってくれる人はいないし、アンドリューには数多くの美術展に連れて行ってもらった。

ばかばかしいほど陽気なハロウィーンの絵葉書が、フロリダから二人に送られるはずだ。去年三人で一緒に行ったハロウィーンのパーティは楽しかったわね、と書いてある。二人が、この状態を知ったら……アンドリューとポールが自分を助けにさっそうと現れるところを想像して、ジュリアはふっと笑った。

それからフェデリコ・フェリーニはどうしているだろう。世界一美男子で、短気な猫。預かってくれた人は、ちゃんと覚えているだろうか、あの子はお肉をミディアム・レアに焼いたのが好きだということを。それにすぐに風邪《かぜ》をひいてしまうのだ。

こんな暮らしが映画のひとコマだったらいいのに。一ヶ月前にフィルムを巻き戻すのだ。ただし、港湾区域に隣接した工業地帯へ写真を撮りに出かけるという冒険はやめておく。他にどんなことをしたっていい。溝を掘っても、電気ショックの手術を受けても構わない。長いこと放っておいたままの『戦争と平和』の読破に、ついに挑んでみればよかった。最初から最後まで、脚注も全部読もう。

あのときやったことに比べれば、どんなことでもましだと思える。港湾区域まで車を運転していった。写真におけるリアリズムの極致を追い求めようとしていたのだ。ロマンチックな被写体を求めていたのでは、蝶《ちょう》の羽根がぶれたところとか、ピンぼけのタンポポしか撮れないことがわかったからだった。

その結果、リアリズムを本当に極めることになった。

ジュリアはひと気のない通りを歩きながら、店のウィンドウをのぞきこんだ。暗くなろうとしているのに、誰もまだ電灯をつけようともしない。そうすると、ゴーストタウンを歩いているような気分になる。町並みは不気味だ。この町全体に不吉な気配がある。自分の生活そのものが、不吉なのだ。

ジュリアは現在見えるものをすべて、映画の一シーンとして受け止めようとした。小さい頃から怖かったり、寂しかったり、落ち込んだりしたときは、そうするのが癖だった。今のジュリアにはその三つすべてがあてはまる。だから想像をどんどんふくらませて、自分を主役にしてみた。

一九四〇年代の映画がいい。白黒のもの。ぴったりだ。暮れなずむ灰色の空は、カラーだと雰囲気が出ない。悪者は、そうね……ハンフリー・ボガートにしよう。いや、ジェイムズ・キャグニーがいいかも。

私は美しい遺産相続人。謎《なぞ》を……えっと、伯父の謎の死の真相を求めて、このゴーストタウンにやって来たのよ。私の手がかりといえば、鷹《たか》の像……それと雇い入れたハンサムな私立探偵。でも彼は私の言うことを信じてくれない……。

古典名作映画から、さまざまなモチーフをつなぎ合わせて、ジュリアは想像を楽しんでいたが、風雨にさらされた斜め屋根のついた小さな家の前まで来ると、楽しい幻想もはかなく消えていった。ハーバート・デイビスが見つけてくれたその家は、四〇年代の映画のヒロインにはまるで似つかわしくなかった。冷たい空気が入り込むのに、暖房がしょっちゅう切れてしまい、水漏れがする家。

ジュリアは、いやおうなく厳しい現実に引き戻された。

今すぐ修理の必要な木製のポーチを進み、鍵《かぎ》を差し込む。そのとき、かりかりと木をこする音が聞こえ、ジュリアは重くため息を吐《つ》いた。みすぼらしい野良犬を追い払おうとしてもう二日目だった。この犬に二度、外のゴミ箱をひっくり返されていた。何度も大声で叱《しか》りつけているのだが、犬はまたゴミをあさりに戻ってくる。だからジュリアは猫が好きなのだ。猫にはプライドがあるから、こそ泥のようなまねはしない。

ポーチの縁《へり》にうずくまる泥だらけの薄茶色の塊を、そっと見てみる。「しっしっ！」腹を立ててそう言うと、いつもなら犬は力強く吠《ほ》え返し、走り去っていくのだが、なぜか今日はそうしない。ジュリアはため息を吐いて、石を投げてみるかな、と思った。ただ今日の運の悪さを考えると、投げた石は野良犬を外れて町長にでも当たってしまうのだろう。

鍵を開けて家の中へ入っていくと、後ろで低く、くうん、という鳴き声がした。くうん。

ジュリアは椅子にコートを投げるように置き、スカートのポケットに手を突っ込んで、鳴き声を記憶から振り払おうとした。しかし、あの生き物は間違いなく、ジュリアに甘えた声を出したのだ。

ふん、そんなの私の知ったことじゃないわよ。どうだっていいわ、もともと犬は好きじゃないんだし。そう考えながら、ジュリアはキッチンに向かった。紅茶でも飲んで、気を鎮めよう。その瞬間、足を止め、顔をしかめて、苛々《いらいら》とつま先で床を叩いた。私、どうしようもないばかよね、そう思いながら、くるっと玄関へ向きを変えた。

犬はポーチの隅で小さくなっていた。ジュリアはこわごわ近づいていった。犬についてはまったく知らない。知っているのは、犬は恐ろしい病気を持っている可能性があるということぐらい。狂犬病とかそういうの。さらにうなり声を上げて、喉元に咬《か》みついてくるかもしれない。狂犬病とはどういうものだったかを思い出そうとしたのだが、たいした知識はなく、頭に浮かぶのは考えたくもないことばかりだ。治療するのが大変で、胃に直接注射を打つというようなことだった。

「いい子ね、わんちゃん」その言葉にもあまり自信はなかったが、ともかく、べっとりとした薄茶色の毛の塊にジュリアは近づいていった。影になっているので、どちらが頭でどちらが尻尾《しっぽ》かもわからない。犬が汚れた鼻先を上げ、鼻とは反対側の先をぱたんぱたんと床に打ちつけたので、ジュリアの疑問も解けた。

どんな言葉をかければ理解してくれるのだろうと思いながら、ジュリアは犬のほうへにじり寄った。フェデリコ・フェリーニなら頭がいいから、本や映画のことだって語りかけられる。彼がちゃんと食事をとって満足したあとなら、いくらでも話をしていられる。よくはわからないが、犬はフットボールとか政治の話のほうが好きなのではないかという気がする。

こういうのに巻き込まれちゃだめだわ。アイダホ州シンプソンに、死の恐怖を感じながらいなくちゃならないのだって最悪なのに。狂犬病の可能性のある犬を助けようとするなんて。手を咬まれて痛い目に遭うに決まっている。そう思ったジュリアは犬に背を向けた。

すると犬はさらに高い声で、きゅーん、と甘えた。

ああ、もう。

ジュリアは犬のところに戻ると、かがみこんで様子をうかがった。街灯の明かりでは、よくは見えないが、犬はちゃんと呼吸しているので、鼻先をくわえて口移しの人工呼吸をしてやる必要はなさそうだ。よかった。ジュリアは以前に救急蘇生法のクラスを受けたことがあったのだが、結局合格しなかった。

ジュリアがおそるおそる手を出して頭を撫《な》でると、犬は弱々しく尻尾を振った。湿った感触があったので、慌てて手を引っ込めると、犬がジュリアの手を舐《な》めようとしていたことがわかった。犬は鼻先をジュリアの手に押しつけている。まっすぐに犬に見つめられ、心の奥底を読み取られるような気がした。犬の瞳は寂しそうで、居場所を失ったように見えた。

「君もなの？」ジュリアはそうつぶやいて、指をならし、犬についてくるように合図した。犬はぶるっと体を震わせると立ち上がろうとしたのだが、どさりと崩れ落ち、またくーん、と鳴いた。

「どうしちゃったのよ？　怪我でもしてるの？」ジュリアはそっと背中を撫でた。ダニやノミがいるだろうなとは思いつつ、ひとまずそういうのはおいておくつもりだったが、前足に触れたところで、はっとした。

「折れちゃったの？」ジュリアは犬に問いかけた。犬はジュリアを見上げ、ぱたんぱたんと尻尾を床に打ちつけている。「捻挫《ねんざ》かな。私にはわからないわ。この町に獣医さんがいるかも知らないのよ。そうね」ジュリアはため息を吐いて、真剣な表情で犬を見た。「今夜は中に入ってもいいわよ。だって外は寒いし、君は怪我をしてるから。でもね、一晩だけなんだから。明日は出て行くの……わかった？」

尻尾がまた大きく振られ、犬はジュリアの手をぺろっと舐めた。

「よろしい。お互いきちんと了解し合わないとね」ジュリアは犬を抱き上げたが、その重さに驚き、少しよろめいた。フェデリコの通常の食の好みを思い出す。「それから、できたての食事にありつこうと思っても無駄よ。パンとミルクはあげるけど、それだけ」家に入ろうとすると、犬がまた、くうん、と鳴いた。「わかったわよ、すごくいい子にしてれば、ツナサラダの残りぐらいはあげるわ」

小さなリビングルームの隅に古いタオルを敷いて、犬を下ろした。大きな犬だが、長らく食事をしていないらしく、あばら骨が泥だらけの毛の上からでも一本一本はっきりわかった。

ジュリアはキッチンでプラスチックのボウルにミルクを注ぎ、ツナサラダの残りをプラスチックの皿にあけた。明日になれば、町の食料品店に立ち寄ってドッグフードを買い、獣医がいるかを聞くことになっているのは、もうわかっている。

私ってなんてばかなの、ジュリアはまたそう思いながら、食べ物を犬の前に置いた。それでも犬ががつがつと食べ、ミルクをあっという間に飲んでしまうのを見てうれしくなった。犬は様子をうかがうように、ジュリアを見上げた。

「ひどい目に遭ったみたいね、君」ジュリアはやさしく問いかけた。

犬は黄色の歯をむき出しにして大きくあくびをし、前足に頭を乗せると、あっという間に眠ってしまった。

そんな犬が、ジュリアは羨《うらや》ましくなった。かれこれ四週間も、ジュリアはぐっすり眠ったことがない。毛布とツナサラダの残りぐらいでは、ジュリアの暮らしは修復できない。

ジュリアは、はっとした。修復と言えば……。

避けて通りたい問題がある。ジュリアは台所用納戸《なんど》に入っていった。キッチンの横によくある保存食料用のクローゼットなのだが、この家を作った人間は、冗談のつもりだったのか、どういうわけかその中に温水供給装置とヒーターを作動させるはずのシステムを取り付けていた。巨大なタンクが据えつけてあって、信じられないほどの大音響で悲鳴とうなり声を立てながら、タンクはせいぜい、氷のような水の冷たさをいくらか和らげるぐらいのことをするだけだ。

いや、するだけだった、と言うべきか。今朝になるまでは。朝、ジュリアがシャワーを浴びていたらいきなりぬるま湯が氷水に変わり、慌てて食品庫まで確認に行くと、壁に水漏れのしみがついていた。何かがどこかで壊れたのだ。

この壁はジュリアの人生を表しているようなものだ。しみはどんどん広がっていった。床にも水が浸み出ていて、その様子をただなすすべもなく見つめながら、ジュリアは、配管を何とかすればどうにかなるのだろうとは思った。でもいったい何をどうすればいいのだろう?

玄関の呼び鈴が鳴った。

複雑なチューブや配管が入り組んでいる様子を、絶望的な気分でもう一度見てから、ジュリアは玄関に歩いていって、ドアをさっと開けた。

街頭の明かりで、みぞれが斜めに吹き込んでくるのが見え、風の冷たさにジュリアはぶるっと震えた。温度はさらに急激に下がっている。

サム・クーパーが玄関に立っていた。背が高く陰のある風貌《ふうぼう》が、厳しい表情でさらに恐ろしく見える。黒っぽい瞳が光っている。ジュリアはぽかんと見つめていたが、こぶしを握りしめて勇気を奮い立たせた。この人がここに来た理由はひとつ。いい話のはずがない。

「私を訴える気？」精一杯の虚勢を張って、ジュリアは問いかけた。

クーパーは、は？　という顔をしている。何というか、どういう感情だかはわからない何らかの心の動きが、クーパーの陰のある厳しい顔をよぎった。「いいや」

この人、声まで陰があるのね。低音でよく響く。

「あら」戦闘モードで緊張していたジュリアの体から、力が抜けた。「それはよかった」

「俺が来た理由は――」

ばりばりっという音がして、床に水がばしゃっと流れ出るのが聞こえた。

「まあ、大変」ジュリアは悲鳴を上げて、食品庫に走っていった。さっき水漏れのしみがあった壁から水があふれ出している。すると何かが飛んで、水が弧を描いて滝のように噴き出し、一緒に壁の漆喰《しっくい》が大量に落ちた。

「水道の元栓はどこなんだ？」

よく響く低音の声がすぐ後ろで聞こえたので振り向くと、サム・クーパーと目が合った。どうしようもない気持ちで見つめていると、水浸しの中を進んできたクーパーは何かを見つけたのか、手首をぐっと右にひねった。すると魔法のように、噴き出していた水が止まった。

そのあとクーパーはかがみこんで、落ちた壁の漆喰を拾い上げた。漆喰が落ちた部分に手を入れて壁をぐっと引っ張り穴を大きくし、その中へ両手を突っ込んだ。ジュリアの家の内部に入っていく形になる。やがて肩で壁を押しながら、頭からどんどん壁の向こうへと入っていった。ううっとうなるのが聞こえたと思ったら、クーパーが顔を出した。

「ラグ《ばか》」

ジュリアに面と向かって。

ジュリアは、えっと体を強ばらせた。この人、私をいきなりばか《ラグ》呼ばわりするわけ？　なんでそんなことを？

ラグが何のことか、ジュリアにはさっぱりわからなかった。西部地域の方言にはまだ慣れていないのだ。しかし、ばか、というのはどう考えてもほめ言葉とは思えない。ごろつき、とか、のろま、と呼ばれても喜んでいいはずはなく、それと同じことだ。

「失礼、何ておっしゃったの？」ぶすっとむくれて、ジュリアは聞き返した。

表情を崩さないクーパーの口元に、かすかな笑みらしきものが見えた。「ラグが要るんだ」クーパーはジーンズのポケットから鍵束を取り出した。「俺のトラックのキーだ。工具箱が助手席に置いてある」

ジュリアは鍵束を受け取ると、それを不思議な力を持つお守りのように目の前でぶらさげた。クーパーを見下ろすと、陰のある顔に黒い瞳が光っていた。その心の中はまったく読み取れない。何か言おうと口を開けかけたジュリアだったが、そのまま閉じて玄関へ向かった。小さな庭にみぞれが落ちてきているのを見て、うんざりした気分になる。外をのぞいてみると、ちゃんとトラックがあった。古い小型トラックが家の前に停まっている。

黒だった。

だと思った。

ジュリアは寒さに震え、トラックに走り寄った。助手席の窓から、金属の工具箱があるのが見える。修理屋さんとかが、持っているようなやつだ。三つ目の鍵でトラックのドアが開き、ジュリアは工具箱を引っ張り出した。持ってみると、すごく重い。ジュリアはえっちらおっちらと箱を家の中まで運び込み、雨や雪を体から払い落とした。

「ほら」クーパーがジョン・ウェインの真似をして、最小限のことしか言わないのなら、自分だってそうするわ、とジュリアは思っていた。

工具箱の中は、きちんと整理されていた。クーパーはその中から邪悪そうに見える道具を取り出した。ドラキュラ公が持っていそうな、吸血鬼の自慢の道具という雰囲気だった。

「これが」当惑しながらジュリアが見ていると、クーパーがあきらめたような口調で言った。「ソケット《ラグ》・レンチだ」

「ああ」ジュリアはそう言ってほほえんだ。


今の笑顔でノックアウトされて、床に伸びてしまうところだった。しかし、すでに床に寝転んでいたので、そうはならずに済んだ。サリー・アンダーソンは笑みを浮かべると、ただの美人から、輝く美貌《びぼう》の女神に変身する。今日この一時間ほどのあいだに、彼女のさまざまな表情を見た。恐怖でいっぱいになるところ、腹を立てているところ、当惑しているところ、そしてうれしそうにしているところ。あらゆる感情がそのままはっきりと顔に表れる。これはクーパーに欠けている能力だった。前妻のメリッサからは、しょっちゅう石のような顔と呼ばれ、自分はその気になれば何の感情も顔に出さないでいられるのだと思うようになった。

サリー・アンダーソンの顔から笑みが消え、クーパーは自分が見つめすぎていたことに気づいた。自分も笑顔になってみると、使っていない頰の筋肉がひび割れるような気がした。笑みを長い時間浮かべられない。それで、目の前の仕事に戻ることにした。サリー・アンダーソンの家の配管をまともに機能させること。

クーパーは絶妙のタイミングで来たようだ。この家の設備は過去四十年にわたって、誰からも手を入れられていない。パイプはさびだらけだし、パイプのボルトも、どこもかしこも今にも吹き飛びそうだ。

それぐらい、たいしたことではない。クーパーの工具箱には何でもそろっているのだ。必要に迫られて故郷のダブルC牧場に戻って以来、いつも何かが壊れていて、クーパーは経営するというより修理屋として日常を送っているようなものだった。ボルトに集中することで、思いっきりセクシーなサリー・アンダーソン先生を見つめたくなる気持ちをそらすことができる。この容姿なら、大都会にいても人目を引くはずだ。シンプソンの町でこんな女性を見かけるのは、奇跡としか言いようがない。真冬に咲くバラのようなものだ。どうしても彼女のほうに目が向いてしまいそうになる。

ミニチュア版のビーナスのような美人だ。赤毛の女性にありがちな、柔らかな象牙《ぞうげ》色の肌、真夏にダブルC牧場の頭上に広がる空のような色の瞳。そしてあの笑顔を見せられた男たちは、心臓麻痺《まひ》を起こしてしまう。

いかにも赤毛という顔なのに、この先生は赤毛ではない。クーパーは赤毛の女性を見ると、自分を抑えておくことができなくなる。もし彼女が茶色でなく赤い髪をしていたら、今頃は体を抱き上げてベッドまで運び、その上に乗りかかっていたはずだ。茶色の髪でさえ、自分を抑えておくのが大変なのだ。

女性の中には光を浴びてまぶしく輝く人がいる。彼女もそういう女性だ。同じ部屋にいると、つい彼女のほうを見てしまう。ともかくも、クーパーにとっては、彼女を見ずにいるというのは、非常に難しい作業で……だからこそ、さびだらけのパイプと水漏れのする栓のパッキンのことだけに集中しようとしていた。好きなようにしろと言われれば、何も手がつかなくなっていつまでも飽きることなく彼女を見つめているだろう。そんなことをすれば、この先生をひどく怖がらせてしまうはずだ。

壁のほうを向いたまま、床に寝転がっているのにはさらに別の理由もある。勃起《ぼっき》しているのだ。

何と間の悪い。よりにもよって、こんなときに、自分のものは目覚めることにしたようだ。

メリッサが一年前に出て行ってからずっと、クーパーの脚のあいだにあるものは、死んだような状態でそこに存在しているだけだった。もっと言えばそれ以前も、結婚が徐々に破綻《はたん》していくほとんどの期間、基本的には変わらなかった。クーパーはまったく性的な欲求を失い——生まれてからずっと、一度も欲望など持ったことがないとさえ思えるほどだった。彼の人生の一部が、ぱちっと消されたようなものだった。クーパーはそういう方面での隠遁者《いんとんしゃ》のような生活を受け入れていたのに、ここで今になって、その部分が目覚めようとしている。長いあいだ失っていたものがあると不満を叫んで大騒ぎしている。ひどく場違いな瞬間に。どう考えても、今はそういう場面ではない。

昔のクーパーなら、勃起しなくなって悩む日が来るとは、想像もできなかった。いつだってセックスは楽しかったし、楽しむ回数も多かった。その気になれないことがわかったときは、ひどく驚いた。

原因のひとつには、肉体的な疲労が重なっていたこともある。父は亡くなる前の数年、ダブルC牧場を放りっぱなしにしていたため、元の状態に戻すにはずいぶん苦労も多かった。一日十八時間、肉体を酷使して働いた。ただ、その過酷さはＳＥＡＬの部隊にいたときの訓練と変わらなかった。部隊にいるときは、戦闘でアドレナリンが噴き出し興奮したものだったが、ここではそれもなかった。そしてベッドは眠るだけの場所になり、頭が枕《まくら》につくかどうかという時点で、昏睡状態のような深い眠りに落ちた。

もうひとつの理由は、結婚による地獄の日々のせいだった。冷酷なあの女のことを思い出すだけでも、今も体がすくむ。クーパーの結婚生活はスローモーションで列車事故を体験し続けるようなものだった。

メリッサの脚のあいだより、ガラガラヘビの口の中に入れたほうがましだと思えたあの最後の一年。ガラガラヘビのほうが、自分を温かく迎えてくれると信じていた。

しかし、一番の理由は、シンプソンのようなところでは、魅力のある独身女性は、その辺の木に成っているわけではないということだった。近くのルパートやデッドホースの町に行っても同じことだ。魅力的な女性には、本当に長いことお目にかかっていなかった。そして目の前の人ほど魅力がある女性というのは、生まれて初めてかもしれない。

サリー・アンダーソンをひと目見たときから、強烈な欲望が募っていた。ただ、その欲求をどう処理すればいいのかがわからない。女性の扱いには、いっさいのテクニックを失っている。少なくとも人間の女性に関しては。

SEALの部隊にいるときなら、そして彼女と基地の近くのバーで出会ったのなら、飲み物を一杯ごちそうするだけでよかった。口説いたり、親密になろうと努力したり、さらには何を話せばいいかということさえ、心配しなくて済んだ。だいたい、ああいったバーでは音楽がうるさすぎるし、会話を楽しもうとバーに行く者などいない。ただ、セックス相手を探しにいくだけだ。海軍にいるあいだ、セックスに不自由したことはまったくなかった。特にSEALの基地のあるコロナドでは、SEALに一度お相手してほしいというグルーピー軍団がいた。

そしてメリッサは、クーパーに目をつけたのだ。クーパーに口をはさむ暇も与えず、力ずくという感じで教会に引っ張っていった。彼女にとって失敗だったのは、海軍将校の妻というのは、思ったほど楽しいものではなかったということだった。さらに牧場主の妻には、楽しいことなどまったくなかった。メリッサはどんどん不機嫌になり、来る日も来る日もありとあらゆる手を尽くして、クーパーの妻としての毎日がいかに不愉快であるかを伝えてきた。

SEALで、回避と脱出の技術をさんざん教え込まれてきたクーパーは、その技術を駆使した。結婚期間中、いつも。そして、脚のあいだにある自分のものには、おとなしくしているように言い聞かせた。今、むくむくと息を吹き返したそれに、収まりをつけさせるような道具は自分の工具箱には見当たらない。このレディのベッドに入り込めるような手段がないのだ。

サリー・アンダーソンは、見るからにレディだ。とびきりセクシーだが、りっぱな教養のある、気さくで感じのいい女性だ。こんな女性を口説き落とすような魅力は、自分にはない。もともと、どんな魅力もないのだから。耳ざわりのいい言葉も口にできないし、やさしくエスコートすることもできない。

ただ、配管を修理してやるというのは、ひとつの手かもしれない。

サム・クーパーが黙って修理をしてくれているあいだ、ジュリアは床の水を拭き取っていた。

どこまでも続くような彼の長い脚を、何度もまたがねばならなかった。すてきな脚だわ。すごく、すごく、すてきな脚。そう思うたびに、自分を助けてくれている男性をそういう目で見てしまっている自分が恥ずかしくなった。ただ、こういう脚は、色目を使われて当然だとも思う。

ジュリアは動きを止め、その脚をじっくり見てみた。

長くて筋肉質で、力がみなぎっている。ぴったりしたジーンズのせいで、腿《もも》の筋肉がいくつもの筋に分かれているのがわかり、それぞれが鋼《はがね》のように硬くて、大きくて、クーパーが脚を動かすたびに、ぎゅっと力が入って大きくなったり、盛り上がったりする。そんな様子に、ジュリアはすっかり見入ってしまっていた。筋肉の動きに目を奪われてしまう。純粋に男性的な筋肉をこれほど間近で見る機会は、めったになかった。思わず手を伸ばして、男性の力を感じてみたくなり、ジュリアはしっかりこぶしを握って、自らを押しとどめた。ほんの一瞬でいい。どういう感触なのか、確かめたいだけ。

ジュリアが今まで男性と付き合う基準にしてきたのは、会話が楽しく、一緒にいるのが心地よいことだった。そしてもちろん、読書好きで昔の映画のファンで、フェデリコと仲良くできなければならないが、最後のハードルは高かった。フェデリコは、友だちのえり好みが極端に激しいのだ。

腿の筋肉がどうだというのは、そうした考慮基準にはけっして入ってこなかった。男性の体の下半分だけを見て興奮することがあるという事実さえ、ジュリアには思いがけないことだった。これでは男性が豊かなバストに興奮するのと同じではないか。そんなのは、自分らしくない。ジュリアは会話や教養や、人間的魅力を大切に考えてきたのだ。男性の肉体的な魅力に惹《ひ》かれるなど、あまりにショックだ。ストレスと恐怖でこんなことになってしまった……無教養な田舎者《いなかもの》の男性に興味を持つなんて。

今、自分の家の配管を修理してくれているこの男性が、会話をして楽しい相手でないのはわかっている。内面に惹かれているわけでもない。ただこの町では、腿の筋肉で魅力の程度が決まるらしい。その証拠にジュリアの体から、熱のようなものがにじみ出てきている。

危険とストレスのせいで、頭がどうかしてしまったんだわ。そうとしか考えられない。

クーパーがさらに壁の奥のほうへと入り込んで、レンチを慣れた手つきで使っている。そのとき、彼の体が仰向けになり、腿の筋肉以外にもきわめて大きなものがサム・クーパーにはあることが、しっかりジュリアの目に焼きついた。興奮してあそこがすごく大きくなっている。でなければ、ギネス記録に載るような巨大なものを持った男性なのか。ジュリアの体の中を白い炎を上げて熱いものが走り、急激に温度が上がって、熱が体から力を奪っていった。

ああ、だめ。私、いったいどうしてしまったの？　膝がおぼつかなく揺れ、ジュリアの目はサム・クーパーのジーンズに釘付《くぎづ》けになった。古くて擦り切れて、前の部分が強く引っ張られている。あの中の腿の筋肉が大きくて、それにあそこが……。

だめ、これ以上は無理。

膝から完全に力が抜けていきそうになって、ジュリアはよろよろとキッチンに入っていった。水は止まっているので、手首を氷で冷やそう。落ち着いて。やっと力が出るようになると、ジュリアはクーパーが作業してくれているところまで戻った。

クーパーがようやく壁の奥から出てきた。大きく、ぼん！と音がして、ボイラーが動き出す。学校で頭を殴ったあとと同じように、クーパーは軽やかに、しかし力強くさっと立ち上がった。そして、ジュリアを見下ろす。陰のある厳しい顔には、いっさいの感情が現れていない。クーパーが目の前に手を掲げた。大きな手は、機械の油にまみれている。切り傷があるのがわかって、ジュリアは心配になった。両方の手の甲から、血が出ている。

「手を洗わせてもらえないかな?」クーパーはめったに口をきかないのか、その声は低いだけでなくてかすれている。

「もちろんいいわ。どうもありがとう」家の中はすでに暖かくなってきていて、ジュリアのクーパーに対する感謝の気持ちが大きくふくらんだ。確かに彼は話好きではないし、腿の筋肉と、そのあいだにあるものに、気持ちがすっかりかき乱された。しかし、彼は配管を修理してくれた。そのことには本当にありがたい気持ちでいっぱいだ。

「バスルームは右手の二つ目のドアよ。きれいなタオルも置いてあるから」

クーパーは大げさにうなずくと、去っていった。ジュリアはその後ろ姿で彼のヒップの形を確認したくてたまらなかったが、そうしなかった自分をほめてやりたい気分でいっぱいだった。彼のジーンズの前の部分だけで、じゅうぶんだ。他のことなど考えられない。ジュリアはキッチンへと戻っていった。

紅茶でもいれてあげよう——いや、カウボーイにはコーヒーのほうがいいのかも。フィルターをセットしたとき、玄関をノックする音が聞こえた。

この家は急にグランドセントラル駅並みに人で混雑する場所になったようだ。ジュリアがこの家に住み始めて一ヶ月、誰ひとり訪ねてくる人などいなかったのに。今夜はサーカスのような賑《にぎ》わいだ。最初は犬、次はクーパーで、さらにまた別の人。

ジュリアがドアを開けると、暗闇《くらやみ》から悪夢が襲いかかってきた。
ピストル、それがジュリアの頭にまっすぐ向けられていた。

3

ジュリアは声を限りに叫んだ。心臓が胸を突き破って飛び出そうとしていた。あたふたと何か武器になるようなものはないかと、あたりを探ったが、そんなことをしても間に合わないのはわかっていた。必死の思いで、ジュリアは撃たれる瞬間に備えて身構えた。

「トリック・オア・トリート」腰を抜かしたジュリアの足元から子供らしい声の合唱が聞こえてきて、ジュリアは動きを止めた。嘘《うそ》っぽい丸めがねをかけたブロンドのハリー・ポッターとカウボーイの格好をした少年が、こちらを見ている。ジュリアの悲鳴に驚いた小さなカウボーイがおもちゃのピストルを落とした。ポッター風の魔法使いは泣き始めた。

殺し屋じゃないんだわ。小学生がお菓子をねだりに来ただけ。

玄関のドアが閉まった。遠くでかすかに男性の声が聞こえる。何百キロも離れたところで声がするような気がする。そして興奮した子供たちが、きゃーっと叫ぶ声。そのあと玄関のドアがまた開き、冷たい北風がさーっと入り込んだ。

ジュリアはやっとの状態で小さなリビングルームに立ちつくした。派手な花模様のカバーをかけたソファをしっかりとつかんでいないと立っていられなかった。激しく高鳴る心臓に逆らって、腕の震えを抑えようとした。ふっと目の前を光がまたたき、視界が古くなった写真のように隅のほうから消え始めた。握りしめたこぶしに、ぽたっと涙が落ちていった。

恐怖、孤独、絶望感。そういったすべてがジュリアの胸の奥を鋭く突き刺す。胸の中にはナイフがあって、それが外に出ようともがいているような痛みが襲う。心がずたずたに切り刻まれていく。ジュリアは深呼吸して、泣くのをやめ、まぶたにたまっていた涙を押し出した。荒々しい恐怖にさらされ、動揺してしまった。そしてまた膝《ひざ》から崩れ落ちてしまいそうになったとき、体が持ち上げられるような感じがして、大きな胸に抱き寄せられるのがわかった。

絶対に泣くまいと思っていたのに、短くしゃくり上げる泣き声がジュリアの体からほとばしった。ふらついた体がしっかり支えられている。たくましい腕に抱きとめられ、ジュリアは我慢できずに体の力を抜いた。

誰かに抱きしめられ、抱きしめてくれるその存在のおかげで、心が休まる思いをしたのは、いつ以来のことだろう。両親が死んでから、初めてのことだ。そしてジュリアは、恐怖や怒りや寂しさを、涙にして流した。泣き声を抑えることもできず、ジュリアは命の限り感情を吐き出して、いつまでも泣き続けた。これほどの涙を流したことを後悔するだろうとわかってはいた。でも、それはあとのこと。今はそんなことも考えない。今必要なのは、感情を吐き出すこと。何もかも洗い流すのが、息をするのと同じぐらい必要。

やがて、泣き声にひくっとしゃくり上げる音が混じるようになり、ジュリアは疲れ果てて、クーパーの胸にもたれかかった。彼のセーターはさびたパイプから漏れた水とジュリアの涙で、ぐっしょり濡《ぬ》れていた。

ふうっと息を吸うと、ジュリアは急に、誰の胸にもたれかかっているのかを思い出した。誰に抱きしめられているのか。大きな手が、頭の後ろをかばうようにおおってくれている。硬い腕が、腰に巻きつけられ、体ごとクーパーに抱き寄せられている。

この人、勃起《ぼっき》してるんだわ。すごく、ものすごく大きくなって、なのに、まだこれ以上大きくなろうとしている。ジュリアは自分の腹部に脈打ちながら長さを増していく彼のものを感じていた。彼のジーンズとジュリアの服を通しても、そこからくる熱は伝わる。そう思ったジュリアの体の中でも熱いものが花開いていき、それが彼に伝わっただろうかと、ジュリアは思った。

冷え冷えとした絶望の中にいたのに、あっという間に熱い欲望にとらわれてしまった。ジュリアは一瞬のうちに、絶望しきってまったく見ず知らずの男性に慰められる女性から、欲望に燃える男性にきつく抱きしめられる女性へと変わってしまったのだ。

普通なら、女性はぞっとしてしまうところだろう。

体を離さなければ。こんなことをしてはいけない。この男性のことは何も知らない。わかっているのは、彼がほとんど話をしないことと、配管の修理がうまいことだけ。う、まあ、それだけではない。

彼のものが、どれだけ大きいか知っている。

巨大だ。

ジュリアはクーパーに体を向けたまま、よろよろと後ろのソファに座り込んだ。どさっと体を落とすなり、目を閉じる。

もうこんなのいや。何もかも。

人殺しに追われる身になってシンプソンに逃げてきた。お菓子をねだりにきたハロウィーンの小学生に怯《おび》えきった。ひと言も口をきかないが見事な腿《もも》の筋肉を持つ興奮しきった男に、欲望を燃え上がらせた。もうたくさんだ。

涙はつきていたが、胸の奥に感じる鋭く熱い痛みがジュリアを苦しめた。

クーパーの体が自分の隣にくるのがわかった。

「ほら」クーパーに手をつかまれ、液体の入ったグラスをしっかり握らされた。喉《のど》を潤したかったジュリアが、ごくんと大きく飲み込むと、液体が喉を通って胃の腑《ふ》まで焼いていった。

「今の、何?」ジュリアはクーパーを見上げ、息を切らしてたずねた。目にはまた涙が浮かんできたが、今度は違う種類の涙で、こういうのは歓迎だった。

「ウィスキー」クーパーはそう言うと、ぼんやりと身動きできなくなっているジュリアの手から、グラスを取った。体全体がしびれたようになっている。喉と胃が熱いだけ。

「どこでウィスキーを見つけたの?」ジュリアはもう一度咳《せ》きこみ、お腹《なか》の上に手を当てた。お腹に飛び込んだ火の玉が、その周辺全体を温めていった。「私、そんなもの持っていないもの」

「俺のだ」

「工具箱に入れてるの?」ジュリアは目を丸くしてクーパーを見た。

「いーや」クーパーの口元がゆがむ。カウボーイが愉快だと思うとこういう表情をするのだろう。「トラックに。緊急のとき用だ」

緊急のときって、いったいどういう場合なの、と聞こうかと思ったジュリアだったが、鋭角的でどんな質問も受け付けないぞというクーパーの顔を見て、口を閉じておくことにした。

まあ、映画なんかでよく見かけるシーンよね、とジュリアは思った。カウボーイは銃で撃たれると、傷口にウィスキーをかける。そして、キャンプのたき火の明かりを頼りに、狩猟用のナイフを突き刺して、銃弾をえぐりとるのだ。

アルコールが回ってきたらしい。アドレナリンが急に引いていったためかもしれない。何にせよ、ジュリアの体はぐったりとして力が入らなくなっていた。クーパーがソファの横にあるおそろいの肘掛け椅子《ひじかけいす》に腰を下ろす。前かがみになって肘を膝につき、ジュリアの様子をじっとうかがっている。

この部屋を飾りつけた人間の室内装飾に関する趣味は、家の給湯パイプの配置をした人と、まさにその能力を競っている。きわめてひどい。肘掛け椅子は巨大なバラの大きな花びらをプリントしたカバーがかけてあって、けばけばしいピンクと赤の配色は想像を絶するものだ。クーパーが腰を下ろすと、彼の黒いシャツと黒髪が日蝕《にっしょく》のように光を吸収する。炎のように輝く雲に囲まれた肘掛け椅子に、人の形をしたブラックホールができたように見える。

部屋は沈黙に包まれ、聞こえるのは窓を打つ氷雨《ひさめ》のぴしゃっぴしゃっという音だけ。ジュリアは沈黙が苦手で、いつも絶え間ないおしゃべりに囲まれて暮らしてきた。どんなときにも、どんな人に対しても、何か話題はある。政治や宗教の話はタブーとされている国に住んだ経験もあるが、そういうときは通常お天気のことを話せばよかった。

ただし、サウジアラビアではそうはいかなかった。政治や宗教の話は、絶対にできないし、話題にしたい天気というものも存在しない。そこで、ジュリアはアメリカ映画の話を持ち出すことにしていた。サウジアラビアでは誰でも、らくだの手綱をとってくれる、いちばん身分の低いとされている人でも、全員がＤＶＤプレーヤーを持っていて、ハリウッド作品に夢中なのだ。

しかし、サム・クーパーと向き合う今、どんな話をすればいいのか見当もつかない。今日、ジュリアはこの男性に殴りかかった。だが家の中で凍《こご》え死ぬところを彼に助けられた。彼にもたれかかって大泣きし、その結果彼は勃起してしまい、お返しにジュリアも体の奥が彼を求めてうずくことになり、なのにその彼に対して、何を話しかけていいか、さっぱりわからないのだ。

嘘を考える気力もなく、真実を告げるのは危険すぎる。見えない影に怯え、感情の糸が切れてしまったのには、ちゃんとした事情がある。だから、いつも神経をぴりぴりさせていなければならない。だから、よく知りもしない男性に欲望を抱いてしまうような、ばかげた事態になった。だが、それを説明はできない。デイビスからは、その点についてははっきりと申し渡されている。ジュリアの命は、秘密を守りとおすことにかかっている。サリー・アンダーソンという女性が証人保護プログラムにあるという事実を誰にも知られてはならない。

沈黙が続く。クーパーの黒い瞳《ひとみ》はいっさいの感情を見せないが、ジュリアの様子をうかがっていることはわかる。彼が頭の中で何を思っているのか、ジュリアにはまるでわからない。しかし、あまりいいことを思っているのではないはずだ。

「事情を説明できないの」沈黙に耐えられなくなって、言葉がジュリアの口をついて出た。ジュリアは誇り高く、顔を上げた。

クーパーはまじめな顔をして一度うなずいた。これ以上合理的な説明はないという表情で今の言葉を受け止めてくれたのがわかり、ジュリアはほっとしてソファにもたれかかった。

ところが何か冷たくて湿ったものが手に当たり、ジュリアはびくっとして背筋を伸ばした。

「ああ」ジュリアは肘掛けから身を乗り出して、思いやりをこめて見つめてくる茶色の瞳を見た。そんなはずはない、きっとストレスとアルコールで頭がぼうっとしているせいだとは思いながらも、犬はジュリアがどんな大変な思いをしてきているかを理解してくれているような気がした。犬はやさしく尊敬をこめた眼差しでジュリアを見上げ、手を舐《な》めた。ツナサラダの残りと、古い毛布を与えただけで手を舐めてくれる人間というのはどこにもいない。

「あなた、配管の修理以外にも、動物を治したり……なさるの、ミスター・クーパー?」

「ミスターは要らない。クーパーだけでいい」

クーパーが肘掛け椅子から軽々と立ち上がったが、これはかなりの離れ業と言ってよい。肘掛け椅子のスプリングは完全にだめになっていて、ジュリアもこれほどぼんやりした状態でなければ、前もってクーパーには、それは人食い椅子なんです、と注意しておいたところだ。なのに彼は、椅子に押し出してもらったとでもいうような軽やかさで、さっと立ち上がった。つまりクーパーは、あの見事な腿の筋肉と釣りあうような、すばらしい腹筋を持っているということだ。実際、クーパーって、体じゅうみんな見事だわ。彼が犬のほうを向いて上体を倒すのを見ながら、ジュリアはぼんやりとそう思っていた。

クーパーの動きは非常に滑らかで、力強く優雅だ。引きしまって硬そうな大きな筋肉が黒のセーター越しに見える。犬を撫《な》でる大きな手はやさしく、指が長くて上品だ。犬にやさしい口調で何かをたずねようと、彼がかがみこむと、ジュリアの目はまたあの腿に吸い寄せられる。どうやったら、脚にあんな筋肉がつくのだろう? そうか、馬の生産で生計を立てているわけだから、たくさん馬に乗るんだわ。

そう思うと、ジュリアの頭の中に、クーパーが馬ではなく自分に乗っている姿が浮かんだ。あの見事な腿にぐっと力が入って、彼の……

クーパーが顔を上げたので、ジュリアは真っ赤になった。胸から顔にかけてどんどん血が昇っていくのがわかる。まあ、どうしよう。私の頭の中をのぞかれたら、大変だわ。

クーパーが大きな手で野良犬の頭を撫でた。そのタイミングを利用して、ジュリアは彼の腿以外のことを考えようとした。すると問題はさらに大きくなった。腿のあいだにあるもののことに考えが及んでしまったのだ。

「その犬は、実は私のじゃないの。この何日か、このあたりをうろついていて、ゴミ箱をあさっていたわ。追い払おうとしたんだけど、今日の夕方は……」あなたの頭をかぼちゃで殴りつけたでしょ……。

ジュリアははっと言葉に詰まり、また顔に血が昇ってきた。

クーパーはそんなことには気がついていないようだ。大きくてセクシーな男性らしい手が、犬の体をゆっくり撫でている。そして前足のところで止まった。

「私も気づいたの。折れてる？」ジュリアはソファに座ったままのぞきこんだ。

「いーや」

「じゃあ、どうなってるの？」

「挫《くじ》いたんだ。それに、人からひどい目に遭わされたみたいだな」クーパーが低い深みのある声で、犬にもう心配ないからなと言っているのを聞くと、ジュリアも安心して眠くなってきそうだった。また声がして、ジュリアは顔を上げた。「こいつの名前は？」

「ないわ。言ったでしょ、今夜、ここに現れたばっかりだって」

「名前が要る」犬の首の上のもつれた毛を、クーパーはやさしくとかしつけながら言った。

「ええっと……」薄汚い、褪《あ》せた茶色の犬はおしゃれで澄ましたシャムネコのフェデリコ・フェリーニとは、まさに対極の存在ではあるが、こんな雑種犬でも脚が四本あって顔もついている。フェデリコと同じだ。近い、というところか。「フレッドにする。この犬はフレッドよ」

「じゃあ、フレッドだ。おい、フレッド」クーパーは指を突き出して、自分の匂《にお》いを犬に嗅《か》がせた。「二、三日もすれば、ちゃんと歩けるようになる。まともな食事をやって暖かい場所で眠らせてやれば、それでじゅうぶんだ」クーパーは訛《なま》りを強くした口調で言うと、突然立ち上がった。ジュリアはぐっと首を伸ばして、クーパーを見上げた。

「もう帰っちゃうの？」ジュリアは急にパニックのような気分に襲われた。

「違う」クーパーはちらっとジュリアを見た。依然として何の表情もない。ジュリアは少しでもいいから彼の心がわかったらと思ってしまった。わかったとしても、その中身は気に入らないだろうが。クーパーはおそらく、頭がおかしくなった女性の家から、礼儀正しく立ち去るためのせりふをあれこれ考えているところだろう。

クーパーは玄関から出て行った。もうすっかり夜になっている。暗闇《くらやみ》と、細かいみぞれ混じりの雨が降っている様子が街灯に照らされて、ジュリアの目にも入った。ドアが開いて寒いと感じる間もなく、クーパーが戻ってきた。手には救急箱を持っている。

「それも魔法のトラックから出てきたの?」

まただ。ちらりと笑みのようなものがクーパーの顔をよぎった。「ああ」

クーパーはフレッドの前にひざまずき、また何かを静かに犬に語り始めた。穏やかな、意味もはっきりしない言葉だった。クーパーが前足を丁寧に手当して、伸縮包帯をしっかり巻きつけても、犬は嫌がるそぶりも見せず、ジュリアはそのことに驚いた。犬は右の腰のところにも深い傷があり、クーパーにそうっと触れられると、くーんと鳴きはしたが、動こうとはしなかった。クーパーは傷をきれいにしたが、包帯などはしなかった。

ジュリアはソファから身を乗り出してクーパーの手つきを熱心に見ていた。彼の手当はすばやく、静かで、要領がよかった。

「どうしてこんな怪我《けが》をしたのかしら?」

クーパーが体を起こして重心を移したので、ジーンズが引っ張られた。ジュリアは慎重に、彼の顔だけを見ていようとした。この男性の下半身にこれほど急に興味を持つようになってしまうとは、恥ずかしいかぎりだ。人生は惨めになっていくばかり。ひょっとして自分は、体の関係だけを求めてバーで男性を引っかけるような情けない女にまで落ちてしまったのかと思うと、ショックだった。

「おそらく、自動車事故だ。車に轢《ひ》かれたのか、車から投げ出されたか」クーパーが答えた。

ジュリアははっと息を吸い込んだ。心に怒りがわき上がる。「投げ出されるですって? 人間が走っている車から、動物をわざと捨てたっていうこと?」

「ああ。よくあることだ。ペットが欲しいと思っても、飼ってるうちに気が変わるんだ。フレッドが飼い犬だったのは、間違いない。以前はな。いい体つきをしてるから、猟犬にはもってこいだ」クーパーは大きな手でフレッドの頭を撫で、親指で耳の後ろを掻《か》いている。フレッドのふさふさの尻尾《しっぽ》が、大きな音を立てて床にぱたん、ぱたんと当たる。

「私にはわからないけど」ジュリアは疑うようにフレッドを見た。いい体つき、ねえ。そういうものがあるとしても、汚らしいもつれた毛で隠れて見えない。「私は犬好きじゃないのよ。だから、この犬を飼うつもりなんて、本当にないの。今夜はちょっとかわいそうだなって思っただけ」

クーパーは立ち上がって黒のジーンズのポケットに手を突っ込んだ。「しばらくそばに置いとくといいんじゃないか。心強いだろ、たとえば……」そこでクーパーは言葉を止めた。

「たとえば、私の気がすごく動転したときとか？」ジュリアは、ふん、という調子で言い返した。「言っときますけどね、ミスター・クーパー。私は毎日、わんわん泣くほど気が動転するような習慣はありませんから」

「そういう女性だとは思ってない」クーパーは体重を反対側の足に移した。埃《ほこり》まみれのブーツが目に留まった。クーパーは困った様子なのに、余裕のある雰囲気が漂っている。「それから、ミスターはやめてくれと言ったが。俺はクーパーだ」

ジュリアは首をかしげて、彼をしげしげとながめた。「ファーストネームで呼ばれたことはないの？　何だっけ、サム？」

「ああ。だが、たいていのやつは俺をクープと呼ぶ」

「子供の頃でも？　お母さんからは、何て呼ばれてたの？」

「知らん。三歳のときに死んだから。母親のことは、ほとんど記憶にない」

「学校じゃ何て？」

「じゃ、奥さんからは?」

「たいていの場合は、このくそ野郎、だな」黒い眼差しが、まっすぐジュリアの瞳に注がれる。「特に、俺を捨てる直前は」

いやはや、こう言われては話の続けようがない。

「あ、あの、私……ごめんなさい。人の事情に首を突っ込むつもりはなかったの。ただ、その……」ジュリアは申し訳なさそうに肩をすくめたが、クーパーがジーンズのポケットから紙を取り出して、ジュリアに渡したので、何だろうと思った。

開いてみると、自分の連絡メモだったので驚いた。ラファエルの両親に宛《あ》てて自分が書き、子供番組のキャラクターのついたラファエルのお弁当箱に入れておいたものだった。いつ書いたものかはわからないが、どのメモも基本的には同じ内容だ。

ラファエルは学校で問題を抱えています。一度お会いして、直接お話ししたいと思います。

目の前の背の高い寡黙《かもく》な男性を見て、またメモに目を落とした。「どういうことか……」

そして、はっと気づいた。

サム・クーパーがラファエルの父なのだ。ジュリアの豊かな想像力がいろいろなできごとを結びつけていった。クーパーの妻——夫をたいていは〝このくそ野郎〟と呼ぶ女性だ、彼女はクーパーを捨て、ごく最近出て行ってしまったに違いない。だからラファエルは、悩んでいるのだ。

いや、話のつじつまが合わない。

ラファエルの苗字《みようじ》はマルチネスで、クーパーではない。とすると、出て行ったのは、彼の妻ではないはず……でも、クーパーは妻に捨てられたと言った。そうか、ラファエルはクーパーの妻が最初の結婚でもうけた連れ子なのだ。クーパーの元妻の子供で——奥が見えない真っ黒な瞳にじっと見られていると、頭がきちんと回らない。

困ったときのいつもの癖で、ジュリアは話し出した。

「差し出がましいことをして申し訳ないとは思うのよ。普通ならこういうことはしないの。ただね、ラファエルは学校で問題を起こすようになってきているの。今日だって、急に泣き出して、それもミッシーが……」

「明日」クーパーがジュリアをさえぎった。「来てもらえるか？」

記号のような彼の言葉も、ジュリアは解読できるようになってきたらしい。人間の言葉に翻訳すると、クーパーはジュリアに対して、牧場でラファエルの問題について話し合いたいので、明日牧場まで出向いてくれる気はあるか、とたずねているのだ。

フレッドが鼻先でクーパーをつついた。彼が何気なく泥だらけの犬の体を掻くとフレッドがうれしそうに体をよじらせる。犬が喜ぶ場所がクーパーには正確にわかるらしい。サム・クーパーには、人間と意思を疎通させるより、はるかにすぐれた動物とのコミュニケーション能力が備わっているようだ。

ジュリアの明日の予定はというと、特に何があるわけでもない。どうしてこんなひどいことになってしまったのだろうと嘆き、フレッドに泣き言を聞いてもらうぐらいだ。それよりは、小学生の男の子の抱える問題について話し合うほうがましだろう。

「ええ、もちろん」ジュリアが言うと、フレッドはクーパーに体をすり寄せたまま、顔だけをジュリアのほうに向けた。「あなたのお住まいは……あ、牧場でしたっけ?」

「旧マクマーフィー街道を西のほうに八キロ、州間高速道路に出たら、そこを右にまがって、そのあと北東に三キロちょっと。そこに分かれ道があるから、いちばん東の道を三百五十メートルほど行ったところに……」

クーパーの道案内を聞いているうちに、ジュリアの心の中でパニックがわき起こってきた。あっちにいくはずの道をこっちに曲がり、必死でだだっぴろい田舎《いなか》の同じところをぐるぐる回っているうちにガス欠になってしまい、狼《おおかみ》に食べられる図というのが頭に浮かんでくる。

顔にもパニックめいた絶望感が表れてしまったのだろう、クーパーが話を止めた。

「明日の朝なら、俺も町のほうに来るけど」その言葉に、何だかほっとしたような調子があるような気がした。「十時にカーリーの食堂に来られるか？」

「カーリーの食堂」ジュリアは自分ひとりで未開の地を運転しなくてもいいとわかり、本当に助かったと思った。これで狼の餌食《えじき》にならなくて済む。西に八キロ……街道の分かれ道を南……三百五十メートルほど進んで……。まったく理解できない言語を話されたのも同然だった。「十時ね。必ず行くわ」

「よし」クーパーは大げさに頭を下げた。「感謝します」

「いいのよ」ジュリアはやさしく答えた。「だってそれぐらいのことは、私さっき……」クーパーの頭に巨大なかぼちゃを落としたところをジェスチャーしたくなって、慌てて目の前で手を振った。

クーパーはもう玄関のところに行っていた。外はまだみぞれが降っていて、温度はさらに急激に下がっている。クーパーの吐く息が白く顔の周囲に漂い、現実の人間とは思えなくなった。力強く、こぎれいさのない、荒削りな顔は、寒さの中にいる人間というより、石づくりの彫刻のようだった。しかし、瞳だけがきらきら輝いている。

なぜだかわからないが、ジュリアはその瞳に吸い込まれるように見入ってしまった。これほど近寄りがたい風貌《ふうぼう》なのに、もう彼に対して恐怖感はない。クーパーには感情がないような、何物にも動じないという雰囲気がある。なのにジュリアに、さらにはフレッドにも本当にやさしくしてくれた。これほどやさしい男性が、自分の幼い息子にあれほど辛い思いをさせるというのが、どうも信じられない気がする。

二人はすぐ近い距離で立っていた。クーパーは背が高く、見上げてばかりいたジュリアは、首が痛くなってきていた。フレッドは新しくできたばかりの友人二人を交互に見ている。

クーパーに魔法をかけられたように、ジュリアは動けなくなっていた。SF映画でよく見るようなトラクタービームを浴びたように、視線に吸い寄せられるようにしてクーパーのほうに体が傾いていく。ジュリアは慌ててあとずさりして、しっかりしなさいと自分に言い聞かせた。

「ラファエルのこと」荒い息のまま、ジュリアは言った。目がどうしてもクーパーのほうを向いてしまう。「本当にいい子なの。少し励ましてやるだけで、大丈夫なはずだわ」

クーパーが玄関を開けて立ったままなので、貴重な暖気が夜の寒さに流れ出ていく。びゅっと風が吹いて、クーパーの足元を暖かい空気が通り過ぎていく。クーパーは背を向けて崩れそうなポーチを外に出て行きかけた。二つ目の段は今にも落ちそうな状態で、クーパーの体重でぎしっと音を立てた。それでもそのまま小さな庭を抜けていく。半分ほど進んだところで、クーパーは足を止め振り向いた。「アンダーソン先生」

「先生はやめて」

「サリー、ラファエルは……」クーパーが口ごもる。

「何なの、クーパー？」雪の混じる夜の大気に、ジュリアの言葉が静かに響く。「ラファエルがどうしたの？」

「俺の子じゃない」クーパーはそう言うと、また背を向けてトラックに乗り込み、走り去っていった。みぞれ降る夜の闇だけが、あとに残った。

シンプソンの町からダブルC牧場までの四十三・七七キロの道のりなら、目隠しをされ、手錠をかけられたままでも、足先だけで運転していける自信がクーパーにはある。助かった。今のクーパーが見ているものといえば、頭に浮かぶサリー・アンダーソンの顔だけ、考えることはどうしようもなく硬くなった脚のあいだのものだけだ。それが大きくなってジーンズの中であまりに痛い。

車に乗ってもおさまる気配すらない。自分の分身が、完全にサリー・アンダーソンに照準を合わせてしまったようだ。彼女に対する中毒状態で、彼女以外の女性には反応しないのではと不安になる。そんなことになれば、一生セックスなどできなくなってしまう。今日の自分の行動を考えると、彼女と親しくなれることはあり得ないからだ。口にした言葉といえば十語ぐらいのものなのに、彼女がトリック・オア・トリートの子供に怯えたため抱き寄せたあと、自分の大きくなったものを押しつけてしまった。

おそらく変態だと思われていることだろう。女性と話すこともできず、その体に性器をこすりつけるようなタイプの男。

ただ、自分のものの趣味の良さは認めざるを得ない。サリー・アンダーソンには、どこだとはっきり言えないような魅力がある。肌の質感のせいなのか。白くきらきらして、中からライトで照らされているように輝いていた。それとも海のような真っ青な瞳なのだろうか。SEALの基地のあったカリフォルニア州コロナドの海は、夕闇が迫るとあんな色になった。何にせよ、彼女の姿から目を離せなかった。

彼女がほほえむと、左の頰《ほお》に小さなえくぼが見える。それを思い出すと、もういちど彼女の笑みを見たくてたまらなくなってきた。しかし、女性を笑顔にさせるテクニックなど、完全に失っている。いや、もともとそんなものは持ち合わせていなかったのかもしれない。ホバリングするヘリコプターから降下することも、六十メートルの深さに潜水することも、千八百メートル先の標的を撃ち抜くこともできるし、野生の暴れ馬をおとなしくさせることだってできる。しかし女性を笑わせることは……まったく別の技術が必要だ。

クーパーは戦闘に関するすべてを学び、家畜を育てるすべてを会得《えとく》してきた。しかし、美しい女性をベッドに連れ込む方法だけは、どうしても学ぶことができなかった。

「俺の子じゃない」その夜遅くなってから、ジュリアはベッドでその言葉を思い出していた。本を読んでいたはずだが、同じところを三度目だ。

あれはどういう意味だったのだろう？ ラファエルは元妻の息子だということなのだろうか？ だとしても、ひどく冷酷で突き放した言い方だ。ところがサム・クーパーは冷酷な男性というふうには見えなかった。

確かに思っていることをきちんと話せるというタイプの男性ではない。ただ、それも単に上手なコミュニケーションのとり方に慣れていないというだけのことだと、ジュリアは思っていた。知性が足りないということではない。奇襲部隊だとか特殊部隊だとか、呼び方は詳しくないが、そういう任務に就くには頭が良くなければならないというのをどこかで読んだ記憶があった。軽い会話術に長《た》ける資質は、そういった任務に要求されるとは思えない。

サム・クーパーが怖そうに見えるのは事実だが、冷酷な人間であるようには、どうしても思えなかった。

ジュリアは、古い毛布の上に丸くなって部屋の隅に陣取るフレッドのほうを見た。

犬もやさしい茶色の瞳で、じっとジュリアを見ている。ジュリアが拾い上げたばかりの、このみすぼらしい雑種犬の扱い方にさえ、クーパーの心やさしい部分が見えた。行き場のわからなくなった犬にも、行き場のない女性にも親切な男性が、かわいくてあどけない少年に、あんな冷たく切り捨てるような言い方をするものだろうか？　そんなはずはないが。

とは言え、ジュリアが知っていることは限られている。確かだと思えるようなことなど、何もないことはわかっている。このひと月で、ジュリアの生活は一変してしまったのだから。

ジュリアは完全に普通の生活を送り、そんな自分に満足している女性だった。ところが、いきなり音を立ててそんなものは吹っ飛んでしまった。鼻にかかった声で歌われるカントリー・ソングに出てくるような西部の田舎暮らし、日々の辛さを嘆いてばかりいるような歌の世界そのものだ。カントリーの曲に合わせて、自分の暮らしの替え歌でもできそうだ。毛布の下で、リズムを取ってみる。

職をなくして、家をなくして、車をなくしたわ……フレッドが急に顔を上げ、怒ったように肩のあたりを嚙《か》み始めた。……あたしの犬には、ノミがいる。そこまで来ると、ジュリアはげんなりし、替え歌を考えるのもやめてしまった。

何より最悪なのは、読書で落ち込んだ気分を払拭《ふっしょく》できないことだった。今まで一度もそんな経験はなかった。生まれてからずっと好きな本に没頭すれば万能薬のように元気になれた。ところが、好きな本というのが、手元にないのだ。シンプソンで読める活字といえば、ローレン・ジェンセンの食料雑貨店で売っている、地元の話題しか載っていないコミュニティ新聞と、今週はプレスリーがどこで目撃されたかを伝えるようなゴシップ紙だけだった。仕方なくジュリアは、わずかに手元にある数冊の本を読むしかなくなった。

シンプソンからいちばん近いボイーズの空港に到着するまで、いく度も乗り継ぎを繰り返した。空港の売店で十分ぐらいのあいだに大急ぎで本を買わねばならず、店の前の棚に置いてあった本を何でもいいからバッグに入れるのが精一杯だった。あとで気づくと、何とか購入した四冊はすべて、以前に読んだことのあるもので、ひどくがっかりした。二十世紀における日本との貿易の歴史について書かれたもの、スペイン語辞書、あとの二つは小説だったが、この一ヶ月でもう何度も何度も読み返していた。

今目の前にある本は、読むのがこれで五度目になる。推理小説だから、気が向かないのも、そのせいなのだろう。今回は、編集者の目で批判的に小説をとらえることにしていた。いい編集者がついていれば、この作品はもっといいものになっていたはず。ジュリアが編集を担当していれば、すばらしい本になっていただろう。ジュリアは優秀な編集者なのだから。

かつては。

ターナー&ロウ出版では、誰がジュリアの後任となったのだろう? ジュリアが姿を隠すとき、会社はちょうど、ドイツ資本の巨大な出版グループ企業の傘下に入ったばかりだった。社内はまだ落ち着いた状態には戻っておらず、今後、人員整理があるのではないかという噂《うわさ》だった。期間も決めないまま休職願いを出したジュリアは、即座に解雇の対象となる。ドーラが自分の代わりをしてくれているのだろうか? いや、ドーラがノンフィクションの編集者として一流であることは、誰もが知っている。大西洋の向こう側にいるドイツ企業の冷徹なビジネスマンでも、いちばん才能の発揮できる分野に編集者を置いておきたいと思うはず。経済的にもそのほうが効率はいい。

たぶん、ドニーがジュリアの担当していた作家を引き継いだのだろう。ドニー・モーロは、ジュリアのアシスタントをしていたのだが、彼が自分の職を貪欲《どんよく》に狙《ねら》っていると感じたことは何度もあった。これ幸いと、この機会にジュリアの代わりを申し出ているだろう。お世辞たらたらの、彼の声が聞こえてくるようだ。僕たちがこんな忙しい思いをしている最中に休職するだなんて、ジュリアも大変なんだろうね。いったい何考えてるんだか、いや、いいんだ、こっちのことだよ、彼女の穴は、僕が喜んで埋めるから。

会社に戻ったときには、どうなっていることやら。

万一、戻れたとして。

目頭《めがしら》が熱くなってくる。けれど、泣いたってこの状況がどうにもならないのはわかっている。まったく、いっさい、何の助けにもならない。それぐらい知っている。この一ヶ月、バケツ何杯分もの涙を流した。こんなことになったことが怖くて、そして腹が立って泣き続けた。涙の井戸が涸《か》れるほど泣いても、結局何も問題は解決しなかった。シンプソンの町をおおうようにそびえるフラットトップ山と同じように、変わらずそこにある。

ジュリアは涙を拭《ぬぐ》い、伸びをした。今日の分のアドレナリンは使い果たした。まずデイビスとの電話、サンタナの殺し屋に見つかってしまったという恐怖から、かぼちゃで人を殴ってしまい、そのあと、口をきくのは無駄だと思っているような元特殊部隊にいた牧場主に不適切な性的欲望を抱いた。さんざんな日だった。ジュリアは目を閉じた。もう寝る時間だ。

ジュリアは反射的にスタンドに手を伸ばし、安物の目覚まし時計をセットしようとした。いや、待って。明日は土曜だ。目覚ましをかける必要はない。

それに、今日一日で、じゅうぶん体じゅうが目覚めさせられてしまった。

4

「お替り、いかがかしら?」

地元新聞を読んでいたジュリアは、その声に顔を上げほほえんだ。ジュリアと同じ年頃のかわいい女性が、コーヒー・ポットを手に、心配そうにのぞきこんでいる。もっとコーヒーを飲んだほうがいいかしら?　やめておいたほうがよさそう。だって、ここからいちばん近い病院だって、山のかなたにあるんだし。ここのコーヒーは一杯でも致死量と言える。

ジュリアは女性に笑顔で答えた。「ありがとう。でも、いいわ。まだたくさんあるから」

自分の人生には自分で何とかできることも残っていることを証明したくて、ジュリアは以前からの習慣をできるだけこの町でも続けようとしていた。ジュリアが続けていきたいと考えた習慣のいちばんは、仕事帰りに、お気に入りのカフェで女友だち数人とゆっくりコーヒーを楽しむことだった。さらに土曜の朝は、新聞を読みながら、カフェでモーニングコーヒーを飲まなければ始まらない。

本来ならジュリアは今頃、ステート通りにある〃本の虫〃カフェでコーヒーを飲んでいるはずだ。足元に新しく手に入れた本を積み上げ、同僚のジーンやドーラとオフィスの噂《うわさ》話に花を咲かせ、モカ・カプチーノがなみなみと注がれた繊細な磁器のカップを手にしているところ。ところが、現実のジュリアは、縁《ふち》の欠けたマグカップで川底のヘドロのようなものを口にしながら、地元のコミュニティ新聞を読んでいる。

しかし、好むと好まざるとにかかわらず、ジュリアの現在の暮らしはここにあり、来たくはなかったがシンプソンという町での日常に巻き込まれている。ジュリアは地元紙を一字一句、端から端まで読んだ。地元の大学のバスケットボールチームの先週の試合については微に入り細に渡る解説を読み、スコアも含めて何もかも知ることができた。しかも、その地元チームは負けていた。さらに一度も聞いたことのない人々の死亡についての追悼記事。これこそデヴォー一族の生き方だわ、とジュリアはうんざりした。

想像を絶するような場所で暮らすというのは、デヴォー家の伝統らしい。ジュリアの母は外交官の娘だった。父方の祖父は陸軍だったため、父も世界各地の基地で育ってきた。父の仕事は二、三年おきごとに異なる国への転勤があった。転々とするのは慣れている。新しい場所に慣れ、そこを我が家とするのだ。

こんなところに来たくはなかったとしても、生命の危険があって、シンプソンにいる。何にせよ、ここが今の我が家だ。

「本当に、お替りいらない？」若いウエイトレスがまだ目の前をうろついて、熱心にコーヒーを勧める。ウエイトレスは、ジュリアを喜ばせようと一生懸命なのが見て取れる。現在、この食堂にいるのはジュリアだけだった。「ええ、本当にいいの。でも、ありがとう」

女性は悲しそうな顔をして、コーヒー・ポットをひび割れたリノリウム張りのテーブルに置くと、ジュリアの座席に入ってきて向かい側に座った。「そう言うのも、もっともよね。あーあ。このコーヒー最悪の味だもの、でしょ？」

ジュリアの顔に浮かんでいた笑みが凍りついた。このコーヒーについては、どんなお世辞を言うこともできない。そんなことを言えば、あまりにひどい嘘《うそ》をついたとして、天に罰せられてしまいそうだ。稲妻に体を貫かれ、焼け死んでしまっても文句は言えない。「えっと、あの……、そうね……」ジュリアはしどろもどろになった。

「いいのよ」女性は朗らかに答えた。「ひどい味なのはわかってるもの。うちの家族の伝統みたいなの。母さんのいれるコーヒーも最悪だったし。うちの母さんが、カーリーよ。〝カーリーの食堂〟の、そのカーリー」女性の瞳《ひとみ》は、何の包み隠しもなく、ジュリアへの興味できらきらしている。薄いブルーの瞳だが、この町の人間がみんな同じ色の瞳なので、ジュリアは〝シンプソン・ブルー〟と名づけていた。女性は、頬《ほお》杖《づえ》をついて顔を手の上に乗せ、体を乗り出してきた。「あなた、サリー・アンダーソンでしょ？　新しい小学校の先生の」

「そうなの」こんな親切で人懐っこい感じの女性にまで嘘をつかねばならないことに、ジュリアは気がめいった。「二ヶ月前に、引っ越してきたばかりよ」

「ええ、知ってる」女性はキャラメル色のつやつやした髪を撫《な》で上げて答えた。「ここに何度か来たことあるでしょ。私、お友だちになれないかなと思ってたんだけど、でも……どう言えばいいんだろ」女性がきまり悪そうに肩をすくめた。「私の知り合いって、生まれたときからずっと知ってる人ばっかりなの。だから、新しく会った人に、どうやって話しかければいいのかわからなくて。この町の人間は、みんなそうなんだけど。ときどき、自分たちが恐竜みたいなものじゃないかと思うときがあるわ。もう絶滅しかけているのに、そのことにすら気づかないでいるって。だって、ここはどこからも離れた場所だし」

ジュリアはまさに同じように感じていたのだが、自分もそんなふうに考えてしまったことが恥ずかしくなった。「いえ……」あまりにしょっちゅう嘘をついているので、本当のような気さえしてきていた。「シンプソンは、そこまでひどくないと思うの。他にもひどいところはいろいろあるでしょ、たとえば……」

「アリスよ」女性は勢いこんで言うと、さっと手を差し出した。手がテーブルに置いてあったコーヒー・ポットに当たり、ジュリアはアリスの右手を握りながらも、慌ててポットを左手で押さえた。アリスはジュリアの手を握ったまま、うれしそうに上下に振っている。「アリス・ピーダーセンっていうの。よろしくね。新しく人に会うことなんてめったにないの。特に私と同じぐらいの年代の女の人はいなくて。すごいわ、本当にすてき。あなたが引っ越してきてくれて、本当にうれしい。結婚してるの？」

ジュリアは質問をはぐらかそうと、コーヒーをすすり、その味にむせ返りそうになった。「えっと、今何て？」

「そんなこと、最初っから聞くもんじゃないわけね、そうなんでしょ？」アリスががっかりした様子で言った。「忘れてたわ。言ったでしょ、ここの人間は外の世界の人と付き合うのに慣れてないって。しかも私ときたら、最近ほとんどの時間を弟と一緒にいるもんだから。弟は十七歳で、手がかかるの、ほんとに。弟のことはすごくかわいいし、母さんが亡くなって、あの子辛い思いをしたから、くだらないことをしでかしても、つい大目に見ちゃうの。でも、上品な話し相手ってわけじゃないでしょ。で、結婚したことは？」

アリスは思ったことがそのまま顔に出るタイプらしく、きらきら輝くブルーの瞳には、純粋に人のいい、好奇心が浮かんでいるだけだった。ジュリアは、ため息を吐《つ》きたくなる気持ちを抑えた。「いいえ、結婚してないし、今までにもしたことはないの。婚約したことさえないのよ」さらに、現在の状況ではロマンスはまったく考えられないわね、とジュリアは心の中で付け足していた。サム・クーパーの姿、あのほれぼれするような腿《もも》が、ふっと頭をよぎる。ロマンスじゃないわ、欲望よ、と思い直した。「そんなの変じゃない？」アリスがびっくりした顔をしている。「どうして？　すごい美人でセクシーで、それに――何て言うか、あなたって都会的だし」

ジュリアはカップを置いた。「ああ、ありがとう……って言ってもいいのよね？」

ジュリアは話題を変えようと、考えてみた。「アリス・ピーダーセンって言ったわよね？　ピーダーセン。ひょっとして、保安官と親戚《しんせき》？」

「ええ、ひょっとするも何も、私の父さんよ。昨日、クープのやっと大騒ぎを起こしたんだって？　家に帰ってきたとき、父さん、まだ思い出し笑いしてたわよ。お礼言わなきゃね。だって、父さんが笑うのを聞いたの、本当に久しぶりなんだもの」

うーっ。「まあ、喜んでくれたんなら、よかったわ。あのときは、本当に怖かったのよ」

「クープのことが？」アリスはブルーの瞳を丸くした。「何で？　クープって、世界一いいやつよ。あいつのことは生まれたときから知ってるけど、ハエを殺すのだって見たことないぐらい」そう言うと、アリスは少し考え込んだ。「まあ、アメリカのハエは殺さないはずよ。それからメスだったら、どこのハエでも絶対傷つけないわね。だってね、あのときだって、メリッサは――」アリスはふっと口をつぐんで顔を上げ、笑顔を向けた。「ハイ、クープ」

ジュリアもさっと後ろを向いた。なるほど、サム・クーパー、本人だ。背が高くて、がっしりした体を、また黒ずくめの服装に包んでいる。やっぱり陰があり、怖そうだ。彼はいつからそこに立っていたのだろう? 彼についてとりとめのない噂話をして、彼のことを根掘り葉掘り聞きだそうとしていると、思われたくはない。

「アリス」そう言ってから、クーパーはジュリアに向かってうなずきかけた。「サリー」

ジュリアはこっそり、手を胃の上に置いた。サム・クーパーの声がどしっと響いて、横隔膜を揺すられたような気がした。

あるいは、コーヒーのせいで胃がもたれているのかもしれない。

クーパーはやさしくアリスの肩に手をかけた。「うまくいってるか、アリス?」クーパーの声の調子があまりに温かさに満ちているので、ジュリアは驚いた。「食堂のほうはどうなんだ?」クーパーが隣に座ってきたので、ジュリアは反対側、窓のほうに体をずらした。クーパーの大きな肩が、座席の三分の二ぐらいの場所を取る。

アリスの目に涙がにじみ始めた。「わからないのよ、クープ。どうも、私じゃうまくいかないみたい」アリスは立ち上がってマグカップを取り、テーブルのポットからコーヒーを注ぎ、そっと涙を拭《ぬぐ》った。クーパーのカップも縁が欠けている。ただ、ジュリアのカップが持ち手の左側にかけた部分があるのに対して、彼のは右側にある。おしゃれだこと、おそろいじゃないの、とジュリアは思った。

アリスはまた腰かけると、重々しくため息を吐いた。「私のやってることって、このままでいいのかって思うの」アリスは手を広げて、食堂の中を見回すように促した。汚らしくてすすけた壁、ひびの入ったリノリウムのカウンター。食堂にいるのは、三人だけ。「こんな場所売り払ったほうがいいんじゃないかって。でもね、こんなところ、誰が買おうと思う？」

クーパーがコーヒーを口にし、顔をしかめた。「う、君はここの伝統をしっかり守ってるさ。カーリーのいれたコーヒーもひどかったし、君のも同じだ。変わらず伝えられてるものがあるとわかって、うれしいよ。それに、ここの雰囲気も、相変わらずだ。コーヒーのまずさを補うにはじゅうぶんだ」クーパーの口元がわずかに緩んでいる。

ジュリアはぽかんとクーパーを見ていた。これが同じサム・クーパーなの？　冗談とか言っちゃって。しかも、彼の笑顔って、何てすてきなの。ぼんやり、頭の隅でジュリアはそのことにも気づいていた。彼がしょっちゅう笑みを見せないのは、おそらく賢明なことだ。険しい顔つきが柔らかになり、人間味が増し、近づきがたい印象はいくぶん薄れる。陽の光の中で見ると、クーパーの瞳は底の見えないような黒ではなく、非常に濃いこげ茶だということがわかった。クーパーの笑みはジュリアにも向けられ、息が止まりそうになった。あ、だめ。

そのときクーパーがアリスのほうを向いたので、ジュリアはまた息ができるようになった。吸って、吐いて、吸って、吐いて。落ち着くのよ、すぐに慣れるから。

「マットはどうしてる？」クーパーがたずねている。

アリスは汚れた窓のほうを向いて、うなだれた。「あんまり良くないのよ、クープ。あの子、勉強に集中できなくなっていて、父さんに対する口答えもひどいものよ。私にも反抗するんだけど、それは別にいいの。自分の部屋に閉じこもったっきりで、ラップばかり聴いて、インターネットに夢中になってる。学校もさぼるようになって。母さんが亡くなったことから、立ち直れないみたい」

「何か責任のある仕事をさせるんだな」

「どういうこと？」アリスがさっとクーパーに向き直って、その顔を見つめた。

クーパーは縁の欠けたカップを大きな手で包み込んだ。「マットに、食堂の仕事をいくつかやらせてみろよ。アルバイト料を払ってやってもいい。忙しくさせて、何かを決めるときには、マットの意見を聞くんだ。おまえの仕事に、あいつも参加させるんだよ」

「えー?」アリスは悲鳴のような声を上げた。「クープ、私だってここで何をすればいいかわかってないのよ。ここを続けていくことだけで精一杯で。母さんがやってたときに、何をどうしてるかなんて、注意も払っていなかったのよ。知ってるでしょ、うちの母さんがどれほど人気者だったか? みんなここに立ち寄って、コーヒーとパイを注文したけど、母さんの顔を見ておしゃべりするのが目的だったわ。今じゃ誰も来てくれない。それも当然よ。だって、このありさまを見て」アリスが腕を広げたので、ジュリアとクーパーは、仕方なく食堂を見渡した。

カーリーの食堂に人が群れを成してやって来ないのも当然だ。ここがこの近隣、半径六十五キロほどの中で飲み物や食事を提供する唯一の場所であるとしても、ひどく空腹でもない限り、このコーヒーみたいなもので食事をとるような危険を冒しはしないだろう。ジェンセンの食料雑貨店でチョコレートバーとりんごを二、三個買っておくほうが安全だ。薄汚れた食堂の壁を飾るのは、古いカレンダーと、家族写真だけ。そこには若くて幸せそうで、すらりとした保安官が写っている。アリスとそっくりの笑顔のかわいい中年女性、ティーンエイジャーのアリス、それに丸顔の少年が生え変わる前歯のないまま、笑っている。

べとっとした感じのアップルパイが、水滴のついた皿をかぶせてカウンターに置かれている。反対側の壁に置かれた黒板には、ハンバーガー・セットは四ドルで、食べ放題スペシャルは十二ドルと書かれている。ここのものをお腹《なか》いっぱい食べる、と考えただけで身震いが出る。

この場所には、絶対にインテリア・デザイナーの助けが必要だ。しかし、それもそのはず、町全体に、デザイナーとか装飾家の手を入れる必要があるのだ。

何とかしなければ。そう考えたジュリアは、大人で思いやりのある女性がこういう事態に直面したら、誰だってするはずの行動を取った。肩をいからせ、わざとこっそり盗み見するような態度で部屋を見回す。「さあてな」怪優マーティ・フェルドマンの真似だ。かっかっかっと、笑い声を作ってみる。「それほどひどいもんではない。ちょっと色を塗って、何個かクッションでも置けば……」また恐ろしい笑い声を上げて、どっと受けるのを待ったが、沈黙が返ってくるだけで、気まずさが漂った。

アリスはまったく訳がわからないという顔で、ぽかんとジュリアを見つめている。

クーパーはいつもどおり、何ごとにも動じない様子だ。

「それ、『ヤング・フランケンシュタイン』だな？　アイゴールのせりふだろ？」しばらくしてから、クーパーが言った。アリスに説明している。「おまえは若いから、こんな映画覚えてないだろ？　ジーン・ワイルダー主演の昔の作品なんだ。いや――」クーパーは考え込むように眉をひそめてジュリアのほうを向いた。「君だって、こんな映画を知っているには若すぎる」

「いいえ」ふっと息を吐きながら、ジュリアは背筋を伸ばした。「私は決めていることがあって、作られてから二十年以上経った映画でないと、観ないことにしてるの。無駄な時間を使わなくて済むから。二十年経つと、ちゃんとした映画はその良さがわかるのよ。服装とか髪型は少し変な感じだし、巨大レンガみたいのを何で抱えてるのって思うとコードレスフォンで電話してるだけってときもあるけど」

クーパーがカップをのぞきこむようにしたので、ジュリアもそれにならった。アリスの抱える問題の答がその中にあるのではないかというような熱心さで、二人ともカップを見つめていた。答がそこにはないと、誰が言い切れる？　じっと見つめているうちに、回答が見えてきたことに、ジュリアははっと気づいた。

「お茶よ」そう口にしてしまったことに、ジュリア自身が驚いていた。

アリスが顔を上げる。「お茶？」

「そう、お茶」今度は自信のある口調でジュリアが答えた。「ここのお客さんには、お茶を出せばいいの。紅茶とか……ハーブティーとか」

アリスはぽかんとした顔になった。「ハーブティー？」

「そう」ちらっとクーパーを見ると、感情を隠したこげ茶色の瞳の端で、こちらの様子をうかがっているのがわかった。彼の心の中を読み取るのは、まったく不可能だ。

「お茶を飲む人はたくさんいるわよね、クーパー?」大胆な気分になって、ジュリアはテーブルの下でクーパーのブーツのかかとを蹴飛《けと》ばした。

「もちろん、そうだ」クーパーの表情からは、何もうかがえないが、それでも口元にわずかに笑みのようなものが見えた気がした。そう思うと、笑みはすぐに消えてしまった。「みんな、いつだってお茶を飲むもんだ」

もちろんそんなのは嘘だが、ジュリアはうれしくてクーパーにキスしたい気持ちだった。すると、彼にキスするということで、頭がいっぱいになってきた。

「クープ、あなたも飲むの?」アリスが疑うような表情を見せる。

クーパーがもったいをつけてうなずくと、アリスの眉間《みけん》に寄っていたしわが消えていった。アリスにとっては、サム・クーパーがすることなら何だって正しいということになるようだ。

「食堂のすぐ横に、ペパーミントが生えていたわ」ジュリアの脳裏に、モロッコの夏の日と、そのとき飲んだ冷たいミントティーがまざまざとよみがえってきた。「ミントの葉を乾燥させて、それを煎《せん》じるの。ハーブがあれば、いろんなのができるわ。ローズマリー、ローズヒップ、ヴァーベナ、サフラン、セージ、何だってハーブティーになるの。いくらでも思いつくわ。ハーブの他に、紅茶にシナモンとかレモン・ピールを入れるのもいいわよ。おいしいバニラティーの作り方なら知ってるわ。すごくおいしいから、びっくりするわよ」

「ちょ、ちょっと」アリスはエプロンからメモ帳と鉛筆を取り出し、必死で書き始めた。「……シナモン、レモン・ピール、バニラ、と。すごいわ。これって、うまくいくかもしれない。ともかく、やってみたって損はないわよね」アリスは、クーパーが座席から体を出し、立ち上がるのを見ていた。「クープ、どう思う？」

「うまくいくかもな」クーパーはそう言うと、テーブルにコーヒー代を置いた。「何にしても、やってみろよ」クーパーはジュリアに手を貸すと座席から立ち上がらせ、ジュリアに告げた。「俺たちは、そろそろ行かないと」

アリスは驚いたようにクーパーを見つめ、そのあとジュリアに視線をやり、またクーパーを見た。彼女の考えていることが、そのまま顔に表れている。「ああ」さらに、すうっと吸えるだけ息を吸ってもう一度。「ああ！」

アリスがどこまで想像しているのかはさておき、それは違うとジュリアは言おうとしたのだが、そのときクーパーがジュリアの腕をしっかりつかんで入り口に向かって歩き出した。腕を引きちぎられたくなければ、クーパーについて行くしかない。「作り方はあとで教えるわ」急いでそれだけを振り返ってアリスに伝えた。

ちょうどドアが開き、十代の少年が入ってきた。頭髪はてっぺん部分を残してきれいに剃《そ》り上げ、頭頂部の髪は肩の下まで伸ばしてあって、背中で金髪のポニーテールが揺れている。耳にピアス、鼻と眉《まゆ》にもピアスがある。ぼろぼろのデニムジャケットを着ているが、この寒さにもかかわらず、その下は裸で、つるっときれいな胸が見えている。ジーンズは膝《ひざ》のところが破れていて、黒の尖《とが》ったブーツが足元にのぞいているが、ブーツは鋲《びょう》やくさびがやたらにたくさんついていて、これだけあればスタジアムの屋根でも留められそうだ。

ジュリアとクーパーの横を通り過ぎるとき、若者は足を止め二人をじっと見ていた。そして「おい、姉ちゃん」と大きな声でアリスに声をかけた。二人にも聞こえるような大声だった。「あのあつかましい女は誰だよ」

その言葉にジュリアはうっとうなりそうになった。なるほど、マット・ピーダーセンは手のかかる子らしい。

外に出ると、冷たい風がびゅっと吹きつけてきた。ひと気のない道路の真ん中でジュリアは足を止め、体を抱えて腕を撫でさすった。こんなに寒くなるとは思ってもいなかったので、薄手のジャケットを着ていたが、それでは氷混じりの風には何の役にも立たない。ジュリアは寒さで途方にくれた。私、いったいこんなところで何をしているのかしら、そんな思いが頭をよぎる。

気分が落ち込み不安が募り、体が動かない。人里離れた牧場に、ほとんど知りもしない男性と二人で出かけようとしている。確かに彼の腿はセクシーだけれど……出かける理由はといえば、小学生の男の子が心に抱える問題を話し合うためなのだ。そんな問題を解決できるようなトレーニングは、いっさい受けていないのに。さらに、何も食べないで、あのひどいコーヒーを飲んでしまった。しばらくこれで持ちこたえねばならない。まったく、何をしているんだか。

殺されそうになったから、逃げてるのよ。

ジュリアはまたぶるっと震えたが、何か重たくて暖かいものが肩に乗っかったので、びくっとした。クーパーの黒の革ジャケットだった。膝に届きそうなほど大きい。ジュリアは書類かばんを地面に置き、ジャケットに腕を通した。すぐに体を温かさが包み、ほっとした。クーパーを見上げ——もっと上、まだまだ。

「どうも」ほほえもうとしたのだが、歯がガチガチ音を立てる。「これほど寒くなるなんて思っていなかったの。でも、あなたは大丈夫なの?」ぎこちなく重い革の袖《そで》を上げると、指先がかろうじて出るぐらいだった。

「寒さは気にならない」クーパーがぼそりと言った。この寒さにそんなはずはないが、ジュリアは暖かいジャケットのありがたみを捨てる気にはなれなかった。「君の車はどこだ?」

ジュリアははっとして、パニックがわき上がってくるのをなんとか抑えようとした。

「私の……車って?」

私に車を運転しろっていうの？　以前に近くのルパートの町まで出かけていったときのことが、断片的に思い出される。先の尖った氷で神経を引っかかれていくような感覚で、頭の中がいっぱいになる。どういう状況でもジュリアの運転技術はひどいもので、車のハンドルを握って知らないところに出かけると思うだけで、どきどきする。クーパーのあとをついて運転するとしても同じだ。

しかしラファエルの話が終わったら、やはり車を運転して帰ってこなければならない。しかもひとりで。

ひとりで車を運転しなければならないと考えるだけで、大きな恐怖を感じてしまうのだが、そんな気持ちは顔には出せない。そんなことを知られると、火星人だと思われかねない。このあたりの子供たちは、ほとんど歩き始めると同時に車の運転を覚える。この広大で何もない土地で暮らすには、そうするしかないのだ。ジュリアはまた都会が恋しくなった。都会ならどこでもいい。電車や地下鉄やバスのあるところ。それにタクシーがあるところ。それから、人もいる場所。どこまでも何もないような、こんな場所はいや。

ジュリアはどうにか笑顔を向けようとして、乾いた唇を舐《な》めた。「私――車は家に置いてきたの。ちょっと待っててくれれば、すぐに取ってき――」クーパーの手を腕に感じて、ジュリアは話すのをやめた。

「どこにあるのかを知りたかっただけだ。俺は、あとでまたここまで戻ってくるから」クーパーがまた嘘を言っているのがジュリアにはわかった。「俺が送り届ける」そしてクーパーは地面に置いてあったジュリアの書類かばんを持ち上げると歩き始めた。

ジュリアはしばらくその後ろ姿を見ていたが、はっとして追いつこうと駆け出した。大またで歩きながら、安堵《あんど》感でいっぱいになっていった。

「あの、ラファエルはどうしてるの？」答を期待してというより、人間の声を聞いてみたくなって、ジュリアは問いかけた。

「元気だ」クーパーの返事はそれだけ。この二十分で、言葉としては三つ目だ。他の二つは「ああ」と「いや」で、質問への直接的な答だった。ジュリアは会話をあきらめ、景色を見ることにした。そうしなければ、クーパーを見ているしかなく、彼を見ていると心がざわついた。そんな自分に驚き、ジュリアは彼から視線をそらすことにした。

この人、すごく運転がうまいのね。

ジュリアは運転のうまい人を無条件に尊敬してしまう。自分の運転があまりにへただからではあるが、ジュリアがいくら運転に集中しようと思っても、五分も車を走らせると何かおもしろいことが起きて、青信号や赤信号、どちらの道の車が先を譲らなければならないかといったことを考えていられなくなる。クーパーは集中すると同時にリラックスしている。ギアを入れ替える手つきは、楽器を奏でているようだ。ベートーベン作曲、曲目『ブレイザー』、皮肉っぽい考えがジュリアの頭に浮かぶ。クーパーの車は大きなSUV車、シボレー・ブレイザーだった。

おしゃべりは苦手でも、ハンドルを握ると最高ってタイプね。

男性の運転がうまいことに気づくのも、ジュリアには珍しいことだった。それを言えば、たくましい手だとか、脚が長いとかという点に気づくことも普段はない。なのにジュリアは、背が高くて陰のある無口な、しかし特にすごくハンサムというわけではない男性が、自分の隣に座っているのをどうしようもなく意識していた。いつもの自分を考えると、どうしてだか理由がわからない。

愉快なおしゃべりのせいで彼を意識してしまうのでは絶対にない。普通はジュリアが男性に魅力を感じるのは会話のせいなのに。今までは、完全に頭脳でセックスアピールを感じてきた。今まで三人の男性と体の付き合いがあったが、理由は文学への興味が同じだったり、同じでない場合はどうして異なるかという説明を聞くのが楽しかったり、さらには機知に富む会話ができる相手として、話しているとよく笑えるからだった。

大きくてたくましい手をしているからという理由で男性としての魅力を感じることはなかった。甲にうっすらと黒い毛が生えたその手は、気楽に軽やかにハンドルを操作している。ギアを変えようとするたびに踊る腕の筋肉に目を奪われる。クラッチを踏むとジーンズ越しに分厚い筋肉が動く。膝の上で動いた筋肉がつながるのは下腹部の……ジュリアはさっと顔をそらし、見るとはなしに窓の外を見た。

絶対、私どうかしてしまったんだわ。ストレスで頭が変になってしまったのね。それとも黙ったまま車に乗っているせいかも。沈黙には慣れていないから。話でもすれば、こんなおかしな魔法も解けるはずだわ。

「牧場はまだ？」

クーパーがちらっとジュリアのほうを見た。「もう牧場だ」

あたりを見てみる。「そうなの？」よく見たが、ここまでの三十分と同じ光景が広がるだけだ。木々、牧草、さらに木。

「ダブルC牧場の敷地に入って、もう十分になる」クーパーがそう言ったのでよく見てみると、なるほど柵《さく》がきれいに並んでいるのがわかった。はるか向こうのほうではあるが、丘になっているところを仕切るように、道路と平行にきちんと柵が続いている。ただ柵で区切られている土地は、この三十分のあいだ通り過ぎてきた地所とそっくり同じように見えた。柵の中とそれ以外の土地との違いがジュリアにはわからなかった。

「あっ」ジュリアは突然声を上げた。興奮してSUV車のウインドウに鼻を押しつけてしまう。「馬だわ！」クーパーのほうに振り向き、頭ではロマンチックな場面を想像する。「あれって、野生馬なの？」

「いや」クーパーが車の速度を落としながら言った。「あれは俺のだ」

「まあ」ジュリアはその美しい生き物を見つめた。優雅に牧草地を駆ける馬は少なくとも四十頭はいる。野生でないと聞いて、何だかがっかりした気分になる。「野生馬なんて、映画の中にしかいないものなんでしょうね」

「実際は」クーパーはひろびろとした引き込み道路を入っていった。「野生馬は主としてネバダ州とニューメキシコ州にいるんだ。さあ、着いた」

目にするものすべてが新しく、ジュリアはいろいろなものに目を奪われた。そのため考えごとを整理するのに、少し時間がかかった。このあたりの柵は白くペンキが塗ってあり、最近外装を塗り替えたばかりの大きな建物と砂場のような円形の区域を囲んでいた。ジュリアはディック・フランシスの本をたくさん読んでいたので、それが厩舎《きゅうしゃ》とパドックであることがわかった。いや、西部では家畜囲いと呼ぶのかもしれない。

男性が十人あまり、黙々と働いている。土を掘り起こしている者もいれば、一本の長い手綱のようなもので馬を引っ張っている者もいる。何人かは馬に乗っている。忙しく、ビジネスとして成功している牧場という印象を受ける。

クーパーがSUV車のスピードをさらに落とした。何か変わった地層のようなものの横を通っている。違う、自然にできた地層なら、長方形をして木材でできていることはない。もう一度見直してジュリアがたずねた。「あれ、何なの?」ジュリアは手をその……今、通り過ぎようとしている何かに向けた。

「家だ」クーパーは角を曲がると、SUV車を車庫に停めた。車庫も普通の家の大きさぐらいある。家そのものの設計はNASAが担当でもしたのだろう。これがいわゆる全天候型建物というやつなのだろうか。

「誰がこの家を作ったの?」巨大な建造物から無理に視線を離し、ジュリアはクーパーを見た。「神様とか?」

「俺のひいひいじいさんだ」クーパーがブレイザーの向こうからジュリアの側のドアを開けに回ってきた。車庫のコンクリートの床にジュリアの足が届いてちゃんと立ち上がるまで、肘《ひじ》をつかんで体を支えてくれた。

ジュリアは笑顔でクーパーを見上げた。「これほどのものを建てようと思ったら、森をすっかり切り倒さなきゃならなかったでしょうね」

クーパーの瞳が影になり底がないように見えた。「ひいひいじいさんは、自由に動き回れるスペースが欲しい人だったんだ」

「でしょうね。これなら宇宙からでも見分けがつくんじゃない？　ほら中国の万里の長城みたいに」

ジュリアは車庫の屋根の下から足を踏み出して、周囲をながめた。建物が近くにあると、首をぐるっと回さなければ全体が見えない。顔を動かさないと視界から途切れる部分がある。「当時は環境保全局がなくてよかったわね。今なら環境破壊で逮捕されるところだわ。どうしてこんなにたくさん部屋のある家が必要だったの？」

クーパーが肩をすくめた。「ひいひいじいさんは子供の頃にアイルランドから移民としてやって来た。ひどく貧乏で、財産を作ったら権力者として君臨するぞって、心に誓ったんだ。彼は十二人きょうだいの末っ子で、自分も、その子供も十二人子供を作ると思っていたんだ。そしたら、その一族全体でひとつ屋根の下で暮らそうって」

「じゃあ、あなたのおじいさんの世代には百四十四人になってるわけね」頭で計算をしながら、ジュリアは言った。「そしてあなたの代には、人数は……えっと……」

「二万七百三十六人」

「そう……」ジュリアは家を見つめて考え込んだ。「そうするとあなたのいとこの何人かは、ホテルで暮らさなきゃならないことになるわね。それまでに避妊というものが発明されてよかったわ。結局、今クーパー家でここに住んでるのは何人なの？」

「俺ひとりだ」

「あなただけ？」

クーパーがふっとため息をもらした。「ああ」

「遠縁の誰かとかが、この家にもぐりこんでいたりもしないの？」

「ない」クーパーが体重を移動させた。これはカウボーイの言葉で、きまり悪いんですけど、という意味なのだろう。「ひいひいばあさんには子供がひとりしかできなかった。男の子だ。ひいじいさんにも子供がひとり、息子だ。じいさんにも子供がひとり、息子で、俺の親父には――」

「いいわ」ジュリアが口をはさんだ。「当ててあげる。子供がひとり、息子で、それがあなた」

「正解」クーパーがジュリアの腕を取った。「さあ中に」

二人はキッチンへと入っていったが、その大きさは、エロール・フリンが主演したほうの『ロビン・フッド』に出てくる貴族の大広間と同じぐらいのものだった。やってみるほどの価値があることなら、二度やれ、という格言を思い出すような場所だった。暖炉が二つあるが、ひとつが牛をそのまま丸焼きにできるぐらいの大きさだ。オーブンも二つで、これはヤギをそのまま焼ける大きさがある。作業台のついたテーブルは、キッチンの端から端まであるので、その上でローラーブレードを楽しめそうだ。しかし、クーパーにまた腕をしっかりつかまれていたので、ジュリアは詳しく見ている暇もほとんどなかった。クーパーは先を急いでいるようで、長くて暗くて男臭い廊下をどんどん進んでいく。廊下に沿って大きくて暗くて男臭い部屋が次々に見える。やっとクーパーが足を止め、大きなオーク材のドアを開けたときには、何キロも歩いたような気がした。クーパーの手がジュリアの背中のくぼみに添えられた。入り口で中をのぞいてから、ジュリアはその大きな部屋におそるおそる入っていった。これからどうなるのか、見当もつかなかった。

カーリーの食堂と同じだわ、とジュリアは思った。その部屋も根本的に室内装飾をやり直す必要があった。家具はすべて暗い色合いで威圧感のある大きさだし、それらがすべて壁のほうに無造作に押しつけられ、部屋の中央は無意味にがらんとしている。クーパーはここで夏のあいだコンサートでも催すのかもしれない。

部屋の暗がりに目が慣れてくると、ジュリアはほっとした。

クーパーは読書好きなのだ。

そうわかったとたん、ジュリアは、クーパーのコミュニケーション能力のなさや、見ているとおかしくなってしまいそうな腿や腕のことも許してあげようと思った。

クーパーは自分と同じ種類の人間だ。読書族なのだ。

本はそこかしこに積み上げられていて、床も壁も本でおおわれていないところなどないぐらいだ。本来の意味での本、読むための本だ。人に見せびらかすのを目的としたものではない。ジュリアはどんな本があるのか見てみたくて、うずうずしてきた。背表紙に手を当て、本の匂《にお》いを吸い込みたくてたまらない。しかし久々に本を見たうれしさに、涙で本をぐしょぐしょに濡《ぬ》らしてしまうかもしれない。そう思ったジュリアは、かろうじて自分を押しとどめた。

かすかに感じる暖かさは、大きな暖炉で燃え盛る炎がくれるものだった。その前にオーク材の背の高い椅子《いす》が何脚か置かれている。そこに男性と男の子が座っているのが見えた。男性は黒髪で、黒ずくめ、クーパーと同じだ。最近の流行に疎《うと》くなってしまったのか、とジュリアは思った。ニンジャ・カウボーイ・スタイルとかいうのがはやりなのだろう。

「アンダーソン先生！」ラファエルが椅子から飛び出して、ジュリアのところに駆け寄った。心配そうな表情で小さな顔が見上げてくる。「どうしてここに来たの？　僕、悪いことしてないよね、先生？」

「もちろんよ」ジュリアはやさしく言うと、少年の髪をくしゃっと撫でた。「悪いことなんて何もしてないの。ここに来たのはね、あなたは本当にいい子だって、お父さんに言うためなの」ラファエルの不安はいくぶん薄れたようだが、それでも幼い顔にはまだ緊張が見て取れる。

クーパーがまたジュリアの腕を取り、暖炉のそばまで案内した。「サリー・アンダーソン、紹介しよう、バーナード・マルチネスだ。バーニーはラファエルの父親で、牧場監督だ」

その言葉が男性に聞こえた様子もない。ぐったりと大きな椅子に座ったまま、手で頭を抱えている。

「バーニー……」クーパーが低い声で、威嚇《いかく》的に男性に呼びかける。

バーナード・マルチネスがゆっくりと顔を上げ、千歳の老人のように、よたよたと立ち上がった。

彼の瞳を見て、ジュリアはぞっとした。今までに慌てて通り過ぎてしまった赤信号を思い出させる色だった。これほど真っ赤になると、痛いに違いないと思った。

男性はげっそりと険しい顔をしており、数日分のひげが、本来ハンサムな細面《ほそおもて》の顔に目立った。よりハンサムに見せようと効果を狙《ねら》って、特別な電気かみそりで短く刈り上げたおしゃれのためのものではなく、何日も剃っていないだけの本物の無精ひげだ。おそらく、それと同じだけの日数、この男性は眠れないでいたのだろう。

「バーニー……」クーパーの声がこれ以上低音になることはないと思っていたが、さらに低く、さらに脅すような調子になった。

マルチネスは黒髪を片手でかき上げ、ジュリアに軽く会釈《えしやく》した。「アンダーソン先生」かすれた声を振り絞ったようだ。

「マルチネスさん」ジュリアが首をかしげてみせた。

「おい、坊主」クーパーはかがみこんでラファエルの目の高さに合わせた。またやさしい口調になっている。「サザン・スターが昨夜子供を産んだんだ。サンディに頼めば、仔馬《こうま》を見せてもらえるぞ」

「仔馬？」ラファエルの顔がうれしさに輝き、緊張がいっきに取れた。「やったあ！」ラファエルはそう言うと、こぶしを宙に突き上げた。しかし、行儀よくしなければいけないことを思い出したのか、急いでジュリアに断りを告げ部屋から駆け出していった。

バーニー・マルチネスの顔がゆっくりとクーパーのほうを向く。そうするのだけでも、大儀そうだ。「どっちだ、雌か？」

クーパーは立ち上がると、マルチネスを射すくめるような鋭い目つきで見た。「雄の子だ」

「雄ね」マルチネスが、乾いた笑い声を立てた。「当然だよな。馬だってここじゃ女はもたないんだ。クーパーの呪《のろ》いがまた――」

「もういいだろう、バーニー」クーパーの声は低くて氷のような冷たさがあって、ジュリアはぞっとした。自分にはこんな口調で話しかけてほしくない。こんな言い方をされたら、来世紀の終わりまで口をきけなくなってしまうだろう。

しかしマルチネスには効果がなかったようだ。「こんなところに越してこなきゃ、俺のカーメリータも出て行かなかったんだ。きっと――」

「もういいと言ったのが、聞こえなかったか？」クーパーの声がさらに低くなり、周りのすべてが凍りつきそうなほどになった。クーパーがぎゅっと手を脇《わき》に握りしめて、マルチネスに一歩近づく。マルチネスはひげの生えた顎《あご》を上げ、挑戦するようにクーパーを見据えた。

重苦しく、むせるような臭いが部屋に漂う。本の臭いだろうか、この男性二人が吐き出す男性ホルモンの匂いなのだろうか。今すぐ何とかしなければ。マルチネスは二日酔いでいまにも倒れそうなのに、クーパーとつかみ合いの喧嘩《けんか》をしようとしている。ジュリアはまたクーパーの大きな手を見た。今度は戦いに備えるように、こぶしに丸められている。この手で殴られて、勝てるような人間はそう多くないだろう。

「えっと」ジュリアは手をこすり合わせながら口をはさんだ。「ええ、さて、お話ししましょう」二人の男性がその言葉には何の反応も示さないので、ジュリアはにっこりほほえんだ。

何も起きない。

二人はじっと立ったまま、ジュリアなどいないように相手をにらみつけている。

ジュリアはあきらめることにした。二、三発殴り合えば、お互いにとっていい薬だわ。

「あの、クーパー」彼の注意を引くために、袖を引っ張りたい気分だったが、そこまではしないで済んだ。怖いかげりのある瞳が、すぐにジュリアに向けられたのだ。またぞくっとする感じがあったが、それは恐怖のせいではなかった。

「私……」乾いた唇を舐める。「書類かばんを車に忘れてきたの。ラファエルの宿題をマルチネスさんにお見せしたいんだけど、かばんの中に入ってて……あ、いいのよ」クーパーがすぐにドアに向かい始めたので、ジュリアは手で制止した。「自分で取ってくるから。ただキッチンにどうやったら戻れるか、教えてくれる? 地図を描いてくれてもいいけど」

クーパーの低い声がまたやさしくなっていた。「ドアを出て右に曲がるんだ。それから七つ目のドアのところで左に折れて、廊下を突き当たりまで行く。食料庫に出るから、そこからキッチンに出られる」

クーパーに見つめられると、頭がうまく回転しない。磁場に引き寄せられる感じが戻ってきた。「ドアを七つ、左、食料庫、キッチンね。わかった」ジュリアは背を向けて部屋をあとにしたが、目の前に続く果てしなく長い廊下にめまいがしそうになった。

来るときにパンくずでもまいてくれればよかったのかもしれない。

ドアが閉まってサリーの姿が見えなくなると、バーニーはどさっと椅子に崩れ落ち、手で顔を撫で下ろした。暖炉の火を見つめているバーニーを、クーパーはただ見ていた。

「あいつ、行っちまったんだ、クープ」やがてバーニーが言った。「二度と戻って来ない」

「そうだな」クーパーは居心地の悪さを覚えて、体の重心を移動した。捨てられた男を慰めるというのは、クーパーの得意分野ではない。

バーニーは地獄をくぐり抜けて来たような姿だった。親友のそんな様子に、かわいそうにと思わずにはいられなかった。カーメリータが出て行ったことで、バーニーの心にぽっかり穴が開いたようになっていた。バーニーがこれほど嘆いていることが、何となく羨《うらや》ましいような気もする。メリッサがようやく出て行ったときに感じたのは、やれやれという安堵だけだった。

バーニーは本当に傷ついている。しかし、それでもサリー・アンダーソンに対するさっきの態度の言い訳にはならない。

「なあ、バーニー。おまえの気持ちはわかるよ、だがな、しっかりしないと。アンダーソン先生は……」

「忘れるんだな。あんたが、あんな人の心をつかめるはずがないだろ。いずれあの人だって愛想を尽かすんだ。ここに来た女は、誰だって去っていくんだ」バーニーが真っ赤な目をクーパーに向けた。「こんな呪いがあるなんて、どうして先に教えてくれなかったんだ、クープ？　クーパーの土地を女が終《つい》の棲家《すみか》にすることはないって、俺にわかるはずもないだろう？」

「そんなのはばかげた迷信だ」クーパーの心に苛立《いらだ》ちが募る。「おまえがそんなことを本気にするほうが驚きだな」

「本気にするだと？　くそったれ、その呪いのせいで、俺は妻を失ったんだぞ」バーニーは大声を上げたがすぐに、うっと頭を押さえこんだ。

「おまえが妻を失ったのは、クーパーの呪いのせいじゃない」クーパーは道理を説こうとした。「カーメリータがいなくなった理由は……理由は……」クーパーは口ごもってしまった。カーメリータが出て行った理由がわからなかったのだ。女性の行動に理由なんかあるのか？

「理由は、クーパーの土地にいるからだ」バーニーがあとをついだ。

「違う！　考えてもみろ」

「よし、じゃあ何でメリッサは出て行った？」バーニーの口調には敵意がこもっていた。「答えてみろよ、え？」

「それは——それは……」

「それは、あんたたち夫婦がこの場所に来たからだ」バーニーは高度な数学的定理を説いた学者のような顔つきでうなずいた。

「あいつが俺と一緒には暮らしたくないと思っただけのことだ！」クーパーは興奮して、両手を高く上げた。「だから、こんな話はやめろ。牧場とは何の関係もないんだから」

「あんたの母さんが出てったのは、何でだ？」バーニーが食い下がる。

「出てってない」バーニーは傷ついており、ある程度まではクーパーも我慢するつもりだった。しかし、限界というものもある。「俺のおふくろは死んだんだ」

「おんなじことさ」バーニーは強情そうに歯を食いしばっている。「それから、ばあさんは？　シンガー・ミシンのセールスマンと駆け落ちしたってのは、この女だよな？　それからひいばあちゃんはどうだった？　子供をひとり産むと、もうたくさん、てことになったんだよな？」

「バーニー……」クーパーがうなるように言う。

「しかも牝馬《ひんば》にも呪いがかかるんだ。どうだよ？　この牧場の牡馬《ぼば》と牝馬の割合は七十対三十だ。統計学的にはあり得ない数字だ」

「偶然だよ」

「偶然？　わかったよ。じゃあ、あのコリーはどうなんだ？　牧羊犬が仔犬を六匹産んだと思ったら、みんな雄だった。え？　これも単なる偶然なのか？　カーメリータもメリッサも出て行くのは当然だよ。この土地は、女には毒なんだ」

特に性悪の女にはな、と思ったクーパーだったが、賢明にもその言葉は口に出さなかった。

バーニーは頭に手をやり、黒髪をかきむしっている。「銀行とか小売店とかで仕事を見つければよかったんだ。そうしてれば、家庭が崩壊することはなかったんだ。こんな惨めな思いを味わうこともなかった」そして、がっくりと頭《こうべ》を垂れた。「ラファエルだって、辛い目に遭うこともなかった」

「バーニー、銀行や小売店でおまえが働くのは無理だから」クーパーは怒りをこらえて話を続けた。「そんな訓練は受けてきてないだろう？　おまえは牧場仕事にりっぱな経験があるんだ。それがおまえの仕事で、その仕事を見事にやれる能力がある。まあ、頭がおかしくなっていないときにはな」

「頭がおかしくなっても当然だろ。この呪われた土地のせいで、妻を失ったんだぞ。あんたのせいだ！」バーニーが大声を出した。

「そうか、ともかくそのいまいましい口を閉じてろ」クーパーも怒鳴り返す。この周囲三百キロ内外の中で、クーパー家の呪いを耳にしたことのない女性、特に魅力的な女性はサリー・アンダーソンだけのはずだ。だから、できるだけこの呪いのことは彼女の耳に入れないようにしておこうと、クーパーは考えていた。「アンダーソン先生が、もう戻ってくるぞ。先生はな、忙しいスケジュールの合間をぬって、わざわざおまえの息子について話しにここまで来てくれたんだ。だからしゃんとして、先生にきちんと応対しろ」

サリー・アンダーソンの予定が詰まっているかどうかは、知らなかった。シンプソンの住民のほとんどは、たいしてすることもない。だが、バーニーにそこまで教える必要もないだろう。

バーニーはクーパーに視線を合わそうとしているのか、頭がふらふら揺れている。しばらくすると、やっと視界にクーパーをとらえたようだ。充血した瞳がぎらぎらと光を放っている。「無理にでもさせようってのか？　やってみろよ」

バーニーは喧嘩を吹っかけてきているのだ。サリー・アンダーソンが戻ってきたときに、男二人が殴り合っているという状況だけは避けたいとクーパーは思っていた。

「くだらんことはやめろよ、バーニー」

「いやだ」バーニーはふらふらと立ち上がり、闘うような構えをしたが、どう考えてもばかげてるとクーパーは思った。バーニーはまっすぐ立っていることすらできないのだ。

「いいかげんにしないか」クーパーは顔を上げて天井を見た。「素手で闘って、おまえが俺に勝てないことぐらい、お互いわかってるじゃないか。俺は戦闘訓練を受けたし、おまえは受けていない。俺はおまえより十五センチ背が高くて、十八キロ体重が多い。だからもう、こんなことはやめろ」

バーニーが回りこむようにして少しずつクーパーに迫ってくる。

「バーニー」歯を食いしばって何とか気持ちを抑えながら、クーパーが言った。「おまえは二日酔いで、物だって二重に見えるだろう。おまえとは喧嘩にもならない。叩《たた》きのめすのに、一分もかからんさ。しかもニューヨーク流の大急ぎの数え方でな。ラバが屁をこくみたいに簡単だ」

父の気に入りの言い回しを持ち出せばバーニーも笑顔になってくれるのではないかとクーパーは思っていたのだが、バーニーは思い詰めたような表情のまま、思い切りこぶしを打ち込んできた。

クーパーは足の位置を動かすこともなくそのパンチをかわした。ここまでひどいことになるとは思っていなかった。バーニーがまた殴りかかってくる。あまりにものそっとした動きで、アイゼンハワーの伝記を読み終えるぐらいの時間がありそうだった。

クーパーはゆっくりバーニーのこぶしを手で受け止めた。バーニーがつかまれたこぶしを振りほどいたが、クーパーがその気ならつかんだままでいられた。「バーニー、よく考えてみろよ。おまえに俺は倒せないし、そんなことぐらい自分でわかっているはずだ」

「は、そうかな?」バーニーの息が上がっている。脚を払ってきたが、クーパーはそんな手にはかからない。それでも向こう脛《ずね》に鋭い痛みを感じた。「ああもう。痛いだろ」

バーニーが歯をむき出しにした。「ああ、そう思ってやったんだからな」そしてボクシングの構えをして、回りこみながら距離を詰めてきた。クーパーは後退するしかなかった。

「バーニー、今すぐこんなことはやめるんだ。でないと――」バーニーが体を突き上げてきた。クーパーがよけると、バーニーはまずこぶしを、そのあと頭を、暖炉の石のレンガにぶつけてしまった。大きな音にクーパーはうわっと思った。バーニーが振り向く。目の上を切ったらしく、顔から血が流れている。こぶしを上げると、手の甲からも血が出ていた。クーパーはため息を吐いて、仕方なく自分のこぶしを上げた。

そのときドアが開いた。

サリー・アンダーソンが入り口で足を止めた。書類かばんを抱え、目を丸くしている。男たちのひとりは血を流し、もうひとりは非常に困った顔をしていたが、二人ともドアのほうを向いて憮然《ぶぜん》とした様子でサリーを見た。
「これが男の絆《きずな》ってやつ？」サリーが言った。

5

「いてっ」バーニー・マルチネスがびくっとして顔をそらそうとした。

「しっかりしなさい」ジュリアはマルチネスの顎《あご》に手をかけ、ぐいっと顔の向きを正面に戻して、できたばかりの額《ひたい》の擦り傷をきれいにする作業を続けた。ほとんど血は止まっている。「カウボーイっていうのは、男らしさが売り物だと思ってたんだけど？」

「俺はカウボーイじゃないんだ」ジュリアがとりあえずの手当を終えると、マルチネスが愚痴《ぐち》っぽく言った。「俺はメキシコ系のちんぴら少年で、大学の奨学金がもらいやすかったから牧畜を専攻しただけだ」それでもマルチネスは、大きなキッチンのテーブルの前に座って笑顔でジュリアに傷の手当をさせていた。クーパーもほほえんで……これを笑みと呼ぶのならだが、いる。

男ってのは、もう。ジュリアはあきれていた。ほんの十五分前、この二人は相手を倒そうと殴り合うつもりで、七歳の男の子が喧嘩《けんか》で大騒ぎするのとまったく変わらない様子だった。なのに、もうこれだ。

ジュリアはマルチネスの手を取り、こぶしの傷を見た。クーパーの陰のある眼差しと目が合う。

「あの部屋はいつから掃除してないの?」

「掃除はしてる」侮辱されたように感じてか、クーパーは眉《まゆ》をひそめた。「四人一組の当番制にしてある。順番が来ると、当番は厩舎《きゆうしや》から糞《くそ》を取り出すし、家の中の糞も……いや、とにかく、きれいにする。バーニーの傷にばい菌が入ることはない。絶対だ。それにそいつは、あらゆるものに免疫がある。常識を受け付けないのも、免疫があるからだな」

「ま、あなたがそう言うなら」ジュリアはまだ納得できない顔で傷口を見た。「でもやっぱり、消毒剤をつけておいたほうが安心だわ。あの魔法のトラックに、救急箱はまだあるかしら?」

クーパーが、うむ、と真剣な顔をした。「馬が怪我《けが》したときにつける消毒軟膏《なんこう》をつけたほうがいいな。冷蔵庫にあるから」

一瞬、冗談かと思ってクーパーを見たジュリアだが、彼がきわめて真剣な顔つきなので、この人はそもそも冗談なんか言わないだろうなと思い直した。それで巨大な業務用サイズの冷蔵庫の巨大な金属製のドアを開けて、中をのぞきこんだ。

ボストンの友人のひとりが住んでいるアパートの部屋全体より、この冷蔵庫のほうが大きい。

「ここでは、誰が料理をするの？」冷蔵庫を向いたまま、ジュリアは顔だけクーパーに振り返ってたずねた。「木こりの巨人？」

「うちの若いのが、交代で……」

「当番制でね、なるほど」ジュリアはまた冷蔵庫に顔を向け、中身を調べた。「で、馬用の軟膏ってのはどこ？」

「ボウルに入ってる」

「ボウルは二つあるけど」

「緑のほう」

もう一方の中を見て、ジュリアは目を丸くした。「で、赤いほうに入ってるのは何なの？」

クーパーが肩をすくめる。「昼飯」

「嘘《うそ》」ジュリアはきっぱりと言った。両手で緑のボウルを持ち、腰で冷蔵庫の重いドアを閉めながら、このドアには病原体汚染区域と書いたステッカーを貼っておくべきだと思っていた。「あれが人間の食べるものだなんて、あり得ないわ。突然変異を起こしたエイリアンに食べさせようっていうのならともかく。しかも実験はひどい失敗ね。絶対に昼食ってことはあり得ない」臭いを嗅《か》ごうと息を吸うと、咳《せ》きこんでしまった。緑のボウルに入っている得体《えたい》の知れないものは、ラファエルの父親の治療に役立つのかもしれないが、殺してしまう可能性も高い。

「準備はいいかしら、マルチネスさん？」

「バーニーって呼んでくれ」

「わかった、じゃ、バーニー。子供じゃないところを見せてね。あなたが一人前の男かどうかは知らないけど、ともかく、さ、行くわよ」ジュリアは臭いのきつい軟膏を額とこぶしに塗りつけた。「あなたたち二人が本当に殴り合ったなんて、まだ信じられないわ。七歳の子供と一緒じゃないの。意見の違いを解決するのは暴力じゃないって、誰も教えてくれなかったの？　大のおとなが二人もそろってすることとはとても思えない」話をしているうちに、ジュリアの言葉に熱がこもってきた。現在のジュリアの状況は、まさに暴力で物事を解決しようとする者によって引き起こされているからだ。ジュリアの声がさらに高くなる。「暴力に訴えるのは野蛮人のすることよ。本当に。殴り合いなんて、まさにそう。そんなことをして、いったい何が解決すると思っていたの？　恥ずかしいと思いなさい」

「はい、わかりました」二人が声を合わせて答えた。

いつの間にか、自分が人差し指を立てて目の前で振りかざしていたことに気づいて、ジュリアは笑い出した。受け持ちの二年生の子供たちがいたずらをしたときに叱《しか》りつけるのと同じことをしている。

「いかにも小学校の先生、って感じでお説教してたわね。そうそう、本来……」これから話す内容については、自分は何の資格もないのだということが頭に浮かんだが、そんなことは思い出さないように、ジュリアは話を続けた。「本来、私がここに来た理由は、マルチネスさん……バーニーね、ラファエルの宿題をお見せしようと思ったからなの。本当によくできる子で、非常に成績もいいのよ。ただこの二週間、勉強に身が入らないみたいで。授業中もぼんやりしているし、具体的なことを言うと、泣いているところを何度も見かけたわ」

バーニーがため息を吐《つ》く。「わかります、アンダーソン先生」

「サリーよ」そう言いながらも、ジュリアは改めてその名前にぞっとした。ただし考えてみれば、サリー・アンダーソンというような女性なら、人里離れた牧場で牧場監督の傷の手当をしてやるというのは、いかにもありそうなことだ。ジュリア・デヴォーならあり得ない。

「ああ、じゃ、サリー。こういう事情なんだ。うちの女房と俺は、最近……かなり前から……」バーニーの呼吸が荒くなる。「俺たちは……その……」バーニーは先を続けられなくなって言葉を切った。

「うまくいってないのね？」ジュリアがやさしく助け舟を出した。

うなずくバーニーは哀れな様子だった。

「そういうことだろうとは思ったわ。でも、苦しんでいるのは、ラファエルなのよ、でしょ？」

バーニーがまたうなずくと、ジュリアはその心中を思ってかわいそうになった。ジュリアの周囲では離婚というものはなかったが、ひどく辛い体験だろうということぐらいはわかる。

そして、クーパーのほうをちらっと見た。彼も、妻に逃げられたのだ。クーパーもこんなに苦しんだのだろうか？　そんなそぶりは見えない。何かを感じているようにさえ、まったく見えない。鋭角的な顔は石でできているようで、黒く光る瞳《ひとみ》がなければ生きていることさえ疑わしいほどだ。なのに、吸い寄せられるように、そんなクーパーを見つめてしまう。

「バーニー」ジュリアは意識をマルチネスに戻した。担当する児童の父親としっかり話をしなければならない。そのためにここまで来たわけだし、岩みたいな牧場主のことを思って気もそぞろになっている場合ではない。「ラファエルの宿題を、週に何度か放課後にみてあげるといいと思うの。授業についていけるようになるまでね。時間はかからないはずよ、あの子はすごく頭がいいから」

バーニーが困ったような表情で顔を上げたが、すぐにぱっと明るさが戻った。「そうか」そして感謝するようにジュリアの手を取った。「そうすればいいんだ」

熱心にジュリアの手を上下に振っていたが、クーパーの非難するような顔を見て、さっと手を放した。「どうして今まで思いつかなかったんだろう？　すごくいいアイデアだ。ありがとう、サリー。本当にありがとう」

「あ、違うの」ジュリアは狼狽《ろうばい》した。「そういうつもりで言ったんじゃないの、私じゃ……」

「ラファエルに必要なのはそういうことなんだな」バーニーはくしゃくしゃの髪に手を突っ込んでさらに乱した。ふうっと安堵《あんど》のため息を吐く。「かたい教師か」

「家庭教師よ」ジュリアは思わず発音を正す。

「家庭教師、そう、すごい。うまい考えだ」

「違うの、実際は……」ジュリアが言いかける。

「女性の感性だな」バーニーが考え込んでいる。「ソフトでやさしくて、でもきちんと言うことをきかせるわけだ。ベルベットのグローブに包まれた鉄のような手」

「ベルベットの手袋ね」つい言い回しの間違いに気を取られる。

「手袋、そう」バーニーがうなずく。「ラファエルに必要なのは、それだ」

「あの、バーニー、私が適任というんじゃ……」

「あの子には、誰かが気を配ってやらなきゃならないんだ。そうだな……」バーニーが悲しそうな顔になった。「カーメリータは、そういうこともろくにできなかったんだ。あいつは最高のママっていうんではなかった。サリー、ラファエルにはあなたみたいな女性が必要なんだ。あの子いつだって、アンダーソン先生がこうした、とか先生はああするとか、ばっかり話してるから」

「あのね――」

バーニーがジュリアを見上げる顔は、感謝に満ちていた。「本当に先生にはどれほど感謝してるか、言葉では言い表せない。もちろん、ラファエルもそう思ってるし……」

「ちょっと、バーニー……」

「まさに救世主だ」そしてバーニーがぽつりと言った。「ありがとう」

「わかったわ」ジュリアは首を横に振りながらも、降参するというように手を上げた。「そうしてほしいのなら」

状況をいろいろ考え合わせると、ラファエルを教えることはいっこうに構わない。どちらにせよ、放課後にはすることなど何もない。恐怖に震えているぐらいだ。子供を教えていれば、直面する問題も忘れていられる。

バーニーはズボンの尻《しり》ポケットに手を回した。「それで、授業料にいくら払えばいい？」

「お財布はしまっておいてちょうだい」ジュリアは怒った目つきをしてみせたが、どうしようと考えながら、指で唇をとんとんと叩《たた》いた。クーパーのほうを見やる。「ラファエルは動物の扱いは得意？」

「非常に。大きくなったら獣医になりたがってるぐらいだ」

「よかった」ジュリアはまたバーニーのほうに向き直った。「それで授業料にするわ。ラファエルに、うちの犬をきれいにするのを手伝ってもらいたいの。フレッドっていうんだけど」うちの犬、だって。驚き。妙な感覚だった。「ラファエルには、犬を洗って、毛をとかして、それから……」汚らしくもつれきった毛の塊を思い出す。「……ノミの駆除をしてもらいたいの。そのお礼として、ラファエルは今週二、三回、放課後に私の家に来てくれれば、授業についていけるところまで、勉強をみてあげる」はっと思い出して、ジュリアは怯《おび》えたような眼差しをクーパーのほうに向けた。「でも誰かにラファエルを迎えに来てもらわないといけないわ。私が送っていくなんて……問題外で……」

「それなら俺が――」バーニーが言いかけた。

「俺がしよう」クーパーの低い声がバーニーをさえぎった。

サリー・アンダーソンとバーニーが啞然《あぜん》とした表情でクーパーを見ていた。二人とも、クーパーに頭がもうひとつ生えてきたような顔つきをしている。

サリー・アンダーソンがそんな顔をする理由は、彼女に会うたびに勃起《ぼっき》するような男が、放課後しょっちゅう自分の家に現れることをいやがっているからだろう。

バーニーがそんな顔をする理由は、来週、何度もシンプソンの町まで車で行くような時間がクーパーにはないことを、思い知っているからだ。確かに、そんな時間はない。これはクーパーの頭脳ではなく、下半身が決めたことで、その決定に体全体が従うほかはないのだ。

「俺がラファエルを迎えに行く」クーパーが言うと、ぽかんと口を開けたバーニーは、クーパーのほうを見て、また口を閉じた。「それから、授業料はそんなものじゃ足りないはずだ」

サリーの口元が緩む。魅入られるように、クーパーはじっとその口を見てしまった。柔らかな唇は自然なピンク色で、いつも笑みを絶やさないため、口角が少し上がった形になっている。温かくて、誘うような唇が……。

サリーが首をかしげてクーパーを見た。「足りないって？」

「何だ？」会話に意識を戻さねば。「ああ」

「どうすれば足りるの？」

「君の家のボイラーには、緊急修理が必要だ。それからポーチの上がり口の二段目を取り替えなければならない。まずはそこから始めよう」

「それはそうね」サリーがまぶしい笑顔を向けてきたので、クーパーは息をするのを忘れてしまった。「じゃあ、いいわ。ラファエルの修理の腕前はどんなものなの？」

「父親より腕が立つのは確かだな」クーパーも笑みを返し、はっとした。この人と軽いおしゃべりを交わしている。そんな感覚を今までに味わったことがなかったので、クーパーは何の話をしていたのか、わからなくなってしまった。

美しい女性と、軽いおしゃべりをしている。クーパー家のキッチンで。あり得ない。

クーパーが思い出す限り、このキッチンは寒々として人の気配がなく、男たちが空腹を満たすだけの場所だった。できるだけ早く食べ物をかき込んで、また仕事に向かっていった。クーパーに妻がいるあいだも、もちろんそうだった。

しかしサリーがそこに座って、軽くクーパーやバーニーをからかっていると、このキッチンもなんだか……こざっぱりした感じに見える。

「クープ？」バーニーがこっちを見ている。「俺に、サリーんとこの配管を修理しろってことかい？」

「いや」バーニーの手がハンマーを握っているところを想像するだけで、現実に引き戻される。「俺がする。おまえに工具を使わせたらどうなると思ってるんだ。おまえは干し草を食う生き物以外は、何も扱えないんだ。俺なら……」

「父ちゃん、父ちゃん！」キッチンのドアが開いたと思ったら、ラファエルが走って入ってきて、父の腕に飛び込んだ。「サザン・スターが男の子を産んだんだ。すごくきれいな仔馬《こうま》だよ。サザン・スターと同じように額に白い星の模様があるんだ。上手に跳ねてるよ。あれを見たら、あの仔馬はきっとチャンピオンになるってわかるから。クープが調教してくれれば、このあたりじゅうのレースはぜんぶ勝つよ」

少年は興奮して、ぴょんぴょん飛び上がっている。

「そうかい？」バーニーは息子に笑顔を向け、抱きしめた。「よし、じゃあおまえはこれからすごく忙しくなるぞ。新しい仔馬の世話をしなくちゃならんし、放課後、アンダーソン先生のところに行って、勉強を教えてもらうんだ」

ラファエルが大きく目を見開いて、さっと振り向いた。「そうなの？」

「ええ。あなたがよければだけど。それから、お礼としてうちの犬の世話もしてくれなきゃならないわよ」サリーが笑顔で答えている。

「犬？」ラファエルの顔がさらに輝く。「やったあ。犬はどんなの？」

サリーがクーパーを見た。「クーパー、フレッドは何犬って言うの？」

「雑種」

「雑種犬、そうね、いろいろ混じっているから。さてと」サリーは両手をこすり合わせた。「私はそろそろ、この辺で……」

「父ちゃん、昼ごはんは何なの？」ラファエルがお腹《なか》をさすっている。「僕、ぺこぺこなんだ」

バーニーが無精ひげの生えた顎を上げて、クーパーを申し訳なさそうに見た。「最近、俺はあんまり買い物に行ってなくてな。クープ、今日の炊事当番は誰だ？」

「ラリーのはずだったんだが、囲い用の鉄条網を買いに、ルパートまで出かけてしまった」

「じゃあ、誰がごはん作ってくれるの？」ラファエルが悲しそうな声を上げた。

見えない糸に操られているように、三人の男性の顔と三組の黒い瞳がジュリアのほうを向いた。あまりにも憐れっぽい表情は、昨夜のフレッドと同じで、ジュリアは頬《ほお》の内側を噛《か》んでいないと笑い出しそうだった。「三人とも、私にお昼の用意をしてくれって言うの？」

おとな二人は礼儀上ためらいを見せたが、ラファエルは幼くて、マナーに反するとかいうところまで考えはしない。「すっげー！　先生、きっとすごく料理が上手でしょ」

「まあね……。料理はわりと得意なほうよ。ただ、材料がないとね」ジュリアは返事しながら、クーパーを見た。「でも、あのボウルに入っているのは使えないわよ。それから野菜室も見たけど、ひどいことになってるわね」

「何をのぞいたって？」クーパーの質問に、ジュリアはただため息が出た。

「忘れてちょうだい」ジュリアはなんだか楽しくなって立ち上がった。昼食をバーニーとラファエルと一緒にする。それに、そう、クーパーもいるのだ。冷え冷えとした寂しい家にひとりで帰ると思うと、やりきれなくなっていたところだった。「フリーザーには食料が貯めこんであるんでしょ？　こんな周りに何もないところに住んでいるのに、フリーザーもないなんて、考えられないもの。で、どこにあるの？」

「あんまりたいしたものはない」クーパーが返事した。

「ないって？」クーパーの言葉にジュリアは足を止めた。冷蔵庫にあったものを思い出して、それで食べ物を作ってみることを考えたが、口に入れるものなどできるはずがない。

「ないんだ」クーパーがジュリアのところまでやって来た。ジュリアはそのこげ茶色の瞳を見上げた。奥のほうに、おもしろがっているような色がかすかに見える。「でも、冷凍貯蔵室はあるから」


情報は力だ。さらに究極的には、情報はお金になる。情報が秘密であればあるほど、その情報は力を生み、また金にもなる。現代経済の主要原則、スタンフォード大学で学んだことだ。

となると、とプロは考えた。ジュリア・デヴォーの居場所はわかっていない。今のところは。しかし、証人保護プログラムにある、他の二人の人物の住所と偽名はわかっている。この情報はドミニク・サンタナには何の価値もないものだが、誰かにとって意味を持つものであることには違いない。この情報に大金を支払う人間がいるはずだ。

ふとそう思って、プロはさっと顔を上げた。いいアイデアが浮かんだ。

そろそろこの仕事からも足を洗う時期だ。そのことに関しては、疑う余地もない。これまでに二十件の仕事を見事に成功させ、その腕についての評判は抜群ではある。しかしそろそろ警察も黙ってはいない。遅かれ早かれ、どれほど細心の注意を払って準備を整えたところで、ちょっとした手抜かりをしてしまう。統計的に避けられないことであり、だからこそやめるときが来たということだ。

ジュリア・デヴォーの頭を差し出せば、今までに稼いだ三百万ドルとあわせると暖かなビーチで豪勢に引退生活が送れることになる。しかし、三百万ドルの価値は昔ほどのものではない。確かに、百五十万ドルはすでにまっとうな投資信託に預けてあり、リスクの低いファンドで運用されている。人生そのものがリスクの高いものだし、手持ちの金の運用は真剣に考えねばならない。

しかしビーチに面した不動産を買って、そこに移るとなると、預金はかなり目減りする。すると配当資金が少なくなることになる。もっと金を稼がねばならない。

実際に人殺しをすると二十万ドル以上になる。しかし一年間でできる人殺しの数というのは限られているし、こういう仕事からは足を洗う時期が来ている。

ただ殺しにつながる情報——たとえば連邦裁判の証人となる過去の従業員の現在の場所とかには、金を出す人間がいるはずだ。かなりの額を。コンピュータと接続モデムがあれば、世界中どこにいてもそういった情報は得られる。もちろんカリブ海に浮かぶ島にいても同じで、その情報を何の危険もなく世界中どこにでも送りつけることができる。殺しに関わる情報なら、いくらでもある。空の高さと同じように限りない。司法省がどういったファイアウォールを作ったって、私ならそんなものは破ってみせる。

最高のビジネス・モデルではないか、プロはそう思った。バーチャルな殺し。そう、ひとり頭五万ドル、それが永久に続く。何のリスクもなく。

スタンフォード大学は、私を卒業させたことを誇りに思ってくれるだろう。

「おいしかったね」ラファエルが最後のビスケットで皿のソースをきれいにしながら

言った。「アンダーソン先生、ごちそうさま」

「どういたしまして。あなたたちを満足させるのは、簡単だったわ」サリーがほほえむ。「ステーキをあぶって、ポテトを電子レンジにかけただけなんだもの。あとは座って待つだけで感謝してもらえるんだから」

そんな簡単なものじゃなかった、クーパーは心の中で反論していた。サリーは冷凍貯蔵室を驚きに満ちた顔で歩きながら、その大きさに関する冗談を言い、置いてあるものを確認していった。そして、ステーキをいい具合に味付けし、ベークド・ポテトにはガーリックバターを乗せ、副菜としてハムとえんどう豆をソテーした。あっという間に。さらに、ビスケット・パンまで粉を練って作ってしまった。

すごく料理が上手なんだな、とクーパーは思った。彼女が作ってくれたものは何もかもおいしかったし、何よりも、それを何でもないように用意してくれた。キッチンを自由に動き回るあいだ、彼女が穏やかなやさしい声で会話を続けてくれるので、陽気な気分でいっぱいになった。

バーニーの顔からは、ここしばらくつきまとっていた何かにとりつかれたような表情が消え、ラファエルは七歳の子供らしい笑い声を立てながら、キッチンを走り回っていた。この何週間か、ラファエルは世界中の苦しみをひとりでその小さな肩に背負っているような顔でふさぎこんでいたのに。

全員が、おいしい昼食を、気楽でうちとけた雰囲気の中で楽しんだ。

クーパー家のキッチンで。

女性がいるのに。

あり得ない。

クーパーの呪《のろ》いが、数時間だけ解けたのだ。メリッサがいるときの昼食は、陽気とはほど遠いものだった。カーメリータがいたときのマルチネス家の食事の時間がどうだったかは知らなかったが、知らないでよかったと心から思っていた。クーパーはカーメリータには近寄らないようにと細心の注意を払っていたが、それはタランチュラには近づかないでおこうとするのと、まったく同じ理由だった。

サリーが忙しく立ち働き、自分の家のキッチンを家庭的な雰囲気に変えてくれるあいだ、クーパーはみだらな想像がふくらんでいくのを抑えるのに必死だった。

サリーの胸やヒップについ目がいってしまう。そして、彼女の体に自分がのしかかるところが頭に浮かんで離れない。あのほっそりとした脚が自分の腰をはさんでいるところ。あの体の中に入っていくとどんな感じなのだろう――きっときつくてよく締まって、それは絶対間違いないが、それでも、おもいきり激しくやってみたら、どんなふうに……。だめだ、欲望にまかせてしまったら、彼女を殺してしまうかもしれない。

思い出せないくらい長いあいだ氷で作った固い殻に閉じこもってきた。それが今氷解していく。長期的にはもちろんそれはいいことなのだろうが、当面は大きな問題だ。こぶしをしっかり握りしめて、自分を抑えていなければ、今すぐサリーをキッチンの床に押し倒し、着ている服をはぎとり、何時間でも彼女の体を奪ってしまうところだ。

そんなことを考えてはいけない。非常に美しくて、非常に親切な小学校の先生が、わざわざ親友の息子を助けようとここまで出向いてきてくれた。おまけに四世代ものあいだ冷え冷えとしていたこのキッチンを、温かな居心地のいい場所に変えてくれたのだ。そんな女性に対して抱く感情ではないはずだ。

クーパーは仕方なく座ったまま、様子を見守り、話を聞いていた。他の三人が笑うと、クーパーも笑みを浮かべ、そして、おいしい食事を楽しみ、ラファエルがほほえむのを喜び、バーニーがサリーになれなれしい態度を取るとにらみつけた。

そのあいだずっと、クーパーが頭に描いていたのは、裸のサリーを組み敷いているところ、あるいは——彼女が上になっているところ、その姿が浮かんだとたん、我慢できない気分になり、どうしても頭にこびりついて離れなくなってしまった。ジーンズを突き上げるものがあまりに大きくなり、痛い。椅子《いす》に座ったまま姿勢を変え、テーブルでその部分が隠れているのをありがたいと思った。

彼女を上に乗せたら、セックスのあいだあのきれいな顔を見ていられる。どういうのが気に入ってくれるのかがわかる。激しく速いのがいいのか、ゆっくりと落ち着いたのがいいのか。ただ彼女の好みを知ったところで、あまり違いがあるとは思えない。今の感じでいけば、一週間ぶっ続けで正気をなくしたようにセックスし続けること以外は考えられない。

普段のクーパーはセックスのあいだ、女性が望む強さをきちんと与えようとして、どこかで自分をコントロールする。言葉でコミュニケーションをとるのは苦手だが、体を使ったやり方なら誰にも負けない。女性が望みを口にするまでもなく、挿入したときの相手の腰の動きや、しがみついてくる手の力の入り具合、呼吸の仕方などで、クーパーはその要求をきちんと読み取れる。

サリー・アンダーソンは、おそらくゆっくりやさしく、ロマンチックなのが好きだろう。そういう顔をしている。彼女のすべてが繊細だから、口説き文句もいろいろ用意したほうがいいし、たくさんキスして、ゆっくり服を脱がせて、前戯もたっぷりするといいだろう。入れるときも、そろそろと、少しずつしてくれと言われるんだろうな。俺のは大きいから、用心しないと。ちゃんと収まったら、ゆっくりそうっと突くのがいい。紳士的に接してもらうのに慣れているだろうから、奥のほうまでいっぱいに体を押しつけるのではなく、浅くしてもらいたがるはずだ。

そんなことはできない。

牧場にはグレイホークというあちこちで賞を獲った牡馬《ぼば》がいる。その真っ黒の種馬が、相手となるかわいいアラビア種の牝馬《ひんば》、レイラと交尾するのと、自分がまったく同じ気持ちになっているのをクーパーは感じていた。馬の交尾は暴力的なものだ。自然とはそういうふうにできている。通常クーパーは、馬主に種付けの様子を見せないようにしている。馬主は自分の持ち馬に対してロマンチックな幻想を抱きがちで、気品にあふれ礼儀正しく牝馬にも接するものだと思っているが、そんな性質は種馬にはない。グレイホークは、六百キロはあろうかという馬体の純然たる雄で、あらゆる筋肉がこの地上で最強の生き物であることを誇示している。交尾のとき、グレイホークは血が出るほどレイラの首を噛み、鋭いひづめでレイラのわき腹に傷をつけた。クーパーも気をつけなければ、まったく同じようにサリー・アンダーソンにのしかかってしまうだろう。後ろから、両手で彼女の体を押さえて力の限り自分の体を打ちつけ、首筋を噛む。

そんなことを思ってしまった自分が怖くなり、クーパーはその想像を頭から振りほどこうとした。頭に浮かんだイメージで、熱いものが体の中ではじけるが、そんなちりちりする感覚など忘れてしまわなければ。グレイホークとは違って、自分はまともな教育を受けた人間だということを、覚えておかなければ。

サリー・アンダーソンの胸が小さくて高い位置に丸みがあることに気がついてしま

った。大失敗だ。手でおおえば、きっと隙間《すきま》ができるぐらいだろう。今まで自分は大きな胸の女性が好きだとばかり思っていた。大きければ大きいほどいいと。しかし、何もわかっていなかったのだ。突如として、昔の言葉を思い出した。女性の胸はシャンパングラスを満たすぐらいがいい。まさに正鵠《せいこく》を得ている。今までを考えてみれば、クーパーはアイスペールをいっぱいにするぐらいの胸の女性を追いかけていたわけだ。

サリーは前開きのセーターを着ていた。注意深く見ると――ものすごく注意深く、見ているのを気づかれないようにしながら見ると、胸の先端部の輪郭がかすかにわかる。小さくて控え目で、きっと小さなチェリーのような味がするはずだ。

さらに彼女のヒップ。まいったな。ビスケットの焼き具合を確認しようと体を前に倒してオーブンをのぞきこむたびに、小さくて丸いヒップに目は釘付《くぎづ》けになる。完璧《かんぺき》なヒップだ。

自分の大きな手なら、あのヒップを両方からしっかり支えて、彼女の中に……。

「クープはどう思う?」ラファエルの子供らしい声がする。

俺が思うのは、サリー・アンダーソンとセックスするのは、人生最高のアイデアだってことだ。

クーパーははっとした。しまった。

今のを声に出してしまったんだろうか? もしそうなら、このまま外に出て、自分を撃ち殺すしかない。必死の思いで、クーパーはその場の空気を読もうとした。

よかった、口にはしていなかったらしい。嫌悪感もあらわに、驚いている者はいない。みんなは、クーパーが何かを言うものと、期待に満ちた顔をして待っている。いったい何の話をしてたんだろう？ イエスかノーで答えられるような質問だったらしい。そう思って、クーパーはいちかばちかに賭《か》けてみることにした。正しい答を返す確率は五〇％だ。

「イエス」

ラファエルがこぶしを宙に突き上げた。「やったー！」

バーニーは満足そうだし、サリーはほほえんでいる。クーパーは、何か取り返しのつかないようなことをしてしまったような気がした。たとえばダブルC牧場を、どこかのカルト教団に明け渡すとか。

しかし、この世の終わりということでもなさそうだ。全員がテーブルについたまま、笑顔で食事を続けている。おいしくて、みんなは残さず食べた。ビスケットのくずさえ残っていない状態になると、サリーが立ち上がった。

「そのままでいいから」サリーが皿を片付け始めたので、クーパーは急いで声をかけた。「もうじゅうぶんいろいろしてくれたんだから。うちの若いのがあとはする」

「わかったわ」サリーが、おしまい、というように手をはたいた。「あなたたち二人、収まりがついて本当によかったわ」

収まりがつく？　クーパーとバーニーは訳もわからず顔を見合わせた。「何の収まりだ？」クーパーがたずねた。

サリーはやれやれ、という顔をしてみせた。「もう。あんな痛い思いをしたことをまた思い出させたくはないんだけど、あなたたち二人は、ほんのちょっと前には殴り合ってたのよ」

「ああ、それか。たいしたことじゃない」クーパーが肩をすくめる。

「ちょっとしたストレス解消さ」バーニーが同調する。

「男ってもう」サリーは信じられないと首を横に振った。「私ならストレス解消には、誰かの頭を殴るかわりに、何か気持ちの落ち着くことをするわね。たとえば散歩とか、いい本を読むとか。そうそう、それで思い出したんだけど――」サリーがクーパーのほうを向いた。「あなたに聞きたいことがあるの」

「人の殴り方についてか？」サリーは暴力に訴えるような女性には見えないので、クーパーは驚いた。

「違うわ、読書よ」サリーはテーブルに肘《ひじ》をついて、顎を手に乗せ、まっすぐにクーパーを見つめてきた。その瞳の紺碧《こんぺき》の海の青さに引き込まれそうになる。「聞きたいことがあるの」

「何でも聞いてくれ」クーパーは即座に返事してしまった。そんな自分をバーニーがにやにやと見ているのがわかる。ばかか、こいつは。サリーとクーパーをものめずらしそうに交互に見ている。テーブルの向こうに座っているので、蹴《け》ってやろうとしても足が届かないのが残念だった。「君には借りがあるから」クーパーはそう付け加えて、あてつけがましくバーニーを見た。

「あなたの本だけど」

「俺の何？」クーパーは驚いて聞き返した。

「本。あのね、シンプソンの町には本を買えるところがないでしょ。なのにあなたはたくさん本を持ってる。あの本はどこで手に入れたの？」

「ルパートの町だ」クーパーがそう言うと、サリーがぞっとしたように身をすくめた。

「どうかしたのか？　ルパートには行ったことがないのか？」

「実は……。あーあ。今の質問には、イエス、それからノーよ。ここに来て最初の週末に、私ちょっと……冒険してみようかと思ったのね」サリーが目を閉じ、ぞくっと体を震わせる。「ルパートはいい町だって聞いてたし。どう行けばいいのってシンプソンの人に聞くと、あっちのほう、って延々と続く道を指差したの。私、自分がどっちの方角に向いているかもわからず車で走り続けて……」そこで目を開け、にらみつけるようにクーパーを見た。「ルパートの町に行くのに、標識がないって知ってた？」

「たぶんないだろうな」クーパーは落ち着いて答えた。「シンプソンで生まれた人間なら、目をつぶったままでもルパートに行けるから」

「そうでしょうけど、私は違うし、たどり着けなかったの」サリーはごくっと唾《つば》を飲み込んだ。「でね、さっき言ったように、私はいつまでも車を走らせ続けたの。道路には人ひとりいないし、このまま中国に着いちゃうんじゃないかと思ったぐらいよ。分岐路があるたびに、ここはいったいどこなのと思うんだけど、本当に……誰もいないの。私の車は古くて、もしタイヤがパンクするとか故障でもしたら、きっとその場で動けないままで、雪が降って凍《こご》え死んでしまうんだわ、でも、春が来て雪が解けるまで、死体も見つからないだろうなってずっと思ってた。そのうち家が何軒か見えてきて、大きな『ルパートの町へようこそ』っていう看板が見えてきたんだけど、その頃にはあたりは暗くなっていて、私は汗びっしょりになってて、そのままUターンして帰ってきたの」クーパーを見つめる瞳に、心の中がそのまま表れていた。「で、いい本屋さんなの？」

「まあ、いい店と言ってもいいかな」クーパーはコーヒーを飲んだ。「ボブの店って言うんだけど、ちゃんとした本がそろってる。在庫のない本で欲しいものがあれば、注文すれば取り寄せてくれるよ。一週間ほどかかるけど」クーパーはそう言うと立ち上がった。「遅くなってきたし、これ以上君の時間を取っては申し訳ない。送っていく。あ、そうだ、来週の土曜、俺と一緒にルパートに行くか？　仕事で行く用事があるんだ」

「そうなの？」ジュリアはさっと顔を上げた。書店で一時間ばかり過ごせるなんて、夢のようだ。

「そうなのか？」バーニーも同じことを言った。「確か来週、あんたは――」クーパーにぎろっとにらみつけられ、バーニーはぴしゃりと自分の頭を叩いた。クーパーもまさにそうしたいと考えていた。ただし、思いっきり。「ああ、そうだった。あんたは――大切な用事があったんだよな、ルパートに行って片付けなきゃならない。なーるほど。土曜はルパートまで出かければいいさ。好きなだけ向こうにいてくれていいんだ」バーニーがウインクしてきた。「泊りがけでもな、必要なら」

クーパーはサリーの腕を取って、出口へ急がせた。帰ってきたらバーニーに猟犬をけしかけるのを忘れないようにしよう。何匹も、好きなだけ追い回させてやる。牛追い棒を持たせて。

何かが消えている、車の窓から外を見ながらジュリアは思った。クーパーを見ないようにするには外を見ているしかない。

しかしクーパーは、直接目にしなくても同じような影響を与える。重力のような力で引き寄せられるので、どんなときでもその存在を意識してしまう。キッチンにいるときもそうだった。彼は黙って座ったきり、ほとんど何も言わないのに、すべてが彼を中心に動いているようだった。ジュリアとバーニーとラファエルが小惑星で、クーパーが太陽だとでもいうように。バーニーはクーパーの言うことには何でも従い、ラファエルはひたすら尊敬の眼差しを注ぎ、そしてジュリアは――彼から目を離すことができなかった。

そしてこの午後じゅうずっと感じていたこと……。いったい何なのだろう？　具体的にこれと説明するのは難しい。昔経験したことのある感覚、それはわかっている、ただあまりにも昔で、おそらく両親が亡くなる前だろう。

それだ。

この前こんなふうに感じたのは、四年前、パリでのことだった。両親と一緒に休暇旅行に出かけた。デヴォー家は、ジュリアが十歳から十五歳の時期をパリで過ごし、そのときの経験は楽しい思い出になっていた。懐かしさから、しょっちゅう家族そろってパリを訪れていた。四年前、一家は昔からの友人たちを伴ってシェルシュ・ミディ通りにある瀟洒《しょうしゃ》なプチ・ホテルに滞在した。ジュリアの母はジャン・デヴィの優雅なヘアサロンで髪をカットしてもらった。パリに住んでいた頃も、母はいつもそうしていた。ジュリアはボストンで就職が決まり、そのための買い物をして笑い転げた。そのときは、陽気で心配事などなく……守られているという気持ちだった。

そして両親が交通事故で亡くなった。そのときから、守られているという感覚がなくなった。ボストンではじゅうぶん幸せに暮らしてはいたが、ひょっとした拍子に、本来の自分ではない、さらにひとりぼっちだという気分になった。両親の死によってより所を失ってしまったような気がした。

この一ヶ月、感じていたのは恐怖とどうしようもない孤独。ずっと心の底に重たく沈んでいた恐怖感や完全な孤独感が、この午後は、本当にしばらくぶりに消えていた。この午後は幸福で、心配事のない時間を過ごした。主として考えていたのは、ラファエルがずいぶん元気そうになったこと、巨大なキッチンは不思議な感じだけれど、クーパーに合っているわというようなことだった。

ラファエルはその日の午後じゅう、ずっと笑い転げていた。「残飯の中に放り込まれた豚みたいだな」とはバーニーの言葉だ。

ジュリアは男性三名ともに喜んでくれるような食べ物を用意した。凝ったものではなかったが、テーブルに皿が置かれると同時に料理は消えていった。がつがつと平らげられ、何も残らなかった。

ラファエルはずっと笑い声を上げ、さっきまで喧嘩腰だったバーニーと一緒に冗談ばかり言っていた。クーパーの口数の少なさでさえ……不思議な心地よさを感じるものだった。今日の午後はいろんな感情を味わった。ラファエルはもう大丈夫だとほっとした、ちょっと料理を作ってあげただけで大喜びする男性たちをおもしろいと思った、本屋に行けるとわかってわくわくした、そして、クーパーに惹《ひ》かれる説明のつかない気持ち。しかし寂しさは感じなかったし、何よりも恐怖を忘れていた。この一ヶ月消えることのなかった感覚だったのに。

クーパーのおかげだ。それははっきりしている。彼のそばにいると、恐怖を覚えようがない。彼はキッチンに座って、黒い瞳の端でずっとこちらを見ていた。大きくて物に動じない態度が、圧倒的な安心感を生み出していた。巨大な番犬が見張っていてくれるような感じだった。

そっと彼のほうを見てみる。クーパーは斜めから陽の光を浴び、大きな手をリラックスさせてハンドルに載せている。目の周りの陽焼けした肌には細かなしわがあり、外で仕事をする男性らしい。くっきり目立つ頬骨が横から見ると不思議に品がある。午後遅い時間の太陽が、漆黒の前髪に反射して銀色に光る。

そうね、番犬というよりは、戦い慣れた狼《おおかみ》というところかも。

しかし、彼がそばにいると、その存在を感じるだけで守られている気がして安心する。

ジュリアが見ているのを感じたのか、クーパーがちらっとこちらを見た。ジュリアは輝くような笑顔を返した。

黒のSUV車が少し道を外した。「何だ？」クーパーが聞いてきた。

「笑ってみただけ」そう言いながらも、ジュリアは彼といることで自分が本当に安心し、自由に振る舞えることに驚いていた。何をしてもどんなことを言っても構わないのだという気がした。「理由なんてないの。あなたって、あんまり笑わない人でしょ？」

「ああ」しかし、そういう口元が少し緩んでいる。

「それに、あんまり話さないわよね」

「ああ」

「それでもいいわ。私が二人分笑っておしゃべりするから、ちょうどよくなるの」ジュリアは朗らかに言った。

ジュリアは窓の外を過ぎ行く景色を見た。本物の牧場地帯をちゃんと見たのは初めてだった。ルパートの町へのドライブは悪夢のようで、風景どころではなかった。あのときは、死にものぐるいでハンドルにしがみつき、こんなところでライフルで狙《ねら》われたらひとたまりもないことを強く意識していた。平らな草原はさえぎるものもなく続き、望遠レンズのついた照準器なら、簡単に狙いをつけられる。ひと気のないまっすぐに続く道の両側には松の木があって、待ち伏せしてくれと言っているようなものだった。

木をひとつ通り過ぎるたびに、殺し屋が待ち受けているような気がした。ルパートに着いたときには、汗まみれだった。

恐怖にとらわれない目でこの風景を見ると、田舎《いなか》にはある種の手付かずでそのままの自然の輝きがあることがわかった。強い風がふんわり浮かぶ雲をすぐに散らし、真っ青な高い空が現れる。景色は壮大で、雲を目で追うと草原の草の動きと競争しているように思える。

「あれは何?」特にきれいな木立をジュリアが指差した。

「山椒《さんしょう》の一種で、トネリコの仲間だな」町に近づくとクーパーは車のスピードを落とした。「でも一般的には〝歯痛の木〟って言われてる」

「歯痛の木?」ジュリアはその名前をしばらく考えてみた。「ね、どうしてそんな名前がついたんだと思う?」

「わからんな」クーパーも考え込んだ。「そんなこと考えたこともなかったから。たぶん植物分類をする人間が、名前をつける日に歯が痛かったんだろう」

「それか、猟師さんが山ですごく食べ物に困って、あの木の皮を茹《ゆ》でて食べようとして、歯が割れてしまったとか」ジュリアは昔の厳しい生活環境に思いをはせた。「あ、こういうのはどう？　調査隊がこのあたりを調べてあの木を発見したんだけど、その日は歯痛に苦しんでた。待って、もっといいのを思いついた――あの木を発見した人は、その日ひどい二日酔いで、あの木の形が歯みたいに見えた」

クーパーがジュリアの家の前に車を寄せ、ブレーキを踏んだ。「きっと本当のところはいつまでもわからないんだろうな。さ、着いたぞ」

「ええ、送ってきてくださって――」

ジュリアがお礼を言おうとしたときには、クーパーはすでに車を降りてジュリアの側に回ってきているところだった。ドアを開け、手を貸そうと大きな手を差し出している。大きなSUV車なので、座席から降りるのはひと苦労で、ジュリアはジーンズをはいていてよかったと思うと同時に、クーパーが手を貸してくれることをありがたく感じた。地面に降りるとジュリアはクーパーを見上げ、二人の眼が合った。またクーパーの体に寄りかかってしまいたい気がした。彼は安心できる存在であり、ときめきの源であり、それ以外にも説明できないようなさまざまな感情を呼び起こす人だった。しかし、その感情の中に、恐怖だけはない。怖いという気はまったくしなかった。

何と言っても、手をまだ彼の手の中に預けている。それに気づいてジュリアはしぶしぶ、手を引いた。

「あの、ちょっと……」急に声がうまく出なくなってしまう。「ちょっとコーヒーでも飲んでいく？　アリスに教えるつもりの紅茶を試してみてもいいけど」

「ああ」低い声がやさしく響く。返事がすぐだったので、クーパーは本当にジュリアの家に寄っていきたいのだということがわかった。ただ、その表情からはそんな気持ちも読み取れない。クーパーの心の中は、ジュリアにとって完全に謎《なぞ》だ。ポーチの上がり口の二段目がぎいっと音を立て、クーパーがこれを直すと約束してくれたことをジュリアは思い出した。つまりもう一度クーパーに会えるということで、それを思うとジュリアはうれしくなった。

フレッドが段を上がったところで待っていた。ジュリアがドアを開けるとうれしそうに体をすり寄せてくる。

中に入って、ジュリアはコートを脱ぎ、クーパーのほうを見た。みすぼらしい居間だった。クーパーはドアを入ってすぐのところに立っている。大きくてたくましい体がそこにあり、ジュリアのほうを見ている。彼は動きも話しもしないのに、ジュリアの心臓が高鳴った。あの暗くて深い瞳におぼれそうだった。

何か濡《ぬ》れたものが手に当たって、ジュリアは飛び上がった。「ああ」見下ろすとフレッドが手を舐《な》めていた。

クーパーはかがみこんで、犬のほうに手を伸ばした。ジーンズが引っ張られて腿《もも》がくっきり見える。「ほら、おいで」クーパーが低い声で呼びかけると、フレッドは足を引きずりながらクーパーに近づいた。クーパーが頭を撫《な》でると、フレッドはその腿に鼻先を乗せた。フレッドはあの見事な筋肉に頭を乗せることができる、そう思ってフレッドをねたんでいる自分に気づいたジュリアは、だめだめ、とお茶の準備にかかった。

バニラを入れた紅茶ポットでアールグレイを出す。ポット、カップを二個、砂糖とスプーンを二個、紅茶トレイに並べる。いつものやり方でハーブティーの芳香が立ってくると、ジュリアの気持ちも少しは落ち着いてきた。ジュリアが居間に戻ると、クーパーは小さなテーブルの前に腰かけていた。

ジャケットを脱いだのね。濃い灰色のウールのセーター越しにも、胸や上腕のたくましい筋肉が盛り上がっているのがわかる。ジュリアが部屋に入ると、クーパーはすぐに立ち上がった。レディに対する礼儀みたいなものは、東部ではもう見られなくなっているが、このあたりではいまだに健在のようだ。ジュリアがちゃんと席に着くまで、クーパーは腰を下ろそうとはしなかった。

紅茶を注ぐときも気をつけないと手が震えそうだった。集中しなければならないので、話すこともできない。二人は黙ったまま、しっかりと見つめ合ったまま、紅茶をすすった。

気楽な会話を続けることなどできそうもない。何を話すこともできない。

これほど周囲の状況を意識したことなど今までにはなかった。ジュリアの五感すべてが敏感になっている。またみぞれが降り出し、突き刺すような氷雨《ひさめ》が窓にぽつ、ぽつと音を立てている。フレッドは深い眠りに落ち、獲物を捕らえた夢でも見ているのだろう、くーんと寝言がもれ、脚を震わせている。紅茶は濃く出してあった。ベルガモットの香りに、甘いバニラが混じり合う。クーパーの息遣いが聞こえる。自分の呼吸もわかる。

自らの鼓動が聞こえる。普段の三倍の速さで音を立てている。

話すことができない。喉《のど》に大きな塊がつかえていて、言葉が出てこない。さまざまな感情が入り混じって胸の中を焼く。痛みが絡み合っている。恐怖、孤独、絶望。彼を求める気持ちが強く、炎になって体にひろがっていく。そんなすべてを感じる。すべてが痛みを伴う。

クーパーが紅茶を飲み干し、立ち上がりかけた。彼が帰ってしまう、そう思ってジュリアはパニックになった。

今夜、ひとりで過ごすのはいやだ。寂しさに身を震わせ、自分の居場所がわからない気分のまま暗闇《くらやみ》の中、慰めとなるのは自分を抱きしめることだけ。そんなことはとても我慢できない。クーパーがいなければ、生きていられない。空気が必要なのと同じぐらい。太陽の輝きを求めるのと変わらず。セックスへの欲求のせいか、夜の深い闇の寂しさを紛らしたかったのか、あるいはその両方だったのか、クーパーを必要とする理由はわからない。ただ、ひとりで今晩を過ごせないこと、一緒にいてほしいのはクーパー以外にはいない、それだけはわかっていた。

クーパーは立ち上がるところで、テーブルに片手を置いたままジュリアを見下ろしていた。大きな手。

ジュリアはそこに自分の手を重ねた。ジュリアの手の下でクーパーの手が力強く、ぐっと握りしめられ、そのあと動かなくなった。温かで、たくましくて、力のみなぎる手。ジュリアの瞳が、クーパーの瞳を見上げた。ジュリアの瞳の空の青さが、クーパーの瞳の闇の静けさと出会う瞬間。

「お願い、ここにいて」ジュリアがつぶやくように告げた。

6

ノルウェイに男がいる。灰色の部屋で、灰色のコンピュータにおおいかぶさるように向き合う、灰色の人物。プロは、そのノルウェイの男をそんなふうに想像して楽しんでいた。ただ実際のところ、そのノルウェイ人の風貌《ふうぼう》がどうであるかということはプロにはいっさいわからなかった。男がどういう人物かは、誰も知らない。

世界中に散らばる何人かの人々が、サービスを提供してくれる男がノルウェイにいると知っている。それでじゅうぶんだ。じゅうぶんな対価を払えば、このノルウェイ人は世界中からのメッセージを転送してくれる。回線は上手に経由されるので、メッセージ先からプロをたどることも、その反対も絶対にできなくなっている。

プロは米国連邦マーシャルサービスからハッキングにより手に入れた情報のプリントアウトを手にして、その最初にあった名前を見た。リチャード・M・アプトだ。事件の概要をざっと見て、その内容を確認した。

リチャード・M・アプトは有力な弁護士たち、レドベター、ダンカン、テランスの三人が集まった事務所の経理主任だった。この事務所の依頼人は金持ちだが、犯罪組織の表の顔として弁護士たちを使っている。関わった金のやりとりのうち何件かは、限りなく違法に近いもので、リチャード・アプトは、そのやりとりに実質的に携わっていた。ＦＢＩの捜査が入り、彼は逮捕された。何があったかは、手に取るようにわかる。リチャード・アプトが当局に狙《ねら》われたのは明らかだった。十年から二十年の刑をくらって究極の閉鎖社会、監獄に入り、保護観察処分になる見込みもない。すると今年の七月、リチャード・アプトは、何もかもを話し出した。彼の証言により、事務所の代表である三人の弁護士を終身刑にできることは確実だった。リチャードが法廷でぺらぺら話すのをやめさせようと、レドベター、ダンカン、テランスの三弁護士が喜んでかなりの報酬を支払うのは間違いない。

現在ノルウェイでは夜中の二時、しかしプロの知る限り、このノルウェイ人はけっして眠らないのだ。

プロはノルウェイの男へのメッセージをタイプした。送信先、サイモン・レドベター。内容、リチャード・アプトの潜伏先ならびに偽名について。情報は二万米ドルの下記口座への振込みの確認によって提供。スイス銀行、ジュネーブ本店、口座番号ＧＨＱ１１５Ｙ。実行は事故に見せかけること。プロは送信すると、キジの胸肉の燻製《くんせい》を楽しみ、オペラ『ラ・ボエーム』のＣＤをかけた。

ルチアノ・パヴァロッティのロドルフォは、何度聴いても最高だ。

ここにいて。

クーパーは大きくて力強い手をしている。M16自動小銃を七秒で簡易分解できる手。猛々しい野生の雄馬をなだめることのできる手。百四十キロの干し草の入った樽《たる》を持ち上げることのできる手。サリー・アンダーソンの手は白くてほっそりして、クーパーの手の半分ぐらいの大きさしかない。この小さな手が、力でクーパーの手に勝つことはあり得ない。

それなのに、サリーが手を重ねてくると、杭《くい》で突き刺されたように動かすことができない。殺されると言われても、体が動かない。

昨日と同じように、サリーの手は氷のように冷たく、少し震えていた。震えるのはクーパーにも理解できた。クーパー自身も震えているような気がした。ただ、クーパーは煮えたぎるような熱を感じている。

過去二年間、いっさい感じることのなかったセックスへの欲求が、間欠泉のようにびゅっびゅっと吹き上がり、熱と欲望でおぼれそうになる。体じゅうの細胞が、熱くねっとりとした欲望でふくれ上がる。体の中心部は、普段の十倍ぐらい大きさにまで勃起《ぼっき》している。どくん、どくんと脈を打つたび、ジーンズに押しつけられて痛い。

サリーが心配そうに見上げてくる。彼女にしては、ずいぶん思い切った言葉を口にしたのだろう、拒否されるのではないかと思っているらしい。

それはない。君を拒否することはない。

この地上にあるどんな力をもってしても、今のクーパーをサリーから引き離すことはできないだろう。

あまりにも大きくなってしまったものが脚のあいだにあるので、クーパーはゆっくりとかがみこんで、サリーと目の高さを同じにした。何てすごい瞳《ひとみ》なんだ。近くで見ると虹彩《こうさい》は青と緑が微妙に混じり合っていて、それが遠くで見ると紺碧《こんぺき》の海の色になる。不安でいっぱいの瞳を見て、クーパーはそんな表情は見たくないと強く思った。サリーは手を引っ込めたが、クーパーはとてもその体に触れることはできなかった。今はまだだめだ。自分をコントロールできるか、自信がない。クーパーはサリーの座る椅子《いす》の端を片手でつかみ、もう一方でテーブルの隅を持った。サリーの体はクーパーの両腕のあいだにあり、背中にはテーブルがあってまったく身動きできないのだが、それでもクーパーはまったくサリーには触れていない。

二人は無言で見つめ合った。クーパーは普通に息をしようとした。体をどう動かしていいかわからず、何を言えばいいのかもわからない。それでじっと動かずに黙っていた。サリーが、きつく握っているクーパーの手を見る。ぎゅっと握りしめているため、こぶしが白く見えることに気づいて、サリーは驚いた表情になった。彼女に触れないようにするため、クーパーがどれほど必死で自分を抑えているかがわかったのだろう。するとサリーの視線は上のほうに移動し、クーパーの口元で止まった。

これを待っていた。やっとだ。

クーパーはゆっくり、本当にゆっくりと体を倒し、唇を重ねた。二人は震える息を吐いた。

サリーの唇は、クーパーがこうだろうと思っていたそのままのものだった。柔らかくて、やさしくて、触れるだけで胸がときめく。強引に先に進んでしまわないようにと無理をしているので、クーパーは首が痛くなってきていた。放っておくと彼女の口をむさぼり、嚙《か》みついてしまいそうだ。

この柔らかな口の中に、舌を入れたい。もちろんペニスも入れたいが、今はそんなことを考えるときではない。このままでも、あまりに興奮しすぎている。

クーパーはほんの少し口を開けてみた。サリーが応えるように口を開いたので、さらに胸が高鳴る。顔の向きをずらして、口の位置がぴったり合うようにしてから、クーパーはサリーの下唇の内側を舐《な》めた。そしてさらに首を傾けもっと彼女の味を確かめようとした。サリーがおずおずと舌を絡めてくると、それだけでズボンの中に出してしまいそうになった。

ただキスをするだけで、息もできないほど興奮してしまうのでは、最後までちゃんとできるか心配だ。クーパーは口を開いてサリーの舌をじっくり味わうために、椅子をきつく握っていた手にさらに力を入れた。思ったとおりの味がした。紅茶が残っていたのだろうか、あるいはサリーが生まれつき持っている味なのか、ほんのり甘い。

　クーパーはテーブルをつかんでいたほうの手を放した。逆巻く水流に向かって手を押しつけるようにゆっくりと、クーパーは放した手をサリーの首のところまで持ってきた。キスを続けながら、人差し指の背を首筋のしなやかな肌に滑らし、そのままきれいな頬骨《ほおぼね》へと上げていく。

　触れたことで、サリーの口がさらに柔らかくなって、その瞬間クーパーはもう我慢も限界かと思った。サリーは敏感に反応するので、口でも自分の触れ方がよかったのか確かめることができる。

　今のところは、触れるところは二ヶ所で精一杯だ。クーパーは口を離した。サリーは一瞬口元が寂しくなったことがわからなかったらしく、目を閉じたままだった。唇が濡《ぬ》れ、半開きになっている。象牙《ぞうげ》のようなクリーム色の肌が少し染まり、顔がバラ色になっている。まぶしそうに開けた瞳が、確認するようにクーパーの顔を見る。何かをそこに探している。どうすれば与えてやることができるのか、クーパーにもわからない何かを求めている。

「クーパー?」サリーがささやいた。

クーパーは答えることができなかった。喉《のど》が詰まっている。肺の上から鉄の輪で絞められたような気がする。喉の奥から奇妙な音が出たが、クーパーにさえそれがどういう言葉なのかわからなかった。セックスを前にした緊張感で体じゅうが強ばっている。グレイホークもこんな気分だったんだろう。レイラの匂《にお》いが鼻孔に満ちると、雄としての本能が、厩舎《きゆうしや》の板張りの壁など押しのけて、今すぐ彼女を手に入れろと叫ぶ。

クーパーの欲望の激しさからすると、板張りの壁にさえぎられるようなことがあれば、暴力をふるってしまうことになるだろう。気をつけないと、これほど美しい女性に怪我《けが》をさせてしまうことになる。サリー・アンダーソンには、これ以上ないほどのやさしさで接したい。誰かにこれほどやさしくしたいと思ったのは、生まれて初めてのことだった。頭に血が昇るほど欲情したのも初めてで、こんな猛々しい熱情で自分を忘れてしまったことなど今まではなかった。どんな形にせよ彼女を傷つけるようなことをしてしまったら、けっして自分のことを許せないだろう。

クーパーはそっと手を開き、サリーの首を後ろから抱えるようにした。しなやかな肌は、最高級のシルクよりしっとりと柔らかな感触だった。ごつごつと荒れた手でシルクに触れたときに引っかかってしまうことがあるが、そんなふうにこの肌にも傷をつけてしまうのではないか。そう恐れながら指を滑らせ、しっとりした茶色の髪に触れる。髪の下に頭の骨を感じるが、力を入れれば壊れてしまいそうな気がする。

おそらく、サリーが赤毛でないというのはいいことなのだろう。クーパーは、ものすごく赤毛の女性が好きで、赤毛の女性を見るといつも興奮してしまう。サリーのすべてをこれほど好ましく思ってしまうのだから、この上赤毛ということになると、ジーンズの中で果ててしまうことになる。

クーパーはサリーの瞳を見ながら手を下ろし、華奢《きゃしゃ》な肩の骨に触れ、それからセーターのボタンに指を伸ばした。ボタンを引きちぎって前を開けないようにするだけで、たいへんな自制心が必要だった。

そうしても別に構わないし、彼女もそうさせてくれるだろう。瞳に浮かぶ彼女の心を見ればわかる。わずかにためらってはいる。恥ずかしそうにもしている。しかし間違いなくクーパーを求めている。ただし、服を引き裂き始めると、自制心がそこで切れてしまい、欲望はダムが決壊するようにあふれ出してしまう。

セーターを引き裂くだけでは止められず、ブラもジーンズもパンティもはぎ取ってしまうだろう。いや、そんなことをし始めれば、なんとか胸の中でぐっと抑えている本能のままに行動してしまうことになる。彼女をここで床に押し倒して、指で無理に彼女の体を開きペニスをねじこんでしまうことになる。彼女のほうの用意ができているかどうかなど忘れて、彼女の体が動かないように両脚を大きく広げ、夢中でやり始めるはず。自分の体を押しつけ、円を描くように腰を使って、床の上の彼女を……。

激しく暴力的なセックスを受け入れる用意はサリーにはないはず。きっと、そんな荒々しい行為など、この女性には無縁のものなのだろう。彼女がすすんで与えてくれるものなら、クーパーはどんなものでも受け取る。しかし、自らの意思でそうしてくれることが条件だし、それには彼女のほうの用意ができていなければならない。

クーパーはサリーの服をびりびりに引き裂き、床に押し倒してそのままのしかかるようなことだけはするまいと、セーターの襟元《えりもと》を指でなぞり、一番上の小さな貝ボタンに手をかけた。その間もサリーの表情をうかがう。サリーの顔に変化がなかったので、クーパーはゆっくりボタンを外した。大きな手では、小さなボタンをうまく扱えない。

やっとセーターの前が開きクリーム色の肌が見えると、サリーの緊張がいくぶん解けたようだった。注意していなければ見逃していただろう。笑みではなかった。ほほえみよりかすかなもので、ほんのわずかに力を抜いたというような感じ、これから二人が何をしようとしているのか確信したと伝えるような、そして彼女もそう望んでいると。

動物的な本能で、クーパーの欲求がどれほど猛々しいものかをサリーも感じていたのだろう。クーパーの全身の筋肉が強ばり、こぶしが白くなるほど椅子を握っているのをサリーも目撃しているはず。サリーは力のみなぎる牡馬《ぼば》が近づいて来るのを、軽くギャロップしながら待つ小さな牝馬《ひんば》のようだ。牝馬はつがいになる行為が、激しく、荒く、獰猛《どうもう》なものだと知っている。そしてサリーもクーパーとの交わりが野性的なものになることを、どこかで感じ取ったのだろう。

セックスへの第一歩を、きちんと欲望を抑制したキスとセーターのボタンをゆっくり外すことで始めた。そのため、クーパーもある程度は自分を抑えておけるのだと、サリーにもわかったのだ。

その期待を裏切らないでおこうと、クーパーは思った。

ボタンをもうひとつ。さらにひとつ、そして次。手が震え、手間取るのがもどかしい。助かった、六個で終わりだ。ボタンをひとつ外すたびに、サリーの表情がさらにその先を促すものになる。やっとボタンを終えて前を開け、セーターを肩から外すと、サリーは息を詰めていたのか、ほうっと大きく息をもらした。

白いブラは前開きだったので、クーパーは助かったと思った。腕を背中に回してホックを外すことになれば抱きつく格好になり、そうなれば自分を抑えられなくなるかもしれないからだ。サリーが腕を下ろすと、ブラがはらりと落ちた。ウエストと椅子の背のあいだ、セーターの上に引っかかっている。サリーはウエストから上が裸になった。

サリーがおののくような笑顔を向けてきた。クーパーからは笑みを返さなかった。笑いかけることなどできない。今の気持ちは笑顔にするには大きすぎる。それでも笑顔が見られるというのはいい兆候で、間違ったことはしていないということだ。少なくとも今のところは。

クーパーは震えるような吐息をもらした。もう顔の表情をうかがう必要はない。今あらわになった部分をじっくり見ていればいい。

そして視線を落としたクーパーは、その光景にめまいがしそうになった。小さくて上品な体は、文句のつけようもなく完璧《かんぺき》だった。この体に触れるのがなんだか怖い。繊細でミルクのように白い肌に傷をつけてしまいそうだ。強く息を吹きかけただけでも、あざができるのではないだろうか。

クーパーは長い指を右の胸にはわせ、それからそうっと手で全体をおおってみた。思ったとおりだ。手のひらにぴったり収まる大きさ。温かなサテンのような肌触り。顔を下げて乳房に唇をつける。小さなバラ色の乳首を舌で撫《な》で、そして吸いあげた。想像どおりの味、チェリーみたいだ。どちらの乳首もチェリーのような味がする。顔をまた起こすと、舐められたところが濡れて硬くなり、濃いピンク色に光っていた。

サリーの呼吸が荒くなっている。左胸の下で心臓が脈打っているのがわかるが、あまりにも速い。欲望のせいで、それとも怖くて？

クーパーはまた顔を下げ、軽く唇を重ねた。「俺のことを怖がらないでくれ。君を傷つけたりはしないから」そうつぶやきながらも、本当に傷つけることがありませんようにと、クーパーは神に祈っていた。

「もちろん」サリーが答えたが、声は小さく、不安がのぞいていた。

言ったことは本当だよと、安心させてやらなければならない。彼女の体から緊張を解き、興奮を感じさせなければ。サリー・アンダーソンは教師で読書家だ。上手な言葉を使えば、リラックスしても大丈夫だと思ってくれるはずだ。うまく使えば、言葉で興奮させることだってできる。彼女には興奮してもらわなければならない。濡れた体で自分を受け入れてもらう必要がある。そうしなければ、うまくいくはずがない。

ただ、女性をその気にさせるとか、安心感を与えるというような言葉の持ち合わせが、クーパーにはいっさいなかった。クーパーは運命を呪《のろ》いたい気分だったが、いちばんましな状態のときでも口下手なのに、頭が欲望で麻痺《まひ》している今の状態ではどうしようもない。何か口をきけるだけでも、奇跡なのだ。

クーパーは、サリーの座る椅子を握っていた手を放した。今すぐ彼女の裸がどうしても見たい。そうするには、両手が必要だ。サリーのジーンズのボタンを開け、ファスナーを下ろした。開いていくときに指の背が贅肉《ぜいにく》のない柔らかな腹部の肌に当たり、うめき声が出そうになった。彼女の背中を腕で支えて抱き上げ、ジーンズとパンティをもう一方の手で脱がし、さらに木綿の靴下、靴、そのほか彼女が身につけているものをすべて取り去った。やっと生まれたままの姿のサリーが目の前にいた。クーパーは片手をサリーの腿《もも》の上のほうに置きながら、その体を椅子に戻したが、手のすぐ横に艶《つや》やかに輝く赤い毛があるのを見て、思った。

ああ、だめだ。

「君、赤毛なんだ」鼻息荒く、言葉が口をついた。

サリー・アンダーソンは赤毛だった。それはクーパーに対する正式な死亡宣告も同様だ。この女性にどっぷりつかって、のぼせ上がってしまうことはないぞ、と心のどこかで客観的に自分を見つめていた部分が、これですっかり吹き飛ばされた。自分がぶくぶくと溺《おぼ》れていくのがわかる。

目を見張るように美しく、頭がよく、親切で、温かな性格の持ち主。さらには赤毛。完全にノックアウトだ。

「ええ、そうなの……あの、そのとおりよ」サリーがふうっと息を吸い込んで、クーパーの瞳をさぐるように見上げた。「あの、何か問題でもあるの?」サリーが怯《おび》えたような顔をしている。不思議だが、不安そうに体を凍りつかせている。赤毛だとクーパーがその気をなくしてしまうとでも思っているのだろうか。

「いや、あ――俺は赤毛の女が大好きなんだ」

「ああ」サリーが言葉というより、やさしいため息のような声を出した。「じゃあ――じゃ、よかったのね」

「う、う」クーパーの返事は言葉にならなかった。頭の中で、何かががんがんと音を立てている。自分の陽に焼けた黒い手と、サリーの柔らかで真っ白な腿の色の違いに圧倒される。そのとき手がクーパーとは別に、自分だけの意思を持ったかのようにすっと向きを変えた。ペニスを滑り込ませたいとクーパーが思っていたまさにその場所をおおう。

サリーが脚を開いた。少しだけだが、嫌がっていないことはちゃんとわかる。盛り上がった部分をおおう毛は縮れてはおらず、柔らかで薄めだった。クーパーの指が襞《ひだ》の内側を調べる。指が反応をみるあいだに、二人とも震え始めた。クーパーの思っていたとおり、サリーはきつかった。しかし、ちゃんと濡れている。

濡れているのはいいことだ。じゅうぶんに濡れれば、やっと彼女の中に自分のものを埋めることができる。今はまだだめだ。しかし、もうすぐ。そうしないと死んでしまう。

クーパーは湿り気を広げるようにして、クリトリスの周囲を丁寧に撫でながら、指を中に入れていった。

前に一度どこかのウエイトレスとセックスしたとき、クーパーのさわり方がとてもいいと言われて、驚いたことがあった。どうやらたいていの男は、強く力を入れて指を突っ込むだけのようだ。クリトリスはペニスと同じものだと勘違いしているのだ。なんと愚かな考えだろう。

クーパーは本能的に知っていた。女性の大切なところには、丁寧に気を遣って触れなければならない。柔らかくて小さくて、注意していなければ、ゆっくり動かさなければ、女性の体が発するメッセージをすべて見逃してしまう。

馬の口を扱うのと似ている。牧場の手伝いを雇い入れるときには、クーパーはその男のはみの使い方を見ることにしていた。馬は大きな体をして、荒っぽいこともするが、口は非常にデリケートにできている。扱い方を間違えると、怪我をさせてしまう。はみを上手に扱いさえすれば、馬は何でも言うことを聞くようになる。

扱い方には男性ならではの強い力など、まったく必要がない。大柄で腕っぷしの強い厩舎番の手で、馬の口がめちゃめちゃに傷つけられたこともあった。大きくて強い男の手が、女性をめちゃめちゃに傷つけることもある。

馬はときに、やさしく扱ってやる必要がある。女性も同じだ。こんな滑らかな柔肌を力任せにさわるなんて、もってのほかだ。

サリーはもう、すっかり脚を開いている。どんどん濡れてきてもいる。クーパーは指で確かめながら、注意深くサリーの様子を見ていた。胸から赤みが差して顔まで上がっていく。口が少し開いたままになって、もっと大きく息を吸おうとしている。息遣いがどんどん荒くなるのがわかる。

指を中に入れると、柔らかなサリーの体が開いていく感触が伝わってきた。クーパーを受け入れようとしているのだ。クーパーはそっと指を動かし始めた。女性は普通このあたりに触れると、火がつくように……。

サリーがああっと声を上げた。脚を大きく開いて、クーパーの指の動きをもっと感じようとしている。サリーの腹部に力が入っている。クーパーははっとして、そこで動きを止めた。ジーンズの中で、ペニスから液が漏れ始めているのがわかる。体が震える、もう我慢できない。

クーパーの顔にサリーの震える手が当たった。もう氷のような冷たさはない。手が当たったところが焼印を押されたように熱い。「クーパー？」サリーがクーパーの瞳をのぞきこむ。「そろそろ――ベッドに行ったほうがよくない？」

「ものすごくそうしたい」喉がやけどをしたように、かすれた声しか出ない。それだけの言葉を出すのもやっとで、一語ずつが重たく、喉が痛かった。「けど、君をベッドに置いてこのジーンズを脱いだら、その瞬間に君の中に入ってしまう。そうなったら、何をしても止められない。だから、前戯は今、ここでしかしてやれないんだ。この椅子に座ったままで」

「ま」サリーはそう言ったきり、きれいな口をそのまま開けていた。今クーパーがいった言葉が持つ意味を、頭の中で理解していく様子がわかる。サリーが何かを言おうとしたが、クーパーの親指がクリトリスの周囲を撫でたので、うっと肺から息がもれただけだった。サリーの興奮が高まってくるのが、内側の筋肉からクーパーの指に伝わってくる。さらに胸や首筋で脈が大きく速く打っているのも見える。クーパーはぐっとこらえた。これ以上ペニスが大きくなると、皮膚を突き破って爆発する。

クーパーの息遣いも荒くなった。吸って、吐いて、そう頭に伝えないと忘れてしまう。

「もっとだ」サリーに警告を与えておかなければ。まだ頭にいくらかでも血液があるうちに言っておかないと。「手持ちのコンドームは財布にひとつ入れてあるだけだ。それもただの見栄《みえ》みたいなもんで、二年間セックスしてないんだ。だから、質が悪くなっているかもしれない。一個だけなんてとても足りるはずがない。今の感じからいけば、十個あっても足りないだろう。それをどう解決すればいいか、わからないんだ」

サリーの顔がさっと赤くなった。薄いバラ色だったのが、即座にまぶしいようなピンクになった。恥ずかしそうにほほえみながら、体の中に入っている手を引っ張る。

クーパーはサリーに引っ張られるままに指を抜いたが、その手をサリーが自分の顔の近くに持っていったので驚いた。サリーはクーパーの指の関節にキスした。指も手のひらも、すっかり濡れていた。

「大丈夫よ」サリーがそっと告げた。紺碧の水をたたえたような瞳が見つめてくる。まぶしくて、深くて、このままだとそこで溺れてしまうとクーパーは思った。「私、生理不順だったことがあって、かかりつけの婦人科の先生にピルを処方してもらっているから、必要は――」

その先は、クーパーの唇でふさがれ聞こえなくなってしまった。クーパーはサリーを腕に抱き、居間から運び出した。

7

飛んでるみたい。

地上では必ず感じるはずの重力が、まったくかかってこない。クーパーが苦もなく運んでくれるので、羽根が生えたみたいに思える。このまま飛んでいってしまわないのは、彼のたくましい体が支えてくれるから、重なる唇で彼とつながっているから。

クーパーはためらうことも、あたふたすることも、どの部屋かと確かめることもしなかった。まるで生まれてからずっとこの家で暮らしてきたかのように、不思議なほど正確に寝室に入っていく。ドアは少し開いていたのだが、クーパーがブーツで強く蹴《け》ったので、ばんと音を立てて壁に当たった。音は、静かな夜に銃声のように聞こえた。

クーパーが抑制を失いかけている最初の兆候だった。鉄の意志で抑えてきた部分にひびが入り出したのだ。ジュリアの体は、そのとき炎に包まれたようになっていたが、そうでなかったら冷たいものが背筋を走る感覚があっただろう。彼がキスするとき、体じゅうの筋肉に力が入り強ばってはいたが、そのキスからは彼がひどく興奮していることなどわからなかった。やさしくて温かみのあるキスだった。今までに体験したほとんどのキスよりも、やさしさを感じるものだった。

セックスをほのめかす男性にOKであることを伝えると、普通の男性はすぐにセックスへと急ぐ。クーパーは違った。慎重にキスを続け、気を配りながら触れてきた。ジュリアの様子を注意深く見守りながら待ってくれた。クーパーが必死でこらえているのを目にし、その抑制の強さを感じていたが、そうでなければ、彼は燃え上がるのに時間のかかるタイプの男性かと思ってしまうところだった。

しかし、彼の顔は強ばり鼻孔が開き、まさに交尾を待つ種馬という感じだ。まともに見ることはできなかったが、脚のあいだのものにちらりと目をやると、ジーンズに隠されていても、あまりに大きくなっている。

彼の自己抑制がまるで崩れようとしないので、やさしい行為を続けながら愛を確かめ、その後は抱き合って眠ることになるのだろうとジュリアは思っていた。抱き合って眠るところが、ジュリアがセックスの中でいちばん好きなところだ。お互いの腕で安らぎを感じられる。しかし、クーパーはドアを蹴り開けてしまった。予想していたより激しいものになることは覚悟しなければいけないだろう。

クーパーはまっすぐベッドに向かい、唇を重ねたままジュリアの体を下ろした。ジュリアがベッドに横たわると、クーパーは体を離した。

熱を発しているようなクーパーの体がなくなったことで、ジュリアは寒さを感じた。仰向けにベッドに寝かされると、ふいに自分がすっかり裸であることを意識してしまう。ジュリアは毛布を体にかけようと手を伸ばした。

「だめだ」クーパーが命令するように言って、鋭く首を横に振っている。「体を隠さないでくれ」

「寒いわ」ジュリアは小さくつぶやいた。本当に寒かったのだ。そして少し怖くもあるが、それは口に出すことはできない。何といってもジュリアのほうから始めたことだ。今さら臆病風に吹かれている場合ではない。サム・クーパーを自分のベッドに招きいれたのだから、ここで後戻りすることはできない。

ただクーパーが大急ぎで、服を脱いでいるところを見ていると、何だか怖くなってくる。痙攣《けいれん》したように体を動かしているのだ。今まで彼の男性としての立派な振る舞いを尊敬の念を持って好ましく思っていたのに、そんなものは完全に消え失せている。体がさらに大きくなって力がみなぎっているように見え、服を脱ぐ動作で、太い筋肉が伸びたり縮んだりしている。ドアは開いたままなので、居間から明かりが差し込んできて、クーパーが慌ててセーターとTシャツを取り去り、放り投げるのが見える。ささっと手が動いたと思ったら、クーパーはもう裸になっていた。そして大きなペニスが濃く黒々と生えた毛の中からそそり立つように突き出していた。

今まで服で隠れていたものを目にして、ジュリアはぶるっと震えた。いわゆる筋骨隆々という体を見たことはもちろんある。ジムでも写真でも。ただ、今ベッド脇《わき》に立つ力のみなぎるこの存在と比べると、そんなものはいっさいまったく、何ということもないものだった。クーパーの体は、男性モデルの体とは似ても似つかない。もっと強くて、たくましくて、荒々しいもの。胸は黒い毛にふさふさとおおわれている。前腕にも、脚にも黒い毛が濃く生えている。クーパーの筋肉は、ジムのマシンで作り上げられるようなものではない。生活の中で、戦闘によって作られたものだ。大きくて、がっしりして、傷だらけの体。戦士の体だ。

クーパーは戦士なのだ。

そのことをすっかり忘れていた。彼は単に、話すのが苦手な感じのいい牧場主という男性ではなかったのだ。何よりもまず、彼は人殺しができるように訓練されている。その点は、ジュリアの命を狙《ねら》う殺し屋と変わらない。

急にパニックがジュリアの心でわき上がった。苦悩と寂しさに負けて、ハーバート・デイビスから言われていた基本的な約束を破ってしまった――地元の人間と関わりを持たないこと。親しい人間を作ってはいけなかった。デイビスからは、そんなことになると非常に危険だと言われていた。証人保護プログラムに入っていることを誰にも悟られてはいけない。いたるところにサンタナの息のかかった人間はいる。さらに百万ドルの賞金が稼げるとなれば、誰だって心を動かされる。クーパーをベッドに引き入れたことで、自分の死刑宣告をしてしまったのかもしれない。あらゆる意味で。クーパーはジュリアが今まで会った人の中で、いちばん強い男性だ。ジュリアの首ぐらい、あの力のみなぎる筋骨たくましい腕で、簡単にへし折ることができるだろう。

クーパーが少しジュリアのほうを向いた。巨大なペニス。長くて太くて、先からしずくが出ているのがわかる。

危険はいろんな形で姿を現す。これもそのひとつだ。

ジュリアの心臓が激しく高鳴る。こんなに激しく動けば、この家ごと揺れてしまうのではないかと思うぐらいだった。パニックと恐怖と興奮が溶け合い、大きな塊となってジュリアの胸にふくれ上がり、もう押さえておくこともできそうにない。

クーパーはベッドに乗ると、膝《ひざ》をついた。彼の重みでマットレスが低く沈む。谷のように深く沈んでいる方向に滑り落ちそうで、ジュリアは体に力を入れなければならなかった。

クーパーが体を前に傾けてきた。その顔はこれからセックスしようという男性のようには見えない。今から殺しに行くぞという戦士の顔だ。胸や腕に筋肉がうねを作っている。肘《ひじ》が曲げられ、その上の二頭筋がこぶのように盛り上がる。クーパーが片方の肘をついて、ジュリアにおおいかぶさり、もう一方の手はジュリアの脚を広げさせた。笑顔は見えない。ジュリアを見下ろす顔には、やさしいところなどいっさいなかった。尖《とが》った頬骨《ほおぼね》の周りの皮膚が張り詰め、口元には悲壮な決意というような雰囲気が漂っている。

彼のものは男性としてのその部分でさえも、歓びを与えてくれる道具というよりは、武器だ。太くて硬くてこん棒のようだし、ジュリアの経験ではこんなに大きなものを持っていた男性はいなかった。

危険を絵に描いたような人、そんな人から逃げ出すこともできない。

パニックに襲われ、ジュリアは身を縮めたが、もう遅かった。

クーパーの体が、すっかりおおいかぶさっている。重くて、びくとも動かない。一瞬、息もできなくなってしまった。大きな手が二人の体のあいだを滑り降り、ジュリアの体を開く。大きな先端部の位置が合わされるのがわかる。そしてジュリアの体は緊張したままで、彼のものをすんなりと受け入れるようにはなっていない。クーパーが渾身《こんしん》の力をこめて、鋭く腰を突き出した。激しく、深く。

痛い。

クーパーのものはあまりに大きくて、ジュリアの用意はまだできていなかった。強くこすれて、周囲の皮膚が容赦なく引っ張られている。

ふとこぼれそうになる涙を、ジュリアはこらえた。一度、ぐすんと鼻をすすって、あとは唇を嚙《か》んだ。これを求めたのはジュリアだ。ジュリアがこうしてほしいと求めたのだ。ここまでのことを望んでいなかったとしても、結局は自分の責任だ。

クーパーがはっと顔を上げた。息が苦しくて波間から顔を出すようにしている。ふさふさとしたまっすぐな黒髪が額《ひたい》にかかっている。歯を食いしばっているのだろうか、頰の下の筋肉が波打っている。首の筋がくっきりと浮かび上がる。

「くそ」クーパーがジュリアのヒップをぐっとつかみ、食いしばった歯のあいだからつぶやいた。「まだ用意ができてなかったんだな」クーパーの額の汗が、ぽたりとジュリアの頰の上に落ちた。「もうやめられない。だめだ。ごめん」低い声が苦しそうだ。「ごめん」

「いいのよ」ジュリアがそっとささやいた。

うなり声を上げながら、クーパーは胸を近づけた。のしかかる体が重い。クーパーが顔を枕《まくら》に埋めると、腿《もも》の筋肉が力強く盛り上がった。そして腰が強い力で押しつけられ始めた。力任せに、勢いよく速く。

荒れ狂う嵐に巻き込まれたような感覚だった。暴風雨に打たれ、そのさなかに立ちすくんでいるようだ。ジュリアはクーパーの肩をつかんだが、愛を交わすときの抱擁というよりは、吹きすさぶ嵐の中で大木にしがみつくという雰囲気だった。

クーパーの腰を突き出すリズムがだんだん速くなり、やがて体と体がどすどすと音を立てるようになった。ベッドが壁に当たる鈍い音も聞こえ、スプリングがきいきいと悲鳴を上げる。そのままの状態がいつまでも続き、時間の感覚もなくなっていった。そのうちジュリアは生まれてからずっと、クーパーのペニスが自分の体に入ったまま、出たり入ったりの動きを繰り返してきたのではないかと思ってしまった。

急に、まったく何の予兆もなく、ジュリアはクライマックスへと押し上げられていった。列車が近づくように波が押し寄せてくると、ジュリアは大声で叫び、下半身すべてが激しく強く、何かの発作のように震え始めた。

いつもなら、クライマックスを迎えるのには時間がかかる。最初に、くすぐるような快感がどこか遠いところからやって来る。腿が震え出して下腹部が温かくなるような感じがする。体のほうが、もうすぐ何が起こるかを前もってジュリアの頭に教えてくれるのだ。

今回は違う。急にスイッチが音を立てて入ったように、ジュリアの体は絶頂に突き進んでいった。そしてこれほど強烈な絶頂感を味わったのも初めてで、クーパーを受け入れている部分が、さらに強く奥のほうへと彼のものを引き込んでいった。

クーパーが枕に向かって叫んでいる。低音が響き、ジュリアの腕や胸にもその振動が伝わってくる。クーパーはうなり声を上げ、ジュリアの中のものがさらに大きくなると同時に、クライマックスに達した。腰を動かすのをやめ、強く体を押しつけ、もうこれ以上先には行かないという奥のほうで勢いよくすべてを出しつくした。

ジュリアの絶頂感が徐々に引いていく。彼女はクーパーの肩にぴったりと身をはりつけていた。彼の背中は力が入ってかちかちになり、汗でぬるっと滑る。ジュリアの体もぬるぬるしていた。お互いの汗のせいもあるが、あふれ出てくる精液が脚を伝うからだ。ジュリアはふと思った。今までに経験したセックスは何て……お上品なものだったのだろう。こぎれいで上品なセックス、汗まみれになることもなく、男性とお茶を飲むのと大差はない。お茶よりも、もっと楽しくて裸になるというだけのことだった。

これは本質的で荒々しく動物的なものだ。こぎれいなものではない。上品でもない。歓びすら、何というか動物的なもので、鷹《たか》やクーガーが交尾のときに感じるものも、これと同じなのだろう。

クーパーは中に入ったまま、まだ鉄のように硬かった。さっき、一度では足りないと言われたが、あれは冗談ではなかったのだ。

ジュリアにとっては、一度ですっかりじゅうぶんだった。

ジュリアは疲れ果てていた。荒っぽいセックスが長時間続き、体がはじけるようなクライマックスを体験した。全身から力が抜け、だらりとしている。クーパーの体がひどく重くて、息をしようと思うと、ふうっと肺を膨らまさなければならなかった。脚は最大限の角度まで開かれており、クーパーに奪われるままになっている。そして彼の体を押しのけるタイミングを考え始めたときだった。クーパーがまた動き始めた。

ああ、助けて。もうだめ。ここまででも、今までに経験した中でいちばん長時間のセックスになっている。さらに、いちばん興奮した体験だった。まだ興奮は続いている。しかし頭はもうじゅうぶんだ、やめなさいと言っているのに、下半身はその言葉にまったく耳を貸さない。

ゆっくりと奥のほうまで力をこめて突かれると、さっきよりも興奮する。一度クライマックスを迎えたジュリアは、クーパーが大量の精液を吐き出したこともあり、もうすっかり濡《ぬ》れていた。クーパーは、今度はスムーズに出し入れを繰り返し、ジュリアの中で快感が燃え上がっていった。

クーパーが顔を上げ、ジュリアを見下ろした。厳しく陰のある顔には、やはり表情がない。二人の人間が関わり得るもっとも親密な行為をしてきたのに、まだ彼の心の中がまったく読めないのだ。彼が何を考え、感じているかがわからない。

彼の腰の動かし方が激しくなってきていた。力強く、奥のほうまで突き立てられ、ジュリアの体に熱が満ちていく。クーパーの両手が左右からがっちりとジュリアの顔をとらえ、彼の親指がジュリアの頬に乗っている。ジュリアは体のどこも動かせなくなっていた。体はクーパーの体重に押さえつけられているので、どんな方向にも動かすことはできない。頭も動かない。彼の視線が食い入るように見つめてきて、目を閉じることもできない。

ゆっくりクーパーの顔が下りてきて、唇が触れ合った。キスは荒々しくなく、奪うようなものでもなかったので、ジュリアは驚いた。唇で、何度も何度も、クーパーはジュリアの唇に触れる。軽い羽根のようなキスが頬骨に、そしてまぶたに。やさしくて軽やかで、蝶々《ちょうちょ》が休んでいるようだ。クーパーの唇がジュリアの額の上でためらうように動いたあと、耳、頬、顎《あご》と下りていく。彼は温かくてしっとりした唇をしている。痛いぐらいのやさしさ。

軽くて情愛に満ちたキスと、生々しく暴力的な下半身での愛の交歓、この二つのコントラストに、あたかも別の男性が一度に自分を愛してくれているような気がして、ジュリアはしびれるような快感を覚えた。話すことができなくなったのは、生まれて初めてだ。何か言葉が頭に浮かんだとしても、話しかけようとするたびに唇がやさしく奪われる。

ジュリアの手が、ゆっくりクーパーの硬い背中の筋肉を伝って上がっていく。そして肩口に腕を巻きつけるような形で抱きついて、自分を高いところに連れて行こうと動く彼の筋肉の動きを楽しんだ。さわってこんなに気持ちのいい人はいない。鉄のような硬さがあり、違いは温もりがあるだけだ。キスはゆっくりとけだるく続いている。いつまでもこの時間は自分のものとでも言いたそうに、そして青年がかわいい少女に草原で初めてのキスをするように、そんな調子のままだ。だが、クーパーの腰はますます勢いをつけ、激しくジュリアに打ちつけられている。

クーパーがそっと口を開け、ジュリアの舌に触れてきた。そうすると、ジュリアの体に火がついた。ジュリアはクーパーの口の中にくぐもった叫びを上げ、またクライマックスを迎えた。さっきより激しいもので、熱い大波に体中が巻き込まれていった。クーパーをしっかりつかまえている部分は、クーパーの突き出す動きに合わせて収縮したり広がったりを繰り返している。強烈な絶頂感に、泣き叫びたくなる。心臓が胸から飛び出しそうだ。ジュリアはクーパーにしがみつき、涙があふれ顔を伝って枕に落ちていった。

クーパーが何かを言っているが、何のことか聞き取れない。聞くことも考えることも無理だ。可能なのは感じることだけ。

クーパーは中に入ったまま、まだ硬かった。このまま一生中に入れたまま、硬くしていられるのではないかと思うほどだった。それでも彼の動きも静かになってきている。セックスは終わりだ。しかし愛を交わす行為はまだ続いている。やさしいキスを顔に、首に感じる。低くつぶやくような声が、聞こえるというより振動として伝わってくる。

ジュリアはクーパーの体をしっかり抱きしめ、その首に顔を埋めた。何を言えばいいかわからない、口にできる言葉などない。築き上げてきた防御の壁が壊され、ジュリアはむき出しの状態だ。口を開けば、秘密にしていることが何もかも、ほとばしるように出てしまうだろう。

そう思って、ジュリアはただしがみつき、目をきつく閉じて顔を埋めた。さまざまな感情に圧倒され、胸が痛んだ。鼓動が収まるのを待たなければいけない。呼吸が徐々に穏やかになり、脈拍も落ち着いてきた。足元もおぼつかない世界にいるジュリアにとって、クーパーは唯一のしっかりした存在だ。そんな彼に抱きついたまま、ジュリアは眠りに落ちた。

血だらけだ。

青白い顔をした痩《や》せた男が道路に横たわっている。頭の大部分が飛び散り、そこからおびただしい血が流れ出ている。地面にねっとりと血の海ができている。怖くなって顔をそむけると、滑る地面に足を取られた。銃を持った男がゆっくりとこちらを向く。男の口が開いて、残忍な三日月形の笑みを作る。唇が真っ赤だ。「きれいなお嬢さんだ」男が耳障りな声で言う。赤い唇がさらに大きく開く。銃口がゆっくりと上がる。「死ね」

「いや！」叫んだのに、声が出ない。言葉が胸の中でこだまし、あたりはぞっとするような静けさに包まれている。膝が崩れ、何かにつかまろうともがく。心臓が喉元《のどもと》までせり上がり、大きな音を立てている。この鼓動が止まるとき、それを自分で感じることができるのだろうか。

「もう遅い」大きな男が叫ぶ。引き金に置かれた指に力が入る。もう覚悟しなければ。この場所で、砂利だらけの地面で、別の人の血の海に膝をついたまま、私は死んでいくんだ。

ジュリアははっと息を吸い込んで目を開けた。体が震え、ここがどこかも、自分が何をしていたのかもわからない。恐怖に体が動かないし、汗びっしょりだ。ここはどこ？　何が――？

大きな人影がベッドの横に見える。夜の闇《やみ》よりも暗い。悲鳴を上げようとしたが、喉が詰まって声にすることはできなかった。ベッドの頭板に背中からにじり寄ろうとするあいだに、出るはずだった悲鳴が、ぐぐっという喉の詰まった泣き声になった。体を丸めればいい。小さくなっていれば銃で撃たれても、感覚は――

肩幅の広い人がベッドの横にかがみこんで、ジュリアの震える手を取る。「サリー」深みのある声が話しかけてくる。

「誰?」悪夢を見ていたのだ。現実に戻ろうと必死で頭を回転させる。「誰のこと、サー——」頭の中で警告音が大きく響く。唇を噛みしめ言葉をこらえたが、強く噛みすぎて血が出たようだ。涙があふれてきた。

クーパーが両手でしっかりとジュリアの手を包んでくれた。彼の手が温かく、たくましく、安全だという気分になった。「サリー、頼む、聞いてくれ」

ジュリアははっとして、いろいろな情報の断片をつなぎ合わせようとしたが、うまくつながらない。パニックを起こさずにいられるのは、クーパーの手にしっかりつなぎとめられているからだ。クーパーが体を寄せてきた。冷たい夜の闇に、彼の体が発する熱を感じる。

「俺、行かなきゃならないんだ」クーパーはすっかり身支度を整え、分厚い黒のコートまで着込んでいた。顔は影になってよく見えないが、歯をぐっと食いしばっているのか、頬の下の筋肉が動くのがわかる。「うちの牧場の者五人と、俺は早朝から丘の周りの柵《さく》を見て回ることになってるんだ。朝四時半に馬に乗って出発の予定で、少なくとも作業を終えるのに三十六時間はかかる。たぶんもっとだ。牧場の境界にある見張り小屋でキャンプするんだが、携帯電話もつながらない地域だから、君に連絡するともできない」

「あ——わかったわ」ジュリアの歯が、がちがち鳴っていた。満足に話すこともできない。夢に見た恐怖の映像が、火事のあとくすぶる煙のようにまだ頭に残っていた。クーパーが何の話をしているのかもわからず、見張り小屋とはどういうものか見当もつかなかった。わかったのは、クーパーが自分をおいて出て行くということだけだった。ジュリアをひとり、暗闇に残していく。つまり悪夢を見ても、ジュリアひとりで恐怖と戦わねばならないということ。

クーパーが心配そうに顔をしかめた。ジュリアをしばらく見つめる。「大丈夫か?」しばらくしてから、落ち着いた声で静かに聞いてきた。

彼が何を気にしているのかはわかる。慌てて起き上がると、体じゅうの筋肉が悲鳴を上げた。脚は痛いし、あちこちがひりひりするし、まだぬるっとした感覚もある。あまりにも荒々しいセックスだった。今まで経験したこともないほど激しく、強く、長時間続いた。クーパーは自分を抑えることができなくなった。その事実に彼自身が驚いていることは、何となくジュリアにもわかった。

クーパーは自分のせいで、ジュリアに痛い思いをさせてしまったかを聞いているのだ。

ええ、大丈夫。おおむねのところは。ひりひりするところはあっても、ジュリア自身のクライマックスの激しさで、燃え上がるような痛みを感じることになっただけだ。

大丈夫か？

いいえ、大丈夫じゃない。本当は。自分の居場所が見つからず途方にくれ、怖くて寂しい。どうしても、クーパーにそばにいてほしい。彼につかまって、その強さに守られていたい。恐怖や孤独を、とりあえず追い払っておいてほしい。

「大丈夫よ」緊張した口調でジュリアは答えた。大きな作り笑いを見せれば、暗闇の中で彼が見るのは歯の白さだけだろう。不自然な表情は悟られずに済む。「ほんとに、何ともないの」

クーパーが握る手にぐっと力を入れ、頰の筋肉が波打った。ジュリアが嘘《うそ》を言っているのがわかったのだ。

クーパーは何かを言いかけたものの、口にはしなかった。言おうと思ったことを、口にすることができないのだ。「俺はもう行かないと」さっきと同じことをクーパーは言った。

ジュリアはそろそろとうなずいた。さまざまな感情を抑えている糸は、強く首を振ったりすると切れてしまいそうな気がした。しっかり口を閉じていなければ。口を開けたとたん泣き出して、お願いだから行かないでとクーパーにすがってしまいそうだった。

彼はそんなことができないのだ。

ジュリアと一緒にいてくれる人など、誰もいない。本当にひとりぼっち。

クーパーはなおしばらくジュリアを見ていた。ジュリアは裸で、非常に寒かった。唯一温かな場所、今の生活で温もりを感じられるただひとつの場所は、クーパーにしっかり握られた手の中にしかない。クーパーがその手を放すと、大きくぶるっと身震いが出そうになった。何とか止めはしたが、それは自分をコントロールしようとしての反応だった。ジュリアは体の芯《しん》まで冷えていた。

クーパーが立ち上がると、ベッドから三十センチほどのところで、大きな体がジュリアの頭の上に高くそびえた。ほんのちょっと前まで、この体が裸で自分の中に入っていたのが信じられない気がする。セックスのあいだじゅう、ジュリアが考えていたのは、自分の体の中に埋められた彼の体のことと、彼が与えてくれる怖いぐらいの目の眩《くら》むような快感だけだった。二人が体を重ねているときは、他の人では得られなかったような絆《きずな》を彼に対して感じていた。居場所がないとか、寂しいという気持ちは、すっかり忘れていた。

今、クーパーが離れていく。ジュリアから遠ざかっていく。冷たく暗い夜に、ひとりぼっちのジュリアを残して。

目覚まし時計の文字盤が光り、今が午前四時であることがわかった。出発時刻までに牧場に戻るには、クーパーは今すぐここを出なければならないはずだ。

クーパーは向こうに一歩離れ、また立ち止まった。クーパーの荒い息が聞こえ、感情と理性のはざまの苦悩が、空気を伝ってジュリアのところに届く。クーパーが体重を乗せる足を変えている。ジュリアをおいて行きたくないのは、はっきりわかる。

「行って」ジュリアがやさしく声をかけた。

クーパーはふうっと息を吐き、うなずいた。ひと呼吸あけてから、それ以上は何も言わず、クーパーは去っていった。玄関のドアが開き、また閉まるのが聞こえ、しばらくすると車のエンジンがかかった。

ジュリアは沈黙の世界にひとり残された。夜の闇と寒さに心が負けてしまう。ジュリアはがっくりと膝に頭を落とし、流れる涙を拭《ぬぐ》おうともしなかった。

8

パヴァロッティのテノールが、まだ部屋の空気を震わせている。そのとき、メールの到着を知らせるサインが点滅した。

二万ドル、スイスの口座に振り込み済み。自動車事故ならいいか?

プロはスイス国内に十個設けたうちのひとつ、ジェノヴァにある自分の口座を確認した。これだからスイスの銀行はすばらしい。二十四時間体制で、いつでも振込みが可能だ。二万ドルはちゃんと入っていた。

CDはオペラの最終幕、ヒロインのミミがマフの中に手を入れ、ロドルフォにこうすれば手が暖かいからと告げるところにさしかかった。ヒロインはもう死ぬところだ。プロはコンピュータのキーボードに指を置きながら、至高のときに酔いしれた。この部分には、本当に感動してしまう。あまりにも悲劇的だ。ロドルフォが動かなくなったミミの体を抱き寄せて、『ああ、僕のミミ』と悲嘆を歌い上げると、プロは曲に合わせて口ずさんだ。音楽が終わっても、その世界から抜け切るのには少し時間がかかった。そしてプロはノルウェイ経由でメッセージを送った。リチャード・M・アプトの情報：潜伏先はアイダホ州、ロックビル、クレッセント・ドライブ、一二〇番、ロバート・リトルウッドと名乗っている。自動車事故で結構。幸運を祈る。

ちょっとした好奇心から、プロはアプトのミドルネームのMは何の略なのだろうと、盗んだファイルをもう少し探ってみた。屋敷にある昔から手付かずの部屋を探ってみるような感じだったが、すぐにわかった。よし、これだ、マリオン。リチャード・アプトのミドルネームはマリオンだったのだ。男の子なのにマリオンなどという名前をつけられたのは、いったいどういうことだ？　アプトがマリオンという名を隠して、いつもイニシャルのMを使いたかった気もわかる。

ま、どうでもいいことだが。もうこの男は過去の人間だ。

プロはほほえんだ。リチャード・マリオン・アプトは、ねずみ《マウス》の告げ口で死んでしまうのだ。

「こら、ちょっと！」

月曜の夜、ジュリアは笑顔で目の中に入ってくる石鹸《せっけん》を払いのけた。家に自分以外の人間がいると感じるのは、本当にいいものだ。日曜日、ジュリアは家でひとり四方の壁を見ながらどこに行くあても気力もなく、ひとりぼっちで過ごした。話しかける相手はフレッドだけだったが、返事は「ウォフ」だけ。月曜が来て学校で元気な子供たちに会えたときは、本当に神に感謝したい気持ちになった。

放課後ラファエルが家まで来て、宿題を済ませた。しかし少年の興味の中心となったのはフレッドで、南北戦争や句動詞などはそっちのけになってしまった。

ラファエルは句動詞を覚えようと呪文《じゅもん》のように唱えて大急ぎで学校の勉強を済ませ、すぐさまフレッドの体をきれいにするという、はるかに魅力的な宿題にとりかかった。

フレッドをきれいにするために、バスルームは水浸しになり、バラの香りのバブルバスのローションのボトルが半分空《から》になり、家じゅうのタオルが使われた。フレッドはこの数日ちゃんと食事を与えられて、ゆっくり休む家を持ち、愛情を注がれていたため、すでに体重が増えてきていた。脚を引きずることもほとんどなくなり、ラファエルの言うことなら何でも聞くという状態だった。少年と犬は、お互いに非常に好意を持ち合っているようだ。フレッドとラファエルは、まったく同じような、だらしないほど幸せそうな笑みを浮かべていた。

ジュリアが見ていると、ラファエルはバブルバスのローションをなおもフレッドの体にかけている。もう一度シャンプーするらしい。

「君はまだ臭うわね」ジュリアはローションのボトルにふたをしながら、フレッドに言った。「でも、わんちゃん臭の上にバラの香りがしているから、まあよしとしたげる」フレッドが返事をするように、ウォンと鳴いた。

玄関を叩《たた》く重い音が聞こえた。ジュリアは高鳴る鼓動を感じながら、立ち上がった。「クーパーだ」ドアの向こうから、彼の声が聞こえる。ドア越しでくぐもっているが、間違いようもなくあの声だ。土曜の早朝、暗闇《くらやみ》の中を立ち去ったあと、彼の声を聞くのはこれが初めてだった。

かろうじて残っていた濡《ぬ》れていないタオルで手を拭《ぬぐ》い、落ち着きなさいと言い聞かせながら、ジュリアは玄関に向かった。やっぱり彼だ。背が高くて、胸が厚くて、黒ずくめ。茶色の紙包みを腕に抱えている。昨日は一日じゅう、ジュリアは彼のことを考えていた。彼のことを頭が思い出さなくても、体が彼を覚えていた。筋肉痛があり、脚のあいだがひりひりして、まだ彼がそこに入っているような気がした。

会うとすぐに、クーパーは大きな黒のカウボーイ・ハットを取った。「サリー」

あ、だめ。この声。愛を交わしながら、耳元でささやいてくれたあの声。低く深みのある、この声だ。これを耳にしたとたん、ジュリアの頭の中に暗い寝室でクーパーが自分の中に入って激しく勢いよく動いていたときの姿が、さっとよみがえってきた。膝《ひざ》ががくがくする。

「クーパー」きちんと言葉にならなかった。ジュリアはドアの端にすがりついた。クーパーが一歩前に出る。彼がすぐ近くにいる。彼の匂《にお》いがする。革、雨、男性。

背後からはバスルームでラファエルが歓声を上げているのが聞こえる。そしてフレッドがウォフと返事をしている。クーパーがふと顔を上げた。また見下ろしてジュリアと目が合うと、彼の心の中がすぐにジュリアにもわかった。ラファエルはバスルームでフレッドから手が離せないでいる。ほんの束の間、二人だけの時間を楽しめる。

次にクーパーに会ったら、どんな態度を取ろうか、ジュリアはいろいろとリハーサルを重ねた。親しみを持って、しかし距離を置いた接し方がいい。いやクールに、しかし楽しかったわ、というのがいい。だめ、しつこすぎないように好意を感じさせよう。違う、親しげに、それでも皮肉っぽい……。

どれも無駄だった。クーパーはもう一歩前に出ると、ジュリアにキスしてきたのだ。強く激しく。このあいだのセックスと同じ、彼のものに完全に体を支配されたときと変わらない。

ジュリアをしっかり抱きしめたまま体を持ち上げ、クーパーはそのままあっという間に寝室へ入っていった。ドアを閉めると鍵《かぎ》をかけたが、その間も唇は重ねたままだ。彼の手がスカートの中に入ってきて、ジュリアのヒップを撫《な》でた。ああ、だめ、彼に触れられるのが、こんなに気持ちがいいなんて。ジュリアは目を閉じたまままつま先立ち、舌を撫でてもらおうと大きく口を開いた。

クーパーがぶるっと震えた。一瞬体を離すと、ジュリアの体を壁に押しつけて持ち上げ、一方の腕でその位置のまま支える。反対の手でストッキング、パンティ、靴を脱がせ、ジュリアの脚を開いて自分の腰に巻きつけるようにしてから、大きな手でジュリアの体の中央部を撫でながら、自分のジーンズのファスナーを開けた。そしてまた、身震いした。ジュリアがどれほど濡れているかを感じたのだ。

こんなことがあるなんて、とジュリアは思った。今まではセックスに燃え上がるのに時間がかかるほうだった。ゆっくりとやさしい前戯が続くのが好きで、やさしい言葉をささやかれながら、そっと愛撫《あいぶ》されるのが常だった。今そんなものはいっさいないのに、もうすっかり準備ができている。クーパーの姿を見るだけでこうなってしまった。ハムスターがくるくるホイールを回せば餌《えさ》がもらえると認識しているのと、同じ状態だ。クーパー、イコール、激しく興奮するセックスなのだ。

クーパーがブリーフの前を開けると、ペニスがぴょんと飛び出した。クーパーは手を添えてジュリアの中に入ろうとしている。指二本を使って、入り口を開けると先端部をそこに当て、強く腰を突き出した。

ジュリアは完全にクーパーに奪われた格好になった。むさぼるように口を求められ、彼の体重すべてで体を壁に押しつけられ、脚は手で大きく開かれる形のまま動かせない。ジーンズの粗い生地が腿《もも》にこすれる。

クーパーがさらに体重をかけてきて、口を離した。欲望に満ちた目がジュリアをじっと見る。クーパーの表情は厳しく、断固とした決意が見える。「この一日半、ずっとこうすることばっかり考えてきた」そうつぶやくクーパーの瞳《ひとみ》は黒くぎらぎらと光っていた。

その瞬間、ジュリアはクライマックスを感じ始めた。激しく引き込まれる感覚に、クーパーの目が大きくなり、鼻孔が開いた。うっと息を吸い込んで、腰を使おうと半分のところまでペニスを抜いた。

「アンダーソン先生？ 先生、どこにいるの？ フレッドをドライヤーで乾かしてやらないと。先生、どこ？」

「ああ、もう」クーパーが小さな声で言った。

二人とも、動くことができなくなった。ジュリアはクーパーの暗い瞳をのぞきこんだ。クライマックスはまだ続いていて、さらに高いところに向かおうとしており、ジュリアの頭が伝えることを体は聞こうとしない。もう終わりなの！

その絶頂感の激しさに体が震え、どうすることもできない。クーパーの荒い息が部屋に大きく響く。彼は体をじっとさせたまま、まだジュリアの中に入った状態でいる。

「アンダーソン先生？」ラファエルの声が遠くなった。ジュリアの姿を求めてキッチンに行ったのだろうが、当然、そこにいないことはすぐにわかる。そうすると、この家に残っている場所はただひとつ。思ったとおり、ぱたぱたと軽い足音が居間を抜けてくるのが聞こえた。

収縮がようやく収まってきた。よかった。ジュリアは震える手でクーパーの肩を押した。瞳に激しい痛みをこらえるような表情を浮かべ、クーパーはジュリアから自分のものを抜いた。ジュリアは足を下ろしたが、立っていられるか自信はなかった。まだがくがくしている。

「アンダーソン先生？　ねえ、どこにいるの？」ドアの取っ手が、がちゃがちゃと鳴る。

「ちょっと――」声がちゃんと出ないので、向こう側には聞こえない。ジュリアはもう一度しっかりした口調で言った。「ちょっと待っててちょうだい。今は入ってこないでね、ラファエル。すぐにそっちに行くから」

「わかった。ドライヤーが要るんだ」ラファエルは朗らかに口笛を吹きながら、フレッドの待つバスルームに戻っていった。

ジュリアは思わず下のほうを見た。ペニスが黒々として大きく、ジュリアの体液のせいでぬめって光っていた。クーパーはその巨大な大きさのものを、無理やりジーンズにしまいこもうとしていた。ファスナーがひっかかっている。そのときのクーパーの表情をとらえて、ジュリアは体がすくみそうになった。「今の、痛そう」

「どれほどの痛さかは、絶対わかってもらえない」

「それに、あなたはまだ、あの――」

「まだだ」黒い瞳に、ジュリアは見すくめられた。「でも、するつもりだから。ラファエルを家に届けたあとで、ここに戻ってくる。そしたらひと晩じゅう君の中に入ったままでいる。そのときは必ず俺もな。何度もだ」

ジュリアの胸の中から空気がすべて抜けていき、熱だけが残った。今見たもの、そして感じたことから判断すると、クーパーはきっと今の言葉どおりのことをする。

「まあ」弱々しい声が出た。「あ、あの、いいわ」

クーパーが片手をジュリアのうなじに置いて、キスしてきた。顔を上げても、親指はまだうなじを撫でている。「ラファエルのところに行ったほうがいい。俺もすぐに行くから」

ジュリアはうなずいて、よろよろとドアに向かった。

「なあ」呼びかけられて、ジュリアは何だろうとクーパーを見た。「靴とか下着をつけてから出てくほうがいいんじゃないか?」

「そうね」ジュリアはまだぼんやりしていた。今の言葉もきちんと理解できていない。クライマックスの余韻が体に残り、二人が体を重ねたために激しくこすれ合ったところが、濡れて腫《は》れたままだった。「下着ね」

下着、下着、と。どこに——ああ。パンティ、ストッキング、靴が部屋の隅にあった。ジュリアが人前に出ても恥ずかしくないぐらいの格好になる頃には、クーパーのほうも野性をむき出しというほどでもなくなってきていた。ただし、腿の途中ぐらいまで丈《たけ》のあるジャケットを着て、下腹部を隠すようにしている。

ジュリアは引き出しからドライヤーを取り出し、ドアに向かった。すぐ後ろにクーパーの気配を感じる。クーパーだけが持つ体温や存在感の強さがわかる。

「アンダーソン先生」バスルームからラファエルの声がかすかに聞こえる。

「今行くわ！」大声で答えたジュリアは、クーパーの大きな手を首筋に感じてびくっとした。クーパーがうなじにキスしてくる。すべてがこれから始まるというような軽いキスだ。

「いくって？」耳元でクーパーの低い声が響く。音としてより、その振動が耳に直接伝わる。「それこそ、今夜ひと晩じゅう君に言わせたい言葉だな」

ドアの取っ手にかけていたジュリアの手が止まった。熱いものがわき上がってきて、崩れ落ちそうになる。そんなこと言っちゃだめ。担任の児童と顔を合わせようとしているときなのに。顔が真っ赤になっているはず。まともなことが考えられず、胸が高鳴る。取っ手を回そうとしても、一度では回せなかった。後ろを向くことはできない。振り向いてクーパーの顔を見れば、そのままドアに鍵をかけ彼の胸に飛び込んでしまうだろう。ジュリアはきっと前を向きドアを開け、震える足でバスルームへ歩いていった。

バスルームはひどい状態になっていた。浴槽は泡だらけのお湯がいっぱいで、フレッドが動くたびに床にあふれ出している。

ドライヤーをラファエルに渡したが、少年は顔を上げようともしなかった。「ああ、これでいい。先生、どうもありがとう。フレッドを乾かさないとね。風邪引いちゃうと大変だから。さ、フレッド、出ておいで」ラファエルが指を鳴らすと、フレッドが浴槽から飛び出し、浴槽の半分ぐらいのお湯も一緒にあふれた。

「待って！」叫んだがもう遅い。フレッドがぶるっと体を震わせると、泡だらけの水しぶきがそこらじゅうに飛び散った。ジュリアは手を上げてかかるのを避けようとしたが、ラファエルはびしょ濡れになった。バスルーム全体が水浸しで、ここでドライヤーを使うのは危険だ。ジュリアはあきらめてラファエルからドライヤーを取り上げ、クローゼットから古いシートを出して食品庫に敷き、そこでドライヤーのプラグをコンセントに差し込んだ。「こっちでしなさい、ラファエル」

ラファエルとフレッドはぼたぼた水滴を垂らしながらうれしそうな顔をして食品庫に入ってきた。ドライヤーのスイッチが入ったところで、ジュリアはその場を離れた。

クーパーは居間で待っていたが、ジュリアが入ると持って来た大きな紙包みを差し出した。「これ、あげようと思って」詳しい説明はないらしい。

プレゼントなの？　ジュリアは驚いた。茶色の紙に包まれて、荷造り紐《ひも》がかけてある。茶色の紙と荷造り紐は、ボストンではえらくおしゃれなプレゼントのラッピングということになっていた。ただし茶色の紙は手漉《てす》きで漂白されていないざらっとした感触のもの、荷造り紐は麻よりでなければならなかった。通常は非常に高価なものの包装に使われる。

しかしこの箱の包装紙には『何でもそろうケロッグ金物道具店』というスタンプがあちこちに押してある。

箱を持ち上げてみると、その重さにジュリアは驚いた。クーパーの目を見て、どきどきしながら言った。「あの、ありがとう」

クーパーは、うむ、という感じにうなずいた。

箱を揺すってみると、何か大きくて重たいものが中で動く。何が入っているのか見当もつかない。クーパーの表情からは、何も読み取れない。ジュリアは紐を切って包装紙を取り、箱を開けた。鉄と真鍮《しんちゅう》でできた大きくて不思議な仕掛けが出てきたので目を丸くし、問いかけるような表情でクーパーを見上げた。

「シリンダー錠だ」

「ああシリンダー錠ね、あの、ありがとう。こういうのがずっと欲しかったの」ジュリアにとっては精一杯の返事だった。

「玄関の鍵が、ちゃちなもんだったから」クーパーが険しい表情を見せた。ジュリアの家の鍵は特別で、そのことで何か侮辱されたように思っている感じだ。

「どうやって――取り付け方はわかるの？」取り付け方という言い方でよかったのかしら？　シリンダー錠なんて、普通どう扱えばいいの？　組み立て？　でも組み立てたものを売ってるわけだし。ぴかぴかのセットにして。でも、私の言ってる意味がわかったみたい。驚いたみたいに顔を上げて、前より怖い顔になったわ。

「もちろん」クーパーは、歩けるの、とか文字が読めるの、と聞かれたように返事した。

今の質問で気を悪くしたのかもしれないが、クーパーの心の中はまったくわからなかった。いつもと同じ表情で――堅い殻にぶち当たる感じだ。数分後、クーパーは工具箱を持ち出すと、いかにも男性らしいことを始めた。そして、ジュリアの家のドアとシリンダー錠の扱いに対する有能さを見せつけた。

それでジュリアは女性らしいことをしようと、キッチンで自分の有能さを見せつけることにした。生乾きでバラの香りのするフレッドとにこにこ顔のラファエルがキッチンに入ってきたときには、ジュリアは紅茶とレモンタルトを用意していた。タルトは、日曜日に何かまともなことでもしようと焼いておいたのだ。

クーパーもそのあとキッチンにやって来た。キッチンからでも、大きくてぴかぴかの錠が玄関に取り付けられているのが見える。あれなら秘密の核兵器でも隠しておけそうだ。

親切なのねと、ジュリアは輝く笑顔をキッチンの入り口にたたずむクーパーに向けた。「ありがとう、クーパー」笑顔を向けられて、クーパーはびくっと動きを止めたが、ジュリアは彼の無言の感謝表現のバリエーションには慣れてきていた。ジュリアは顔いっぱいの笑みを浮かべた。「タルトと紅茶を召し上がれ」

ラファエルはもうがつがつ食べ始めていて、三切れ目にかかっていた。それにこっそりとフレッドに切れ端を与えるのも目に入る。ジュリアはクーパーに大きくタルトを切り分け、自分用のは小さくした。紅茶にはオレンジピールとシナモンスティックでフレーバーをつけておいた。クーパーはおそるおそる匂いを嗅《か》ぎ、試すように口に含んで最初は顔をしかめたが、すぐにおいしいと感じているのがわかった。ジュリアは自分もひと口タルトを食べたあと、クーパーが夢中でタルトをほおばるのを見て、また笑みをこぼした。

「いいんじゃないか」クーパーがぼそりと言う。「紅茶も」

いいんじゃないか、ですって？　その言葉にジュリアはかちんときた。このレモンタルトを、いいんじゃないか、で済ます気？　母から教えられたレシピで、三つの大陸で有名だったほどのものなのに。いいんじゃないか、なんて、とんでもない。夢のような味、が正しい。怒鳴りつけてやろうかしらとジュリアが思ったとき、クーパーが幸福感に満ちた表情でタルトを食べるのが見えた。フレッドと同じ表情。なるほど。「いいんじゃないか」というのは、どうもカウボーイ語では、夢のような味、という意味のようだ。

ジュリアは残りのタルトをホイルに包んだ。「バーニーにもあげてね」そう言ったものの、ラファエルがほとんどを食べてしまうだろうというのは、わかっていた。

クーパーが立ち上がると、ラファエルもそれに従った。「ラファエル、車に乗るんだ」クーパーはジュリアを見つめたまま言った。「その前に、アンダーソン先生に、お礼を言いなさい」

「了解。先生、どうもありがとうございました」ラファエルは素直にそう言ってから、フレッドを抱きしめ、そして外へ飛び出していった。

クーパーはジュリアを見ながら、動かずに立っていた。黒い瞳がジュリアの口元を探る。「今はキスしないから」そして視線を上げると、その瞳に暗い炎が燃えていた。

「止められなくなる」

ジュリアはうなずいた。クーパーの切羽詰まったような表情に、息をするのも忘れてしまった。セックスを感じさせるフェロモンのようなものが、あたりに満ちていた。

ジュリアも彼の胸に飛び込んでしまいそうで、そんな自分を抑えるのは大変だった。

クーパーはラックにかけてあったカウボーイ・ハットを手に取り、髪を撫でつけてからかぶった。「あとでな。できるだけ早く戻るから」そう言うとクーパーは去っていった。

唐突なクーパーの立ち去り方にも、ジュリアはなじんできていた。そんなふうに思うようになるのも不思議だが、大げさな別れの挨拶《あいさつ》などめめしい、都会だけのものかもしれない。ただもう一回だけ彼の姿を見たい。そう認めたくはないが、それでもジュリアは網戸を開け、外をながめた。クーパーがラファエルを助手席に抱えあげている。いつもそうなのだが、クーパーの動きには無駄がなく、滑らかで力強かった。

彼のセーターもジーンズも清潔ではあったが、土曜日に着ていたものとまったく同じもののようだ。そして、彼が乗り込んだ黒のミニバンは、これまで見たことのないものだった。

ふうむ。どういう男性なのかしら。持っている服の数より、車の台数のほうが多い人なんて。

前戯、前戯、前戯。

クーパーは呪文のようにその言葉を唱えながら、シンプソンまでの道のりを運転しサリーのもとへ向かっていた。ラファエルは牧場に送り届けていた。ハンドルに額《ひたい》を打ちつけたら頭に血液が少しは戻ってくるかもしれない。そうしたら、この言葉を忘れずにいられるだろう。

前戯、前戯、前戯。

サリーの体を抱え上げ、服をはぎとるとすぐに壁際に押しつけて、彼女の中に入る、そんなことは絶対にしないからな。

しない、しない、しない。

少しばかりは前戯というものがなくては。必ずそうする。まだ頭がきちんと機能しているあいだに、そのことをしっかり叩《たた》き込んでおかなければ。

勃起《ぼっき》状態のまま、すでに二日半が過ぎようとしていた。高地にある境界近くの見張り小屋で仕事をしているときに、牧場で働く部下から、ずいぶん変な目で見られた。しばらくのあいだなら、ペニスもおとなしくしていてくれる。しかしふっとした拍子に、強烈なイメージが頭に浮かび、がつんと殴られたようになった。たとえば、サリーの乳首とか。するとどんな味がしたかを思い出す。あるいは襞《ひだ》をかき分けて彼女の中へ入っていくときの痺《しび》れるような感覚がよみがえる。そうなるとペニスはまたまっすぐ上を向き、前よりいっそう硬くなってしまうのだった。

昨夜は眠れなかった。一睡もできなかったし、うとうとすることもなかった。ＳＥ

ＡＬにいるときには、もちろんそういう訓練もあった。訓練の目的のひとつは、メンバーを何日も続けて眠らせないことにある。それも一日じゅう歩き続けたあと、浅瀬で体を横たえて。さまざまなタイプの疲労を蓄積させ、究極に居心地の悪い状態に置いて眠らせないようにさせる耐久力テストだ。クーパーは強い意志の力でこういった訓練ではトップの成績を収めた。

今回眠れないのはまったく種類の異なるもので、自分では眠ろうとしているのだ。眠りたくないのではない。ただ眠ろうとすると、頭に浮かんでくる——感触さえ思い出すのは、サリーの柔らかで小さな体だった。あの脚が自分の腰に巻きつくところ、自分の胸に押しつけられる小ぶりのバスト、耳元に聞こえる甘い声。そんなイメージを消し去ろうと無駄な努力を試みた。しかし目を閉じてみても、あの肌の匂いを思い出す。わずかにバラの香りの混ざるサリーだけの女性らしい匂い。

結局、クーパーは二晩というもの眠れずに過ごすことになった。いくらがんばってもだめだった。男性ホルモンが過剰になり、神経がぴりぴりしていた。

どうすることもできなかった。夜になるとペニスが落ち着いてくれるようにと、いろんなことを考えてもみた。メリッサに出会う前の普通の夜なら、そういう気分になったまま欲求が満たされずにいることなどなかった。高校二年のときにローリー・ケンドールとやって以来、悶々《もんもん》と夜を過ごすことはなかった。その気になればいつだってどこかしらに相手をしてくれる女性はいた。どこを探せばいいかだけのことだ。相手をしてくれる女性がいないのは、訓練中か任務で危険のさなかにいるときだけで、そういう場合はペニスをどう使うかよりも、それを安全に守ることのほうに集中していなければならなかった。その後結婚してから、離婚後も一年半は、ペニスは脚のあいだでジーンズに納まって、じっとおとなしくしていてくれた。

今、下を向いてろと命令しても、いっこうに効き目はない。特に夜間はひどい。昨夜は氷点下の気温の中、寝袋で汗びっしょりになった。頭の中でサリーとセックスしているところがエンドレスで何度も再生されていくのだ。マスターベーションしてもよかったが、そうすると手下の者たちに知られてしまう。

常識的には、そのことに問題はない。民間の暮らしにおいて、見張り小屋というのは軍隊の兵舎にもっとも近いもので、兵舎で男は普通マスターベーションするものだ。それが現実というものなのだ。兵士でいることは辛く孤独なもので、自分の手で何らかの慰みが見出せるのなら、それでいい。とやかく言う者などいない。

しかし、ここは戦場ではない。相手をしてくれる女性から何百キロも離れているわけではなく、手近にさまざまな女性がいる。ルパート、デッドホース、あるいはボイーズの町まで車を飛ばせば簡単だ。だから自分の手で慰めていると、どうにも言い訳ができなくなる。クーパーのペニスが求めているのはサリー、彼女ただひとり、というのが問題なのだ。彼女が近くにいない、どうしてなんだ、と分身が糾弾してくる。一度セックスしたところでサリーへの欲求はとても満たされなかった。一時間前に二分ほど彼女の中に体を埋めることができたが、あれは勘定には入らない。あるとすれば、燃え盛る炎に油を注いだようなものだった。クーパーはこれまでの人生で辛い体験もいろいろしてきた。しかしあのときペニスを抜くのは、これまででも最も辛い経験となった。しかもサリーがまだ絶頂を迎えている最中に。

表彰メダルをもらってもいいぐらいだ。

角を曲がって、みすぼらしいサリーの家が見えてくると、クーパーの心臓が高鳴った。家のすぐ前に車を停め、玄関に直行したいところだったが、ひとブロック先まで進んで、そこに駐車した。この車はひと晩じゅうここに停まっていることになる。調教は夜明けと同時に始まるので、太陽が顔をのぞかす前には出て行くつもりではあるが。

サリーの評判を守ろうとする、ちょっとした思いやりだった。もちろんシンプソンの町では全員が全員の行動を知りつくしているので、無駄かもしれない。教師は採用に際して、〝非道徳的行為〟をしないという宣誓書にサインをしなければならないというようなことを、聞いた覚えがあった。地元社会の道徳常識に外れるようなことをした場合には、解雇されるということだ。

ただしサリーをクビにできる人間は教育委員長のラリー・ジャンセンだけで、彼はクーパーの顔なじみだ。クーパーと関係を持ったからといって、ラリーがサリーを解雇するはずはない。クーパーにもやっと相手ができたと喜んでくれるぐらいだ。ただサリーとの関係は、他の人間の口出しすることではない。

ポーチの上がり段まで来ると、クーパーは血圧が上がっているような気がした。どくんどくんと脈打つのがわかったが、段がきしる音にびくっとした。二段目の板を取り替えるのは、修理リストの次の項目だ。ノックする前にドアが開き、ほほえむサリーが戸口に立っていた。頭に描いていたのと変わらずきれいで、思っていたとおり華《きゃ》奢《しゃ》だ。大切にしなければならない宝物。なのに、彼女は戸口に誰が来たかを確かめもせずに玄関を開いた。

それを思って、沸騰《ふっとう》寸前だったクーパーの血液が凍りついた。「君は玄関を開けた」眉《まゆ》をひそめ、許せないというような厳しい表情でクーパーは言った。

サリーの顔から笑みが消えた。クーパーを見てから、ドアに目をやり、またクーパーに視線を戻す。「あ、ええ。そうね、開けたわ」

「俺はまだ名乗っていなかった」

サリーが大げさね、という顔をしてみせた。「クーパー、あなたの足音が聞こえたのよ。あなたが来るのはわかってたし。他に誰が来るっていうの?」

強盗、薬物中毒者、性犯罪者、連続殺人犯――どんな人間でもあり得る。目の眩《くら》みそうな衝撃的な映像が頭に浮かび、パニックになった。サリーが襲われ、殺された死体が横たわっているところだ。彼女の身に何かが起こる可能性を思って、体じゅうの力が抜けていく。

クーパーには直感のようなものがあり、今までにも危険が迫っているという感覚を正確に頭でイメージすることがあった。前に一度、自分が崖《がけ》の底に横たわっているイメージを見たことがあった。臀部《でんぶ》を強打し大腿骨《だいたいこつ》を粉砕骨折してうつ伏せになっていた。脚が妙な角度に曲がり、体がねじれそうなほどの痛みに耐え、血管が何箇所か切れてどくんどくんと血が噴き出している映像だった。出血がひどくなって気が遠くなっていくところまで感じることができた。その映像が気になって、もう一度自分の装備を点検してみた。すると綱留め栓が緩んでいるのが見つかった。ロープをさっき点検したときには、どうしてか見落としていたものだった。

別のときには、自分の率いる部隊がインドネシアにある島の深いジャングルの中で、敵に待ち伏せされる映像がふっとわいてきた。クーパーはこぶしを作って掲げ、止まれという合図をした。部下たちは命令に従ってそのままその場所でぴたりと止まった。何時間もまったく身動きもせず、息を吸うのも気を遣いながら、指を引き金に置いたまま同じ場所にいた。よく当たると評判の直感も、このときは外れたかとクーパーが思い始めたとき、合図が聞こえ、イスラム過激派の兵士たちが、ジャングルの茂みに隠してあった穴から飛び出してきた。部隊は全員をやっつけることができた。もし止まれの命令を出していなかったら、待ち伏せていた過激派の中に進んでいったところだった。

そういう厳しい体験を通じて、クーパーは自分の直感を信じるようになった。魔法ではないし、超能力者というのでもない。感覚が研《と》ぎ澄まされているし、観察力が鋭敏になるように訓練を受けてきただけのことだ。ちょっとした危険信号のようなものを見逃さないのだ。無意識のうちにさまざまな兆候のようなものを結びつけ、頭の中に危険が迫っているというメッセージを映像として送るのだ。

今もまさにそういった映像だった。サリーが血の海に横たわっているところ。手足はだらりとして生気がなく、けっしてクーパーの手が届かないところにいってしまった様子。無意識に、サリーを脅《おびや》かす危険がどこかに存在するという信号を感じ取ったのだ。彼女は襲われるかもしれない。命を落とす可能性もある。

俺の息のあるうちは、そんなことはさせない。

クーパーは家に入ると帽子を取り、サリーのすぐそばに立った。サリーは首をうんと後ろに倒して見上げるような格好になった。ここまで近寄られると気詰まりだろうが、わかっていてそうした。これから話すことを、脳に焼きつけるようにしっかり覚えてもらうには、こうするのがいちばんだ。

「ドアの向こうにいるのが誰かを確認するまで、玄関を開けるな。いいな？」強く厳しい調子で言ったが、これは部下に命令するときの口調だ。人間という動物は、痛い目をみるとちゃんと覚えておくものだ。忘れてもらっては困るし、そのためには冷たい命令口調を使って、確実にサリーに覚えさせなければならない。

サリーの笑みが消え、そんなことをしてしまったことを後悔したが、それでもこのまま言わずにいられるほどではない。

「はい、クーパー」サリーが探るように瞳を見つめてくる。「あなたの言うとおりだわ。あんなことして、本当に私ってばかだった」

「明日、ドアにのぞき穴を作ってやる。シリンダー錠を裏口のドアにもつけよう。窓には警報器を取り付ける」

「はい、クーパー」

「君に無事でいてもらいたい」飾らない言葉がクーパーの口をついて出た。胸のどこか深く、おそらく心の位置するあたりからそのまま飛び出したのだ。もし自分にも心というようなものがあったなら、の話だが。

サリーはひるんだ様子で顔が青くなった。しまった、彼女を怖がらせたじゃないか。やったな、クーパー。世界でいちばんきれいで手に入れたい女性が、自分と寝てもいいと思ってくれるのに、怖がらせてしまうとは。

　もうしょうがない。

「約束してくれ、二度とあんなことはしないって」

「約束します」震えたような小さな声だった。きらきら光る紺碧《こんぺき》の瞳が見開かれている。サリーは手のひらをクーパーの胸に当てた。心臓の真上だ。「信じて、約束するから」

　クーパーの頭の中で、いろんな言葉がぐるぐる回った。あまりにたくさん言いたいことがあって、何ひとつ声に出して言うことができなかった。そしてどんな言葉をもってしても、サリーが傷つくあの恐ろしいイメージを頭から拭い去ることはできなかった。

　あの映像が血流に火をつけ、彼女を守るためなら自分は人を殺すだろうとクーパーは悟った。頭に血が上り、他のこともいろいろと考えた。

　クーパーはサリーの頭に手を入れ、頭の位置を固定すると体を倒してキスした。柔らかな唇が、クーパーを温かく迎えてくれた。彼女の体も同じように温かく歓迎してくれるはずだ。もう準備はできている。彼女の体のすべてが、それを伝えてきている。飢えたように絡めてくる舌、クーパーをもっと味わおうと大きく開く口、できるだけたくさんクーパーに接触していよう、よじれるように反応する体。さらにしっかりとクーパーの肩をつかむ彼女の手の力の入り具合。

体の奥から温かくなって、濡れているはず。一時間前と同じだ。自分の名前を忘れることがあったとしても、これは間違いない。

そう思うと——彼女がじゅうぶんに濡れて自分を受け入れようと待っていてくれるということが、クーパーの頭の中でいっぱいになって、音を立てて渦巻いていた。

クーパーはサリーを抱き上げると寝室に向かった。寝室までたどり着けただけでも、信じられないほどの自己抑制を発揮できたと思えるほどだ。本当はその場で彼女を押し倒し、着ているものを脱ぐのもペニスを入れることができる最小限にし、すぐさま激しく強く彼女の中で動きたいところだった。

だが床は冷たくて硬いし、クーパーは体重もある。ベッドが必要だ。寝室に入るとクーパーはすぐに彼女のセーター、ブラをはぎ取り、そのあとで唇を重ねたままサリーの体をベッドに下ろした。もう必死だった。この手で彼女に痛い思いをさせることがありませんようにと祈り、彼女がスカートだったことを神に感謝した。裾《すそ》を上げるとすぐにパンティとストッキングをむしり取った。布が裂ける音が暗い部屋にまだ残るあいだに、ジーンズのファスナーが下りる重い音が響く。クーパーの舌がサリーの口に深く入っていき、片手が脚を開けさせ、もう一方の手はそのあいだを開いていった。

サリーは濡れていて、クーパーが手を滑らせると、ああっと彼女の声が上がった。柔らかくて、温かくて、歓迎してくれている。口と同じだ。

二本の指でさらにサリーを開くときには、クーパーも声を上げた。開いたところにペニスをぐっと強く突き立てると彼女の体がびくっと動くのが伝わってきた。しまった！

深く突き立てたまま、クーパーは肘《ひじ》をついて体を起こした。視線が合う。興奮のためか、おそらくショックのせいもあるのだろうが、サリーの瞳孔《どうこう》が開いている。青いところはほとんど線のようにその周囲に見えるだけだ。唇を重ねていたため、口も湿って腫《は》れていた。

「前戯」クーパーはあえぐように言った。すっかり忘れていた。

サリーがかちかちになったクーパーの首筋に手をかけて引き寄せた。二人の唇がまた重なる。

「あとでね」サリーはそうささやくと、クーパーにキスした。

9

「よーし、いいぞ」翌日、食料雑貨店のオーナーのローレン・ジェンセンが妻に声をかけた。「これはもう袋に詰めていいから」彼が品物をのろのろとレジに打ち込む様子にも、ジュリアは苛《いら》つくことはなくなっていた。

苛つくどころか、こういったシンプソンのゆったりとした時間の流れを、ジュリアは何となくではあるが……まあ、楽しみ始めていた。いい傾向だ。特にジェンセン夫妻はアメリカ一ののんびりした食料雑貨店主だから。

ボストンにいるときに、もし食料品店でローレンのような対応をされたら、どうだっただろう。いちいち品物を吟味《ぎんみ》するようなのろのろした動きに、ジュリアはそわそわした態度であからさまに時計に目をやり、とがめるような顔つきをしてみせただろう。

もう前世のことのような気がする。赤信号で停まるたびにハンドルを苛々と人差し指で叩《たた》いていた。銀行で列に並ぶと足先をとんとん床に打ちつけた。指や足先を苛々と打ちつけても、時間が速く進むわけではないし、それに何より――どうしてあんなに急ぐ必要があったのだろう？　どこに行くというわけでもなかった。他の人たちも同じだ。

シンプソンにいると、成長期に両親と過ごした、ゆったりと時間の流れるさまざまな土地を思い出す。父が出世していくにつれ、後半はパリやロンドンなどでも過ごしたが、それまではダブリンの田舎《いなか》町や、アムステルダム郊外の小さな村などにいた。子供の頃はほとんど、小さな町のテンポやペースで暮らしていた。そんなことをすっかり忘れていたのだ。シンプソンに来るまでは。

私って、本当にデヴォーの人間らしいわね、とジュリアは皮肉っぽく思った。地道な生き方。できるだけ環境に順応しようと努力する。そしてまた次の土地へ移る。

ジェンセンの店で買い物をするのは、ジュリアにとって楽しい習慣になりつつあった。ローレンとベスは愉快な夫婦で、漫才コンビのような駆けあいが楽しく、この店は典型的パパママ・ストア、家族経営の食料雑貨店だ。妻のベスは『ベイブ』に出てくる農夫の妻に少し似ている。

ジュリアが買おうと思ったものが、この店に品揃《しなぞろ》えされていたことは一度もない。たとえば全粒粉の食パン、生乳ヨーグルト、デュラムセモリナ粉一〇〇％のパスタ、そういったものをジュリアが注文するたびに、二人はきちんとメモを取り、ルパートの卸《おろ》し元から取り寄せてくれるのだ。

「……ヨーグルト、卵、パン——なあ、あんたがオートミールのパンを注文するようになってから、うちのお客でもあれを買う人がどんどん増えてるんだよ」ローレンがジュリアにほほえみかけてから、妻のほうを向いた。「そうだろ、おまえ」

「そうですとも。来週、同じメーカーの食物繊維とナッツ入りのタイプも試してみようと思ってるの。あなたはうちのいちばんのお得意さんってわけじゃないけどね、だってあなたったら、小鳥でも餓死《がし》しちゃうんじゃないかってぐらいしか食べないでしょ、でも、あなたの注文するものは何でもよく売れるのよ。いいお客さんだわ」ベスもジュリアに笑顔を向けた。「入用《いりよう》のものは全部そろったかしら?」ベスが考え込むような目つきで指先を口元に当て、店の中を見渡した。

ベスの目にはどう映っているのだろう。この店の状況をきちんと把握できているのだろうかとジュリアは思った。ずっと同じものを見てきて、どうなっているかに気がついていないのではないだろうか。主婦が自分の家の居間の状態をきちんと判断できないのと同じなのかもしれない。カーテンが色あせ、家具には傷がつき、室内の装飾品もくたびれた感じになっていても、新妻としてその家に住み始め、そこで子供たちが成長していくのを見守ってきた女性は、家も自分と同じようにその過程で年老いてきたことに気がつかないのだ。

この店は小さく、間口は広いのだが奥行きがない。道路に面しているため日に焼けた棚は、ジュリアがシンプソンにやって来てから一度も手を入れられていない。もっと正確に言えば、店はおそらくアイゼンハワーが大統領だった頃から、ほとんど何も変わっていないのではないか。

後ろでドアにつけたベルが鳴ったので、ジュリアは振り返った。町長であり、金物道具店のオーナーでもあるグレン・ケロッグが入ってくるところだった。グレンは中年で大きなお腹《なか》をした男性で、いつもにこにこして、誰に対しても大声で挨拶《あいさつ》してくる。ジュリアに会うと、特に大騒ぎをするのだが、ベスによれば、この五年でシンプソンの町に引っ越してきたのはジュリアだけで、ジュリアがきっかけとなって、今後人がどんどん移住してくるとグレンは期待しているのだという。ジュリアのほうでも、彼の開けっぴろげで親しげな性格を好ましく思っていたが、ただどうしようもない親父ギャグを次々に聞かされるのだけは、少し閉口していた。ところが今日の彼は、青白く引きつった顔をしている。

「こんにちは、グレン」ジュリアが声をかけた。

グレンはうなずいたが、唇を固く結んだままで、おそらくジュリアのこともほとんど目に入っていないようだ。

ローレンは、ジュリアの次回の取り寄せ品をメモにしていた。ピタ・パンとプチ・

トマトだ。そして顔を上げて笑いかけた。「よう、グレン」

「ああ、ローレン」グレンはわずかに笑みを返したが、声に生気がなく、いつもの元気いっぱいの姿はまったく影をひそめている。

「大丈夫か？」ローレンがたずねた。

「ああ、もちろん。まったく元気だ」そうは見えない。シャツのポケットから紙切れを取り出すとき、グレンの手が震えているのがジュリアからも見えた。のろのろとその紙を開いている。紙を開いたあとも、何を目にしているのかがわからないというように、ぼんやりと紙を見つめているだけだ。

「店のほうはどうだ？」ローレンがいぶかしむように言った。

「順調だ」グレンの手から紙が落ちカウンターの上に乗った。グレンは今どこにいるかもわからないという顔であたりを見回した。

「子供たちは？　大学でちゃんとやってるかい？」

「ああ、もちろん」気のない返事だ。「子供らは順調だ」

「アイダホ州立大だったよな？」

「う」グレンは無意識に胃の上あたりを手で押した。

「胃潰瘍《いかいよう》はいいのか？」

「順調だ」グレンは頭をかき上げ、そのまま手を離したので髪が立ったままになった。

「まさに順調だ」

ローレンは何かを聞きたそうにしていたが、思いとどまったようだ。「そうか、なら……そのリストを見せてくれ」

「リスト？」グレンは驚いて下を向き、持ってきた紙切れがリノリウムのカウンターに載っているのを目にした。「ああ、そうだった。これだ」紙をぐいっとローレンのほうに突き出す。

「メイジーはどうしてるの、グレン？」ベスがやさしく声をかけた。

「ああ……順調だ。うちのやつは――いや」グレンが助けを求めるようにベスを見た。「そうじゃない、だめなんだ。全然元気じゃない。あいつにはできない……しないんだ――ああ、どうすりゃいいんだ！」グレンは怒ったように大きく息を吐いた。目が潤んでいた。

「いいのよ、グレン。落ち着いて」ベスがグレンのそばに回りこみ、その肩に手を置いた。「メイジーは、何ができないの？」

「いっさいだめなんだ」グレンが苦悩をにじませてベスに答えた。「前みたいなことは、何にもできなくなってしまった。しようとしない、というほうが正しいかもしれんが、私にはどっちかはわからん。わかるのは、朝起きてもベッドの中から出ようとはせん。午前中はほとんどそのままだ。ベッドから出ても、着替えようともしない。

うちの末娘が九月に大学に行くのに家を出て以来、ずっとそんな調子だ。一日じゅう壁を見つめて、もう何をしたって一緒よ、としか言わないんだ」

「うちのカレンが結婚したときには、私もずいぶん落ち込んだものよ。ひどい気分だったわ。私の人生なんて……もうおしまいって気がして。それで抗うつ薬を飲むようになったの。少しはましになったけど、実際は薬をのむと、頭がぼんやりするだけでね。悲しくても悲しくなくても、どうでもよくなったの」

「うつ状態？」グレンは言いにくそうにベスを見た。そして助けを求めるようにローレンに目をやった。「そういうことなのかい？　うつ？　でも落ち込む理由なんてどこにもないじゃないか」グレンはジュリアの姿も認めたようだ。例のシンプソン・ブルーの薄い色の瞳《ひとみ》は、涙で潤み、苦悩を物語っていた。「どうしてだ？」答えてくれ、というようにグレンは両手を広げた。ごつごつしてまめだらけで、常に一生懸命働いてきた男性の手だった。「結婚してずっと幸せにくらしてきた。私はメイジーを愛してる。今までもずっとそうだった。すばらしい子供に二人も恵まれた。健康だし、子供たちだって元気だ。これ以上何が足りない？　他にあいつは何を求めているんだ？」グレンはローレンに、そしてベスに、最後にジュリアを見た。「え？」

ローレンは肩をすくめ、グレンの視線を避けた。こういうのは苦手なのだ。今のような質問をされると居心地が悪くて、グレンが吐き出す感情の波をかぶりたくはない

ってのは、まったくもう。何もわかってないのね。

　ジュリアとベスの目が合った。女性なら誰でもわかるメッセージが交わされる。男

のだろう。

　ジュリアは一歩退いた。あなたならグレンの扱いなど簡単でしょ、と態度でベスに示したのだ。グレンはどうしてこんな目に遭うのか、さっぱりわからない様子だ。

　メイジー・ケロッグには、ジュリアも何度か会ったことがある。しかし考えてみれば、この一週間ほど、彼女の姿を目にしていなかった。

「あのね、グレン」ベスがきっぱりした口調で話し出した。「人生ってそんなふうに割り切れるもんじゃないと思うわ」

「そんなふうって、どんなふうだ？」グレンがたずねる。

「ああ、そうだ」ローレンも妻の言葉が理解できないらしい。「どういうふうだ？」

「あなた、この品物をそろえてくださる？　グレンには少し道理を説いてあげないとね」ベスはジュリアの買い物の品をローレンのほうに押しのけた。「いいこと、グレン、あなたが元気で、子供たちも順調にやってるからって、メイジーも元気にしてなきゃならないってふうにはならないでしょ」

「しかし――悪いところはどこにもないんだぞ」グレンは当惑したように、体の前で手を広げた。

「グレン」ベスはすうっと息を吸ってから、ゆっくり吐き出した。「覚えてる、一九七九年のこと？　あなたのお店が火事で焼けて、メイジーはロージーを妊娠中だったときよ」

「ああ、もちろん」わずかにグレンがほほえんだ。「あのときのメイジーは頼もしかったよ。屋外で炊き出しをして、消防士にも食事を出したんだ。店を建て直してくれた大工さん全員にも同じことをした。店の建て直しが完成するまで、病院には行かないって言い張って」グレンは信じられないな、と首を横に振った。妻を賞賛する表情がはっきり見て取れた。「最後の釘《くぎ》が打ち込まれてから十二時間後に、ロージーは生まれたんだ」

「それから、あなたが心臓麻痺《まひ》を起こしたって大騒ぎしたときのことは？　結局、食道孔ヘルニアだったって、あとでお医者さんに言われたでしょ」

「ああ」グレンが顔をしかめる。「メイジーは吹雪《ふぶき》の中、ボイジーまで車を運転してくれて、医者が何ともないと言うまで、ずっと付き添っていてくれた」グレンは苛立ってきたのか、大きく息を吐いた。「だからな、私の言ってるのもそこなんだ。メイジーと二人で、いろんな辛いことも切り抜けてきた。運が悪かったなという程度のときもあれば、本当に大変な経験もした。そんな辛さも、あいつはいつも元気にがんばりとおした。今になって、何が問題なんだ？」

「たぶんね、問題はメイジーがもう誰からも必要とされていないと思っちゃったことじゃないかしら。子供たちは大きくなった。噂《うわさ》じゃ、あなたもお店を売りに出してるって話だし……」真意を問いただすように、ベス、そしてローレンを見た。

「そうなんだ」グレンは申し訳なさそうにベス、ベスがグレンを見た。町で唯一の金物店がなくなると、シンプソンで暮らすのはいっそう困難なことになる。「町はどんどん小さくなるし、税収は毎年減る一方だ。それにうちの息子は店を継ぐ気がないんだ。よりにもよって、歴史の先生になりたいって言うんだからな。実に残念だ。うちの店は、私のじいさんが一九三八年に作って、それ以来ずっとこの町で営業してきた。私もあと一、二年はやっていられるだろうが、それで終わりだ。店は閉めなきゃならん」グレンが肩をすくめた。「人生ってのは、そういうもんなんだろうな」

「でもそれまでのあいだは、あなたには仕事があるでしょ。それにロータリー・クラブの付き合いも。秋には狩りで忙しいし」それからベスは叱《しか》りつけるような目つきで、グレンとローレンの両方を見た。「金曜の夜には、ポーカーも」

男性二人は気まずそうに体を揺すった。

「でも、メイジーにはすることがないのよ。今までなら、あなたの世話をしてきたでしょ。お店はあなたがやっているし。それに子育てもあった。でももう——」

「私にはメイジーが必要なんだ」グレンが抗議するように言った。「まだ彼女にいてもらわないと困る」

「いいえ、違うわ」ベスの口調はやさしかった。「あなたも子供たちも、以前はメイジーを必要としてたの。でも、もう今はそんなことない。今はメイジーが――自分のために何かをする必要があるのよ」

「でも何をすればいい？　あんたもこういう経験をしたって、さっき言ってたよな？　どうやって元気になったんだ？」

「ローレンと一緒に、お店に出るようになったの」ベスは見たくもないという表情で、店内を見渡した。「でも、この有様を見ると、女性の手がある店だとは思えないわね」

「店に出るのか？」グレンは考え込んで、顎《あご》を指で撫《な》でた。「うーん、だめだな。メイジーは工具類にはいっさい興味がないから」

「わかったわ、別に工具類を扱う店じゃなくてもいいもの。何か他のもの。彼女、どういうものが好きなの？」

「まったくわからんなあ。そんなことを一度も……」そう話し出したグレンの顔が、ぱっと明るくなった。「料理だ。料理が大好きなんだ。すごい腕前だし、食品のことなら何だって知ってる。どうだろう、この店で……」

「悪いが、グレン」ローレンがグレンの買い物リストにあった品物をすべて紙袋に入れ終わった。「うちの商売も、二人が食べていくので精一杯なんだ。ここ何年かの、この辺の経済状況がどういうものか、わかってるだろう。うちの子供も店を継ぐつもりはまるでない。ふうっ。そもそも、シンプソンの町にいるのさえいやがってるんだから。この町の子供らは、みんなどっかに出て行きたがってるさ。シンプソンはあと十年もしたら、ゴーストタウンになってるだろうよ。予言しとく。メイジーに仕事を見つけたければ、どこかよそで探すしかないんだ」

「ああ、そうだな」グレンの肩ががっくり落ちた。「このあたりに、そんな店がいくらでもあればな」グレンは代金を払うと、袋を抱え上げた。「愚痴《ぐち》を聞かせて悪かったな。ベス、ローレン、じゃあな」そしてジュリアに向かって言った。「アンダーソン先生も」

ベスは店先までグレンを送り出し、慰めるように肩を叩いた。「メイジーによろしくね。よければ、私にでも電話してくれって、言っておいて」グレンが立ち去るのを見届けてから、ベスは姿勢をしゃんとして振り向いた。ま、ともかくは終了、という雰囲気が出ていた。

「待たせて悪かったわね。あなたの注文は、すぐに電話して取り寄せるから」ベスがジュリアに話しかけた。

「ああ、いいのよ」ジュリアはやさしく答えた。「うちの母も、私が十五歳のときかなりのうつ状態になったの。どうしようかって思ったわ」言ってしまってから、ジュリアははっと自分が口を滑らせたことに気づいた。

「そうなの？」ベスの瞳に共感が宿っていた。「私がうつになったときも、うちの子供たちはおろおろしてたわね。わかっていても、どうしてあげることもできないって。あなたのお母さんは、どうやって元気になったの？」

「母は……」ジュリアが十五歳のときだった。父が突然の転勤を命じられ、パリから、サウジアラビアの首都、リヤドに移った。母はパリが大好きで、サウジアラビアをひどく嫌っていた。女性には行動の自由がないこと、陰気で文化的に遅れた男性中心の社会がいやだったのだ。あるとき、あれは土曜のことだった、ジュリアの母、駐サウジアラビア大使夫人、スパイと噂のある大使館の文化観光局職員の夫人、さらに何かととりざたされることの多かったＣＩＡの職員の夫人の四人が、大使館の広大な敷地を車で乗り回しているところを、ジュリアは偶然目撃した。女性は一般道路を運転できないからなのだが、大使夫人が外交官特権でこっそり持ち込んだポート酒をたっぷり楽しんだらしく、四人はほろ酔い気分で、ミュージカル『南太平洋』の『女が一番』を、声を張り上げて歌っていた。

その日からアレクサンドラ・デヴォーは落ち着きを取り戻し、自分も家族もリヤドで快適な暮らしができるようできる限りのことをした。今まで住んできた、どの土地においても、母はそうやってきたのだ。

思い出して涙が出そうになり、このことをベスに打ち明けられたらと思った。ベスが聞いたら、きっと喜びそうな話だ。しかし、ベスにとっては、自分はサリー・アンダーソンで、外国に行ったこともない女性だ。母はまだ健在で、ベンドの町で暮らしていることになっている。

「サリー、どうかしたの？」ベスが首をかしげてこちらを見ている。「お母さんはどうなったの？」

ジュリアは涙をこっそり拭《ぬぐ》うと、頭の中で猛スピードで考えた。「ああ、母は――えっと、ボランティアの活動に参加することにして、移民労働者の子供たちに、英語の読み書きを教える仕事を始めたわ。そのあと、放課後、子供たちの面倒をみる先生になって、まだその仕事を続けてるの」嘘《うそ》としては、なかなかよくできた。とっさのでまかせにしては悪くない。それに、アレクサンドラ・デヴォーでなくて、ラバーン・アンダーソンという女性なら、いかにもやっていそうなことだろう。

ベスがため息を吐《つ》いた。「メイジーもそういうことすればいいんだけどねえ。思うんだけど、彼女本当に料理がうまいのね、でもシンプソンで料理人を雇えるような家なんてないでしょ」ベスは悲しそうに首を振り、カウンターの向こうに戻った。ジュリアの買ったものをレジに打ち込み始めた。「お米、缶入りトマトソース、マカロニ、あら、違うわね、最近じゃパスタって言うのよね、それからカフェイン抜きのコーヒー、と。これでおしまいね。あ、そうだ！」ベスが六缶入りのビールのパックを手に取り、買い物袋の上に置いた。「これを忘れるところだったわ」

「でも——だって——私、ビールは頼んでないけど」ジュリアはベスを止めようとした。ジュリアはワインのほうが好きだった。ただ、ローレンの店の大瓶に入った安物のワインは、前に飲んだとき、胃に穴が開いて一生ふさがらないのではないかと思うほどの味だった。それ以来、この店の酒類には手をつけないようにしていた。「私はあんまりビールが好きじゃないのよ」

「あなたのじゃないの」ベスが気さくな感じで答えた。「これはクープのよ。彼の好きなブランドなの」

「私……」顔から火が出そうだった。「あ、その……」言葉がうまく出てこない。舌は脳との回路が完全に途切れ、口の中で無意味にぱたぱた動くだけだ。「わかったわ、えっと、でも……じゃあ、私のお勘定に入れておいて」

「そんな、みずくさい」ローレンが口をはさんだ。「クープには借りがあるからな。うちの配達トラックが故障したとき、あそこの車を貸してくれたんだ。だから、うちからのおごりだって、言っといてくれればいい」

「ああ……じゃあ、ありがたく」

「どういたしまして」ローレンは買い物袋を二つジュリアに渡すと、妻のふくよかな肩に手を回した。

ベスはにこにこして、りんごのようなピンクの頰《ほお》が輝いていた。「私たち、クープにもやっとお相手ができたって、本当に喜んでるの」

10

「どう？」土曜の朝、アリスはジュリアをおそるおそる見つめていた。薄いブルーの瞳《ひとみ》がまばたきもせずに、ジュリアのほうを向いている。

ジュリアはもうひと口、レモンタルトを口に入れた。間違ったことは言いたくないので、確認しておかなければ。

「どう思う？」アリスが期待をこめた目つきで聞いてきた。

完璧《かんぺき》よ、とジュリアは思った。急性糖尿病で意識を失いたいのなら。「あの、アリス」若い女の子の感情を傷つけずに、どう伝えればいいものか。「私のあげたレシピどおりに作ってみた？」

「もちろん」アリスが顔を曇らせる。「えっと、ちょっと甘味が足りないかなと思ったから、お砂糖を足したけど」

「そうなの？　でも、オリジナルのレシピどおりに作ったほうがいいんじゃないかしら」ジュリアは外交的な表現を使った。

「確かにそうね」アリスが笑顔になった。「これからは、何でもあなたの言うとおりにする。あの紅茶が飲みたいって、お客さんが三人も来てくれたのよ。それからカレン・リンドバーガーが、ルパート婦人会の人と話して、婦人会の会合をここで開くことにするって。信じられないでしょ？　カレンが婦人会の会長と話をしたら、お店の支配人と話してみましょうって言ったんだって。本当にそう言ったのよ」アリスは胸に手を当て、顔を輝かせた。「お店の支配人」

ジュリアはうっと思って、体を硬くした。店の内部を見渡してしまいそうになり、そうしないでいるには努力が必要だった。薄汚れた壁、磨り減った床。支配人ね。管理人というほうがふさわしい気がする。

「すてきね」アリスのために、この話に夢中になっているふりをしようとした。「来週、もう少しいろいろなパイやケーキのレシピを教えるわ」

「ありがとう」アリスは紅茶のお替りを注ぎ、ジュリアの顔を見た。「で、紅茶のほうはどうかしら？」

「すごくおいしいわ」飲みながらそう言ったが、紅茶は本当においしかった。「大成功ね」

アリスはうれしそうに、椅子《いす》の背に体を預けた。食堂には二人以外には誰もいない。アリスの期待に反して、土曜の朝はまだ客が増えていなかった。ジュリアが来たのは土曜日だからで、この時間帯、店はコーヒーショップになる。さらにもうひとつの理由は、ひょっとしてクーパーが来ないかなと期待していたためで、なぜなら彼は今日ルパートまで車に乗せていってくれると言っていたからだ。

しかし、その話をしたのは一週間も前のことで、それ以来クーパーはその話をまったくしなかった。実際には、彼とはこの間ほとんど……言葉は交わしていなかった。ジュリアの夕方から夜は、ひとつのパターンができつつあった。クーパーは午後遅くにやって来て、授業に遅れてしまったラファエルにジュリアが勉強を教えているあいだ、静かに家の修理を続けた。ボイラーは夢みたいに調子がよく、どこからも水漏れはしなくなった。ポーチの段はきしまないし、何よりこれ以上はないというほどの警報装置が家に備えられていった。

突然、クーパーはジュリアの安全にいきすぎとも言えるほど神経を尖《とが》らせるようになった。すべてのドアにはぴかぴかの鍵《かぎ》とドアチェーンが取り付けられ、ドアにも窓にも保安官事務所に直接つながる侵入警報器がある。玄関にも裏口のドアにものぞき穴があるし、外側には照明装置があって、クーパーによればそれは〝侵入防止ライト〟と呼ぶものらしい。劇場照明にでも使えるぐらいの明るさで、家に近づく人間がいれば、中からすぐにわかるようになっている。

シンプソンという町を考えれば、少々やりすぎという気もするが、ジュリアにとって安全は何より大切なことで、こういう装置によって確かに大きな安心感が得られた。斧《おの》でも持ってきて、ドアを叩《たた》き割られない限りは、身の安全は確保されている。

さらに、いちばん安心できることといえば、毎晩ジュリアのベッドにある——サム・クーパーの存在だった。

家の修理をしてラファエルを家に送り届けると、クーパーはすぐに戻ってきて、追い立てるようにジュリアを寝室に連れていき、ジュリアの服を脱がせ、自分の服を脱ぎ、ベッドにジュリアを放り投げて、すぐにその上に乗ってくるのだった。その一秒後には、二人は愛を交わし始める。激しく、強く。

ロマンチックな小説にはなりそうもない筋書きだが、ジュリアはわくわくしていた。ここ何晩かで得た絶頂感の回数は、それ以前に体験した回数すべてあわせたよりも多かった。話もせず、食事もとらず、眠ることさえできずに、ただ愛し合った。クーパーと出会う前には、ジュリアは何時間もセックスが続けられるとは思ってもいなかったし、しかも毎晩そんなことができるというのは、肉体的に不可能だと信じていた。

明け方近くになると、クーパーはジュリアから、ときにはまだ勃起《ぼっき》したままのものを抜いて、服を着て、ジュリアにキスをすると去っていった。そのあとジュリアは七時半まで死んだように眠る。睡眠時間はまったく足りてはいなかったものの、はつらつとした気分で疲労感もなかった。学校が終わると、ラファエル、フレッド、クーパーが家にいて、何かと忙しい。何を考える時間もなかった。悪夢も見なかった。見るはずがない。夜は熱いセックスで満たされているのだから。

証人保護プログラムの担当者に、彼らが保護しているはずの証人の現状を伝えておくべきかもしれない。熱いセックスで満たされていますから、と。

「それで」アリスが何気なく切り出した。「クープとルパートに行くんでしょ？」

ジュリアは目を丸くした。「どうしてそんなことあなたが知ってるの――」しかしジュリアはその先を言うのをやめた。小さな町ではいろいろな情報がすぐに伝わるのだ。「行くと決まってるんじゃないのよ」本当のところをアリスに説明しておこうとした。「先週の土曜日に、クーパーがそう言ったのは確かだけど、話のついでって感じだったし、それから出かける話は出ていないの」そう言って肩をすくめる。「だから……どうかしらね。彼、もう忘れてるかもしれないし、ひょっとしたら他に仕事ができたかも」

「あら、クープが一度口にしたら、必ず実行するわよ」アリスが絶対だというようにうけあう。「言ったことは守る人なの」

「何か実際に言ったとすればね」ジュリアは言いながらも、顔が赤くなっていくのがわかった。クーパーの得意なのは、話すことではない。

「ええ、まあそうね」アリスがジュリアの顔色をうかがっている。何を読み取られてしまうのだろうと、ジュリアは思った。「クープはおしゃべりじゃないわ。でも、いい人よ、でしょ?」

「ええ」ジュリアはさらに真っ赤になった。

「つまりね、あいつは、どういうのかなあ……無口よね。だから、たいした男じゃないって、思いがちなんだけど。前の奥さんは、そう思ってたわね、間違いなく」

心の中にわき上がってくる好奇心を、ジュリアは抑えることができなくなっていた。そう思っていることを隠そうともしなかった。陰で悪口を言うのとは違うんだからと、これが下品な行為でないことをジュリアは自分に言い聞かせた。他の人間に対する、健全な興味だ。健全な興味を持った対象が、たまたま愛を交わしている男性の人となりというだけのこと。ジュリアは体を乗り出し、できるだけ何気ない調子で話した。

「前の奥さんって、どういう人だったの?」

「誰、メリッサのこと?」アリスはもっと紅茶を注ごうとしたが、ジュリアは首を振って、カップにふたをするように手を置いた。「メリッサはシアトルの証券会社で働いてたの。クープの株を扱ってる会社でね。ああいう暮らし方をしてるからわからないだろうけど、クープって、本当はすごくお金持ちなのよ。で、メリッサは、これは自分のものにしなきゃって思ったのね。二人はシアトルで付き合ってたらしいんだけど、ある日クープが女性を町に連れてきて、これが妻だって」アリスが顔をしかめる。

「町の人はみんなうちとけようと努力したのよ、クープのためならって。でも彼女はけっしてなじまなかった」

「残念ね」何て女かしら、と非難の声を出しそうになるのをジュリアはかろうじて押しとどめた。

「それだけじゃないの。メリッサはいつでも、こんなところに埋もれるようになったことを嘆いていてね、信じられないほど輝かしいキャリアがあったのに、何もかも犠牲にしたって、うるさかったの。せっかくMBAまで取ったのに、すべて無駄になった、アイダホの辺境地まで来てしまったってね」突然、意地悪な笑みがアリスの親切そうな顔に浮かんで、ジュリアは驚いた。「それでね、マットが、あ、うちの弟なんだけど――」

「会ったことあるわ」

「そう?」アリスが、どうしようもなくてね、という顔をしてみせた。「じゃあ、どんなに厄介な子か、わかるでしょ? まあ、その当時はそこまでひどくなくて、困った弟ってぐらいだったんだけど、マットは、メリッサがうだうだいつまでも偉そうなことを言うからうんざりしたのね。町の全員がそうだったんだけど。それでワシントン州立大学の記録をネットで調べて、メリッサ様は実際はご卒業さえしてなかったことを見つけ出したわけ。正式にはね。それから証券会社のファイルにもアクセスして、メリッサはそこじゃただ事務を手伝ってただけってこともわかったの。メリッサがべらべら吹聴《ふいちょう》しているあいだも、クープは根っからの紳士だから、何も言わずにいたのよ」

それはジュリアも知っている。もともとおしゃべりではないから黙っているということもあるが、紳士だから何も言わないのも、クーパーのしそうなことだ。

「しばらくすると、メリッサはクープが退屈な男だってみんなに文句を言い始めたのよ」突然アリスはジュリアに鋭い視線を向けてきた。薄いブルーの瞳を細めて、ジュリアを見つめている。「クープが退屈だなんて、あなたは思わないわよね？」

ジュリアは、えっと思った。クーパーが？　退屈？　座ったまま不自然に体を動かしたので、伸びきった筋肉に痛みが走った。昼近くになって、広げていたままの腿《もも》の内側はやっとほぐれてくる。

「いいえ」本当のことなので、ジュリアはすぐに答えられた。「不思議な人だし、謎《なぞ》に満ちているし、少しもどかしいと思うこともあるけど――でも退屈なんてことは、絶対ないわ」

「そ、そうね」アリスが勢いに気おされるように言った。若々しいかわいい顔にゆっくりと笑みが広がっていく。「なるほどね、それならよかった。私ね、思ってたんだけど、あなたならきっと――」

「あの、アリス」ジュリアはまた身じろぎした。町全体で、クーパーと自分の仲を取り持とうとしているのだろうか。クーパーとの……関係というのか、とにかくこれはいっときのことでしかない。サンタナの裁判が終わって落ち着けば、一刻も早くボストンに戻る。「あなたが何を考えているかはわからないけど、何にしても――」

アリスはジュリアの言葉には耳を貸そうともせず、テーブルを片付けようと立ち上がった。「こうなると思ってたわ。予感がしたのよね。本当によかった。クープにもまた相手ができてもいい頃だもの。それに、あなたは頭のいい人だから、ばかばかしい呪《のろ》いなんて気にしないだろうし」

ジュリアはその場で動けなくなった。呪い？　何の話？　話題を変えろっていう、言い回しとか？「アリス、呪いって何のことなの？」

しかし、アリスは厨房《ちゆうぼう》の中に消えてしまった。

「アリス、アリスったら」ジュリアの声が大きくなり、叫び声に近いものになった。「呪いって、何の話だったの？」

アリスが厨房から頭をぬっと出してきた。「クーパーの呪いよ、もちろん」そしてジュリアの背後に目をやり、驚いた表情になった。「おはよ、クープ。えらくめかしこんじゃってるじゃない。これから結婚式でも挙げる？　あ、棺桶《かんおけ》用の衣装だったのかな？」

「やつは、掛け金をさらに百万つり上げました」アーロン・バークレイがぽんと音声テープを上司に放った。

ハーバート・デイビスは目の前のファイルを読み続け、顔も上げなかった。手だけをさっと上げて、テープを空中でつかむ。そこでちらっと部下を見ると驚きの表情を浮かべているのがわかり、心の中でにんまりした。昔のようなキレはなくなったし、腰周りは豊かになったかもしれないが、反射神経は健在だ。「誰が?」デイビスが質問した。「何をつり上げたって?」

「サンタナです」アーロン・バークレイが苦々しげに言った。「テープにすべて入ってます。サンタナの側近が裏社会にサンタナからの言葉を伝えたところです。ジュリア・デヴォーの首にかかった賞金が、さらに百万増えたんです」

デイビスはカセットを指先でもてあそぶのをやめ、凝視した。「くそ。サンタナはつまり――」デイビスは自分の言おうとしていることが信じられず、ひと呼吸おいた。「二百万ドルってことか、彼女の――彼女の……」

「ジュリア・デヴォーの首に、です」暗い声でバークレイがあとを継いだ。「そこの部分は変わってません」

「しかし、そんなこと――どうかしてるぞ、これは」そう言いながらも、デイビスは自分の言葉を考えてみた。「確かに、どうかしてるよな。サンタナみたいな頭のいかれたやつに、どうかしてるっていうこと自体、妙な話だ。あいつは、どんな金の使い方をしようかなんて考えちゃいないからな。デヴォーが死ねば監獄に入らなくて済むし、銀行にはまだ三億四千八百万ドルも残るって計算だ。それでも、ここまで……普通じゃ考えられない金額だ。これで、国じゅうの安っぽい殺し屋気取りがこぞって、ここはいっぱつ、俺も名を挙げよう、しかもひと財産築けるぞ、なんて考えることになる。もう手の付けられないことになってるだろうよ。何でこんなことになった？

S・T・エイカーズの引き伸ばし作戦はうまくいってたんだろ？」

バークレイがデイビスのデスクにひょいと尻《しり》を乗せた。「ええ、でもブロムフィールド判事が、公判の停止中はサンタナはファーロウ島に収監されることって決定したんです。ブロムフィールド判事は組織犯罪に関わる人間には厳しくて、おそらくエイカーズに対してのメッセージもあるんでしょうが、自分の考えをはっきりさせておきたかったようです。そちらの手で裁判が引き伸ばされた、ならその代償を払ってもらいましょうってところですかね」バークレイは恐ろしくなったのか、体をぶるっと揺すった。「本音を言わせてもらうと、私だってファーロウ島から出るためだったら、二百万ドルは惜しくないですね。もちろんそんな金があればの話ですけど」

「ファーロウ島か」デイビスも監獄として使われるその島を一度訪れたことがある。

捕らえた犯人の収監に付き添ったのだが、あんな経験は何度もしたいものではない。軽量鉄骨でコンクリートがむき出しのまま、監獄は吹きさらしの不毛の島に建っていた。中に入ると、地獄とはこういう姿で統治されているのだろうと思うような場所だった。もっとも暴力的で、もっとも頭のいかれた囚人たちが送られるこの世の果てのようなところで、ある種の決まりのようなものがあり、生きて再びこんなところを目にしたくはないと思った。看守が一度鍵をかけると、囚人がそこから逃れるすべはなく、自分の身は自分ひとりで守らねばならない。手っ取り早く言えば、頭のおかしくなった者たちを捨てるゴミ箱だった。

サンタナがタフな男であることはデイビスも知っている。生まれついての犯罪者で、年とともに凶暴性を強めていった。しかし、彼が金持ちになってから、ずいぶん時間が経った。金を持つと、人間は弱いところができてくる。手下の者に汚れ仕事をさせ、それに慣れていく。そして誰が何と言おうが、暴力をふるうのは汚れ仕事だ。

サンタナが自分で手を汚さなくなって、あるいは血にまみれなくなって何年ぐらい経つのだろう。銃を使ったのも今回の仕事が久々じゃないのか。こぶしの使い方を、彼はまだ覚えているのだろうか。まあ、ファーロウ島に行くことになれば、すぐに思い出すだろう。必ず。すぐに。

その間、デヴォー家のお嬢さんの面倒をみなくてはならない。厄介なことになった。

「大騒ぎになりますね」バークレイが考え込んでいる。

「ああ」デイビスは首をぐるっと回し、凝った肩をほぐそうとした。急に首が回らなくなった気がしていた。「どんなやつでも二百万ドルの賞金がもらえるとなれば、いやとは言わないだろうな……ああ、もう！」

デイビスは苛立《いらだ》ちのあまり、こぶしをどしんとデスクに下ろした。書類が滑り落ちそうになったので、慌てて手を伸ばす。書類をつかむと、とんとんと端をそろえてみたが、何か手を動かしていたかっただけのことだ。そしてバークレイのほうを見た。

バークレイも見つめ返す。二人は同じことを考えていた。

バークレイが考えを先に口に出した。「彼女の居場所を移したほうがいいですね」

「そのほうがいいとは思う」うなずきながらも、デイビスは反論した。「だが、どこに移せばいい？　もっと安全なところなんてあるのか？」

「国外に連れ出すことはできないですね。違法になる」残念そうにバークレイが言った。腕組みをして天井を見上げ、考えている。「刑務所に入れるのもだめですよ。刑務所だけが、唯一の安全な場所なんですがね」

ジュリア・デヴォーをFBI版リゾート施設に入れておければいいのになあ、とデイビスも思っていた。優雅な連邦捜査当局の施設、サウナとテニスコートもついているようなところだ。しかし法律ではそれは許可されていない。実に残念だ。善良な市民が都合の悪いときに都合の悪い場所に居合わせたというだけの理由で、その人物を罪もないのに強制的に施設に入れることを法律は許可していない。だとすれば、他にどんな方法が残っているのだ？

「ボイーズのオフィスには、捜査官は何人いるんだ？」デイビスは頭の中で、残された選択肢を考え始めた。

「八名です」

「そんなばかな話があるか」デイビスは憤慨した。「何だって言うんだ、都市ガスがかろうじて供給されてるぐらいの町だって、それ以上は人員をそろえているはずだぞ」

「予算がカットで」簡潔な答だ。「今後もさらなる予算縮小が計画されてます」

デイビスは苛々と指でリズムを取った。「ボイーズのオフィスにいる人事情報は？」

「こちらです」バークレイがボイーズのオフィスのファイルを手渡すと、デイビスはぱらぱらと中を見てみた。ボイーズ・オフィスから余分な人員をこちらに回す余裕はない。実のところ、これだけの人間で事務所を構えてやっていけるのが不思議なぐらいだった。ファイルから顔を上げ、デイビスは部下にたずねた。「グリザードとマーティンをクロン事件から引っ張ってこられないか？」

バークレイが首を振る。「この件はフィルモア上院議員から直接の依頼を受けてるんです。上院議員からは『最大級の配慮』をとのことです。議員の言葉をそのまま使わせてもらいましたけど。ご存じのように、クロン事件には政治的な問題がいろいろ関わっています。それにひきかえ、サンタナはただのギャングですから。大物ですよ、それは認めます。でもサンタナの件はクロン事件とは比べ物にならないんです。こちらを起訴できれば何万票にもなりますからね。選挙は近いですし。だから……勝負にもならないんです。政治には勝てないんです。犯罪なんてどうだっていいんですよ、特に……」バークレイが親指を天井のほうに突き上げる。「……上が変わってからは」

デイビスはがっくりして、うなずいた。「訓練生をこれほどの事件に当たらせるわけにもいかないしな、絶対に。誰か残っているやつはいないのか?」デイビスは眼鏡を外し、目頭《めがしら》を指で押さえた。「パッチーニはどうだ?」

バークレイが腕組みをした。顔にはわずかに笑みが浮かんでいる。これはおもしろいことになるぞと思っているのだ。「パッチーニは、その……パパになったので育児休暇中です」

「何だと?」デイビスは勢いよく椅子から立ち上がり、そして、どさっと座り込んだ。深く息を吸い、感情を声に出さないようにするまで、ふうっとその息を吐き続けた。

うんざりした顔で話し始める。「育児休暇、すごいじゃないか。信じられん。父親の育児休暇か。次は何ができるんだ？　指先の逆むけができたら疾病《しっぺい》休暇を出さなきゃならんのか？　犬がどこかにもらわれていったら弔慰休暇か？」

「まあまあ、時代が変わったんですよ。昔はこうだったなんて話は、さんざん聞かされてますから。昔は、男はタフだったとか、何があっても仕事を休むことはなかったとか」

「そのとおりだ。撃たれたって、市販の痛み止めを二錠飲んで、翌日仕事に出たもんだ。私の若い頃は、子供が生まれたら午後だけ休んで葉巻で祝う、それだけだった。例外なく、な」自分が時代遅れの老人のような口のきき方をしてしまっているのは、デイビスにもわかっていた。実際に、時代に取り残されている感覚もあった。恐竜と同じだ。時代に合わず、絶滅していくのだ。「うちの子供が生まれたときだって、二回とも出産には間に合わなかった」

「私だって子供が生まれてから、一ヶ月顔を見られなかったんですよ」バークレイが残念そうに言った。「まあ、妻に逃げられても不思議はないですよね」

デイビスが部下の左手を見ると、薬指には指輪がなく、そこに白い痕《あと》がついていた。離婚で辛い思いをしているのだ。オフィス内で聞いた噂《うわさ》では、去っていった妻に文無しにされてしまったらしい。

二人は気まずく黙り込んだ。

「まあ、そういう話はいい」デイビスは声の調子を変え、もう一度ボイーズ・オフィスのファイルを見た。「どうやら、余分の人員を割ける余裕は当分なさそうだな――二、三ヶ月はこのままか。そのあと、ジュリア・デヴォーは宣誓して裁判で証言することになるな。あるいは……」その先を言うのがためらわれた。

「やられるか」バークレイが代わりに言った。

11

トラックの助手席はゆったりとしたスペースがあった。ジュリアはうーっと腕を伸ばしてくつろごうとしたとたん、はっと凍りついたように動きを止めた。「ク、クーパー？」

クーパーが乗り込んでくると、トラックは重みで沈んだ。クーパーが運転席側のドアを軽やかな音とともに閉めた。

「うん？」

「クーパー」ジュリアは運転席側に体を近寄せて、ほとんど聞こえないほどに声を落とした。「後ろに――拳銃《けんじゅう》があったわ」

クーパーは驚いた様子もなく、ちらりと後ろを見るとギアを入れた。「いや」

「いやって？」ジュリアは訳がわからなくなった。そしてトラックが勢いよく発進したので、シートベルトにひしとつかまった。

「拳銃じゃない」

おしゃれなビジネススーツの効果には、すっかり驚いてしまう。このスーツでクーパーがとびきりのハンサムになったというのではないが――それでも堂々として見える。近づきがたいというか。

アリスの狭い薄汚れた食堂で目の前に現れたクーパーは、エレガントなスーツに身を包み、大きくて力がみなぎっていた。冷たく硬い表情を浮かべ、周りのことには影響されないという雰囲気で、一瞬ジュリアはそんな男性と二人っきりでひと気のない田舎《いなか》道をドライブすることへの恐怖を感じた。これほど近寄りがたい男性と山道を行くのだ。そんな感覚にさっと襲われたが、パニックはすぐに消えていった。

クーパーは危険な人ではない。それはわかっている。今週ずっとこの男性とベッドを共にしてきたのだ。しかし、毎夜ベッドを温めてくれる男性と、この力強く危険な感じの男性を結びつけて考えるのは、なかなか難しい。

そう思っていたとき、アリスがあの糖尿病患者の悪夢のようなタルトをひと切れクーパーの手に押しつけた。クーパーはおそるおそるそれを口にした。ジュリアがその様子を見ていると、ふっと二人の視線が合った。同じことを考えているのがわかる――なんてひどい代物なんだ？　それでもクーパーは、ぼそっと味をほめ、アリスがうれしそうに顔を輝かせるのを見て、弱々しくほほえんだ。そしてアリスがふた切れ目を渡して、「これはお店からのおごりだから」と言うと、その笑みが消えた。それでも何とかそれも飲み込んだクーパーの偉さに、ジュリアは敬服した。

ジュリアは頭の中でいろんなことを想像してしまいがちで、それが欠点のひとつでもあるのだが、親しい人の気持ちを傷つけないためだけに、これほどひどい味のタルトを二つも食べるような男性が暴力をふるうところは、とても想像できなかった。そして見上げた彼の顔には、その瞳《ひとみ》にやさしさとかすかな孤独感だけが浮かんでいた。こげ茶色の瞳が、フレッドのような表情をしていた。

ところが、どこまでも空しか見えないような道を、銃を持つ男性の車に乗り込んで走るというのでは、話が違ってくる。トラックの座席に積んだままの銃は、手を伸ばせばすぐに届くところにあって、ジュリアの頭の中に、いろいろな筋書きがふくらんでいった。するとクーパーの動作のセクシーさにも心を奪われる。あの腿《もも》が動くと、頭以外のところも熱を持ち始めるのだ。ジュリアは一度外を見てから、またクーパーのほうを向き、しっかりとその顔を見据えた。「違うってどういう意味?――あれは、あれは」ジュリアはおぞましくて手を触れるのもいやだったので、銃のほうを顎《あご》でしゃくってみせた。「あれは――拳銃じゃないの」

「違う。それはスプリングフィールドだ。狩猟にはもってこいのライフルだ」

「ああ」ジュリアはしばらく黙り込んでしまった。そして体をねじって後ろを見る。なるほど。長い銃身が、金属的な鈍い光を放って、恐ろしそうだ。身近に銃があったことなど、ジュリアにとっては今までになかった。いや、ライフルか、何にせよ、そういうもの、拳銃だとかライフルだとかを身近に所有する人と、直接親しくなったのはこれが初めてだ。

「今日、ルパートで誰かを撃つ予定でもあるの？」

クーパーが考え込んでいる。「ふむ、そう言われてみると、先週ダン・ウォーカーから買った飼料の質があまりよくなかったな。気に入らないから――」ジュリアがひいっと声を上げたので、クーパーが顔を向けた。「今のは冗談だ」

「ああ」パニックは収まったが、不安は消えなかった。「よかった。すごくよかったわ。じゃあ、どうしてあの――」ジュリアはまた顎で後部座席をさす。「あれが置いてあるの？」

「本当は、あれは俺のじゃないんだ。通常はこのトラックはバーニーが使っていて、スプリングフィールドもあいつのなんだ。俺はショットガンのほうが好きだから」

「じゃあ、バーニーはあの拳銃、じゃなくてライフルで何を撃つの？」

「牧場荒らしだ」

古い西部劇ドラマの再放送、たとえば『ボナンザ』は何度も見たし、B級西部劇映画もいろいろ見て、牧場荒らしという言葉はジュリアも知っていたが、現実にそんな言葉を使った会話をしたのは初めてだった。「家畜を奪いにくるの？　牛泥棒とか？」

クーパーはまだクラッチとブレーキを操作し、その動きはダンスのステップを踏んでいるようだった。さらにギアシフトもしている。ジュリアはそれに見とれてしまわないようにと気をつけていたので、クーパーの表情を見逃したが、くすっと笑う声が聞こえたような気がした。クーパーがこんな笑い方をするの？

「何なの？」車は高速道路に近づいてきて、クーパーの脚も忙しく動かなくなったため、ジュリアも緊張を解くことができた。やっとクーパーの顔を見ると、そこに笑みがかすかに残っていた。

「牛泥棒なんてのは昔の話で、今はいない。そもそも、うちでは牛を飼ってないし。バーニーが撃つのはジャコウネズミとか、大型の野うさぎとか、たいていは牧草地を荒らす動物だ。狩猟シーズンには鹿《しか》を何頭か持って帰ってくることもあるけどな。俺たちは鹿肉に目がなくて」クーパーがちらりとジュリアを見て、顔を曇らせた。「ライフルがあるのが気になるのか？　サリー、荷台に置いて君の目に触れないようにしとこうか？　ただ、座席のほうがラックがあるから、安全なんだ。それから弾《たま》は込めていない。それは保証する。弾薬は、そこのグラブボックスに入れてあるんだ」

ジュリアは改めて、都会の生活を恋しく思った。これだから田舎はいやだ。町ではレストランに行って、感じのいいウエイターがお皿に載せて運んでくるものを、ここでは銃殺して皮をはぐのだ。

「い、いえ、大丈夫よ」彼に弱虫だと思われたくなかった。ここは何と言っても西部なのだ。西部では、乳歯を抜くにも銃弾を使うのだろう。「ちょっとどきっとしただけなの。それに」ジュリアは自分を納得させようと言葉を発した。「あなたなら銃の使い方には詳しいんでしょうし」

「ああ、詳しい」クーパーはそう言うとアクセルを踏み、広い高速道路に出て行った。そして、ちらっとジュリアを見て付け加えた。「ナイフのほうが得意だけどな」

二百万ドル。ジュリア・デヴォーの首に。

信じられない。画面に現れたメッセージを見て、プロはふんと鼻を鳴らした。サンタナは間違いなく、自分を見失ってしまったようだ。

世の中がひっくり返るほどの大騒ぎになるだろう。

時代は変わったのだ。昔は、十二人、せいぜい十五人ほどの強いボスたちが自分のテリトリーを守っていた。お互いを刺激しないようにして、鉄の意志と血をもって、情け容赦なく、掟《おきて》どおりに、この世界をコントロールしていた。彼らは自分を見失うことなど絶対になく、決められたことは必ず守ってくれた。彼らがこんな哀れっぽいメッセージを監獄の中から送ってくることなどなかった。これは明らかに、自分の弱さをさらけ出すことだ。

人ひとりを殺すのに、百万ドルでも異常な高額で、掟破りだ。殺しは通常十万ドル、多くても二十万が相場だ。それより高額を約束しても、成功することにはけっしてならない。そんなことをしても、橋の下や暗い安アパートで寝泊りするような人間の気を引き、一世一代のチャンスが来たと興奮させるだけだ。そんな人間はプロの仕事の邪魔になるだけ、プロの領域を荒らしていくのだ。さらに百万ドル上積みするのは、正気の沙汰ではない。昔なら、こんなことはボスたちに許されなかったはずだ。ファーロウ島に入っていようが関係ない。しかし、そういったボスたちはもうこの世に存在しないのだろう。沈黙の掟が支配していた世界は、砕けて飛び散ってしまったに違いない。

これもまた、仕事から足を洗う潮時だというサインだ。はっきりした。サンタナの二百万ドルをうまく使ってやろう。そもそも、サンタナみたいな男に金があるということが無駄だ。やつには、金の使い方がわかっていない。昔のボスなら知っていた。金は精密機械のようなもの、外科用のメスのように使うべきで、こん棒で殴るような使い方をすべきではない。

プロは床から天井まで広く見渡せる大きな窓から外をじっと見た。高級マンションの最上階からは嵐を呼ぶ雲がわき起こるのが見えた。すばらしい眺めですわ、と不動産屋が言っていた。案内してくれた担当者はかわいい若い女性だったが、契約を終えたときにプロがこの部屋を気に入った本当の理由などまったく想像できなかったはずだ。この部屋は――ヘリコプターからライフルで狙《ねら》われれば別だが、いかなる銃でも射程圏内にはとらえられないのだ。

冷たい雨がぽつぽつと窓を打つ。冬の訪れが今年は早い。そろそろジュリア・デヴォーの居場所を突き止め、カリブ海に身を隠すときが来たようだ。

仕事にとりかかるとき、プロは厳しく精神を律して任務の遂行に集中する。しかし、空がどんよりして雨がみぞれに変わってくると、ほんの一瞬だけ、海辺の別荘を頭に描いてみた。まだ夕方でもないのに、遠くで街の中心部のオフィスビルに明かりがつくのが見える。十階下の道路で、雨を避けようと人々が道を急ぐ。風がレインコートやジャケットをはためかせる。

セント・ルチア島の家は絶壁の上に立ち、その下には見渡す限り粉のような細かい砂におおわれたビーチが続いている。海は空と同じ色で、何キロも先まで底まで見えるほど透きとおっている。

島に住む隣人たちに対しての幻想は抱いていない。カリブ海では、後ろ暗いことをしている人も多い。ほとんどは税金逃れ、あるいはビジネスで少しばかり危険なところに近づきすぎたという人たちで、ひっそりと隠れて暮らすために南の島へ逃れてきているのだ。物事を丸く収めようと、チップをはずむ人ばかりだろうし、そうすればあれこれ詮索《せんさく》されることもない。そういう人たちにアドバイスしてやるのは、非常に快適で——さらにはかなりの小遣い稼ぎにもなるだろう。桁《けた》数の多い額のお札しか持っていない人たちのコンサルティングをしてあげるのは、気持ちのいいものだろう。

分厚い鉛入りのガラスを通してでも、風の音が聞こえるようになってきた。ということは、外は強風が吹き荒れているということだ。稲妻が空を走り、雲がますます重く黒く垂れ込めていくのが見える。

プロはカルバドス・ブランデーをたっぷりグラスに注いだ。思い描くのは、砂浜、永遠の太陽、ひとクラス上の犯罪者たちだった。

科学者が美というものを分析した記事を、クーパーはどこかで読んだ覚えがあった。なぜ人はあるものを美しいと認識するのか、という内容だった。ある図形を見ると美しいと感じてしまうのは、左右対称であるため、ただそれだけの理由だそうだ。顔の両側がまったく同じ形をしていれば、映画スターやモデルになれる、というわけだ。

クーパーは危険を承知で、隣に座っている女性をそっと見てみた。前歯の一本が、ほんのわずかに反っている。右の眉《まゆ》が左より高く上がる。彼女が笑うと、たいていどちらかに顔がゆがむ。なのに、はっとするほど美しい。ついつい彼女を見てしまう。

つまり、科学者はなーんにもわかってない、ということを証明したのだ。サリーがいるところでは、いつでも大気が振動している。ハチドリが飛び回っているように、ぶーんと音が聞こえそうだ。体内に光源があるのかと思うほど、サリーは後光のような輝きに包まれている。その体の中で常にたいまつがやさしく掲げられていて、冷たい手をそっちのほうに伸ばせばそれだけでこちらの体の芯《しん》まで温められるような。

ルパートまでの道なら、目隠しされていてもいけるのは幸運だった。サリーの顔をよぎるさまざまな表情が気になって運転に集中できなかったから。彼女の完璧《かんぺき》な肌には、心の中がそのままの色になって表れる。サリーの体の色合いというのは美しいとしか言いようのないものだ。真珠のような肌に内側からほんのりピンク色がさす。紺《こん》碧《ぺき》の瞳、さらにきれいな弧を描く赤い眉。

勇気を振り絞って、いつかは髪を染めないで赤に戻してくれと言いたい。サリーが赤毛なら、どうしようもないくらい魅力的だろう。

情けないやつだな、俺は、とクーパーは思った。髪を元の色に戻してくれと言う勇気すら出ないとは。

今週サリーとセックスした回数は、前妻と結婚期間中やった数すべてより多いだろう。サリーの体すべてをじゅうぶんに堪能《たんのう》したわけでもない。ただ彼女の体に乗ってしまうだけだ。実際、正常位でやるところまでで精一杯なのだ。新しい体位を試してみることさえできない。それでもどうすれば彼女がクライマックスを迎えてくれるかは、ちゃんとわかっているし、将来的にはいつか、ゆっくりと新しいやり方で愛を交わすようなことも是非試してみたい。彼女の乳首がどんな味がするかはわかっている。激しく突き立てたとき、やさしくセクシーな、ああっという声を上げるのも知っている。ただ、これまでのところは激しく突き立てるだけだったが、ともかく、そうすると彼女が絶頂を迎え、そのとき自分のものがぎゅっと中に引き込まれるように……。

だめだ、だめだ。また大きくなってしまった。スーツのジャケットを着たままでよかった。何か他のことを考えるんだ。クーパーは、そう自分に言い聞かせた。それでもすぐに頭の中はサリーのことでいっぱいになる。他の女性に感じたことがないような、強い気持ちをサリーには持ってしまう。メリッサに対してよりはるかに強い気持ちであるのは、疑う余地のないところだ。

心の奥でクーパーは、自分が無口でいることをサリーは不愉快に、あるいは変な感じだと思っているのだろうかと、気にしていた。メリッサからはしょっちゅう、無口であることをなじられていた。私を無視するのね、と責められた。サリーはひとりでおしゃべりする。通常なら、そういうことをされると苛《いら》つく。クーパーは生まれつき、何でもひとりで行動する習性があるからだ。ところが、サリーのやさしい声に、抗いようもなく引き込まれていく。サリーは今週こんなことがあったのよ、と説明している。彼女の話は聞いていて楽しい――てきぱきした言葉でおもしろおかしく話すのだ。

するると話を聞いているうちに、彼女のシンプソンの町の人々との関わりの深さを知り、驚くばかりだった。別の町が存在しているのかと思うほど、クーパーの知らないことをサリーが語っている。同じ町にいるのに、どうして自分の気づかないことを彼女は知ってしまうのだろう？　クーパーが長年親しんできた人たちの生活をサリーが話すのを聞いて、なぜここまでのことを彼女が知っているのか不思議に思った。さらに、どうして自分はそんなことに気づかなかったのだろう？

『空の巣症候群』という抑うつ症状があることも初めて知った。メイジー・ケロッグがこれにかかっているらしい。さらにベス・ジェンセンも以前この病気に悩んだことがあるのだという。おまけにチャック・ピーダーセンはいまだに妻カーリーの死から立ち直れていないそうだ。幼い頃から知っていた人たちの話を聞いているうちに、驚きとともに悲しい気分にもなってきた。どうして自分にはそんなことを打ち明けてはくれなかったのだろう？

こういうことが起こったとき、自分はどこでどうしていたのだろう？

しばらく車は山道を走り続けた。ジュリアが女性だから、クーパーが自分からは話をしなくてもいいと思っているのかなとジュリアは思ったが、ときどきちらちらと男らしい精悍《せいかん》な顔を見ているうちに、やがて彼が無口でいるのは性別には関係ないのだと結論づけた。

彼の頭の中より、彼の体のほうがはるかに詳しくなっていた。人生初めてというような激しいセックスをしてきたのに、彼の口を開かせることはできない。

通常は、話をしたくないと思っている人に、無理に話をさせようとは思わない。というか、まあ、ジュリアのほうがどんなときでも話し続けるからなのだが、ただ……個人の意思は尊重すべきだと思っている。その意思が、話をしないというようなものであれば、納得することはなかなか困難であっても、それでも尊重はする。

しかし今、他に人のいない原っぱのようなところで、周りにあるのは伸びきった草ばかり。さらにシンプソンの町から数キロ離れると、もう深い森の中に入ってしまった。大木が茂り、太陽がさえぎられて暗く、恐ろしい雰囲気がある。

この風景はむなしい。私の心と同じ――私の人生はうつろなものだ。

人生。そんなことは考えないでおこうとした。今後、自分はどうなるのだろう。公判が終わったあとの人生。しかもそこまで生きていられたら、の話だ。戻っていくべき生活などジュリアにはない。

もし、戻っていくことができたとしても。

戻っても、前の職が自分を待っていてはくれないのは確実だった。もちろん会社は、政府から問題にされることがあれば、ジュリアを解雇はしないかもしれない。しかし、原稿をあちこちに届けるようなつまらない仕事をやらされるだけ、ようやく手に入れた本当の編集の仕事ではないだろう。

ビジネスの世界では、漏れがあるようなことは許されない。会社は大きな海のようなもので、波が打ち寄せたあとでは、その砂浜に以前には誰かがいたことなどすっかり忘れ去られる。

フェデリコ・フェリーニは他人に預けてある。ちゃんと食事を与えられ、人から干渉さえされなければ、フェデリコはそれで満足する。ジーンとドーラは土曜の朝には、ジュリアのことを思い出したりもするだろうが、その程度のことで終わるだろう。もうボストンには、ジュリアを待っていてくれる場所などない。ちゃんと根を張るほど長くボストンで暮らしたわけでもない。根を張るという意味では、今までどこの場所でもじっくり落ち着いて暮らしたことがなかった。そう考えると悲しかった。

良くも悪くも、シンプソンでの暮らしが、現在の人生なのだ。

ぶるっと震えると、クーパーがヒーターの温度を上げようと手を伸ばすのが、視界の隅に見えた。体が寒いのではない。心が寒いのだ。寒くて惨めで、ひとりぼっちだった。

自分の命を狙う殺し屋が、いったい何人いるのだろう？　ハーバート・デイビスは、電話ではジュリアが安心するようなことしか言わない。それでも、彼が不安に思っているのはわかっている。事件を立件できるかという不安、ジュリアが証言できるかという不安。そして、公判までジュリアが生きていられるかという不安だ。

まあ、今のところは生きてるわよ。

ともかく、クーパーと一緒に移動中の乗り物にいるあいだは安全だろう。ハンドルに置かれた彼の手が大きいこと、その手が力強いことは、改めて見なくても知っている。彼が大きくて力強いこともわかっているし、どんなことでも彼に任せておけばいいのもわかっている。

タイヤがパンクでもしたら、クーパーならロープを口にくわえて車を持ち上げながら、タイヤ交換をしてしまうだろう。その間襲ってくるような人間がいても、やっつけてしまうに違いない。何と言っても、彼は鍛え抜かれた兵士なのだ。さらに、トラックの中には銃まであり、クーパーはそういうものの使い方には慣れていると言っていた。

さらに、ナイフのほうが得意とまで言った。

考えが恐ろしい方向にどんどん進むので、ジュリアはぞっとした。自分がどうすればいいかわからず、どうしようもなく孤独なせいだ。こんなところで、いったい何をしているのだろう？　まったく見ず知らずの土地、文字どおり人っ子ひとりいないという場所にいる。暗く荒涼とした考えを振り払いたいとは思ったが、気を紛らわすものがない。昔の映画、よい本、おまけにウィスキーさえ手元にない。

今あるのは、クーパーという存在だけ。クーパーは、夜ならセックスで暗く寂しい世界から、救ってくれる。しかし、昼間、しかも運転中にセックスすることはできない。つまり、彼が話をしてくれなければならないことになる。

「クーパー？」

「うん？」

「何か言って」自分の言葉が切望に満ちていることは、ジュリアにもわかった。

「何かって？」クーパーの声が緊張している。「何の話をしてほしい？」

「何でも――そうね、クーパーの呪《のろ》いのこと教えて」

「ああ、くそったれ……う、失礼」クーパーがぎゅっとハンドルを握る手に力を入れた。「そんな話、誰から聞いた？」

「ああ……」うまくごまかさないと。「みんな言ってたわ」

「どうってことじゃないんだ」低い声が、緊張していた。「くだらない言い伝えだ」

「何の言い伝え？」クーパーが何も話そうとしないので、ジュリアはやさしく同じ質問を投げかけた。「何についてのくだらない言い伝えなの、クーパー？」

沈黙が続き、クーパーは答える気がないことがはっきりした。もう二度も同じことを聞いたので、もう一度繰り返して質問するのは失礼だろう。無理強《じ》いしているのではない、一般的な話という感じのことを言わなければならない。できれば、特に意味はないと受け取られるような言葉。そう考えると、うなり声のような低い声がした。

「何について知りたいんだ？」

話したくないんだわ、でも話をしてくれるというのは、黙っていられるよりはいい。

「そうねえ……どういうものかってことかしら。だってね、クーパーの呪いっていうんだから、明らかに呪いだし、あなたの家が関係することなんでしょ？　スミスとかジョーンズとかどこにでもある名前がついてるんじゃないもの。自分の家の名前のついた呪いがあるなんて、すてきだわ」ジュリアは本気でそう思っていたので、熱心に話し出した。「それこそ、まぎれもなく名門の一族だって、証明するみたいじゃない。『幽霊は臆病者』のカーンターヴィル一族みたいだわ」ジュリアはクーパーのほうを向いて、ほほえみかけた。「言い伝えになるほど歴史と伝統のある一族ってことでしょ」

ため息が聞こえたような気がして、クーパーが話し出した。「う、その……」そして、また話をやめた。

「もしもーし？」しばらく待ってから、ジュリアは声をかけた。「聞こえてる？」

「ああ」そろそろ、ぽつぽつと民家が見え始めた。ルパートの町に近づいているのだ。

「俺の、ひいひいじいさんの話はしたよな？」

「十二人きょうだいの末っ子って話ね？　一族の最初の人でしょ？」

「そうだ」ルパートの町が見えてきた。ジュリアが前に来たときは、ここまでたどり着けなかったので、非常に感じのいい町並みを見て驚いた。「一八九九年に西部にやって来て、法的にきちんと百三十エーカーもの土地を手にした。落ち着く場所が決まったら、すぐにメール・オーダーの花嫁をもらったんだ」

「すごいわね」

「当時は、珍しいことじゃなかった。純粋に、そうするしか生きていけなかったんだ。このあたりの男性と女性の割合は百対一ぐらいだった。妻をめとって家庭を築こうと思うなら、どこかから女性を連れてこなければならない。ウィスキーや銃を持ち込んだのと同じだ」

「ただ、ウィスキーや銃なら、欲しいブランドで中身はわかるけどね」ジュリアの口調は辛らつだった。

　クーパーは不思議そうな目つきで、ちらっとジュリアを見た。「そうなんだ。じいさんが持ち込んだ花嫁は……注文したものと違ってたんだ」

「何が違ってたの？　欠陥品とか？　賞味期限が短すぎたとか？」ジュリアの言い方があまりに厳しいので、クーパーは少しひるむ様子を見せた。「仕様書とは違ってたの？　でもその当時じゃ、工場に品物を返品するのは難しかったでしょうね」

「じいさんは、すっかり花嫁に惚《ほ》れこんでしまったんだ」クーパーは感情を込めずに言った。「彼女も同じアイルランド出身でね。ジャガイモの大飢饉《だいききん》のとき、家族そろってアメリカに渡ってきたんだ。ところが家族全員がインフルエンザにかかって死んでしまった。抗生物質なんて発見される前のことだから。彼女は十六歳でひとりぼっちになり、新聞で花嫁募集の広告を見たんだ。結婚するか、飢え死にするかしか選択肢がなかったんだ。それでじいさんに手紙を書いて、銀板写真を送った。彼女に捨てられたあと、じいさんはその写真も燃やしてしまったけどね。話では、美人だったそうだ。ともかく、じいさんが金を送り、彼女は西部へとやって来た。二人はすぐにうまくいかなくなったらしい。ひいひいじいさんは、難しい人だったらしくて……無口だったんだ」

あなたに言われたくはないでしょうけどね、とジュリアは思った。「でも……口がうまいだけじゃだめよ」ジュリアは親切心からそう言った。

クーパーは、それに反応するようにジュリアを見た。「まあ、確かにそうだろうが、それでもシンプソンの町の人たちのあいだでは、二人の仲がうまくいってなかったということだった」

「シンプソンはその当時から町だったの？」シンプソンの町がそんな昔、百年以上も前だ、そんな頃から存在していたとは、とうてい信じられなかった。

「ああ、当時は地図にも載らないような場所だっただろうけどな」

で、今は人の行きかう忙しい大都会になったって？　ジュリアはそう思いながらも黙っていた。しばらくしてから、クーパーに話の先を続けさせようと、また口を開いた。「つまり、あなたのひいひいおじいさん、無口な人がいて、美人の妻がいた。二人の仲はうまくいかなかった。ただし子供がひとり生まれた。男の子、そうね？」

クーパーがはっと顔を上げて、ジュリアを見た。「なんだ、もう話を知ってるんじゃないか」非難めいた口ぶりでジュリアに言う。

「いいえ」ジュリアはにやりと笑った。「ここまでのところは、あなたが話してくれたのよ。それに男の子がいなければ、クーパーの名前も現在まで残っていないはずだし、あなただってここに存在してないはずよ。こうやって私に話をしてくれる人なんていなくなってるはずでしょ」

「ああ、確かにそうだ」交通量が多くなってきて、クーパーの腿や前腕がまた踊るように動き始めた。話に引き込まれていなければ、その動きが気になって仕方なかったに違いない。「ともかく、手短に話すと、花嫁はイーサンを生んですぐ――」

「イーサンていうのは、あなたのひいおじいさんね？」

クーパーがうなずく。「そうだ。ひいじいさんを生んで、赤ん坊がじゅうぶん育っていくとわかるまでは、見届けたらしい。イーサンが二歳のとき、彼女は逃げてしまったんだ。ふっとどこへともなく消えていって、その後の消息は誰も知らない」

「ひいひいおじいさんは、探そうともしなかったの？」

「しなかった。それ以降、二度とひと言も口をきかなくなったらしい」

「うわあ」ジュリアは、今聞いたことをすべて、クーパーのイメージにあてはめて考えようとしていた。「再婚しなかったの？」

「しなかった。ひたすら農場で働き続け、毎年少しずつ金持ちになっていった。そして、種馬を輸入することを思いついたんだ。それが馬の生産牧場としての、うちの始まりだ」

「つまり、五代続いてブリーダーをやっているのね」そして、五代続いて、無口な男。きっとクーパーというのは、遺伝的にコミュニケーション能力に問題があるのだろう。

「ああ」クーパーはふと笑みをもらした。「かなり名前は知られるようになった」

それは謙遜《けんそん》だろう。ローレン・ジェンセンの話してくれたところでは、クーパー牧場は、国でも最高の競走馬を生産するらしい。「それで、そのあとは？」

クーパーが眉をひそめる。「どういう意味だ？」

「クーパー」ジュリアは非難するような視線を投げかけた。「一度結婚がうまくいかなかったからって、呪いになるはずがないでしょ。呪いというからには、それなりの理由があるはずだわ。そのあと、何か起きたんでしょ？　ひいひいおばあさんは死んで、家に化けて出たとか、敷地に幽霊としてうろついてるとか？　そうねえ、たとえば——」

クーパーが首を横に振った。「いや、昔にはよくある失踪で、肉体としても、霊としても二度と家に戻ってくることはなかった」

「じゃあ、何が起きたの？」

「ふうっ。そのあと、ひいじいさんが大きくなり、牧場を継いで、外国から馬をさらに輸入した。馬の交配に科学を持ち込んだのは、うちのひいじいさんが最初なんだ。メンデルの遺伝学を、アメリカで初めて馬の交配に応用することを思いついた。一九三七年に、アラビア種の馬を三頭輸入して……」

「クーパー」待ちきれずにジュリアが割って入った。「呪いの話よ」

「お、そうか」クーパーの表情がまた厳しくなった。「えっと、ひいじいさんには、俺のじいさんが生まれた。そして結婚後五年経ったとき、ひいばあさんは、シンガー・ミシンのセールスマンと駆け落ちした」そして少し考えてから付け足した。「ひいばあさんは、そのミシンも一緒に持って行った」

「で、おばあさんは?」

車は、とある駐車場に入っていった。「牧場監督と駆け落ちした」

「それからあなたのお母さんは、あなたが小さい頃に亡くなったのよね」そのあとの言葉をジュリアは用心深く選んだ。「そして……そして、あなたの奥さんもあなたを置いて出て行った。すごく気の毒な話ではあるけど、呪いっていうのは、どこにあてはまるの?」

クーパーはもう助手席側のドアに来ていた。「う……」クーパーはひどく不快そうな顔つきだ。「町の噂《うわさ》だ。実際に起きた小さなことを、大きな話にしてしまうんだ。言い伝えっていうのは、ダブルC牧場では、女性は――動物も人間も、雌はすべて、生きてはいけないっていうことになった。ダブルC牧場には、女性が住めないという呪いがかかっているんだって。偶然なんだが、うちで生まれる仔馬《こうま》は雌より雄が多いんだ」クーパーがジュリアの背中に手を置いてエスコートすると、二人は歩き出した。通りを横切るあいだ、ジュリアは黙っていた。反対側に着くと、ジュリアは顔を上げてクーパーを見た。がっかりしていたのだ。「話はそれで終わりなの? 呪いってそれだけのこと?」

「それが呪いだ」

「何か話してないことは？　たとえば、泣き叫ぶ幽霊とか、部屋の中のものが、がたがた揺れるとか？」

「ない」

「クーパーの女性は、クーパーの男性を捨てる、それだけ？」

そうはっきり言われて、クーパーはどきっとした。「まあ、そういうところかな」

ジュリアは、今の話を最初から考えてみた。「ふうん……」考え込みながらそう言うと、クーパーが緊張しているのがわかった。「ばかばかしいわ。そんな噂話なんて、信じられない」

「君は――何て言った？」クーパーの視線を感じる。

「もっとすごいことを想像してたのよ。呪いよ、本物の。あなたの話してくれたことって、クーパー家では、結婚がうまくいかなかったことがある、それだけのことでしょ？　だから何なのよ？　たいしたことじゃないわ。そんなの、呪いって言わない、そういう人生があるってだけのことよ」

クーパーが突然足を止めた。歩道の真ん中で突っ立っている。「本当にそう思うのか？」

「もちろん」ジュリアはびっくりしたが、にっこり笑って、ばかばかしい話を打ち消すように顔の前で、手をぱたぱたと動かした。「呪いだなんて。すっごくくだらないただの噂よ」

「俺もそう思う」そう言うクーパーの声に、ほっとした調子が聞こえた。「さ、行こうか。本屋ではたっぷり時間を取りたいだろ？　そのあと、昼めしにすごく良い店があるんだ」


リチャード・アプト、現在はロバート・リトルウッドは、アイダホ州ロックビルにいた。歩道の縁石に足をかけたところだった。周囲の様子には気を配っていなかった。そんな必要もない。ロックビルは静かで小さな町で、ここは閑静な住宅街だ。自宅のあるクレッセント・ドライブの通りには、ほとんど車もない。木々の多い、落ち着いた通りだ。

アプトは考えごとをしていた。あと一ヶ月もすれば証言が終わり、その後は元の生活に戻れることになっている。しかし、それほど前の生活に戻りたいという気もなかった。独身で、自分を待っていてくれる人はいない。さらに、この小さな町では、会計士が圧倒的に不足している。ここで小さな会計事務所を始めれば、穏やかに暮らしていけそうだ。

自分の会計事務所を開けると思うとうれしくて、アプトは夢中になっていた。次回のライオンズ・クラブの会合で、ちらっとそんなことを口にしてみよう。そう思ったときだった。突然車が車道から飛び出してきた。

どうする暇もなかった。

うなりを上げるエンジン音に驚いて、何が起きたのかを認識したときには、アプトの体は宙を舞い、そしてどさっと車のボンネットに落ちていった。体には力もなく、ただの布切れのようになっていた。

「いい話だろ?」クーパーが静かに声をかけてきた。「人間の精神力っていうのは、どれほどのことに耐えられるのか、よくわかる」

ジュリアはぼんやりと顔を上げた。頭を現実に戻さなければ。ジュリアは完全にソン・リーの描いた一九六〇年代のベトナムに浸りきっていた。最初のページから、ぐいぐい引き込まれるストーリーで、裏表紙にあったあらすじには、ベトナムの抗争の歴史が戦争を生き抜いたある少女の目から描かれていると書いてあった。

この本は絶対買おうとジュリアは思った。「あなたも読んだの?」

クーパーがうなずく。

ジュリアは本を閉じ、表紙をとんとんと指で叩《たた》いた。『焦土の祖国』という本だった。「評判どおり、いい本だった?」出版されたときの書評は目にしていて、非常に興味を持っていたのだが、読む暇がなかった。

いる。

「評判以上だ」クーパーは自分が手にしていた本の山を置くと、その本を手にした。

「出たときにすぐに読んだ。どれほどひどいことになっていたかがわかる。この女性が生き残って、本を書くことができたのは奇跡に近い」クーパーはどこか遠くを見つめるような表情をしていた。恐ろしいことでも思い出したのか、厳しい顔つきをしている。

「ああ、そうだったわね」ジュリアは、それまで考えてもみなかったことにやっと気づいた。何千回となく、テレビでは見ていたことだ。クーパーがどうしてこういう人物なのか、納得がいく気がした。ジュリアは体を近づけ、クーパーの腕に手を置いた。鉄に触れるようだった。温かい鋼鉄。「実際に——ひどかったの？」

クーパーが腕に置かれたジュリアの手を見る。「何がひどかったって？」

「戦争よ、もちろん。ああ、ごめんなさい、ひどいのってあたりまえよね。私ったらばかなこと聞いてしまって。本当に地獄みたいだったんでしょうね？」

「ベトナム戦争のことを言ってるのか？」

「ええ、もちろん」

「サイゴン陥落のときは、俺は五歳だぞ」クーパーがやさしく教えてくれた。そしてしばらく考え込んで付け加える。「朝鮮戦争にも行ってないし、第二次世界大戦にも行ってないから」

ジュリアのふくれ上がっていた気持ちがしぼみ、自分がばかみたいに思えた。「ああ、そうよね」ジュリアは首を振って、手を引いた。「古い映画の観すぎなのね。ごめんなさい。時代をごちゃごちゃにしてしまうのよ。でも――」ジュリアはまた少し顔を上げて、クーパーを見た。少し伸びたクーパーの黒い髪が、首筋にかかっている。スーツはイタリア製か、きわめて仕立てのうまい店であつらえたものだろう。見事に体に合っている。シルクのネクタイを締め、色の合うチーフが胸元のポケットからのぞいている。今日のクーパーが、本来の姿なのだろう――成功したビジネスマンだ。

ただし、手だけは違う。ビジネスマンというには、滑らかでも手入れをしてあるわけでもない。大きくてごつごつして、肉体労働を多くこなす人の手だ。エレガントなスーツを着て、ぴかぴかのローファーを履いていても、やっぱりどこを取ってもクーパーは戦士に見える。「チャック・ピーダーセンが、あなたは勲章をもらったんだって言ってたわ。何の戦争でもらったの？　砂漠の嵐作戦のとき？」

「違う。海軍に入隊したのは一九九二年なんだ。おやじが死んで、こっちに戻ったのが二〇〇二年だから、湾岸戦争も二回とも行っていない」

「じゃあ、どうやって勲章をもらったの？　どこかで戦争があった？」ニューヨークとボストンのあいだで起こった戦争にでも、気づかないでいたのだろうか。

「戦争じゃない」クーパーは重々しく息を吐いた。「一〇一便だ」クーパーの顔がさらに厳しくなった。

「ほんと⁉」ジュリアが驚きの声を上げた。戦争というのは、どこか遠くで起こっていることのように思える。しかしハイジャックされた一〇一便の事件は、アメリカ国内、しかもニューヨークのJ・F・ケネディ空港で起きた事件だ。当時ジュリアは、コロンビア大学に入ったばかりで、大学から空港までは目と鼻の先だった。CNNテレビで中継される悲劇をずっと見ていた。全米じゅうが丸四日間、人質の無事を祈りながら昼も夜もテレビに釘付《くぎづ》けになった。誰もが生中継される事件の展開に固唾《かたず》を呑《の》んだ。テロリストの要求、交渉が進展せず、人質七人がコックピットに連れてこられ、人々の見守る中、撃ち殺された。そして、死体が次々に滑走路に投げ捨てられていった。「あの小さな女の子」そのシーンを思い出して、ジュリアの胸が詰まった。「あなた、あそこにいたの？　あの子が——あのとき——」言葉にすることはできなかった。

「ああ、あそこにいた。緊急に召集を受けたが、交渉の結果を待てと言われて待機していた。いつまで待てばいいんだと思うぐらい、ずっと待ち続けた。やがて、あの女の子が——」クーパーが顔をそらした。頰《ほお》の筋肉が波打っている。「あのときだ、行動に移すことを決断したのは」

黒いマスクをすっぽりかぶった男たちが、滑走路をさあっと飛行機に近づいていったのはジュリアも覚えている。確か、そのうちの二人は、死んだはずだ。「あなたはそれで勲章を受けたのね」

「ああ」クーパーは店内を見回す。「そろそろ行こうか？」

「ええ、そうしましょう」今聞いたことに、ジュリアはまだショックを受けていた。実際に戦争に行って戦った人と知り合いになるというのは、そうあることではない。しかし、本人が戦っているところをテレビで見ていたというのは、また別の次元の話だ。もちろん、そのときクーパーは黒いマスクをしていたから、顔はわからなかった。それに当然、その当時は彼の顔も知らなかった。

ふと、そのとき付き合っていたボーイフレンドのことをジュリアは思い出した。ヘンリー・ボルセロという歴史学科の学生だった。魅力があり機知に富んだ会話が楽しく、薄っぺらで頼りにならない男だった。あらゆる意味合いで、クーパーとは正反対だ。ヘンリーがマスクをかぶって飛行機に突入していくところを想像してみた。マシンガンで、テロリストを倒していくところ。いや、家の給湯用の配管を修理してくれるところ。どうがんばっても無理だった。

「じゃあ、お昼でも食べに行きましょうよ、クーパー。本物の英雄とランチを食べられる機会なんて、めったにあるものじゃないわ」ジュリアは顔を輝かせた。「だから、私のおごりね」

クーパーはそんなことを考えるだけでもショックな様子で、顔をしかめてジュリアの腕を取った。「あり得ないな」

12

「ね、何か話して、クーパー」ジュリアはそう言ってから、またチリバーガーにかぶりついた。おいしさに救われた思いがする。至福のため息が出そうになるのをアリスに対して失礼な気がして押しとどめた。

「う、あ……」クーパーがコーヒーのお替りを無言で店員に合図した。何か話を考え出すための時間稼ぎだろう。それぐらいの猶予は与えてあげなければ。何か思い出したのか、クーパーの瞳《ひとみ》が輝いた。「ここ、気に入ったか？」

ジュリアはそっとバーガーを置き、〝ビール工場〟という名前の、その店内を見渡した。しみだらけの古い木製の床、壁には暖炉がある。暖炉では赤々と火が燃え、こぢんまりとした雰囲気を盛り上げ、心まで温かくしてくれる。装飾はでたらめなものではあるが、古い銅なべをプランターにし、馬車の車輪に明かりを吊《つ》るした照明があり、感じがよかった。しろめの皿がワゴン台に並べてあって、その上に素焼きの花瓶に入った草花がいっぱいにいけてある。草花といっても基本的には雑草、イワミツバ、シロツメグサ、シソなどだ。柳細工のかごにはススキやガマのような大きな穂を持つ草がドライフラワーにして入れてある。厨房《ちゅうぼう》は席から見えるようになっており、昔風の大きな棚で仕切られているだけだ。大理石の天板がついているので棚がカウンターとしての役目を果たしている。ジュリアはクーパーに視線を戻した。

「すごくすてき」それだけ言うと、ジュリアは返事を期待して、クーパーを見た。

「今度はあなたの番よ」

クーパーは何かを言いたそうに、顎《あご》を動かした。「あ……今日はいい天気だな」

二人が座っているのは、大きな窓のついた外の見える席だった。急速に悪くなっていく天気が丸見えだ。灰色の雲が、落ちてきた午後の太陽を隠し、あたりが暗くなっている。突風が窓を叩《たた》き、大きな音がした。ジュリアが笑うと、しばらくしてからクーパーも笑い出した。

「あなた、話をするのが苦手みたいね」

「おう」ウエイトレスがテーブルにあった皿を片付けに来たので、クーパーは椅子《いす》にもたれかかってスペースを空けた。クーパーは慎重にカップに残っていたコーヒーを飲み干した。

「どうしてここはこんなにいいところなの？」ジュリアがたずねた。

クーパーが驚いたような顔をした。「え？　どこが、いいところだって？」

「ここよ、ルパートの町」ジュリアは暖かなカフェと外の町並みを指すように腕を広げた。「ここは、すごくすてきだわ。こぢんまりしたカフェだし、ボブの本屋さんもすばらしかった。品揃《しなぞろ》えも豊富だし、ボブさんもいい人だし、小さな町の本屋さんとしては完璧《かんぺき》よ。この店に来るまでの通りも、カラマツの並木にゼラニウムの鉢植えが並べられていて、手入れも行き届いていたし、舗装のはがれているところも見当たらなかった。ルパートは、小さな町はこうあるべきだってお手本みたいで、『西部の田舎町《いなかまち》へようこそ』っていうガイドブックでもあれば、必ず載ってそうだわ」ジュリアは手を組んで、顎を乗せた。「なのにどうして、シンプソンの町はああなっちゃったの？　何がいけなかったの？」

クーパーが答を探している表情を見せた。その頭の中をいろいろなことがよぎっているのだろう。「そうだな……町っていうのは人と同じなんだろう。便利な町もあれば、そうでないところもある。逆境に立ち向かえる町もあれば、負けてしまうことだってある」しばらく間を置いてから、クーパーが付け加えた。「馬もまったく同じだな」

そういう見方もあるのかもしれない。「じゃあ、シンプソンが……あの、ああいうふうに……」ジュリアはできるだけ穏やかな表現を用いようとした。あの町は、もう救いがたいほど朽《く》ち果てているということを匂《にお》わせたくない。「衰退し始めたのはいつからなの？」うまい表現が見つかった。

クーパーはまた考え込んだ。「たぶん、州間高速道路がシンプソンの西百キロほどのところを通ることが決まったのが決定打だったんじゃないかな。一九八四年のことだ」

「ということは、測量技師が地図に何気なく線を引いたことで、町はいきなり――」

ジュリアは指をぱちんと鳴らした。「こんな感じで衰え始めたの？」そんなことがあるとは考えもしなかった。思い返せば、ジュリアは今までいつも発展を続け、観光名所にもなり、ガイドブックにも載るような都市で暮らしてきた。地図からあと数年で消えてしまうような町に住んでいるのだと思うのは、何だか奇妙な感覚だった。

「ああ、でも西部の町はほとんどがそうやって作られてきたんだから、当然といえば当然なんだ」

「どういうこと？」

クーパーは見るからにリラックスしてきた。西部の歴史というのは、彼が慣れ親しんできたもので、クーパー家の蔵書の豊富さを考えれば、彼は非常に知識があるのだろう。

ウエイトレスがデザートと湯気の立つ新しいコーヒーを持ってきたので、クーパーは体を一方にずらした。二人の前にコーヒーとデザートが置かれた。

「このあたりの町の成り立ちは、ほとんどが偶然なんだ。たまたま鉱脈を探しに来た人が、テントを張って、あとから来た別の人間がそこに一緒にテントを張ったとか、入植者が死んでそこに埋葬されたとか、湧《わ》き水があったとか。モンタナ州やワイオミング州では、さらにいいかげんなもんだったんだ。鉄道会社の技術者が、鉛筆とコンパスを使って、地図に印をつけただけなんだ。列車が目的地に着くまでには、水や荷物を積み込まなきゃならないから、適当に駅を作って、そこが町になった。嘘《うそ》みたいな話だけど、そういう町はだいたい技術者の母親とか、妻とか娘の名前がつけられたんだ。あの辺には、今でもクラリッサとかロレーンとかいう名前の町がたくさんある。ほとんど家もないような状態のところもあるけどな。そこから発展した町もあれば、さびれたところもある。シンプソンはそういう町よりも恵まれていて——少なくとも最初の頃はな、金鉱があったんだ。一九二〇年に金はなくなったが、それからしばらくも牧畜が盛んだった。鉄道路線が廃止になってからは、ゆっくりと下り坂になっていった。あと何年もしないうちに、ゴーストタウンになってしまうんだろう」

「それって、悲しい話ね」町全体が消えていく。地図から消し去られる。かつてはちゃんと地図に載っていた町なのに。

「君が育ったところの近くにもゴーストタウンがあるじゃないか」

「私の育ったところ?」思いからはっとさめて、ジュリアは顔を上げた。

「シャナコーだ」ジュリアが話題に乗ってくれるものと期待するようなクーパーの顔があった。

えっ？「シャナ……何？」

クーパーがチーズケーキにフォークを刺す。「シャナコー。世界最大の羊毛生産拠点だったが、一八六〇年にオーストラリアが市場に入ってきてすぐ、地図から消えてしまった。四万の人口があったのに、たった一年で誰ひとりいなくなった。行ったことあるはずだ。ベンドの町からは、百キロちょっとしかないんだから」

クーパーが突然、理解不能のウルドゥ語でも話し出したような気がして、ジュリアは礼儀正しいほほえみを浮かべるだけだった。クーパーが顔を曇らせる。「君はオレゴン州ベンド出身だって、チャックが言ってたような気がしたんだが……」

どこかで聞いたことのある名前――ベンド……そうだ！　サリーはその町の出身だった。クーパーとの話に夢中になっていて、他のことが頭から消えていた。クーパーの話は興味深く、好奇心をかき立てられた。頭は回転を止め、歯車がかみ合わなくなっていた。

「サリー？」クーパーが不思議そうな表情でこちらを見る。

「誰？」そう言ってから気づいた。「ああ」

ジュリアは頭を振ると、会話が何だったかを思い出そうとした。「いえ、あの、私はその……シャナコーには行ったことがないの。ベンドにはよそから引っ越してきて――」ジュリアの頭が必死に回転する。「高校のときのことよ、それからすぐ大学に入って――」オレゴンでは人は、普通どこの大学に行くのだろう？

「ポートランドで？」クーパーが首をかしげながら、ジュリアを見ていた。

「そうなの」よかった。「ポートランドよ」ジュリアが行ったことのあるポートランドは、東部メイン州にあるほうだけだ。

危ないところだった。ハーバート・デイビスが『身分を隠すには』というようなマニュアルでも作ってくれればよかったのに。「だから、本当はもっとベンド周辺の町をあちこち見ておくべきだったんでしょうけど、できなかったのよ」クーパーが凝視している。この暗い瞳に、こんなふうに見つめられるとおろおろしてしまう。ジュリアは話題を変えることにした。「で、シンプソンはどうなったの？　州間高速道路がよそを通ることになったら影響が大きいのはわかるけど、それだけなの？」

「まあな」クーパーはフォークに刺していたケーキを口にいれ、おいしそうにのみこんだ。そしてまたフォークに柔らかなチーズケーキを乗せて、掲げてみせた。「シンプソン衰退の原因はこれだな。俺も今、それに加担している」

「ふうっ。アリスのお店の食べ物の味ね？」想像していなかったわけではない。アリスの店の食べ物はあまりにまずく、あの味だけでも町を滅ぼしてしまうのにじゅうぶんだ」

「ああ。アリスだけがひどいってことじゃないんだ。町にはまともな食事にありつける店がない。アリスの母親も、ひどいものだった。それでもみんな店には行った。俺は昔、エロール・ニュートンのところから飼料を買ってたんだが、それと同じだ。エロールのところは一ポンドあたり五セントも高かったんだ。一九九四年にエロールが商売をやめたときには、俺は本当にほっとしたよ。昔はみんな、何とか町の顔見知りから物を買おうとしてたんだ。しかし若い子たちにはそういうふうな愛着はないらしい。しかも町の高校がなくなって、子供たちはバスでデッドホースにある学校に通うようになったからな。今シンプソンにいる子供たちはみんな、大きくなったら町を出るのがあたりまえだと思ってるんだ。家の仕事を継ごうなんて子はいないな」

「ふーむ」今まで味わったことのないようなおいしいコーヒーだった。それも当然という気がする。この店は、本当にいいところだ。アリスのことを思うと、かわいそうになる。「リー・ケロッグもグレンの金物店を継ぐ気がないのよ。歴史の先生になりたいんだって。グレンはあと何年かで、店じまいするって。メイジーが店を手伝う気がまったくないから、よけいにやる気が出ないのね」

クーパーが驚いた声を出した。「いったいどこでそんな話を聞いたんだ？」

「いろんな人とおしゃべりするからよ。クーパー、あなたもそうしてみなさいよ、情報通になれるわよ」ジュリアは自分のキャロットケーキをたいらげた。「本当はね、メイジーがいちばんやりたいことは、お料理なのよ。でもシンプソンで料理人の必要な家庭なんてないでしょ」

「アリスのところは無理だな」クーパーが勘定をしてくれと、ウエイトレスに合図をした。「あそこは自分たちが食べていくのでいっぱいだ。シンプソンの住民はみんなそうだけど」

「割れた窓ガラス理論だわ」ジュリアは考えながら独り言のようにつぶやいた。

「何理論？」クーパーが手を止める。

「割れた窓ガラス理論っていうの。雑誌で読んだことがあるわ」前世のことだったけど。

その記事をどこで読んだのかも、ジュリアははっきり覚えていた。この店と同じように、感じのいいカフェでコーヒーを飲んでいた。そして、社会の問題をさまざまに考えていた。あのときは、自分の世界も音を立てて崩れることになるとは思ってもいなかった。「スラム街の低所得層住宅に関する研究でね、住民の意識が高くて新しく建てたアパートがきれいに維持されていくところもあれば、ゴミ捨て場みたいになるところもあるの。研究者は、どうしてそういう違いが出るのかを知ろうとしたのね。低結論は、そこに住む人が、そのアパートに愛着を持つ必要があるってことだった。低所得層向けのアパートでは、一枚の割れた窓ガラスを放っておくだけで、退廃が始まるの。住民が愛着を持っていないことの象徴なのよ。みんなこのアパートをめちゃめちゃにしてもいいんだぞって、宣言しているみたいなものだって」

「そうだな」クーパーも考え込みながらうなずいた。「シンプソンもそうなのかもしれない。長いこと、何の手も加えられていないんだ。この十年、商売をやめる店ばっかりだし、誰もお金をかけようともしない。何とかしないと、あの町はそう長くはもたない。土地には愛情を注がなきゃならないんだ。人と同じだ」

土地には愛情が必要。ジュリアは胸をぐさっと突き刺されたような気がした。頭の中でクーパーの言葉がこだまする。ジュリア自身、何もしてこなかったという意味では同罪だ。シンプソンにきて一ヶ月にもなるのに、あの小さな家にこもったきりで、住みやすい快適なところにしようという努力を怠っていた。デヴォー家の人間としては、あるまじき振る舞いだ。シンプソンには、いやいやながら連れて来られた、それは事実だ。しかしジュリアの母がリヤドに行ったのも、自分の意思ではなかった。それでも家は美しく飾りつけられ、自慢できるようなものだった。

新しい生活を少しでも快適なものにしようとする努力を、私は何もしてこなかったんだわ、ジュリアは心の中で思った。こんなことでは、母に合わす顔がない。

「ね、クーパー、ちょっと思ったんだけど、あなた――」言いかけて、ジュリアは言葉に詰まった。

「俺にどうしてほしいと思ったんだ?」

「いいの――」ジュリアは否定するように手を顔の前で振った。すでにクーパーはあまりにも多くのことをしてくれている。「忘れてちょうだい」

「話してくれ」

「いいのよ、もう」ジュリアは肩をすくめた。「ちょっとくだらないことを思いついただけだから」

クーパーがじっと見ている。暗い瞳の奥が見えず、何を考えているのかわからない。ウエイトレスが支払いを受け取りに来たが、クーパーは手で追い返した。そして椅子の背にもたれて腕組みをしたので、ジュリアは驚いた。「ちゃんと話してくれないと、ここから出ない」

ジュリアは唇を嚙《か》みしめて、クーパーを見上げた。顔には鉄のような決意が表れている。テーブル越しにもその強い意志が伝わってきたので、ジュリアは抵抗しても無駄だと悟った。

「わかったわ。この近くに、飾りつけ用品なんかを売っているお店がないかしら?」

「飾りつけ……用品の店?」クーパーは組んでいた腕を下ろして、体を乗り出してきた。

「ええ、たとえばペンキとか、壁紙とか、ステンシルとか、布とかそういうの。そうね、普通の——室内装飾の品を売ってる店よ」

「ペンキ、壁紙、布……」クーパーが考え込む。「シュワブってやつがやってる店なら、いいのがあるんじゃないかな」

ジュリアは申し訳ない気持ちでいっぱいだった。クーパーはジュリアの家を住みやすいようにしてくれた。ルパートまで車を運転し、本屋に連れてきてくれて、昼食もごちそうしてくれた。「クーパー、悪いけど、ちょっとお店に寄る時間って、あるかしら？　早く帰って、いろいろ仕事をしなきゃならない？」

クーパーはウエイトレスに手を上げた。勘定書きが来ると支払い、ウエイトレスが離れていくと、テーブルに乗り出すようにしてジュリアに告げた。「サリー、状況がよくわかってないみたいだな」低音の声がやさしく響く。「俺には何だって言ってくれればいいんだ。君の頼みなら、何だってする。どんなことでも構わない」かげりを帯びた瞳が、まっすぐにジュリアをのぞきこんできた。「君のためなら、人殺しだってするだろう。どこかの店に寄るぐらいのことは、何かするうちには入らない」

クーパーはサリーがこっちを向いて、問いかけてくるのを待っていた。「何か言って」帰り道のあいだ、その言葉への準備をしていた。そう言われたときのために、話題を用意していたのだ。頭の中で、話の糸口になりそうな言葉を何度か練習した。用意はできた。あとは、そう言ってくれればいいだけなのだ。

しかし、サリーは何も言ってこなかった。助手席に座って、外の景色をぼんやりとながめているだけだ。

沈黙というのは、クーパーが常に心地よくいられる状態だった。無言でいることには慣れ親しんでいるので、会話がなければ普段の自分でいられるはずだった。しかしサリー・アンダーソンと沈黙という組み合わせは、どうも相性がよくないようだ。彼女の注意を引きたくてたまらなくなる。こっちを向いてほしい、あの大きな紺碧《こんぺき》の瞳を見開いて見つめてほしい、何か話をしてよと言ってほしい、そして自分の言うことを何ひとつもらさず受け止めてほしい。さっきまでそうだったのに。なくなってしまうと寂しくてたまらない。窓の外なんかぼんやり見てほしくない。こっちを向いて、自分に注意を向けてほしい。

ばかばかしい。十二歳の子供に戻った気がする。かわいい女の子が転校してきて、逆立ちをして気を引こうとしているのと変わらない。

サリーはまったくクーパーに話しかけてこなかった。窓から風景をじっと見ているだけ。外に何があるというのだ？　そもそも、暗くなって何も見えないではないか。

サリーの笑顔を見たくてたまらない。自分がどれほどあの笑みを恋焦がれているかに、クーパーは気がついた。彼女が笑いかけてくると、自分がこの世でいちばんかっこいい男性なのかと思ってしまう。そして胸の奥で長いあいだ凝り固まってきたもの、きっと生まれてからずっとそこに固まっていた何かが、ほぐれていくような気がする。これは大問題だ。しっかり考えなければ。サリーが自分にとってどういう存在であるかを考え、彼女への接し方を改めるべきだ。

サリー・アンダーソンは、クーパーの人生でいちばん大切な女性だ。それは疑う余地もない。なのに彼女に対してしてきたことといえば、もう明日がないというようなセックスをするだけだった。セックスのはけ口として利用するためだけの女性のような扱いだ。長いあいだそんなことがなかったから、一気に噴き出してしまった。

そう思うとぞっとする。夕方近くにラファエルを家まで送り届けると、そのままサリーの家に取って返す。彼女が玄関を開けてくれると、二分以内に彼女を裸にしてのしかかる。最初のセックスはいつも何かに取りつかれたような激しさになる。ただ、それを言えば二度目も三度目も、夢中になっている。そうするしかないのだ。それ以外の余裕はない。

一週間経ったのに、まだ夢中になって彼女の体を求めてしまう。いつでも彼女のヒップをきつく押さえつけ、激しく体を打ちつけ、そして気がつくと明け方近くになって、もう帰る時間となる。

サリーには何も与えていない。甘い言葉や、静かな愛撫《あいぶ》もない。前戯さえとばしている。

牧場には毎朝夜明けに帰りつく。するとやらなければならない仕事が待っていて、そのほとんどは屋外で部下と一緒にすることになる。電話をすることすら不可能だ。つまり、クーパーがやっていることを簡単に言えば、サリーと一晩じゅうセックスし、夜明けに消えていくということだ。そういう男は、どうののしられても文句を言えないはずだ。

今日、あのカフェでの昼食は、サリーに対して何かしてやれた初めてのことだった。飲み物とチリバーガーだけ、おしゃれなレストランでの夕食などではない。しかもサリーは昼食代を自分で払おうとしたのだ！　あれにはひどくショックを受けた。サリーには優雅な高級レストランが似合う。シンプソンにそういった場所があるわけではないが、ボイーズのような都会に連れて行くことだってできる。ただそんなことをする時間がなかっただけではあるが、少なくとも時間を作ろうと努力ぐらいするべきだった。メリッサは週に一度は高級レストランで食事をすると言い張ってきかなかった。結婚してからもそうだったが、婚約中はしょっちゅう言われた。メリッサに対する扱いのほうが、サリーよりましだったじゃないか。メリッサは最低最悪の女だったのに。

女性に出会う、その女性が自分にとって大切であることを知り、そのうえ美しくて温かな心の持ち主だったら、普通は彼女に好感を持たれるような接し方を心がける。彼女がレディであるとして接するのだ。すてきなプレゼントをしたり――シリンダー錠とか窓の警報装置ではなく――夜にはおしゃれな場所に誘い出す。

殺してしまいそうになるほどセックスしたりはしない。しかも朝には姿を消す。何度も、何度もその繰り返し。

セックスが入りこんでくるのが、実に問題だ。彼女の体を求める気持ちがあまりに強く、息ができないと思うこともある。あの小さな家に入っていくと、風にさらわれて体ごとどこかに持っていかれてしまうのだ。欲望がクーパーの頭を吹き飛ばしてしまい、考えられることはできる限り、一刻も早く、彼女の体の中に自分を埋めたいということだけ。さらに、できる限り長時間、その状態を保っておきたいということ。そして今までセックスがなかったツケがきたのか、夜明け前に帰るときが来るまで、ずっと体を埋めたままでいてしまう。

これはまずい、クーパーがそう思っていると、車はもうサリーの家のある通りに入るところだった。

今夜はこれまでのようなことはしない。やさしくする。愛を交わすという行為にしよう。もう明日がないというようなセックスにはしない。

明日の朝は、いつもよりさらに早く出て行かねばならない。ボイーズの空港から飛行機に乗り、ケンタッキー州レキシントンに夕方までに到着しなければならないのだ。競走馬生産者組合の年次総会の開会式に出席することになっていて、ここで生後六ヶ月前後の雄の仔馬《こうま》を買い付け、必死に業者との顔つなぎをしておくことになる。年に一度のこのイベントは牧場の土台を支えるものであり、通常はクーパーも出席を楽しみにしていた。

しかし今年は違う。少なくとも四日間、おそらく五日は家を空けることになる。別れるつもりではないことを、きちんとサリーに理解してもらう必要がある。総会から戻れば、すぐに二人の関係は今の状態に戻ると伝えておかなければならない。サリーに会えないのは寂しいと、わかってもらいたい。ただ〝寂しい〟という言葉では、この胸の痛みをとうてい言い表すことはできない。彼女がいないと思うと、胸が引き裂かれるような気がする。サリーなしでこの一週間を過ごすと思うだけで、心の中が空《から》っぽになり、怖い。

車はサリーの家の通りを進み、クーパーはまた二ブロック離れたところに車を停めた。ただ、今となってはシンプソン、デッドホースの住民全員、さらにはルパートのほとんどの人間が、二人が恋人同士であるということを知ってはいる。

クーパーはサリーのほうを見た。いつになく静かで、サリーがこれほど長時間何も話さないでいることも珍しいのだが、やっと理由がわかった。窓に顔を向けて眠っていたのだ。

「サリー」そっと呼びかけても反応がないので、クーパーは軽くサリーの頬《ほお》を撫《な》でた。触れるたびにその柔らかさに驚く。「起きてくれ、な」

サリーのまぶたの裏が動き、目を覚ましかけているのがわかった。クーパーは、はっと気づいた。彼女はひどく疲れている。夜はまったく眠らせていないのに、昼間は教師として働かねばならない。

ここはひとつ、紳士的な態度をみせるべきかもしれない。玄関まで送り届け、軽いキスをして、一週間後にまた会おうな、と約束して帰るべきだろう。

サリーがまばたきして、目を開けた。暗くても瞳の色が鮮やかに見える。影になった車の中に、夏の空が現れたようだった。サリーは一瞬驚いた表情を見せたが、すぐにクーパーがわかったようだ。「クーパー」ほっと息をもらす。そして笑った。

クーパーの胸がぎゅっと締めつけられた。

このまま帰るという選択肢はなくなった。

クーパーはサリーのうなじに手を当て、キスした。いつものように、サリーはすぐに口を開き、やさしく温かく、クーパーを迎えた。この最初の反応に、クーパーはいつも電気で打たれたようになる。パニックに近いような欲望にスイッチがつながり、自分の体で突き刺して留めておかないと、彼女の体が煙になって消えてしまうような気がする。

今度もクーパーは強烈に反応したが、いつもとは違った。彼女の温かく眠そうな肌、いつものかすかなバラの香り、小さな手が自分の頰を撫でてくれること、そんなことでクーパーの頭はぼうっとしたまま、快感の中に引き込まれていった。暖かなバラの花びらの海に落ちていく気分だった。

二人は同時に正面を向き合った。サリーがクーパーの首に腕を回す。クーパーの手がサリーのコートの前を開け、セーターの下へと滑り込んでブラを押し上げる。ああ、この胸だ。柔らかくて丸くて。指が頂の周囲を撫でると、サリーはクーパーの口の中で小さくあえいだ。手のひらに乳首が硬く突き出してくるのを感じる。クーパーのペニスにもまったく同様のことが起きていた。

今夜こそ、絶対に今までと違うようにしようと、クーパーは固く決意していたので、体を引いた。いつもそうなのだが、サリーはキスをすると、我に返るまでに少し時間がかかる。まぶたを震わせながら目を開き、不思議そうな顔をしてクーパーを見つめる。

「今夜はちゃんとしたい」荒っぽくぶっきらぼうな言い方になってしまった。「どうしてもちゃんとしないといけないんだ」

サリーの瞳が探るようにクーパーの目をのぞきこむ。頭の中に入り込んで、すみずみまで歩いてクーパーの気持ちを調べているようだ。クーパー自身より、サリーのほうが自分の感情を理解したのは間違いないとクーパーは思った。サリーの顔がやさしくほころぶ。

「ああ、クーパー」サリーが体を倒して、唇を重ねてきた。キスではない。確認したのだ。「あなたはちゃんとしてくれてるわ。いつだって、ちゃんとしてる」

家の中に入らねば。ベッドに、裸で。今。すぐに。もう待てない。心臓とペニスが直接電線でつながれて、ぱちんとスイッチを入れられた気がする。どちらもが激しい勢いでパワーを受けている。

クーパーはすぐにサリーの買い物――飾りつけ用のさまざまな品物が入ったショッピングバッグを手にした。飾りつけ用品はクーパーが聞いたこともないような色ばかりだったが、ハーラン・シュワブはすぐにサリーの言うことが理解できたようだった。そしてサリーを車から下ろし、通りを走るようにして家に向かった。

ドアを入るやいなや、クーパーは買い物袋を床に下ろし、サリーを抱き上げた。ロマンチックにしようという目的からではなく、寝室にたどり着くには、単にそうするのがいちばん早かったからだ。ベッド横で足を止め、サリーを下ろした。勃起《ぼっき》しているのは、サリーにもきっとわかっているはずだ。ペニスが激しく脈打っているので、シンプソンの町中の人たちにも、この状態が伝わってしまうような気さえした。ラジオの受信状況を妨害しているかもしれない。

サリーの頭を後ろから抱えてキスしながら、クーパーはサリーの服を脱がせた。何も引きちぎってしまわないようにするだけでも、大変な努力が必要だった。コート、ブラウス、ブラ。ほら、サリーだ。また触れることができた。こんなに柔らかい肌に。

名残惜しそうに胸から手を離したのは、ボタンを外す必要があったからだった。サリーは裸になると、そのままクーパーの腕に飛び込んできた。ジャケット、シャツ、ズボンの上からでも、その肌の感触がわかる。クーパーは両側からヒップを持ってサリーの体を抱え上げ、自分の勃起したものの上に押しつけてみた。彼女の感覚を楽しみ、自分を責めさいなんでみる。

クーパーは唇を離した。「俺の服を脱がせてくれ」クーパーの両手はサリーでいっぱいなので、誰かにこの作業をしてもらわねばならない。

「いいわよ」サリーはほほえむと、シャツのボタンを外し、前を開けた。そしてスーツの上着が肩から滑り落ちていく。サリーはクーパーの胸に下着のシャツの上からキスした。「腕を上げて」シャツを頭から引っ張り上げるには、サリーの身長が足りなかったので、クーパーは手をまっすぐ出して、サリーに協力した。シャツが引き抜かれると、サリーは後ろに投げ捨て、またクーパーの腕の中に戻ってきた。肌と肌がぴったり合う。クーパーが求めるとサリーの口が開き、舌が絡み合った。そのままベッドに行こうとすると、サリーが言った。「待って」

クーパーは動きを止めたが、もどかしさに身もだえしそうになった。

サリーは笑顔で見上げながら、クーパーのスーツのズボンのボタンを外し、ゆっくりファスナーを下げていった。その下で大きくなったものに、サリーの指がかすかに触れる。ズボン、ブリーフが引き下ろされ、さらにはソックスもサリーが命ずるままに脱いでいく。全裸になると、サリーが見上げてきた。彼女を求めてそびえるように堂々と勃起したペニスを目にすると、サリーはまたほほえんだ。サリーがふんわりとそれをつかむと、指の感触がやさしく伝わってくる。

だめだ、もっと強くつかんでもらわないと。満足できる強さは、サリーの襞《ひだ》に分け入ってしっかりと包み込んでもらうだけ。

「ベッド」クーパーは怒鳴るように言うと、サリーを抱き上げそっとベッドに寝かせた。自分の体重でサリーを押しつぶさないように気をつけながら、クーパーはまたサリーの上に乗るという至福の喜びを感じて、一瞬目を閉じた。さらなる快感がもうすぐ訪れることへの期待に酔いしれながら。

まいった、彼女の匂いを嗅《か》ぐだけでも、いってしまう。クーパーはサリーの首筋に顔を埋め、深々と息を吸い込みながらそう思ったが、これではフレッドと同じだという気もした。犬が新しい人間に会ったときに、くんくん匂いを嗅ぐのと変わらない。

サリーのうなじは、特にすべすべして柔らかく、かすかにバラとサリー自身の匂いがする。クーパーの嗅覚《きゆうかく》は非常に優れていて、サリーの匂いはもうすっかり頭に焼きついていた。暗がりでも、この匂いだけでサリーの存在がわかる。首では血管が大きく脈打っている。その部分の肌をクーパーは舐《な》めてみた。サリーがびくっと動き、クーパーに体を押しつけるようにして背中を反らせた。クーパーの背中に回されていたサリーの腕に力が入る。

サリーは敏感に反応し、温かくて、柔らかで、いい匂いのする華奢《きやしや》な体をクーパーに押しつけるようにして身もだえする。クーパーは耳たぶに軽く歯を立て、それから耳全体を舐めていった。サリーは顔をのけぞらし、腰を高く上げた。

クーパーはサリーの脚を開いて、中心部に手を伸ばした。いつものことだが、サリーは柔らかくて、クーパーを温かく待っていてくれた。人差し指で円を描くようにしながら、注意深く柔らかで敏感なところに触れていく。ごつごつとした無骨な指なので、触れ方に気をつけなければいけないということだけは、何とか頭の隅で忘れないようにした。

サリーの体が正面に来るように座ると、クーパーはサリーの腿《もも》の裏側に手を置いた。そっと脚を持ち上げ大きく開くと、目にしたものが自分を求めてくれていることがわかり、うめき声が出てしまった。

いつかきっと、彼女の体を唇でも手でも探求しつくそう。しかし、今はだめだ。今必要なのは、この中に自分のものを埋めるだけ。そうしなければ死んでしまう。

するりと入っていくと、サリーが自分のために体を開いていくのがわかる。彼女の全身が、クーパーを求めている。腕がきつくクーパーを抱き寄せ、細い脚がクーパーの腰に巻きつき、濡《ぬ》れた部分は待ち焦がれていたようにクーパーを歓迎する。クーパーの体じゅうの細胞が、求められていることを実感する。温かな鞘《さや》にやさしく包まれる感じだ。

クーパーは体を突き出した。熱を帯びた中にするりと入っていくと、長いあいだ寒い外国にいてやっと故郷に帰ってきたような気がする。

深く突き入れて、そのままじっと自分をきつく締めつける感覚を楽しむ。それから腰を回しながら、さらに深いところに入っていく……来た！　サリーが絶頂を迎え始めた。激しく強く奥に引き込まれる感覚、体の下ではサリーは身もだえし、大きくあえいでいる。そんな状況に、クーパーの頭の中も真っ白になった。

背筋を刺すような感覚が走り抜け、睾丸《こうがん》がぎゅっと締まるように上がっていくのがわかる。クーパーもクライマックスを迎えたのだ。突然の電気ショックのような興奮の中、クーパーは全身を震わせながら、自分のすべてをサリーの中に解き放っていく。

サリーが顔を少しずらせて、クーパーの耳にキスした。

サリーの脚をつかむクーパーの手に、さらに力が入る。ゆっくりとやさしくしようと思っていたことなど頭からは完全に消え、クーパーは激しく腰を使いながら、体をねじ込むようにサリーに押しつけた。クーパーの放ったもののせいで、ぬめぬめと滑りやすくなっているサリーのその部分は、世界一温かくて柔らかくて気持ちのいい場所、クーパーのためだけに作られたところだった。

いつものことだが、クーパーは時間の感覚がなくなっていた。サリーの中に体を埋めるといつもそうなる。はっはっと息を吐きながら、汗を拭《ぬぐ》おうと顔を横にしてシーツにつけた。手を使ってもよかったのだが、サリーを抱いた手を放したくなかったのだ。

横を向いたので、目覚まし時計が目に入った。蛍光塗料のついた時計の針が、信じられない角度になっている。二時十五分。そんなはずはない。驚いて自分の時計を見てみたら、やはり同じだ。二時十五分。

ああ、くそ。

ダブルC牧場を出発するのは、どんなに遅くても午前三時より前だ。さらに、まだ荷造りもして、書類もそろえなければならない。本来なら、朝六時に出発する便に確実に搭乗するため、ボイーズには前日から宿泊していたはずだった。普通はそうしている。昨夜ではなく、朝シンプソンを出ることにしたのは、忙しいスケジュールの中、何とかサリーと一緒にいる時間を作り出そうとしたからだ。

もうここを出る時間だ。六時の便には絶対に乗らなければならない。レキシントンに夕方に到着し、『年間最優秀生産者賞』を受ける式に出席しなければならない。式にはどうしても出ていなければならないのだ。

クーパーはサリーを抱いていた手を緩め、体を離そうとしたが、サリーは腕と脚を絡めて、しっかりクーパーにしがみついている。さらにペニスまでがしっかりとつかまれていて、そっと体を引こうとしてもなかなかうまくいかなかった。

抜き取った途端、冷えた大気が濡れたペニスにひやっと襲いかかり、涙が出そうになった。泣かなかったのは、どうすれば涙が出るのかクーパーにはわからなかっただけだ。二人の胸のあいだにも距離ができている。おそらく四時間以上もぴったりくっついていたはずなので、サリーの胸の感触にすっかり慣れていたクーパーには、妙な、何か不自然な感じさえした。汗に濡れた自分の胸にはサリーの柔らかくていい匂いのする肌が接しているのがあたりまえになっていて、冷たい夜気にさらされるのは、不思議な感覚だった。サリーの手は、まだしっかりとクーパーの肩をつかんでいる。その手に力が入った。

「クーパー?」

しぶしぶクーパーは自分の手でそっとサリーの手を離した。温かみが肩から消え、せつなくなった。

クーパーは体を倒してサリーの頬に、そして唇にキスした。「行かなきゃならないんだ。すまない、この埋め合わせにきっと——」

「明日は日曜なのよ」サリーが途中でクーパーの言葉をさえぎった。寂しそうな小さな声だった。「このまま、いちゃだめ？　今夜だけでもいいの」

このまま、いる。

魔法のような言葉だった。ほんのまばたきするような時間、クーパーは思わずその言葉に負けそうになった。このまま、いるよ。年次総会なんて、どうだっていい。賞なんてくそくらえだ。結局、ただの金属の盾《たて》をもらうだけじゃないか。売れば二十ドルぐらいにしかならない真鍮《しんちゅう》と、木材だ。サリーの腕にとどまることに比べれば、レキシントンで得られるものなど問題にもならない。こうしてこのまま温もりとやさしさに包まれていられるなら。

そうだ、牧場を売り払って、サリーのところに引っ越してくればいいのだ。昼間は家の修理をして、夜はずっとセックスし続ける。あの広大な土地を売れば、余生をきわめて快適に生きていってもじゅうぶんな金額になる。さらに言えば、自分が投資で得た金を牧場経営に注ぎこんでいるのだ。だから、労働をする必要などはない。明日にでもリタイアすればいい。そうしたっていいだろう？　よくはなかった。多くの責任がクーパーの肩にかかっている。ダブルC牧場で働く四十名の男性とその家族の生活が、どっしりとのしかかっている。さらにダブルC牧場があるからこそ、シンプソンの町は存在していけるし、デッドホースやルパートの町の多くのビジネスが牧場に依存している。

クーパーは海軍を愛していた。しかし父が亡くなると、牧場に戻らねばならないことはわかっていた。アメリカという国には、視力がよくて、頑強な肉体を持ち、強い意志と根性のある勇敢な青年がいっぱいいる。クーパー家の土地を継いで牧場を続けていける人間は、ただひとりしかいないのだ。

責任感と欲望が、クーパーの頭の中で一瞬激しくせめぎ合った。しかし、責任を果たすということにかけては、クーパーは鋼鉄の意志を持っている。

「いられないんだ、ごめんな」その声ににじむ強い悔しさを、サリーは聞き取ってくれただろうか？　どうして最初から、今日は長くいられないと告げておかなかったのだろう。理由は、欲望で頭が真っ白になっていたから。それだけのことだ。「もう行かないと。実は、泊りがけで出かけるんだ。ケンタッキーに行く。金曜には帰れるから」

サリーは無言でベッドに起き上がった。シーツの衣擦《きぬず》れが聞こえる。「泊りがけで？」サリーが顔を上げると、道端の薄汚れた街灯から照らされる明かりの中でも、ショックを受けた様子が瞳にありありと見えた。「どうしても――行かなきゃならないの？」

クーパーはジャケットをはおった。くそ、時間はもうない。今すぐここから出ないと。「ああ、どうしてもなんだ。仕事で。わかるだろ？」

サリーはショックを受けた顔つきのまま、ゆっくりうなずいた。唾《つば》をごくんと飲み込むのが、クーパーにも聞こえた。「ええ……そう……仕事よね。わかったわ」

ああ、もう、くそ！　こんなふうにしてサリーのところを去っていくのは最悪だ。クーパーは体を倒すと、大急ぎでサリーにキスした。言っておかなければならないことは、まだある。「電話もできないんだ。向こうじゃ、びっしり予定が詰まってて」

サリーはますます、取り残されたような雰囲気になっていった。「びっしり予定が詰まってる」弱々しく、繰り返した。「わかったわ」

クーパーは立ち上がった。くそ、こんなことはしたくない。サリーと一緒にいてやるべきだ。もっともっとその体をいつくしみ、そしてしっかり抱き寄せたまま朝を迎えるのが当然だ。日曜はずっと彼女と一緒にベッドで過ごし、午後には散歩でも楽しみたい。

しかし、今週の総会でダブルC牧場が倒産してしまうか、さらに繁栄するかが決定してしまう。何年も手をかけられていなかった牧場を、苦労してやっとここまでにしてきたのだ。血統も年々良くなっていく。ケンタッキーへの出張で手に入れられる仔馬に、そして向こうで出会う人とどういう契約を結べるかに、牧場の未来のすべてがかかっている。

果たすべき責任が、クーパーを呼んでいる。

それに応じなければならない。

二時二十五分。

「もう行かなきゃ」後ろ髪を引かれる思いで、クーパーはベッドから離れ始めた。

「あなたに——会えないと寂しいわ、クーパー」サリーが静かに告げた。

クーパーは自分の気持ちを説明する言葉が出てこなかった。

「ああ」それだけ言うと、クーパーは去っていった。

13

プロがハッキングしたファイルには、三人の名前があり、すべてに三桁《けた》のコードがついていた。そしてそのうちの二人は、アイダホ州にかくまわれていた。ジュリア・デヴォーも同じ地域にいる可能性は高い。プロは、政府の地質調査研究所のデータベースにアクセスし、アイダホ州の地図を手に入れた。

証人保護プログラムで身元を隠している人間は二千人を超える。計算でいけば、五十ある全米の州ひとつあたり、四十人がいることになる。証人が隠れている地域が重複しないように、できるだけ方々に分散しておくはずだからだ。しかし手に入れたファイルは地理的にまとめた形にしてあった。つまりひとりの連邦保安官が担当している三件ないし四件の事件の証人が、同一地域に集められていると考えれば、つじつまがあう。アプトはロックビルにいて、デヴィッドソンはエリスにいた。プロはレーザー技術の粋を集めた詳細な地図を眺め、その地域に指を走らせた。小さな町は別のファイルになっている。プロは指で地図をなぞりながら、その地域の古い町の名前を声

どこかにジュリア・デヴォーはいる。つまり二百万ドルが、ここに眠っているわけだ。このあたりのを出して読んでみた。ジェファーソン、クリアウォーター、ブッテ。このあたりのどこかにジュリア・デヴォーはいる。つまり二百万ドルが、ここに眠っているわけだ。

プロは電話を手にすると、アイダホ州ボイーズまでのビジネスクラスの片道航空券を予約した。


頭が砕け、血と脳みそが飛び散る。青白い体が油まみれのアスファルトに崩れ落ちる。火薬の臭い。ひどく残酷な顔をした大きな男が銃口を上げる。男が機械仕掛けのロボットのように、ゆっくりとこちらを向く。

視界の隅に何かがあった――背の高い、暗い影がここに来れば安全だよと告げている。クーパーだ！　立ち上がって彼のもとへ急ごうとするのだが、血が足に絡みついてくる。足がばたばたと動くが、地面をとらえることができない。

クーパーがふとこちらを見つめた。黒い瞳《ひとみ》からは心の中が読み取れない。するとスローモーションのように、彼の大きな肩が後ろに向き始める。彼が立ち去っていく！　広い背中が見え、長い脚が大きく向こうに踏み出すと、あっという間に遠ざかっていく。後ろ姿に声を上げる暇もない。クーパー！　戻ってきて！　助けて！

声を限りに叫んだのに、音が聞こえない。クーパーはずんずん歩き去っていき、助けを求めて手を差し出してみたが、もう姿は見えなくなっていた。さっきまで彼の立っていたところは、ぽっかりと冷たい暗い影があるだけ。

低い声が、くっくっと残酷に笑うのが後ろに聞こえる。さっと振り向くと、体の奥に恐怖がわき上がる。サンタナの笑みが不自然に大きくなる。口が血のように赤い。大きな黒い銃が向けられる。赤と黒。世界がすべて血と死の色に変わっていく。銃がぴたりと自分に向けられ、ジュリアは身構えた。「死ね、ばかな女」サンタナはそう言うと、引き金を引いた。


ジュリアはベッドでがばっと起き上がった。汗びっしょりで、体が震える。今夜は、いつもと違う夢だった。どこがどう違うとは、はっきり言えないが、いつもとは違う感じがする。何かが身近に迫っているような、緊急性があった。

空に稲妻が走り、雷鳴がとどろく。屋根のすぐ上で雷が鳴っているようだ。やっと気づいた。目が覚めてしまったのは、雷のせいで、銃が頭を撃ち抜いたのではなかった。濡《ぬ》れたものが手に触れ、ジュリアは大きな叫び声を上げながら、何か武器になるものはないかと必死にあたりを探した。また今度は、びちゃっと大きな濡れたものが当たって、ジュリアはベッド脇《わき》のランプを叩《たた》き落してしまった。

フレッドがちょこんと座って、大きな茶色の瞳で心配そうにこちらを見つめていた。くーんとだけ鳴くフレッドの姿で、この犬が今まで辛い経験をしてきたことをジュリアは思い出した。悪夢にうなされて、ベッドでのたうちまわっていたジュリアを見て、フレッドは怖くなったのだ。

ジュリア自身が怖かったのだから、仕方ない。横をぽんと叩くと、フレッドはすぐにベッドに飛び乗ってきた。そばで丸くなる毛むくじゃらの体が温かかった。古いマットレスはフレッドの重みでずしりと沈み込む。もうひどい臭いはしないから、よしとしよう。

ジュリアは安っぽいベッドの頭板にもたれかかって、絶望感を打ち消そうとした。しかし、絶望感のほうが、その向こうに垂れ込めているものよりもましかもしれない——恐怖だ。

誰か——おそらくは何人もの人間が、ジュリアの命を狙《ねら》っている。ここで一日が過ぎるたびに、その誰かに隠れ場所を突き止められる日が近づく。

ハーバート・デイビスの言葉を聞いても、とうてい安心感は得られなかった。ここ二、三回、電話をするとデイビスは苛立《いらだ》っているように思えた。彼と話すといっそう落ち込むので、電話をかける回数も少なくなっていった。家の電話ではなく、公衆電話を使うことになっているのも一因だ。電話をしても、話す内容はいつも同じ話だった。

何か新しいことは？

ありません。

これから先、どうなるの？

わかりません。

いつまで続くの？

わかりません。

会話にはこれといったバリエーションはなく、ジュリアが話を長引かせようとすると、デイビスは苛々とした口調になった。ジュリアはデイビスという人物がさほど好きでもないのだが、暗闇《くらやみ》の迷路に立ちはだかってくれるのは、彼しかいないのだ。いや、命が奪われることになっても迷いは終わるから、そういう意味ではサンタナも同じだ。

フレッドが膝《ひざ》に鼻先を埋めてきたので、ジュリアは震える手で頭をとんとんと叩いてやった。耳の後ろを掻《か》いてやると、フレッドが満足そうに目を細めた。犬は単純でいい。ジュリアなら耳の後ろをどれだけ掻かれても、心の中から恐怖や孤独が洗い流されることはない。

毛布をかけたまま膝を立てる。家の中のすべてのものと同様に、この毛布も安物の擦り切れたもので、何度も洗濯したせいか色も落ちている。ジュリアの持っていた、きらきらと玉虫色に輝くシルクのふかふかの上掛けとは大違いだ。母が二十四歳の誕生日プレゼントにパリから送ってくれたものだった。

上掛けは、両親の葬式が終わったあとに届いた。

ジュリアは膝に突っ伏して、涙をこらえようとした。泣いたところでどうなるものでもない。それに、涙はもう涸《か》れ果てた。しかし、まだどこかに涙が残っていたようで、意志に反してぽろりとこぼれ落ちてしまった。冷たくなった頰《ほお》を手で拭《ぬぐ》い、窓を震わす雨音にぶるっと反応した。暖房が落ちてしまったのだろうか？　あまりに疲れて、あまりに落ち込んで――そして怖くて、起き上がって調べてみる気にもなれない。クーパーなら――だめ。ジュリアは自分を叱《しか》りつけた。クーパーに頼ることに慣れてはいけない。クーパーは去っていったのだ。

悪い夢のもうひとつの理由はそれだった。クーパーが去っていったこと。ジュリアに背を向けて、歩き去った。夢と現実が同じだ。

彼が出て行くのは、当然だ。

クーパーはビジネスマンであり、仕事をしていかなければならない。実務に細かく気を配らねばならず、東部出身の惨めな女に構っている暇はない。たまたま運悪く犯罪現場に居合わせてしまった女に対する責任は、彼にはいっさいない。

クーパーとジュリアは体の関係を持った。それは事実だ。しかしクーパーの心や感情などは、まったくわからない。彼にとってジュリアの存在は、何か意味のあることなのだろうか？　クーパーはジュリアの家にやって来て、何時間もセックスし、そのあと帰っていく。

何度もこれの繰り返し。

ニューヨークにいる知人が、同じような恋人を持っていた。不倫だった。知人はその恋人を〝こうもり〟と呼んでいた。クーパーはジュリアのことをいくらかは気にかけているようだが、話はしてくれない。そして丸一週間も、ジュリアのことを放っておこうとしている。

ジュリアは唇を噛《か》みしめた。クーパーが一週間もこのベッドにいないなど、耐えられないように思える。彼がそばにいると、恐怖を忘れられる。今、忘れていた恐怖がどっと戻ってきた。彼を呼び返して、どうしてもここに一緒にいて、と言いたかった。そんなことができるはずがない。満足なセックスができる相手という以外には、ジュリアは彼にとってどういう存在なのだろう？

誰かにとって、自分は何らかの意味を持つ存在なのだろうか？

そんなことを考え込んだのは、生まれて初めてだった。両親とともに、世界中あちこちに移り住み、それはすばらしい体験だった。しかし、あとにする場所を振り返ってみたことはなかった。常に前を向いて進んできた。前途に待つものをわくわくと楽しみにして、新しい国へ移り、新しい都会で新しい人たちに出会った。

どこかに自分の居場所が欲しい、そんなことを思ったのも初めてのことだった。同じ場所に住み、何世代もその場所に根ざした人たちに囲まれ、どこか遠いところに外国人として住むのではない暮らし。助けが必要なときは頼りにできる、地元の人たち。

もちろん、この場所でも新しい友人はできた。たとえば、アリス、ベスなどだ。しかし、ここの人たちが親しくなったのはサリー・アンダーソン、まったく普通の小学校の教師なのだ。

ジュリア・デヴォーではない。ジュリアは追われる身なのだ。

実にまったく、ネット・サーフィンほどすばらしいものはない。強い力を得た上に、透明人間になったようなものだ。情報をハッキングから守っておくことなどできない。ちょっとした知識さえあれば、驚くほどいろいろなことが簡単に探り出せるのだ。誰かの帽子のサイズ、お気に入りの本、愛人にどんな宝石をプレゼントしたか、ヘルニアの痛み止めとしてどんな薬を飲んでいるか、そんなことまでわかるのに、それを調べられた本人は情報が漏れたことにすら気づかない。

当然のことだが、司法省のデータは一般のものよりもハッキングするのは難しくなっている。司法省のファイアウォールは厳重に作られていて、何重にも保護機能がつけられている。しかし、やり方を心得ている者がその気になれば、そんな壁《ウォール》などレゴブロックみたいなものだ。そして、私はやり方を心得ている者。プロはそう思った。ジュリア・デヴォーのファイルが見つかるかどうかは、問題ではない。いつ見つかるかというだけのことだ。

そろそろ、見つける日時の目標をすぐ近くに設定したほうがいいだろう。司法省のコンピュータシステムへのアクセスは、ラップトップ・パソコンにモデムさえあれば、どこからでもできる。ここまでは、簡単だ。次のステップには、いくぶん知性が要求される。

物思いにふけっていたプロは、テレビの天気予報にふと気を取られた。冬の到来が告げられていた。つまり感謝祭の頃には吹雪《ふぶき》になるということだ。

感謝祭までには、セント・ルチアに落ち着いていたいな、とプロは思った。陽光を浴びて、蟹《かに》を楽しむ。雪の中で七面鳥を食べるのは、もういい。

「ひとり死にました」

ハーバート・デイビスは局内回覧の文書からぼんやり顔を上げた。新任の長官は何から何まで変えたいようだ。同じような回覧文書が数え切れないほど回ってきていて、内容は女性や少数民族を傷つけるような言葉を使うことは、修正条項何百何十何番により禁じられており、何百何十何番だかの禁止項目では、どうとかこうとかというようなことだ。ここは法執行機関なんだぞ、ばかめ！　デイビスはふつふつとわき上がる思いを、上階にいる新しいボスにテレパシーで送りつけた。連邦保安事務所は、この世に道義を教えるために存在するのではない、安全な場所にするためにあるのだ。

予算を減らされた上に、言葉遣いが正しいかどうかびくびくしながら仕事をして、まともなことができるはずがない。バークレイが注意を引こうと咳払《せきばら》いをしたので、自分が何かを言われていたことをデイビスは思い出した。「何だ？」

「うちの担当の男性がひとり亡くなったんです」バークレイは近くにあった椅子《いす》をつかむとぐるっと回して、またがるような格好で背もたれを前にして座った。バークレイの様子は惨めなもので、何日もシャワーを浴びていないようだ。ひどく臭う。びくびくしたホームレスと言ってもいい雰囲気だ。離婚で相当まいっているのだろう。

デイビスは部下に対する自責の念にかられ、首を横に振った。世の中全体がどうかしてしまっている。「誰だ？」

「リチャード・アプトっていうやつです。覚えてますよね、ロバート・リトルウッドっていう偽名にして、隠した男です」

頭の中でファイルを繰るように、デイビスは天井を見上げた。しかし覚えていられるはずもない。連邦マーシャルサービスは証人保護プログラムで二千人以上の人間をかくまっている。もうすべてを覚えておくことなど不可能だとデイビスは思い始めていた。指でとんとん唇を叩く。「そいつは……」言葉を濁した。

「会計士です」バークレイがファイルを読み上げる。

「会計士」それ以上言うと、覚えていないことがわかってしまう。「そうだった、えっと、こいつが証言するのは……確か……」

「レドベター、ダンカン、テランス弁護士事務所の件です」バークレイが事件の詳細を読み上げると、デイビスはうなずいた。バークレイが分厚いファイルをぱたんと閉じる。「アプトによる法廷での証言は、十二月四日に予定されていました」バークレイはファイルを軽く叩くとため息を吐《つ》いた。「結局、あの弁護士たちは罪を免れることになりそうですね。進んで証言する人間はアプトしかいませんでしたから。あれだけがんばったのに、疑惑を証明するどころではなくなりました」

デイビスはペンを手にして、メモを取り始めた。デイビス自身が担当した事件ではなかったが、証人を失ってしまうのはショックなことで、連邦マーシャルサービスの組織全体の士気にも影響する。こういうことはめったにないが、万一起きてしまうと、誰かのクビが飛ぶことになる。自分のところには火の粉が降りかかってこないように、準備をしておかなければとデイビスは思った。

「誰の仕業だ?」デイビスは、はんとおもしろくなさそうに嘲《あざけ》った。「もちろん、あの悪徳弁護士たちが、背後で糸を引いてるのはわかってるがな」

「それが、どうもそうではなくて」バークレイは落ち着きなく、体を動かした。「どうやらただの事故らしいんです」

「何だと？　事故？　そんな話を鵜呑《うの》みにするバカがどこにいる？　地元の警察がそう言っているのか？」デイビスが同情するような視線を部下に投げかける。「そもそも、アプトはどこにかくまわれていたんだ？」

「アイダホです。ロックビルという名前の小さな町です」

「ふん、田舎《いなか》の警察の能力じゃ、何にもわからなくて当然だな」

「違うんです、この件を事故だと断定したのは、地元警察じゃなくて、うちの連中です」バークレイは充血した目を人差し指でごしごしこすった。「うちの捜査官が、これは本物の事故だと言ってます。ひき逃げのようです」

「本物？」デイビスが眉間《みけん》にしわを寄せた。

「本当にそうらしいです。もしこれが殺人なら、弁護士連中は、見せしめだと言いふらすはずです。関係者全員に、証言するとどうなるかわかっているなと、はっきりメッセージを送ることになります。警告みたいなもんですね。鮫《さめ》よけとでも言うんでしょうか」

　確かにそうだが、それでも……。デイビスは悲しそうに首を横に振った。「アプトとかいうかわいそうな男が、単に不運だったとは思えないな。こいつは何とかうまく——」デイビスはファイルを確認した。「——三件の重罪を免れた。起訴されていれば、ゆうに二十五年から三十年の刑期をくらうところだったんだ。国の証人になることに決め、まったく別の身分と職を手に入れた」デイビスはさらにファイルから情報を読み取った。「しかも新しい身分で、うまくやっていたようだな。それが突然、ぼん！　おしまいか。偶然に通りがかった車——」

「まあ、そういうもんなんじゃないですか」バークレイが汚らしい爪《つめ》を嚙んだ。その手が震えているのを見て、デイビスは落ち着かない気分になった。「誰かの盾《たて》になることもあれば、誰かの邪魔をすることだってあるんです」

プロは、シドニー・デヴィッドソンに関する情報を伝える画面をスクロールしていった。連邦マーシャルサービスのデータベースからハッキングしたファイルにあった二人目だ。このシドニー君とやらは、本物の博士さんか。

デヴィッドソン博士は頭脳明晰《めいせき》なバイオ研究の化学者で、バージニア州に本部を置くサンシャイン製薬という製薬会社に大学を卒業してすぐ就職した。しかし善良な博士の知識は、頭痛薬や化膿《かのう》止めに限られていたわけではなかった。

サンシャイン製薬のスキャンダルが巷《ちまた》を賑わせていたときのことを、プロもはっきりと覚えている。上院議員の椅子をめぐり選挙戦が過熱していたさなかのことだった。

サンシャイン製薬の重役が何人も、巨額の富を稼ぎ出すサイドビジネスに関わっていた。非常に洗練されて痕跡《こんせき》の残らないドラッグをアメリカ南東部のいくつかの州にまたがって、エリート・サラリーマンに渡すというものだった。

サンシャイン製薬のCEOが手錠に足枷《あしかせ》をつけられた状態で法廷に連れて来られる写真が決定的だった。これが、選挙に負けると言われていた候補者に有利に働き、というのも、彼は理想に燃える地方検事補で、法と秩序を基盤に選挙を戦ってきていたので、最終的に検事補が地すべり的勝利を収めることになった。会社の重役全員に逮捕状が出されると、シドニー・デヴィッドソンは検察側の完璧《かんぺき》な証人になった。

プロ自身は、使うのも売るのも、ドラッグに対しての興味はない。個人的には、シャンパンを飲むほうが心地よいと思っている。とくにヴーヴ・クリコだ。

プロは会社の組織図を調べてみた。CEOや他の役員と直接コンタクトを取っても意味はない。こういうことは警備主任でなければ。

プロはノルウェイの掲示板にメッセージを書き込んだ。送信先、サンシャイン製薬、警備主任、ロン・ラスレット。内容、シドニー・デヴィッドソン博士の潜伏先ならびに偽名に関して。十万米ドルを下記口座へ振込みのこと。その確認によって情報を提供。スイス銀行、ジュネーブ本店、口座番号GHQ115Y。事故死に偽装することが条件、自動車事故は不可。

二時間後、コンピュータがやっと信号音を発した。プロは少し驚いて椅子に座り直した。アイダホのようなところでは、居眠り以外にすることもないのだ。

十万米ドルが、スイス銀行、ジュネーブ本店、口座番号GHQ115Yに振り込まれた。受け取りは方法の確認後、可能。当方が希望する方法は入浴中の感電死。これでよければ、すぐに返信を。

プロはすぐに返信した。

感電死で結構。実行後最低五十六時間は、必ず事故に見せかけること。デヴィッドソン博士の潜伏先と偽名：グラント・パターソンという名前で、アイダホ州エリス、ジャニパー通り、九〇番にいる。幸運を祈る。

「そいでね、そいでね、パワーレンジャーはね、メガゾードを召喚したんだ、だってね、みんな、こうやったんだよ……パワー！」ラファエルが興奮しながら、宙に小さなこぶしを突き上げ叫んだ。パウンドケーキのかけらが、あたりじゅうに飛び散る。

「そいでね、そいでね、みんなすごく強そうでね、大昔にいた象のマストドンとか、サーベルタイガーみたいな姿をしてるんだよ、だってね、ロード・ゼッドと戦わなきゃならないんだもん。でもね、それでも悪の王者は強すぎて、宇宙を征服しかけるんだ。でもそのときパワーレンジャーはメガゾードを合体させたんだよ。こうやってね、ニンジェッティ・パワー！」ラファエルは最後の言葉を叫ぶとき、また力強くこぶしを突き上げ、にやっと笑った。

水曜の午後、ジュリアはラファエルにごほうびをあげようと思い立ち、カーリーの食堂に連れて来た。勉強にもすっかり身が入るようになったし、フレッドをつやつやの毛並みのりっぱな犬にしてくれたのだから、熱いココアとケーキぐらいごちそうしてもいいだろう。さらに二人が行くことでティータイムのお客さんの呼び水にでもなれば、アリスのためにもなる。ラファエルはパワーレンジャーの内容について、戦いのすべてを細かく説明してくれていたが、ストーリーそのものは話の中に盛り込まれておらず、ジュリアは内容を理解するのをあきらめ始めていた。ジュリアはスケッチブックを前に広げ、ぼんやりとしていた。

「ね、だからパワーレンジャーはゾードンを助けなきゃいけないんだよ、チョコレート空間では——」

「ギャラクティックだぜ」マットがケーキをもう一皿運んできた。ラファエルには三個目だ。マットは皿を滑らせるようにしてラファエルの前に置いた。「ギャラクティック空間では、だろ」

「ギャラティック」ラファエルが素直にマットの言葉を受け入れた。しばらく考え込んでから、かわいい眉間にしわを寄せマットを見上げた。「マット、ギャラティックって何なの？」

「ギャラクティックっていうのは、ギャラクシーのってこと、銀河系だ」マットはわざと苛ついたそぶりを見せ、お兄さんぶっていたが、どうしても笑みがこぼれてしまうようだ。アリスはクーパーのアドバイスに従って、マットを食堂の仕事に引っ張り込むことにした。マットはこの役割を非常に大きな仕事だと考え、ちゃんとシャツを着るというところまで服装もまともになっていた。「宇宙にあるんだ」

「そうか」ラファエルがまじめな顔でつぶやいた。「宇宙」ケーキの皿を自分のほうへ引き寄せながらも、ラファエルはどうやら宇宙について考え込んでいる様子だ。

ジュリアはバーニーはまだかとあたりを見回した。もうすぐ息子を迎えにやって来るはずだ。クーパーがいないこの数日は、ラファエルを連れて帰る役目はバーニーに代わった。しかし、クーパーの代わりにはならない。

食堂は今までにないほど人がいた。ジュリア、ラファエル、マット、アリス以外にも、牧場で働く男性が三名、株価について落ち着いた声で論じ合っている。陽に焼けた赤ら顔の男たちは、色あせたフランネルのシャツ、白っぽくなったジーンズ、磨り減ったブーツといういでたちで、おとなしく紅茶をすすっている。今はいちばん忙しい時間帯ではあるが、それでも進歩といえる。千里の道も一歩から、よね、とジュリアは心の中でつぶやいた。

ラファエルは夢中になって三皿目のケーキにかぶりつき、パワーレンジャーの話をさらに続けた。「それでね、パワーレンジャーはアイバン・ウーズと戦うことになったんだ。ウーズが世界中を紫色のどろどろのものでいっぱいにして、お父さんやお母さんはみんな死にたいと思うようにさせたんだよ。それからウーズはおっきなロボットに乗って、そしたらパワーレンジャーは、みんなジャイアント・ロボットに乗り込んで、宇宙で戦ったんだ。それで、アイバン・ウーズは流星にぶつかっちゃったんだ！」ラファエルの顔が、いきいきと輝く。「すっげー！」

話の筋書きとしては、少しばかりひねりを利かせたほうがいい気はするが。「子供だな」もう十七歳のマットは寛大なところを見せているというように、首を振った。自分はれっきとした仕事をしているという調子で、マットはジュリアのほうを見た。「他に何かご用はありましたか、アンダーソン先生？　紅茶を熱いものに取り替えましょうか？」耳にはさんでいた鉛筆を手にして、期待に満ちた態度でジュリアの返事を待っている。ジュリアはマットの態度にふさわしいような、まじめな顔をしようとはしたが、大変だった。マットは一生懸命大人ぶって、社会経験のある態度を見せようとしている。眉《まゆ》のピアスさえ、外しているのだ。

そんなに大人になるのを急がなくていいのよ、ジュリアはそう言ってあげたい気がした。世間には恐ろしいことがいっぱいあるんだから。

「私はもういいわ、マット」そう断ってから、付け足した。「それから、先生なんて呼ばないで。サリーでいいの」

アリスをほめてあげるべきだともジュリアは思った。食堂は相変わらず埃《ほこり》だらけで薄汚れてはいるが、マットがじゅうぶんに気を配り、客も入っているため、前のようにがらんとした雰囲気はなくなっている。紅茶は非常においしく、ラファエルが何度もお替りするところからみると、パウンドケーキもおいしいのだろう。ただし、ラファエルは、粉、砂糖、脂肪がたっぷり入っているものなら、何でも大好きではあるが。

ジュリアはマットに笑顔を向けた。「よければ、ここでバーニーを待たせてもらってもいいかしら？　ラファエルを迎えに来るから」

「ええ、もちろん、アンダーソン先生、っと、ええ、サリーさん。好きなだけいてください」マットがにやっと笑う。「それじゃ、クープは今日は来ないんですね？」

「クーパーは出かけてるの」ああ、もう、と思いながら、ジュリアは答えた。目の前に置いたスケッチブックには、大きな素焼きの鉢に椰子《やし》の木を植えたところが描かれていた。無意識に描いていたのだが、感じよく見える。その絵にアイデアを得て、ジュリアは壁を描き、そこに椰子の葉の模様をつけてみた。「出張なの」うつむいて絵に意識を向ける。「金曜まで戻らないわ」力を入れすぎたので、鉛筆がぽきっと折れた。

「ああそうか、ケンタッキーに行ったんだよね」マットが納得した表情を浮かべた。「毎年行くやつだ。クープはこの総会を何ヶ月も前から楽しみにしてたのに、このあいだからキャンセルしようと必死だったって。一日じゅうあちこちに電話をかけっぱなしなんだって、バーニーが話してたって、親父から聞いたな。でも、結局キャンセルできなかったって」マットはふと何かに気を取られたのか首をかしげた。スケッチブックの絵が目に入ったのだ。「何を描いているんですか？　見せてくださいよ」

「彼がどうしてたって？」ジュリアはそうつぶやきながら、顔を上げた。

「出張をキャンセルしたがってたんです」マットが体を近づけてきた。鼻のピアスが天井の蛍光灯に反射して、容赦ないまぶしさがジュリアの目を刺す。「その絵、僕にも見せてくださいよ」マットが同じことを言った。

「何をどうしろって？」ジュリアは鉛筆を手にしたまま、ぽかんとマットを見ていた。頭の中では、クーパーが出張を取りやめようとしていたことでいっぱいだった。それって――私のために、じゃないわよね？　そう、そんなはずはない。戻ってきたら、またセックスできることとぐらいは、クーパーもわかっているはず。取り残されたせつなさは、ジュリアだけが感じるもので、それは恐怖や怒りや孤独から来ている。クーパーは今まで一度も恐怖を感じたことなどないに違いない。いや怒りとか他の――。

「サリー？」

「誰？」思わず聞き返し、何とか機転を利かせて取り繕う方法を考えた。しかしクーパーのことを考え始めると、頭の回転がすっかり遅くなるようだ。「あ、えっと、何の話だったかしら、マット？」

マットはけげんそうにジュリアを見ていたが、ジュリアが腕でおおうようにしていたスケッチブックを引き寄せた。「これ、何ですか、先生……サリーさん」

「ああ、何でもないのよ。ちょっとね――」ふうっと息を吐いて、ジュリアは頭からクーパーのことを追い払った。「趣味みたいなものなの。部屋の飾りつけが大好きで、この食堂をどうやって飾ろうかなって、いろいろ考えてみていたのよ」そして恥ずかしそうにスケッチブックを自分のほうに引き戻した。「ほんとに、くだらないアイデアなの」

「そんなことないですよ。これ、すごいや」マットはスケッチに夢中になっていた。椰子の木、大げさにカーブをつけたカウンター、派手なジュークボックス、ネオン照明。マットも姉のアリス同様、シンプソン住民特有の薄いブルーの瞳の持ち主だが、その瞳が興奮にきらきら輝いていた。「本当に、かっこいい」食堂を見回し、またスケッチに目をやる。「こんなふうにすれば、ここもすごく良くなるな」

ジュリアはほめられた気がして、いつになくうれしかった。「そう思う？　私、五〇年代調レトロの、ポップな感じがすごく好きなの」

んですけど」

「これが五〇年代レトロなんですか？　僕はただ、すごくかっこいいと思っただけな

「何がかっこいいって？」アリスがテーブルを濡れたスポンジで拭いてケーキのくずをきれいに落とし、それからジュリアの隣の座席に着いて、マットがさっきしたのと同じように首を伸ばしてスケッチをのぞきこんできた。「これ何？」

ジュリアはそのとき、この姉と弟がどれほどよく似ているかに気づいて、はっとした。マットが流行の挑戦的な服にボディピアスというでたちをしているせいで、今まで気づかなかったのだ。こうやって近くで見ると、マットとアリスは顔の骨格が同じで、色合いやしぐさ、表情などもそっくりだ。

家族という単位で人と接しなくなって、もう長い年月が経ったような気がする。父の最後の赴任地だったシンガポールにいたとき以来なのかもしれない。母があるイギリス人の大家族と親しくなったのだが、その一族は三世代にわたってシンガポールで暮らしていて、その中でいくつかの家族が相互に血縁関係を作っていったらしい。ジュリアの家では、その大家族のひとりひとりの容貌《ようぼう》やしぐさの癖で、誰と誰がどういう血縁にあるのか、よく言い当てるゲームをしたものだった。

自分の家族がなくなったときに、そういった家族ぐるみの付き合いというのもジュリアにはなくなってしまった。ニューヨークやボストンでは、個人レベルで親しくな

る人はいても、その人たちにどういう家族がいるのかまでは知らなかった。職場の友だちはきょうだいと似ているのか、あるいは、彼らにきょうだいがいるのかさえ知らなかった。家族のつながりというものを感じたのは久しぶりだった。

「サリー？」アリスがスケッチブックを軽く引っ張った。

「何でもないのよ」ジュリアはつれづれに描いた自分の絵を体で隠そうとしたが、アリスがぐいっと引っ張ってしまった。

癖でついスケッチをしてしまうのだが、こんなことをしてしまったことをジュリアは後悔していた。アリスは自分の食堂をけなされたと思うに違いない。確かにここはやぼったく、薄汚れてはいるが、そのことにジュリアがとやかく口をはさむ筋合いはない。自分の身の回りの環境を快適なものにしようというのは、ジュリアの本能のようなもので、自分では気がつかないうちに、ああしたらどうだろう、こうしたらどうなると考えてしまうのだ。これは母から受け継いだ性質で、母はどんな部屋でも必ず、隅から隅まですべてを自分の思ったとおりに変えないと気が済まない人だった。ジュリアも今まで、常に部屋の模様替えをして暮らしていたし、死ぬまでこの癖は治らないだろうとも思っていた。

「こんなの、気にしないでよ、アリス。私はちょっと、その、ここはどんなふうになるかなって空想してただけなんだから。もしかしたら……」感じのいい店になるかも、という言葉をジュリアは慌ててのみこんだ。「あのね、もし――」しかし、説明のしようもなく、次の言葉が出てこなかった。

「もしかしたら、この三十年間、まったく構ってこられなかった食堂みたいには見えなくなるかも、って言おうとした？」

「そういうつもりじゃ――」ジュリアは言い訳をしようとしたが、アリスがわずかに笑みを浮かべた口元でじっと見ているのに気がつき、この女性には正直に話すのがいちばんだと悟った。もう彼女の人となりは、よくわかってきている。この食堂がひどいありさまで、こんなひどい客商売の店などあり得ないという事実を、いくら遠まわしに言っても意味がない。「そうね……ペンキの塗り替えぐらいは、してもいい気はするわ」

「それから、解体工事も必要だわね」ジュリアがそこまでは言いすぎだとすぐに否定しようとするのを見て、アリスは首を振った。「そうなの、事実だもの。母さんはここにほとんど手をかけてこなかったわ。食堂をやってても、たいして儲《もう》かったわけじゃないし、少し余裕ができたときには病気になったの。実を言うと、私も長いことこのお店は改装したかったのよ。ただね……」アリスが口を尖《とが》らせて考え込んだ。「どこをどう変えたらいいのか、わからないのよ。そういうの、私、得意じゃなくて。料理も一緒」

「あら、そんなでもないわよ。このパウンドケーキ、ラファエルはすごく気に入ったみたい。三皿目なんだもの」

「私が作ったんじゃないからよ」アリスが憂鬱《ゆううつ》そうな顔をした。「あなたにザッハトルテのレシピをもらったじゃない？　ほら、チョコレートケーキの。試してみたんだけど――」

「どうなったの？」

「最悪だったわ。あーあ。全然ふくらまなくて、食べたらゴムみたいだった。だから、メイジーにレシピをあげたの。すごくおいしいのができて、もう売り切れちゃった。それと一緒に、パウンドケーキもメイジーは作ってきてくれたの。ここを改装すれば、私が料理なんかできないことも、お客さんは気がつかないかもね」

「そうねえ」その意見には、完全に賛成はしかねた。

「それで？」アリスが身を乗り出して、ジュリアの腕の下をのぞこうとする。「どんなことを考えたって？」

ジュリアは少しだけためらったものの、スケッチブックをアリスに渡した。「まあ、正直に言うとね、五〇年代レトロのポップな感じはどうかなって、思っていたの」

アリスの笑みがうつろなものに変わったので、ジュリアはやれやれ、と思った。五〇年代調レトロのポップな雰囲気というのは、アリスの思い描いていたものとは遠いらしい。「どういうのがいいの、アリス？　魔法の杖《つえ》があるとしたら、この食堂をどんなふうに変えたい？」

アリスは待ってました、とばかりに答えた。「カフェバー」まるで、「天国」と言うのと同じような口ぶりで、アリスは夢見るように言った。

「カフェ……バー？」ジュリアは、険しい顔で聞き返した。「それって、何と言うか、いわゆる――八〇年代っぽい感じだけど？」

「え？」アリスはうっとりと食堂を見渡していた。「つまり時代遅れだってこと？ま、そうかもしれないけど、シンプソンの町には、一度もそんなものはなかったんだもの。ルパートにだって、そんなのはなかったと思う」

なるほど、もっともではある。しかし、八〇年代のバブルの波がやっとこの町に押し寄せてきたという図を想像して、ジュリアはぞっとした。アディダスのスニーカーを履いた都会派ビジネスマンがサスペンダーつきのズボンに身を包み、女性たちは肩パッドをいからせた、いかにもというビジネススーツで闊歩《かっぽ》する。「どうなのかしらね、アリス。あなた、本当に――」そのとき瞳に星を浮かべて夢見る表情のアリスを見たジュリアは、はっと口を閉ざした。そしてカーリーの食堂の中を見渡す。ソ連時代の強制収容所のような内装が目に入り、ぞくっとした。カフェバーでもこれよりはましだろう。

ジュリアは頭の中で、どんな布地をどんな色合いで使おうか、ざっと考えてみた。できるはずだ。

スケッチブックを手に取ると、ジュリア自身が描いたカーリーの食堂のイメージのページをささっと繰り、真っ白の紙を開いた。五〇年代ポップというのは、おもしろいアイデアだったが、なんと言ってもこれはアリスの夢なのだ。その夢を叶《かな》えてあげるために、できるだけのことをしよう。

模様替えというのは、いつもやってきたので眠ったままでもできるぐらいだ。実際眠ったまましたこともある。一度、ローマに引っ越してすぐのことだった。夜中に誰もいない自分の寝室で目が覚め、頭の中には部屋をどう変えようか、アイデアがすっかりできあがっていた。カーテンの結び紐《ひも》に落ち着いた色調の紺色のリボンをつけようという細部まで、しっかり考えがまとまっていた。

ジュリアは鉛筆を手にして、紙に向かった。アリスを見上げる。「さ、思ってること何でも言ってちょうだい。スケッチが追いつくかしらね、がんばるわ」

「思ってること、何でもって……」アリスが当惑した表情を浮かべる。「何する気？」

「まずは、見取り図とか全体の色調を決めなきゃならないわね。カフェバーはどういうものにするか、あなたのアイデアを私が絵にしていくの。こういうの、友だちのために、今までに何度もやったことがあるのよ、私」ジュリアはアリスを納得させるように言った。「それで、バーカウンターはどこに置きたいの?」しばらくためらってから、ジュリアは外側の壁を描き始めた。沈黙が続くので、顔を上げてアリスを促す。

「アリス」

「え、えっ?」アリスが手にしていたひびの入った塩の容器から、塩がテーブルにこぼれた。アリスは人差し指を滑らせ、こぼれた塩に線を描いている。アリスの頰がピンク色に輝いていた。

ジュリアは鉛筆を置いて、どう切り出せばいちばんいいかを考えた。「ねえ」やさしくアリスに声をかける。「ここをどういうカフェバーにしようかって、あなたも考えていたんでしょ?」

「それは……」アリスは窓ガラスの外を見た。ガラスは手でこすったあとがいっぱいつき、油だらけだった。外の通りには人がいない。「ある程度は」

言葉には非常に気をつける必要があることをジュリアは感じ取った。「アリス」注意深く話を続ける。「あなた、実際のところ、カフェバーってものに行ったことがあるの?」

「まあ、中には入ったことはないんだけど」アリスが真剣な表情で説明し始めた。

「実はね、父さんの友だちが、あれがカフェバーなんだよ、って教えてくれた場所があったの。母さんが倒れてボイーズの病院に入院中、いつもその前を通ってたわ。すごくきれいなところだったの、本当に。病院はすごく気がめいるし、病院を出ると、誰もひと言も口をきかずに車で家に帰ってくるの。そしたら、この食堂は閉まったまま、埃っぽくて汚くて、何だかすごく——落ち込んだ気分になった。あるとき母さんが化学療法を受けて、そのときは本当に家族みんながすっかり落ち込んでたわ。その行き帰りに、このカフェバーの前を通ったのね。ザ・トラットリアっていう名前で、すてきなところだった。清潔で生命力にあふれていて、それなのにおしゃれで。中にいるお客さんも、超かっこいい、と思った。だから——」アリスはそこで言葉に詰まり、肩をすくめた。「勝手に考えてただけなのよ、本当に。中にいた人たちはみんな、すごく……幸せそうなのに、私たちはこっち側にいて、何だか……それに母さんが……」アリスはまた肩をすくめ、顔をそらした。

「そうなの」ジュリアにはアリスの気持ちが痛いほどわかった。

そういうことだったのだ。アリスが自分の幸せをカフェバーに託すのであれば、何としても、それが手に入れられるように、全力で手伝おう。

「じゃあ、いいわ」ジュリアはきびきびした調子で話し始めた。「こうしましょ、いろいろアイデアを出し合ってみるのよ。いいでしょ？　バーカウンターは入り口を入って左側でいいわよね」ジュリアはふと思い当たることがあり、疑り深そうな目でアリスを見た。「ね、あなた、酒類販売の許可を得られるの？」

あら、とアリスは憤慨したように背筋を伸ばした。「私は二十五歳なんだもの」つんとした表情を向ける。「当然、許可は下りるわよ。それに、町長のグレンは親戚《しんせき》だし、クープが町議会の議長なの。二人で町の産業についての話を年に何回か話し合うんだけど、そのあとビールを飲みにルパートに出かけるわ。そういうこと考えたこともなかったけど、私が酒類販売の許可を受ければ、二人とも遠くまで行かなくていいから、ずいぶん助かるはずよ」

「お偉方に、知り合いがいるのは便利よね」ジュリアは少し皮肉めかせて言った。

「いいわ、じゃ、バーカウンターはここね。簡単なものでいいの、胸のあたりまでレンガを積み上げて、陶器のタイルを横に貼《は》り付け、上に木材の天板を載せておけばいいのよ。安くできるはず。お客さんは席に案内されるまで、ここでお酒を飲んで待つのね。普通はね、ここでおしゃれなビジネスマンたちは、キール・ロワイヤルだとかその手のカクテルを飲んで酔っ払うし、健康志向でがちがちの人たちは、浴びるほどペリエを飲むわけよ。ライムをひと絞りしてくれ、なんて言って、肝臓をきれいにしておきたがるのね。ま、ここではカウボーイにビールを出すことになるんだろうけど、それはそれでいいわ」ジュリアは話しながらもさらさらとスケッチを続けた。次のページに移る。「この真ん中のところには、テーブルを置きましょう。安いプラスチックのでじゅうぶんよ。何か布をかぶせて、脚を見えないようにすればいいから。壁は全部、布でおおうの。パステル調のブルーとクリーム色、ピーチとクリーム色みたいな組み合わせにしてね。ドアは大理石調にしたらいいわね。そう、大きな鉢植えが必要だわ、たとえば——」ジュリアは唇を突き出しながら、絵を描いてみた。「こういうの、どう？　大きくて、深い鉢に入れた観葉植物よ。カフェバーには、観葉植物がつきものなの」テーブルに人影がかかったので、ジュリアは顔を上げた。「ああ、バーニー」

「やあ、サリー」バーニーが会釈《えしやく》した。「アリス。おい、坊主」バーニーがラファエルの肩に手を置いた。

「父ちゃん！」ラファエルがにっと笑うと、口にほおばったパウンドケーキがたっぷり見えた。「アンダーソン先生が、ケーキをごちそうしてくれたの」

「そうらしいな」バーニーはかわいくてしかたないという感じで、息子の髪をくしゃくしゃにした。「本当のことを言うと、わかりすぎるぐらいたくさん、おまえの口の中に入ってるのが見えるぞ。ものを食べるときは、口を閉じてなさいって、父ちゃんが言ったの、忘れたかい？」

ラファエルはすぐに口を閉じ、ケーキを飲み込むことに専念した。

バーニーは息子のうれしそうな笑顔を食い入るように見つめ、それからジュリアのほうを向いた。「ごちそうさま、サリー。勉強は順調に進んでるかい？」

「順調よ」ジュリアは笑顔を向けたが、心の中で神様、お許しください、とつぶやいていた。ラファエルは教科書を開くまもなく、すぐに裏庭に走り出してフレッドと遊んでいた。「おまけに、フレッドにブラシもかけてくれたの」

「それはよかった」バーニーはしばらく話したいことがあるのに、ためらっている様子だった。カウボーイ・ハットを仕事で荒れた手の中でもてあそび、落ち着かなく体を揺すっていたが、ついに決心したように切り出した。「それで──うちの坊主は学校ではどんな様子なんだろう？　問題を抱えてるってことは、前に話してくれてたけど……良くなっているのかどうか、気になって」バーニーはさっと息子のほうを見たが、ラファエルは皿に残ったケーキのくずをフォークで集めようと夢中になっていた。

「どうなんだ？　良くなってきたのかな？」

バーニーが緊張した面持ちで、気をつけの姿勢を取っていた。もう帽子をいじったりもしていない。法廷に入る前に、係官から身体検査を受けるのを待っている被告人のようだ。クーパーと同じように、バーニーも軍隊にいたのかもしれない。この状態なら点呼で並んでも、合格するだろう。バーニーはきれいにひげを剃《そ》り、洗いざらしではあるが、清潔でしわのない服を着ていた。信号機が止まれと言っているほどだった真っ赤な白目の部分も、黒い虹彩《こうさい》を引き立てるようにきれいな色をしていた。

「ラファエルはとてもちゃんとやってるわよ、バーニー。もう心配しなくても大丈夫だと思うわ。成績も元に戻ってきたから、うまく対応できるようになってきたのね、この——」やさしい言葉を重ねてきたジュリアは、母親に捨てられたという事実をうまく言い換える表現はないかと、言いよどんだ。「——新しい状況に」これぐらいしか、言いようはなかった。

バーニーは張り詰めていた緊張を少し緩めたのか、ほうっと息を吐いた。「よかった。本当に助かった」そして、息子に声をかけた。「おい、先に車に乗っててくれ。父ちゃんも、すぐに行くから」

「うん、わかった」

ラファエルが店から完全に出て行くまで待って、バーニーはまたジュリアに話しかけた。「ということは、あの子はすっかり立ち直ったってことだな?」

「そうね」ジュリアは笑顔で答えた。「私は児童心理学の専門家でも何でもないから、あの子が将来、連続殺人犯になるとか、ひどい環境汚染をする会社の社長になる可能性がないとは言えないけど、それでも、今のところは、ラファエルはまったく普通の七歳の男の子に戻ったみたい」

バーニーは、ふうっと安堵《あんど》のため息をもらした。「俺も、元の自分を取り戻したんだ。ほんとに……辛かった。あのときは」

「そうだったんでしょうね」ジュリアはしっかりした口調で気持ちを伝えた。あのときのバーニーの惨めな様子は、今でも頭にこびりついている。今目の前にいる、まじめで日々の労働をきちんとこなすカウボーイとは別人だった。

「もうこれ以上、先生に迷惑をかけちゃ申し訳ないな」

「ああ――」ジュリアは目の前で、とんでもない、と手を振った。実を言うと、クーパーがいなくなったので、ラファエルがそばにいてくれるのがありがたかったのだ。心の闇に引きずり込まれなくて済む。バーニーがラファエルを連れて帰ったあとは、ジュリアの相手をしてくれるのはフレッドだけだった。「ラファエルのことは、迷惑でもなんでもないのよ。ちっとも構わない――」

「それに、この子には牧場で手伝ってもらう仕事がたまってるんだ。そろそろ俺たちも、新しい暮らしに慣れる時期が来てる。二人の生活を一からスタートさせたいんだ。でも、先生がいなければ、ここまでは来られなかった。いくら感謝しても、したりないよ」バーニーの黒い瞳がジュリアの目を見ている。「大きな借りができたな。俺にとっちゃ、ラファエルがすべてなんだ。あの子をあんなふうにさせてしまったなんて、自分でも情けない。先生が気づいてくれなかったら、いったいどうなってたことか」

「まあ、そんなこと」バーニーは自分に対して厳しすぎる。「どうってことにはなってなかったはずよ。ラファエルは本当にいい子だもの。それに、あなたがあの子をかわいがっているのも、はっきりわかる。いいお父さんよ。ちょっと辛い時期があって、それを乗り越えただけのことだわ」

「先生のおかげでね。ほんとに言葉では感謝しきれない」バーニーはそれでもジュリアへの恩を口にし続けた。手のひらで髪を撫《な》でつけてから、カウボーイ・ハットをかぶる。「何か俺にしてほしいことがあったら、何でも言ってくれ。本当にありがとう、それから――」バーニーが言葉を止めた。ふとテーブルの上のスケッチに気がついたようだ。「これは何だ？」

「何でもないの」ジュリアは慌てて言った。

「何でもないはずがないじゃないの」アリスが憤慨したように口をはさみ、バーニーにも見えるようにスケッチを押し出した。「ここの内装を変えようって、サリーがいっぱいアイデアを出してくれてるの。すてきでしょ？　この食堂をカフェバーにするのよ」

「そうなんだ？」バーニーはジュリアのスケッチに丁寧に目を通し、それから埃っぽい食堂を見渡した。じっくりと見るのはこれが初めて、という感じだった。「俺には専門的なことはわからんが、確かによくなると思う」

「ええ、もちろん」アリスは自慢げだ。「ただ、カフェバーに肝心の、観葉植物をどうやって置けばいいか、悩んでるの」

バーニーがすぐに答を出してくれた。「クープのとこには、もう使わなくなったかいば桶《おけ》がいっぱいあるぞ。あれを磨いてきれいにすればいいんだ。牧場の者たちに、トラックで運ばせる。準備ができたら言ってくれ。それから、大工仕事が必要なら、まあ、俺はあんまり役には立たんが、クープは、金槌《かなづち》仕事なら何でも抜群だ。もうすぐあいつも帰ってくるし、みんなで手伝おう」

「すごく、ありがたいわ」そう言ったジュリアの目が、アリスのうっとりした表情をとらえた。アリスは、さまざまな感情で胸の中がいっぱいになり、どうすればいいのかわからなくなっている。「クーパーにも、ありがとうって伝えておいてね」

「礼を言うまでもないさ。クープは、サリーのためなら何だって喜んでやるから。もちろん、俺も同じだ」バーニーはステットソン帽を軽く引き上げ、カウボーイ流の挨《あい》拶《さつ》をした。「じゃ、ご婦人がた」

バーニーが去っていき、残されたジュリアはめまいを覚えるようなぼんやりした気分になっていた。

アリスはそんなジュリアの様子には、まったく気づいていない。「すごいわ、サリー」アリスは、普通の女性が『ヴォーグ』誌の高級ファッションページを見るような熱心さで、またスケッチをながめていた。「こんなすごいことになるなんてね」そして顔を上げると、あまりの幸運が信じられないように首を振った。「あなたって、本当に才能があるのね」

「ちょっとしたコツよ」ジュリアは謙遜《けんそん》し、カフェバーのことに注意を戻した。バーニーがクーパーの名前を出したとたん、どきっとして何も考えられなくなっていた。

「さて、と。厨房《ちゅうぼう》はこのあたりでどうかと思ってたんだけど——」そこまで言って、言葉に詰まった。厨房を考えると、そこでは人間の喉《のど》を通る食べ物が調理される場所だということに思い至り、そうするとそれを調理する人間がアリスというのでは……。

アリスもどうやら同じことを思ったらしく、げんなりした調子でつぶやいた。「厨房ねえ」

「あのね、アリス」ジュリアは鉛筆を置き、身を乗り出した。「ちょっと思ったんだけど、このカフェ、つまりカフェバーね、これがうまく行けば、いろんなお客さんが来ることになるでしょ。たとえばルパートやデッドホースとかからも。そうすると、あなたは女性支配人としての仕事に専念しなきゃならないし、厨房の中のことには関わってられないんじゃないかしら」

「女性支配人」アリスが笑顔になる。「それって、いい感じだわ」

「それでね、ひょっとしたら、誰かを雇ったほうがいいかもって……たとえば料理のできる——あなたの代わりに、調理してくれる人が必要じゃない?」

「それってつまり、コックってこと?」アリスが顔を曇らせる。

「まあ、そうね。ふと思ったんだけど、メイジー・ケロッグなら、お手伝いとして最適じゃないかしら。あそこの子供たちはもう家を出てしまったし、パートで働くことになれば、メイジーも楽しいと思うの」

アリスが驚いた顔をした。「メイジー・ケロッグを？」

「ええ」

「コックとして雇うの？」

「そう」

アリスは頭の中でこのアイデアを考えているようだった。「そうね、ひとつ確かなことは、メイジーはすごく料理がうまいってこと。子供の頃ね、教会のバザーがあると、みんながメイジーの作ったチョコレートケーキを欲しがって、喧嘩《けんか》になったものよ。ただねえ、サリー、うまくいくかしら」アリスは恥ずかしそうに身じろぎした。「この食堂って、そんなに儲かっているわけじゃないの。他の人にお給料なんて、とても払える余裕がないのよ」

「でも、まずメイジーに話してみたらどう？」ジュリアは電話のほうを顎《あご》で示してみた。「電話して、相談してみなさいよ。お互いが納得のいく解決策が出るかもよ。たとえば、利益が出たときだけ、それを折半するとかね」

「今すぐ？」

「善は急げ、でしょ」

アリスはのろのろと電話のところに歩いていき、番号をダイヤルした。見ていると、アリスは柱にもたれかかり、コードをくるくると指に巻きつけている。アリスはつい最近までティーンエイジャーだったのだと、つくづく思い出させる態度だった。ジュリアは電話の会話に耳をそばだてた。

「あら、グレン。私よ。元気、そちらは？　メイジーの調子はどう？　まあ、残念ね」アリスはがっかりした目つきでジュリアを見たが、ジュリアは首を振って、口の動きで励ました。「粘って」アリスは、決心したように息を吸い、また電話に向かって話し出した。「あの、それはわかったんだけど、電話には出てくれないかしら。えっと、仕事のこと、みたいなものかしらね。伝えてくれるだけで……ああ、わかったわ、このまま待つ……ハイ、メイジー、アリスよ。ねえ、今ここにサリー・アンダーソンもいるんだけど――そう、新任の小学校の先生、それでね、二人でうちの食堂を改装しようかって話になって、いえ、まだはっきり決まったことじゃないの。いろんなアイデアをああでもない、こうでもないって、出してるところで……それで、あの――思ったんだけど、厨房を手伝ってくれる人がいるといいな、なんて。ただ、お給料は出せなくて――あら、ええ。もちろん、オーケーよ。じゃ、またあとで」アリスは受話器を置くと、狐《きつね》につままれたような顔で、してやったりという笑みを浮かべるジュリアのほうを見た。「メイジーは、これからすぐこっちに来るって」

「ほらね。言ったでしょ? そんなに悪いことにはならないものなのよ。じゃあ、メイジーが来るまでに、こっちの話を片付けておきましょうよ。どういう段取りにするかは、メイジーと二人だけで話したいでしょ。私が入らないほうがいいわ」そう言うと、ジュリアはスケッチを完成させた。後ろの壁、さらに観葉植物を植えたかいば桶を描き加える。「ところで」ジュリアはきわめてさりげなく、観葉植物の葉っぱを丁寧に描きながらつぶやいた。「クーパーは手伝いに来てくれると思う? 私たち——あなたの計画を聞いて」

「あら当然でしょ」アリスはそんな質問が不思議だと言わんばかりに、首をかしげた。

「もちろんよ、クープはあなたのいるところなら、どこにだって来るんだから。それは保証するわ。ね、サリー、観葉植物って、どこで手に入れればいいかしら? いちばん近い花屋さんでも、デッドホースまで行かなきゃならないの。それに、観葉植物って、結構高いでしょ」

ジュリアは最後のスケッチを仕上げ、腕を伸ばして、少し距離を置いてながめてみた。我ながらよくできた。カーリーの食堂が完全にスケッチどおりにはならないとしても、満足できるところまでは変えられるはずだ。「アリス、シンプソンからルパートのあいだには、シダや木がいっぱい生えてるじゃない。緑以外には何もないのよ」

「つまり、盗んでくるってこと?」

「私としては、生息地を移動するって言い方のほうが好ましい気がするけど」ジュリアは澄ました顔で答えた。「アイダホ州には、ものすごい量のシダが育ってるわ。少しぐらい減ったところで、誰が困るわけでもないと思うの。ただ、場所を移動するわけだから、根元からきちんと掘り起こさないとね」

「盗んでくるのかあ」アリスが感心したように言った。「そんなこと考えもしなかったわ。あなたって、本当にアイデアが次々にわいてくるのね。不思議だわ」

「悪知恵を働かすのよ」ふっと息を吐きながら、ジュリアが言った。

そのホテルの中では、最高の部屋だった。しかし、それでもろくなものではない。プロは最高級の品に囲まれた生活を長年送ってきて、そういったものがあたりまえだと思うようになっていた。一度、仕事でサンディエゴに行ったときに、有名なホテル・デル・コロナドに泊まったことがあった。漁業組合のトップを射殺する仕事だったのだが、見事に成功したあと、壮麗なホテルの部屋でカリフォルニア産のスパークリングワインで祝杯を挙げた。ぴりっとした辛口の味わいを存分に堪能《たんのう》した。

この部屋では、生ぬるいお湯しか出ない給湯配管が、ごごっという音を立てている。ため息しか出ない。コロナドとは、えらい違いだ。

雨が降って、部屋は寒くて湿気ている。一刻も早くこんな仕事は終わりにしたい。さっさと南の国に飛び立ちたい。自分の身元が割れないように細心の注意を重ねて、飛行機の切符はもう手配してある。まずシアトルのタコマ空港に飛び、乗り換えてハワイに向かう。ハワイからは別のパスポートを使ってメキシコシティーまで行き、さらに新しいパスポートに変えてメキシコシティーからジャマイカの首都、キングストンへ行く。いったんカリブ海に入ってしまえば、もう身元は完全に消えてしまう。カリブ海諸国には、身元のない人間がうじゃうじゃいるのだ。陽光輝く島のどこかに姿を隠すことを、業界では〝876に寄せる〟と呼ぶ。876というのは、キングストンの電話の市外局番だからだ。

そう考えてプロは、はっとした。

そんな単純なことのはずがない。これほど簡単な話があるわけがないだろう？

プロは夢中で地域の電話帳を探した。電話帳はプラスチックの台の上に置いてあった。安っぽいベニヤ板が載せられているので、それを机代わりに使えというものらしい。その隣にはプラスチックの容器があって、ピーナッツの袋があったが、賞味期限はとっくに切れていた。

この付近一帯の郡と市外局番をざっと見ただけで、答が出た。

アイダホ州には、248の市外局番の地域が存在した。クック郡とほぼ一致する地域がこの番号で始まる。郡の大きさは六千七十九平方キロメートル。

プロはすぐにラップトップパソコンを出し、米国地質調査研究所からハッキングした、詳細な地図を調べてみた。この地域には、中規模の都市が三つ、小さな町が四つ、さらに五つ六つの集落がある。ジュリア・デヴォーはこの中のどこかに潜んでいるはずだ。ロックビルとエリスの周辺は、考えなくてもいいだろう。だとすると、残るのはデッドホース、ルパート、シンプソンの三つの町だ。

ははーん、これは、これは。

プロは目を細めた。ジュリア・デヴォー、隠れている場所はもう突き止めたよ。あとは、どういう人物に成りすましているかを探るだけ。

「サリー、どう思う?」アリスが心配そうに声をかけた。土曜の朝、アリスは色見本を広げているところだ。パステル系のピンク、水色、それに薄いグレーだ。

アリスにどうしてもと頼まれて、ジュリアはルパートまで一緒にやって来た。言われたときは気が進まなかったのだが、来てみると楽しくてしょうがなかった。

アリスの絶え間ないおしゃべりで、ルパートに来るまでの車中は笑い続けた。来るのは三度目になるが、今回は道中の風景に魅せられた。最初にひとりで来たときは、シンプソンとルパートのあいだの風景に圧迫感を覚え、怖くてびくついていた。あのときとは大違いで、大自然は堂々として壮大だという感じがした。

装飾品店に足を踏み入れると、店主のハーラン・シュワブが心からの歓迎を示してくれた。ただ、ジュリアがクーパーと一緒ではないことには、がっかりしたようだった。

そして挨拶もそこそこに、ハーランはジュリアに独身かどうかという質問をしてきた。ジュリアは一瞬何の反応もできなくなった。西部ではジュリアの知らない決まりでもあるらしい。何か物を買うには、結婚していなければいけないとでもいうのだろうか？　だが、すぐに気がついた。ハーランはジュリアに結婚相手を紹介しようとしているのだ。ここでは誰もがそうする。テレビは三局しか映らないし、ケーブルテレビもない。すると人々は、テレビを見るかわりに、仲人をして余暇を過ごすらしい。ハーランと本来の目的である買い物の相談をし、アリスの計画に話を持っていくまでに、十分ぐらいかかった。

「そうねえ……」ジュリアは三歩ほど下がって、全体の色合いを見た。顔に指を置いて、色見本というよりも、アリスの顔色を見た。アリスは興奮しきって、薄い水色の瞳も生き生きと輝いている。新しい食堂、いやカフェバーを自分で作り上げるという喜びでいっぱいなのだ。まるで十二歳の子供のように無邪気にはしゃぎ、これ以上ないぐらいうれしそうにしている。ジュリアは笑いをこらえて、考え込むふりをした。

しかし考えるまでもない。水色は、アリスの瞳の色とぴったり合っていたからだ。

「水色がいいと思う。それにクリーム色でアクセントをつけるの。ハーラン、どう思う？」

「いい組み合わせだね」ハーランは顔を輝かせて二人を見た。「それでは、これですっかりそろったね。品物は――」そう言いながら、品物をレジに通す。「――ペンキ、布地、葉っぱの模様のステンシル、コーヒーと紅茶用のカップのセット、と。準備完了だ」

クーパーが地元で買い物をするべきだと言っていたことを覚えていたジュリアは、できる限りグレンの店で買い物をするようにアリスを説得していた。ルパートまで来るのは、グレンの店では扱っていないものを仕入れるときだけにした。ハーランもそのことを薄々勘づいているらしい。

アリスが支払いを済ませるあいだに、ジュリアは買い物袋を手にし始めたが、ハーランが手を振ってジュリアを止めた。「だめだめ、ご婦人がたに荷物を運ばせたりはできないよ。車がどこにあるかだけ教えてくれれば、帰る時刻にはうちの息子に車のところまで運ばせるから」

「ハーラン、そこまでしてもらわなくても――」アリスが言いかけた。

「いや、当然だろ」ハーランはもう、がっしりした体つきの十代の男の子を呼び寄せて、ジュリアにほほえみかけた。「クープにこっぴどく叱られたくないからな。あいつのレディに手を貸さなかったなんて知れると、ただじゃ済まないさ」

クーパーのレディ？

私、看板でもぶらさげてるのかしら、とジュリアは思った。

「早めに帰るって言ってたんだけど、本屋さんに寄ってみちゃだめかしら？」車のほうに向かいながら、アリスが聞いてきた。「装飾の本をちょっと見てみたいの。何かヒントになることがあるかもしれないでしょ。それに、メアリー・ヒギンズ・クラークの新作がもう出てるか、知りたいの」

「ええ、もちろん」ジュリアにはこれといった予定はなかった。しなければならないのは、髪を染めることだけだ。ずっと先延ばしにしてきたが、今夜しなければ。ジュリアは茶色の髪でいることが、非常に不愉快だった。「本屋さんは、大好きなの」

「あなたみたいに親切な人がいるなんて、本当に信じられないわ」アリスが親しげに腕を組んできて、二人は仲良くルパートのこぎれいな町並みを歩いた。「これって、本当にわくわくする。楽しくてたまらないわ。それにルパートに来るのも大好きなの。残念よね、シンプソンにはこういうのがない——うわあ！」

「な、何？」アリスがショックを受けた声を上げたので、ジュリアはさっと振り向いた。心臓をどきどきさせながら、新たな危機は、どの方向からどういった形で襲いかかってくるのかと身構える。しかし、目を凝らして通りを見ても掃除の行き届いた歩道に、きれいにゼラニウムのプランターが並べてあるだけだった。「どうしたの？」

「あれ、見て！」アリスが息を詰めて、目を大きく見開いて指差した先には、ジャンプスーツに幅広の白のベルトという、バイク乗りスタイルの服が飾ってあるショーウィンドウがあった。ただ、ジャンプスーツは紫と紺、光沢のあるポリエステル素材に、きらきら光るスパンコールまでついて、それを着たマネキンがポーズを取っている。

「私、あんなの着たらどうかしら？　ああ、あれを着てる自分を想像すると、感動だわ。すごくセクシーよね。私があれを着たら、どうかしら？」アリスが鼻先をウィンドウに押しつけるので、ガラスが息で曇っていた。

パワーレンジャーそっくりになるわね、とジュリアは心で思った。「アリス」言葉には気をつけなければ。「お金は改装のために、大事に使ったほうがいいんじゃないかしら？」

「ああ」アリスははっと現実に戻ったようだ。大きくため息を吐いて、ウィンドウから顔を離した。くっついていた鼻が、ぽん、と音を立てたようにさえ聞こえた。「そうね、そのとおりよね」しぶしぶ言うと、ジュリアのあとをついてきた。駄菓子屋から無理やり連れ出された子供のようだった。アリスは最後にもう一度あきらめきれないといった表情でウィンドウを見た。

「さあ、さあ。飾りつけに役立つ本を探しに行きましょうよ。『都会の暮らし』の最新号が、もう入ってるかもしれないわよ」ジュリアはアリスの腕をしっかりつかみ、おしゃべりでジャンプスーツのことを忘れさせようとした。書店に着く頃には、アリスもしっかり理性を取り戻したようで、店に入るとまっすぐ室内装飾の本が置いてある棚に向かっていった。

ジュリアは入り口で立ち止まり、すうっと本の匂《にお》いを吸い込んだ。この前来てから、まだ一週間も経っていないが、本来ジュリアは書店に入り浸る生活をしてきた。クッキー好きの人が、クッキーの缶に手を突っ込みたくなるのと同じ感覚だろう。アメリカの書店では、通常週に二回新刊が届けられるものだ。とすれば、先週の土曜日にはなかった、新しい本がどっさり届いているはず。しかも正直なところ、前回はクーパーの圧倒的な存在感にすっかり気もそぞろで、思う存分本を見て回ることができなかった。アリスは非常にいい子だが、アリスがいるからといって血流が煮えたぎるような感覚は起きない。クーパーがいると体の中から熱くなっていくのだ。

鼻歌を口ずさみながら、ジュリアは書店の棚をくまなく見ていった。

夢のような三十分をすごしたあと、ジュリアは両手いっぱいに本を抱えていた。このボブの店を隅々まで見たが、この大きさにしてはきちんとした品揃《しなぞろ》えだ。この店がボストンにあったとしても、ジュリアのお気に入りの本屋さんのひとつになるだろう。お気に入りの本屋さんができたとなれば、ルパートまで車を運転してくるのもまったく怖くないし、そうするとシンプソンでの暮らしが、いったいどれぐらいの長さになるかはわからないが、そんな毎日も、辛抱できそうな気がしてきた。

それにシンプソンも、思ったほど悪いところではなさそうだ。あまりに落ち込んで否定的なことばかり考えていたから、これほどひどい場所はないと思ってしまった。アリスはよい友人になってくれたし、食堂改装計画のおかげで当面忙しく、しかも楽しくしていられそうだ。それにもちろん、クーパーがいる。クーパーがいれば、夜も寒さを忘れていられるし、アイダホ州全部の木の数よりもたくさん、歓びを感じることができる。そして彼は金曜日には帰ってくるのだ。

アリスがどこかと店内を見回すと、雑誌コーナーで若いブロンドの女性と話をしていた。ジュリアが自分のほうを見たのに気づいて、笑顔で手招きしてきたので、ジュリアはそちらのほうへ歩いていった。

「ね、サリー」アリスが腕に抱えていた雑誌を置いて、その女性を紹介した。「こちらは、メアリー・ファーガスン。メアリーもこのあたりに引っ越してきたばかりで、今はデッドホースに住んでるのよ。メアリー、こちらはサリー・アンダーソン。シンプソンの小学校の先生、赴任してきたばかり。シンプソンの町は、ここから三十キロほど離れたところにあるの」

「ハイ、メアリー。よろしくね」そう言いながらジュリアはメアリーと握手をした。メアリー・ファーガスンは、アリスと同じぐらいの年齢、あるいは、ひとつふたつ年上かもしれない。アリスと同じようなブロンド、健康そうな顔つきをしていた。

「ハイ、サリー」メアリーが笑顔を向けてくる。「同じようにここに新しく来た人がいるなんて、うれしいわ。この辺に越してくる人って、多くないみたいだから。あなたシンプソンに住んでるのよね、どんなとこ？」

ジュリアは慎重に言葉を選んだ。「静かなとこ」

「まあ」メアリーはがっかりしたようだ。「それはよくないわねえ。訴訟も離婚もないわけね？」

「え、その……」ジュリアは笑いそうになるのをこらえた。「最近はないみたい。訴訟や離婚を楽しみにしてるってわけ？」

「もちろんよ」メアリーはにやっと笑うと、名刺をジュリアに手渡した。「法律のご相談なら、私にお任せよ」アリスも同じ名刺を握らされている。

ちょっとした興味から、ジュリアは名刺をじっくり見た。安物の厚紙に、弁護士、メアリー・ファーガスンと印刷されてあった。「住所が書いてないわね。電話番号だけ」

「それ、デッドホースの伝言サービスの番号なの。クライアントができたら、すぐに事務所を構える予定なんだけど、今のところはアパートに仮住まいなの。この夏に司法試験に受かったばかりで、父の法律事務所で働くのがいやだったから、飛び出してきたのよ。父の事務所はボイーズでもかなりの大きさで、当然私もそこで働くものだって、父は決めつけてたわけ。でも父のところで働き始めたら、自分の本当の実力なんてわからないでしょ。それで自分だけの力で、弁護士としてやっていこうとしたの。ところが私の学年は、これまでにないぐらい法科を卒業した学生が多くて、ボイーズの近くでは就職口もなかった。それで統計学的アプローチを取ることにしたのよ。つまりね、州の中で人口当たりの弁護士の数が少ないところを調べて、そこでやってみればいいって。で、このあたりの弁護士の数がいちばん少なかったの。ただしね」メアリーが悲しそうに言い足した。「数が少なくて済む理由も、わかりかけてきたわ」

「そ、それは、その――」何と言葉をかければいいのだろう。「斬新《ざんしん》なアプローチだったわね」

「父からも同じことを言われたわ」メアリーが腹立たしげに答えた。「ただし、父は斬新、って言うかわりに、愚かなって言ったんだけど」

「私も新しく商売を始めるのよ」アリスが会話に入ってきた。「でも、まだ名刺はないの」アリスがジュリアの視線をとらえて、にっと笑う。「これから作るわ」

「そうなの？」メアリーが親しげにアリスのほうを向いた。「どんな商売なの？」

「カフェバー」アリスは得意満面だ。「すぐにね。開店の案内をするから。そうね、次のルパート婦人会の寄り合いのときにでも」

「ルパートに婦人会があるの？」メアリーが顔を輝かせ、巨大なスケジュール帳をバッグの中から取り出した。手帳についていたペンを取って、熱心に書き始めた。「ルパート婦人会、と」そう言いながら書き終え、顔を上げた。「よかったわ。私もすぐに会に参加する。ひょっとしたら結婚に不満を抱えて、離婚訴訟を起こそうと思ってる奥さんがいるかもしれないものね。あるいは交通事故に遭って、相手を告訴しようっていう人とか。次の会合はいつ開かれるの？」

「えっと」アリスは思い出そうと上を向いた。「たぶん、十日以内にはあるはずよ」

「わかったわ。私、うまく溶け込めると思うの」メアリーは大げさにスケジュール帳のページを繰った。そのほとんどが空白なのが見え、ジュリアは少しおかしくなった。

メアリーがペンを止めると、またたずねた。「誰に連絡すればいいのかしら？」

「カレン・リンドバーガーよ。その名前でルパートの電話帳に出てるから」

メアリーは言われた名前を丁寧に書き取り、またアリスを見上げた。「ところで、あなたのカフェバーは、何ていう名前？」

「カーリーの――いいえ」アリスは口をふと閉ざし、助けを求めるようにジュリアを見つめた。「同じ名前のままなのは、いやだわ。何ていう名前にすればいいかしらね」「あら、それなら簡単よ。どういう名前にするかについては、悩むまでもないでしょう」そして、六〇年代フォークの名曲『アリスのレストラン』の出だしのところを口ずさみ、わかるでしょ、とアリスとメアリーを見た。

二人ともぽかんとした顔でジュリアを見つめるだけだ。

歌声が小さすぎたかなと思ったジュリアは、もう一度曲を口ずさんだが、二人の笑顔がだんだん強ばってきた。ジュリアを穴の開くほど見つめている二人は、何が何だかさっぱりわからずに困り果てたブロンドの子犬が、きょとんと並んでいるように見える。確かに二人はジュリアより若いし、一九七〇年にはこの曲を基にした映画まで公開されたのだが、二人とも昔の映画をジュリアのように見たりはしない。曲を知らなくてもしょうがない。ジュリアは急に、自分がすごく年寄りになった気がした。

「ふうっ。わかったわ。じゃあねえ……〝ランチにお出かけ〟とかはどう？」

「ランチにお出かけ」アリスの瞳に光が戻った。「まあ、すてきだわ」心臓が高鳴るのか、胸にぎゅっと手を当てている。「ねえ、サリー、あなたって天才ね。こんなこと、いったいどうやって思いつくの？」

「ちょっとしたコツよ」とジュリアは答えた。

銃というのは大きな意味を持つものではない。カメラこそが重要なのだ。

ジュリア・デヴォーを殺すのにダーティ・ハリーが持っているようなマグナム四四口径など必要ない。ちんぴらが喧嘩で使うような、簡単に手に入る安物の拳銃《けんじゅう》がひとつあればじゅうぶんだ。そう思ったプロは、その類の安物の拳銃を手に入れていた。完璧に合法的な手段で購入したのは、スミス&ウェッソンの六〇年式モデルで、ボイーズ空港に降り立ってから二時間以内に手に入った。銃身が二インチの短銃で、装塡《そうてん》できる銃弾は五発だけ。それでもじゅうぶんだ。二発あれば足りる。

銃の購入には、身元をたどられないようにした身分証明書を使った。銃弾は弾道検査にかけられるはずだし、銃の出所もわかってしまう。銃がどこで買われたかがわかれば、購入者の身元が調べられる。その身元は、三重に作り上げた架空の人物に行き着く。クレジットカードの信用照会記録、高学歴、さらに二つの州の商工会議所から、社会に貢献したとして表彰を数度受けていることにしておいた。この架空の人物像を作り上げるのは、ずいぶん楽しかった。

どこをたどっても行き止まりになり、警察は苛立ちを募らせるだろう。

弾道検査は、安月給に文句ばかり言っている研究所の職員がまず調べることになる。その頃にはプロはビーチにのぞむデッキで太陽を浴びながら冷たい飲み物で祝杯を挙げていることだろう。

そう、銃にはまったく重要性がない。大切なのはカメラだ。慎重に考慮の末、プロはハッセルブラッドの三十五ミリレンズに決めた。このカメラなら自動的に撮影日時がフィルムに刻印される。そこが重要なところだ。

サンタナは獣のような男だ。ジュリア・デヴォーの首、と言う以上、まさに彼女の首から上の部分すべてを欲しがっているのだ。刑務所から出てきたばかりのサンタナが、どこかのガレージのようなところでジュリア・デヴォーの頭を見て、恍惚《こうこつ》の表情を浮かべている様子が頭に浮かぶ。きっと剝製《はくせい》にでもするのだろう。

しかし、アメリカ大陸を人間の頭を持ったまま横断するようなことは、どう考えても無理だ。とすれば、サンタナに仕事がきちんと行なわれたことを、納得させる方法が必要だ。

プロはこのことも考慮済みだった。細かなところまで、綿密に計画してある。まず肩を撃って、体の自由を奪う。撮影時刻入りで写真を撮る。それからカメラを自動モードにし、ジュリア・デヴォーの頭に銃をぴたりとつけて引き金を引く。これが最後の写真となる。

頭を狙って撃つところを、頭に向けたカメラがとらえる。いい響きだ。プロはひとり悦に入った。

クーパーがカーリーの食堂に着いたのは、日曜の午後だった。もう、苛立ちは頂点に達しようとしていた。散々な一週間だった。

もちろんビジネスの面から言えば、多くのことを成し遂げることができたし、十五頭も仔馬《こうま》を購入して、どれも見込みがありそうだった。しかし、一分たりとも自分の自由にできる時間がなかった。調教の様子を見るために毎日、夜が明ける前に起きた。年次総会で日中は忙しく、そのあとの夕食は仕事がらみで、遅くまで話し込まなければならなかった。サリーに電話する時間を取れるとすれば、朝、会議の始まる前だったが、時差があるためサリーにとっては、夜中の三時になる。

年次総会が終わると、レキシントンを季節外れの嵐が襲って、飛行機が飛ばなくなった。日曜の朝になってやっと帰りの便に乗れたが、その間、不機嫌な顔で空港から空港へと渡り歩くはめになった。心の中にあったことはただひとつ——帰りたい。家に、サリーのもとへ。

サリーがそばにいないことが、ひどくこたえていた。夜は特に辛かった。毎夜、サリーのことを思いながら、かちかちに勃起《ぼっき》したものを抱えて過ごした。サリーがこのベッドに一緒にいてくれたらと体じゅうの細胞が声を上げた。

シンプソンの様子は、バーニーからのメールで逐一知らされていた。サリーがアリスを手伝ってカーリーの食堂を改装すること、サリー、アリス、チャック、マット、グレン、メイジーがそろって今週末改装作業にとりかかることなど。クーパーはメールでバーニーに指示を与えておいた。バーニーや、牧場で手の空いている者は全員、作業を手伝うように。使わなくなったかいば桶は、蒸気噴射式の掃除用ホースを使ってきれいに洗い、カーリー食堂に運ぶように。

しかし、それでもクーパーはずっとじりじりしていた。自分がその場にいて手伝えないことが悔しかった。サリーと一緒にいられないことが、腹立たしかった。

やっと牧場に帰りついたのは、もう午後五時だった。急いでシャワーを浴び、作業用の服に着替えると、シンプソンの制限速度をオーバーするスピードで車を飛ばした。違反してもどうということはない。捕まえる人間はいないのだ。チャックは食堂にいるのだから。

カーリーの食堂に足を踏み入れることができたのは、六時を過ぎてからのことだった。

そして、彼女がそこにいた。

引きつけられるように、クーパーの視線はサリーの姿を追った。隅に天井に届きそうなはしごがかけてあり、サリーがそこにいた。いちばん上の段で危なっかしくバランスを取りながら、天井近くの壁に届くようにうんと手を伸ばしている。ローラーを使って、何か複雑な作業をしている最中だった。それが何かはクーパーにはわからなかったが、できばえは見事なものだった。壁はまだらに淡い水色と白が塗ってあり、駒鳥《こまどり》の卵の中のようだ。天井に近い部分には、四方の壁すべてにぐるりと葉っぱの模様があり、それが明るい緑でアクセントをつけている。こういうことをするのだと口で説明されても理解できなかっただろうが、結果としては、とても感じのいい仕上がりだ。

ケンタッキーにいるあいだずっと、サリーのことは常にクーパーの頭から離れなかった。夢にも出てきた。セックスだけで夢中になっているのではない。何がそうさせるのかはわからないが、本物という気がする。その証拠に、彼女の姿を見た瞬間、心臓が急に速く打ち始めた。サリーも作業用の服装——色落ちしたジーンズと古いシャツだったが、それでもほっそりと優雅な体の線は、はっきりわかった。猛烈にサリーが欲しくなったが、それ以上のものも心の中に生まれていた。

馬の生産者であるクーパーは、女性のセックスの力が、男性に対してどれほど大きな影響力を持つかをよく知っている。どんな種類の動物でもそれは同じことで、馬であろうが人間であろうが、変わりはない。クーパーはその強烈な力を二年間忘れていた。しかし今感じるその力は、さかりのついた種馬が雌に激しく引きつけられるのと同じような強さだ。つまりは、これはセックスということだ。それでも、他に何かがまだある。もっと大きな何かを感じる。

彼女とセックスがしたい。しかしそれだけのことではない。彼女にそばにいてほしい。どんなときもずっと。今週、どんなふうに過ごしたのか、彼女に話したい。自分の家も、彼女のセンスできれいに作り直してほしい。いや、この人生そのものを、彼女に作り変えてもらいたいのだ。

食堂の雰囲気は、もうすでにどこか違っている。アリスの食堂をすっかり生まれ変わらせたように。奇跡だ。埃だらけの古い食堂。クーパーが思い出す限りずっと、いつも変わらず存在してきた食堂がなくなっている。

なくなってよかった。カーリーとアリスのせいで、何度ひどい胸焼けになったことか数え切れない。もしメイジー・ケロッグが調理をすべてやってくれるなら、何もかもおいしいはずだし、食あたりで死ぬ危険もないだろう。

アリスはハチドリのように、あっちこっちを飛び回り、真剣そうに、しかしうれしそうに何やかやと世話を焼いている。チャックも角材に釘《くぎ》を打ちつけるのに忙しそうで、マットはその角材をしっかりと支えている。ローレンとベスもやって来て、皿を拭いている。バーニーや牧場の者たちも来て、作業をきちんと手伝っていることがわかり、クーパーは満足した。ラファエルとフレッドはそのあたりをはしゃぎ回って、作業の邪魔をしている。

グレンとメイジーがいた。メイジーは掃除用の服を着て、髪には赤いバンダナを巻いている。全員が別人になったように、生気に満ちていた。アリス、チャック、マット、グレン、メイジー。バーニーとラファエルさえ、二週間前よりも幸せそうだ。

みんなサリーのおかげだ。

はしごに登っているサリーを見上げたクーパーは、魂の奥がざわつくのを感じた。サリーによって、自分も別人になれるのがわかっているからだ。前よりもすばらしい、幸せな男に変わることができる。こんな食堂をすばらしい幸せな場所に変えてしまったサリーが、自分にも同じことをしてくれるのだ。

クーパーはその場に立ちつくして、心の平静を取り戻そうとした。経験したことのないさまざまな感情に、押し流されてしまいそうだ。清らかで、力強く、まったく新しい気持ち。生まれ変わった、新しい男になったのだ。

サリーが、俺の割れた窓ガラスを直してくれたんだ。

14

ジュリアはペンキ塗りを続けた。いくら疲れても、クーパーのことを考えるだけでエネルギーがわいてきた。壁をクーパーだと思って、そこにペンキを叩《たた》きつければいい。

あまりにもクーパーが恋しくて、こんなことでは自分はどうなるのだろうと思った。夜はとりわけ寂しさが募った。セックスがないことが寂しいと感じるのは驚きだった。自分ではそういう方面にはあまり興味のない人間だとずっと思ってきた。なのにクーパーと過ごした何度かの夜のせいで、人間とはすばらしいセックスにすぐに慣れおぼれていくものだということがわかった。

実際は、すばらしいセックスというのですらない。クーパーは前戯にあまり時間をかけるのでもなく、すぐに本気モードに突入する。それでもいい。ジュリアの体は、そんなことなど問題にはしない。彼が体の中で動き出すと同時に、ジュリアの体は舞い上がり始める。愛欲の世界に昇っていくような感じで、たどり着いた場所では何度も繰り返して絶頂感に満たされる。サンタナのこと、どんな危険が迫っているかということ、シンプソンという町、あらゆる悩みが頭から消え去り、クライマックスとなって爆発する。

クーパーと一緒にいれば、考えることはひとつ。彼が与えてくれる野性的で心臓が破裂しそうなほどの歓びだけ。

彼がいないこの数日は、夜が本当に恐ろしかった。夜が近づくと、ジュリアは小さな家でひとりがたがたと体を震わせ、何も手につかず時間が過ぎていくのを待つしかなかった。やがて寝る時間が来るが、ベッドに入るのをためらった。寝ている時間がいちばん怖い。本物の恐怖はこれからやってくる。

毎夜かかさず、悪夢にうなされた。夜中の三時ごろ、はっと目が覚める。心臓がどきどきして、どこにいるかもわからず、口がからからになって、恐怖が体にまとわりついていた。毎晩そんなだと、眠りに落ちることが怖くなる。何か恐ろしい化け物にさらわれていくような感覚、黒い影が向こうに待っている……。

そんなとき、無性にクーパーが恋しくなった。そしてそう思ってしまうことは、悪夢と同じぐらい怖かった。誰かをそれほど強く求めるというのは危険だ。

金曜日には戻る、クーパーはそう言った。ふん、何よ！　そう思いながら、ジュリアはペンキのローラーを壁にぴしゃっと叩きつけた。ふと見るとペンキをあちこちに飛ばしているのがわかって、また力を緩める。

金曜の午後早い時間に、ジュリアはアリスやメイジーと具体的な作業の計画を相談し始めたのだが、そのときにはすでにクーパーの帰りを今か今かと待ち焦がれていた。食堂のドアが開くたびに、期待に胸をふくらませて顔を上げるのだが、そのつど失望が深まっていった。バーニー、チャック、グレン、ローレン、マット、やがてはフレッドまでが食堂にやって来た。誰かの足音が近づくたびに、ジュリアはどきっとした。心臓が喉元《のどもと》まで上がってきた気になり、そのあとすぐにどすんと足元に落ちていくのがわかった。

土曜日は一日じゅう、全員で作業に取り掛かった。期待でジュリアの体は緊張しっぱなしで、頭の中ではクーパーが来ない理由をあれこれ考えていた。

飛行機が遅れている、牧場の仕事が忙しくて離れられない、エイリアンに誘拐された。

何度となくバーニーのほうを見て、質問してみようかと思った。言葉が喉元まで出かかっていた。クーパーはどこにいるの？　しかしそんなことをたずねるのは恥ずかしいし、そもそも答を聞きたくないような気がした。たとえば、クープなら牧場にいる、でも忙しいから町まで来られないんだ、みたいな答が返ってきたらどうすればいいのだろう。

それにしても、クーパーの何がこんなに気にかかるのだろう？　どうして彼のことばかり考えてしまう？　彼はすごいハンサムというのではないし、圧倒的な魅力を振りまくというのでもなく、クーパーは——。

「クーパー？」小さくジュリアはつぶやいた。壁のいちばん隅にある羽目板にステンシル模様を写し取るという最後の作業をしているところだった。はしごの下にクーパーがいた。彼のことを思う強い気持ちが、クーパーの姿を魔法で呼び出したようだった。

いつもどおり、クーパーは厳しい表情をしていた。陽に焼けた肌、盛り上がった頬《ほお》骨《ぼね》、漆黒の髪。インカの神様みたい。ジュリアはしばらく、その鷹揚《おうよう》とした姿を目に焼き付けた。

ペンキがぽたぽた垂れてきて、午後いっぱいがんばって仕上げた壁を台無しにしていく。淡い水色のペンキが落ちるのを止めようとして、ジュリアはバランスを崩し、はしごが傾いた。ジュリアは自分の体が落ちていくのを感じていた。

「クーパー！」

「ここにいる」クーパーは声を張り上げることもなく、低く落ち着いた声で言うと、手を伸ばしてジュリアの体を受け止めた。ジュリアの胴はやさしく強くクーパーの腕の中に納まった。とっさにジュリアがクーパーのたくましい胸にすがったので、手からローラーが床に落ちた。棚からコーヒーの缶を取り出すような何気ない動作で、クーパーはジュリアをはしごから下ろし、ジュリアはずずっとクーパーの体を滑って床に足を下ろした。

クーパーの力強さが、自分の体にしみこんでいくのがジュリアにはわかった。世界が、宇宙が突然動きを止め、ジュリアとクーパーの二人だけがこの場に残されたような気がした。顔を上げるとクーパーがいた。ジュリアの視界には、クーパーしかなかった。クーパーがウエストを抱えてくれていたので腕を重ねてクーパーの肩に手を預けていたのだが、床に足がつくとその手を離さなければならず、それが残念だった。ジュリアは石のように硬いクーパーの上腕をつかんで、体を支えた。

何もかもが、欠けていた心のかけらが元に戻った。ジュリアの世界が急にぴたりと正しい状態に落ち着いた。クーパーの心は計り知れないし、その表情からは何も読み取れず、ひと言も話そうとしない。ジュリアは八日間も彼が目の前に現れてくれるのを待ち焦がれていた。そしてこの瞬間、ジュリアは痛みにも似た感覚ではっと気づいたことがあった。クーパーを愛している。

「戻ったのね」ばかばかしい言葉をつぶやいていた。

「ああ」

その表情からクーパーの心を読み取ろうとしたが、できなかった。ただわかるのは、クーパーも何か強い感情にとらわれているということ。ただそれがどういう感情なのかは、わからない。クーパーの瞳《ひとみ》がきらきら光り、緊張に顔が強ばり、頬骨が浮き出ていた。

「いつ戻ったの？」

「一時間ほど前」

「私、私――金曜日に帰ってくるって、言ってたと思って」クーパーの腕を握る手を放さなければ。体を後ろに引かなければ。そう思っても、どうしてもジュリアの体は言うことを聞かなかった。

「商談があった。飛行機が遅れた。戻ってくるのは大変だった」

「ああ、あの……帰ってきてくれて、うれしいわ」

クーパーの頬の筋肉が動く。「俺も帰ってこられてうれしい」

「ここの改装をしてるのよ。知ってた？」

「聞いた。メールで。バーニーから」

やっとジュリアの顔にも笑みが戻った。クーパーができるだけ言葉数を少なく会話することを思い出した。「あなた、代名詞はみんなケンタッキーに忘れてきちゃったのね」

「そうらしい」クーパーの口元がわずかに緩む。不思議ね、とジュリアは思った。彼の口が、こんなにきれいだということに初めて気づいたのだ。ウエストに置かれたクーパーの手に力が入る。そしてクーパーはじっと長いあいだジュリアの唇を見つめた。その視線はジュリアの顔をあちこち動き、最後にクーパーはジュリアを見ていた。そのあとクーパーがゆっくり顔を下に向ける。

彼の熱を体のあちこちが感じている。腕を支えてくれる手、腿《もも》に触れる長い脚。ジュリアはゆっくり瞳を閉じ、そっとつま先立った。

「ウォフ!」フレッドがクーパーに体当たりしてきたので、ジュリアは横に飛ばされた。クーパーがすばやく反応したので、あやうく転ばずに済んだ。フレッドはうれしそうに体をすり寄せ、低く吠《ほ》えながら二人を舐《な》めようとする。

その場にいる全員が、二人をじっと見ていた。クーパーがぎろっとにらみつけると、チャックはこぶしを口に当ててごほんと咳払《せきばら》いし、よそを向いた。それを合図に他の者たちもさっと散らばっていった。いい見世物を楽しんでいたという雰囲気だ。

「おい、クープ、彼女にあんたの焼印でもつけとけばいいんじゃないか」バーニーがにやにやしながらクーパーに声をかけた。「そうすりゃ、間違うこともないし」クーパーがうなるような声を上げたので、バーニーは降参と手を上げる。「いや、ちょっと思っただけさ、冗談だよ、ボス」

「こちらにいらっしゃいな」メイジーがやさしくジュリアに言った。ジュリアはまだぼんやりとして足がぐらついていた。「今のあなたには、おいしいコーヒーと私の特製ダブル・チョコレート・ブラウニーが必要ね」メイジーはふらつくジュリアを厨《ちゅう》房《ぼう》に案内していった。頭に血を戻すには糖分を急いで摂取しなければいけないことがわかっていたので、ジュリアは素直に従った。

シドニー・デヴィッドソンは古くて傷だらけの浴槽の湯の温度を指で確認した。まだ冷たい。まったくもう、恨みのひとつも言いたくなるなと思いながら、体を震わせた。アイダホってとこは、何て寒いんだ！　バージニア州の自宅が恋しい。家にはジャクージを取り付けたばかりだった。

いや、死んでしまったらジャクージなんて持っていても、何にもならないからな、とデヴィッドソンは自分に言い聞かせた。

これが初めてのことではないが、シドニー・デヴィッドソンは後悔していた。お金に誘惑されてしまったこと、生化学の知識を間違った方向に使ってしまったこと。そして、こんなにも取り返しのつかないところまで人生を踏み外したことが何よりも残念だった。

いまだにあれほど簡単に転落していったのが信じられない。坂道を転がるような感じだった。最初はどうということもない頼みごとを聞いてやっただけだった。たとえば、ちょっとしたばか騒ぎをやりたいから、パーティ・ドラッグを作ってくれないかというようなもの。そのお礼にコロラド州ベイルにある高級スキー・リゾート地のマンションを年に二週間ほどただで利用できるようにしてやるよ。するともう少し大きな頼みが来た。それが頻繁になった。そしてレクサスの新車をお礼にもらうようになった。やがて本来の業務より……通常以外の仕事に時間を費やすことが多くなり、もう自分ではどうにもならない渦の中に巻き込まれてしまった。気がつくとここで命の危険を感じながら暮らすことになっていた。

それでも、古い浴槽に入るほうが、真新しい棺《ひつぎ》に入るよりはましだ。これは神様がくださった、二度目のチャンスなのだ。今度は間違いを犯さない。このごたごたが片付いて、証言を済ませたら……正しい仕事に自分の生涯を捧げよう。

正しい仕事というのが、具体的にどういうものかはまだはっきりとわからない。デヴィッドソンは人生の新しいページをどうやって開こうかと考えていた。頭の中に浮かんできたのは赤十字だけだった。赤十字で働く人は、世界中の人々に救いの手を差し伸べようと献身的に仕事をしている。洪水や地震や飢餓《きが》やゲリラとの闘いに明け暮れるのは、非常にストレスも多いことだろう。そういう人たちのストレスを和らげることもできるはずだ。

そうだなあ、とデヴィッドソンは考え込んだ。彼らの気分が軽くなるように、ちょっとしたドラッグを調合してあげよう。坑うつ剤のデシプラミンを数ミリグラム入れるとストレスは軽減されるから、そこにわずかにセロトニン取り込み抑制剤を加えておく。そうすれば悩み事などすっかり忘れられる。それがいい。

デヴィッドソンはお湯のほうの蛇口を、さらに大きく開いた。

化学者として、より善良な暮らし方のあれこれをデヴィッドソンが幸せに考えているあいだに、ほんのわずかに電流系が動いた。電子顕微鏡で見なければわからないほどの微妙な動きだったが、この結果、絶縁体として機能すべき半導体が、導体に変わってしまった。慎重にほぐされて、顕微鏡でも発見できないほどの細いむき出しの電線が、ボイラーに接続される。

シドニー・デヴィッドソンは、やっと体をつけるほどの温かさになった湯船に体を沈めた。そのとき激しい電流がデヴィッドソンの心臓を直撃し、体じゅうの血液を沸《ふっ》騰《とう》させた。そして薬学に関しては今世紀最高と言われた頭脳を黒焦げにしてしまった。

「ふふーん」一時間後のことだった。ベスが豊かな腰周りに握ったこぶしを乗せて宣言した。「たいしたものが、できたわねえ」満足そうにぐるりと見渡す。この四十八時間で、カーリーの食堂は、驚くべき変化を遂げていた。今やこの場所は、〝ランチにお出かけ〟という店として公認された。

ジュリアも周囲の変貌《へんぼう》ぶりを見た。ただ、ジュリアの頭の大部分はクーパーで占められている。どちらも向いても、クーパーの姿が目に入る。ブラシを手渡してくれる、ペンキを混ぜてくれている。必ずそこにクーパーがいて、彼を求める気持ちで頭がはじけそうになる。クーパーは上手にジュリアに触れてきた。手を取ったり、うなじにさわったり、背中に手を添えたりしてきて、ふと気づくとジュリアの体は快感に反応していた。そして、クーパーのいる場所に磁石のように引き寄せられていった。うなじがざわっとする感覚で、クーパーがそばに来るのがわかった。

「ふむ」ジュリアはうっとりした表情で、ベスに返事した。クーパーがすぐ後ろに立っていて、その体温が伝わってくる。ジュリアは何でもないという態度でいようと、懸命に足を踏ん張っていた。ふとそのまま、後ろのクーパーにもたれかかってしまいそうになるのだ。

ベスが軽く肘《ひじ》でジュリアのお腹《なか》をつついた。「ね、あなたはどう思うの、サリー？」

「誰？」ジュリアの脳はうまく働かない状態になっていた。「何て？」

「食堂よ、いえ、もうカフェバーって呼んだほうがいいわね」ベスがなおもやさしく問いかけてくる。「あなたは、どう思う？」

「私は――」ジュリアはあたりの様子を見て、しっかりしなさい、と自分に言い聞かせた。作業はほとんど終わっていた。壁は塗り変えられ、カウンターは磨き上げられ、観葉植物もいたるところに置かれている。これから新しいことが始まりそうな匂いがする。カーペットにむらがあるとか、テーブルが少し反っているというような、少々のことには目をつぶってもいいだろう。アリスは、よく茂った観葉植物をたくさん置きすぎたので、お客さんが来るときには、斧《おの》でもご持参くださいと言っておいたほうがいいかもしれない。

それでも、全体を考えれば、何ともいえない魅力のある店になった。

「すばらしいわ」ジュリアが答えた。

「いいんじゃないか」クーパーの声が背後に響き、振動がジュリアの体の内部で共鳴し、体全体に広がっていった。ジュリアは、深呼吸して興奮を鎮めた。

「うちのお店も、なんとかできないかしらね?」ベスがジュリアに問いかけた。

「あなたの……お店?」ジュリアの五感すべてが、敏感になっていた。クーパーがさらに近寄ってきている。クーパーの大きな手がジュリアの肩に置かれると、一気に脈拍が上がった。

「ええ、たとえば――現代風にアレンジするみたいなこと」ベスが店全体にその手を向ける。「ここが、こんなにきれいになるんだもの」

ベスの瞳には、以前のアリスと同じ絶望と懇願があった。クーパーの存在に気もそぞろであっても、それははっきりとわかる。興味を持ったジュリアは考え込んだ。

「そうねえ……」

「してくれるの？」ベスの言葉に力が入る。「どうすればいい？」

「私が思うのはね、現代風っていうのは合わないかもってことかしら。昔ながらの雑貨店みたいな感じにしてみたらどうかな、ほら、映画とかで見る、こぎれいなお店。あなたのところには、横に長いカウンターがあるでしょ、あれの色を塗り変えて、ウィンドウには木製の枠をつけたガラスを入れるの。中の品物がよく見えるように。それから商品を樽《たる》とか、昔風のガラス容器に入れて、それから――」

「おい、みんな！」チャックがぱんぱん、と手を叩いた。「もう作業は終わりにしてくれ。じゅうぶんやってくれたから、そろそろメイジーの腕前を、みんなで楽しむ時間にしよう」

壁際に架台のついたテーブルが用意してあり、全員が先を争ってテーブルに向かった。ジュリアも押されているうちにテーブルのところまで来ていた。グレンがさっとジュリアの手に皿を渡した。骨付きの鶏のもも肉が載っていた。

「ああ、おいしい」ジュリアは思わず目を閉じて至福の味を楽しんだ。

「うまいだろ？」グレンが誇らしげに言った。

「とびきり」心からそう言うと、ジュリアはもうひと口、カレー風味の鶏肉をほおばった。「これがメイジーの料理の腕の見本だとしたら、カフェバーはきっと大成功ね」

「もう、大成功だよ、私にとっては。この計画で、メイジーはベッドから出ることができて、いろんなことに興味を持つようになってきた。万一カフェバーにお客が来なかったとしても、私が毎日四十人分の料理は買い上げるよ。そうすれば、店はやっていけるだろう？　メイジーが笑顔でいてくれる、それぐらいの価値はある」

「そうね」メイジーは幸せそうにほほえみ、ビュッフェの食べ物をとりわけていた。

「君には、私からお礼を言わないとな」グレンが静かに言った。

「あら、そんなこと」ジュリアは驚いた。「私は料理なんてしてないんだもの。全部メイジーが――」

「料理のことじゃない」グレンは、わからないかい、というように手を目の前で振った。「私のお礼は、アリスに店を改装するアイデアを出し、さらにはメイジーに電話をかけさせてくれたことに対してだ。みんな君のおかげだ。チャックも私も言葉にはできないぐらい感謝してる。君がもし何か困ったことがあったら、本当に何でもいい、どんなことでも私たちに言ってくれ」

「まあ、とんでもないわ」ジュリアは自分が真っ赤になるのを感じていた。「私はたいしたことをしたわけでもない……」言葉は消えていった。

クーパーが外に向かっていった。大きな体が入り口をふさいでいる。彼の部下である牧場の男性、背がひょろっと高くて、たしかサンディという名前だったが、その部下に呼ばれたのだ。看板を吊《つ》るそうとしたらうまくいかないということで、クーパーの助けが必要らしい。クーパーは出て行ったと思ったら、すぐに戻ってきた。いつもよりいっそう大きく見える。革の作業手袋を脱ぎながら、黒い瞳で部屋の中を探し、ジュリアを見つけるとぴたりと視線が止まる。二人の眼が合った。ジュリアの体の中からぴりぴりするような興奮がわいてきて、期待に全身が緊張する。

クーパーは食堂の中をまっすぐ、ジュリアに向かってきた。ジュリアの手から、持っていたグラスが落ちそうになり、グレンが受け止めてくれた。グレンは何でもないような表情を装って、グラスをテーブルに置いた。「私は――その、他の人と話があったんだ。えっと、何の話だったかな。ともかく、またな」

「何?」訳もわからず、ジュリアはグレンのほうを見た。「ああ、ええ、もちろん。どうぞ」

彼って、すごくかっこいい。クーパーがゆっくりと自分のほうに向かってくるあいだ、ジュリアが考えていたのはそれだけだった。彼の広い肩で、周囲の様子がすっかり隠れてしまう。湿気、夜露、それとも雨だろうか、漆黒のクーパーの髪が濡《ぬ》れている。ジュリアは彼の浅黒い肌に指をはわせたくてたまらなかった。クーパーの表情は相変わらず厳しい。あの顔に触れたい。眉《まゆ》のあいだに縦に入ったしわを、この指で消してあげたい。そのまま指を滑らせて、固く閉ざしたきれいな唇に触れたい。

クーパーがあまりに近いところまで来たので、ジュリアはうんと顔を上げた。クーパーが見下ろしてくる。今までにないほど荒々しい表情で、さらに尖《とが》った感じに見える。

「俺についてこい」クーパーが言った。「今すぐだ」

「はい、クーパー」ジュリアはそっと答えた。持っていたカレー風味の鶏肉をテーブルクロスに置いた。皿に載せたつもりが、三十センチ近くも離れた場所だった。

クーパーはジュリアの手を取ると、ドアのほうへ、そして黒いトラックへと引っ張っていった。

「どこに行くの？」

クーパーはジュリアの体を投げ上げるように車に乗せ、自分も乗り込むとタイヤをきしらせて発進した。「君の家だ」緊張した口調でクーパーが答えた。「今日こそ、ちゃんとやろう。一晩じゅうセックスするんだ」

15

「またひとり消えました」アーロン・バークレイは投げつけるように受話器を置くと、上司のほうを向いた。

「また、何がどうした？」デイビスは石のように硬くなった冷えたテイクアウトのピザにがぶりとかぶりついた。土曜日には事務所のカフェテリアは閉まっているし、それよりももう夜もすっかり遅い時間になっていた。人員削減はとどまるところを知らず、デイビスとバークレイは超過勤務に明け暮れざるを得なかった。

「証人です、アイダホで」

「まったく」デイビスは口の中にあったピザを飲み込んだ。サラミが食道をずるっと降りていく感じがして、脂っこい臭いが残った。思わず手のひらで胃のあたりをさする。「これで二人だろ」

「しかも二日間でです」

「死んだのは誰だ？」

「わかりませんが、調べてみましょう」バークレイはコンピュータからファイルを呼び出し、データをいくつかささっと打ち込んだ。「ああ、これです。死んだ男は、シドニー・デヴィッドソン、元サンシャイン製薬の社員です。グラント・パターソンという偽名を与えて、エリスにかくまいました。エリスというのはアイダホ州にある町です」

「射殺されたのか?」

「事故です」

デイビスは、はん、と鼻で笑った。

「いや、その……」バークレイが顔をしかめた。「そこなんですよ、問題は。うちのボイーズの捜査官も現場に行ったんです――」バークレイがまた画面を確認する。「エリスという町まで。地元警察は事故だって言ったんですが、うちのほうはそんなことはそのまま信用できないといきり立ったんです。二日間で二人も証人をなくすってのは、冗談で済む話じゃないですから。でも本当に事故だったみたいで。家の配線がうまくできてなかったんです。電線がショートして、電流が直接浴槽に接続されたんですよ。即死でした。地元警察だけじゃなくてFBIまで出てきて何度も調べましたが、不審な点は発見されませんでした。うちの捜査官も同様です」

「では、うちの連中にもう一度調べさせろ。今度は、いっさい見落とすなと伝えてな。

証人を二人も、こんなふうに失うなんて、あり得ん」デイビスは怒りを自分のネクタイに向けた。油のしみができているので、そこを紙ナプキンでこすってみる。「これじゃ、連邦マーシャルサービスは穴だらけだって、宣伝してるみたいなもんだ。待てよ……」デイビスははっと顔を上げた。「エリスはジュリア・デヴォーを隠したところから、どれぐらい離れてるんだ？」デヴォーの重要性は、他の証人たちとは比べ物にならないほど大きい。証人保護プログラムとしては、どうしても守らねばならない人物だ。

「遠くはないです」

「地域番号は同じか？」

「ええ」バークレイは、あきらめたような声を出した。二人とも、証人を地域番号でまとめてファイルするというやり方には、必死で抵抗したのだった。「まさに同じ番号です」

デイビスのうなじを何か冷たいものが走った。「彼女をその地域から引き上げろ。今すぐ他のところに移すんだ」デイビスはことさらに静かな声で言った。

「でも……ボス」バークレイはそわそわと身じろぎして、新しく定められた手順の規定マニュアルを指差した。緑と灰色の表紙をバークレイがとんとん叩《たた》く。「規定第五条、『不必要な経費』のところに書いてあります。証人を新しい土地に移すには、五万ドルかかります。どうしても別の場所に移さなければならないという理由を、はっきり説明しなければなりません。もしうちの捜査官が事故だと断定したなら、デヴォーの身に差し迫った危険があるとは言えないし、そんなことを無視して移動させたとなると、大問題ですよ」

「構うか！」デイビスは規定マニュアルにどしんとこぶしを下ろした。もどかしさは沸騰《ふっとう》寸前のところまで来ていた。「どうやったのかは知らん、だが誰かがファイルを手に入れたんだ！ 何週間か前に、ファイルをCD－ROMに書き換えたことがあっただろう？ たぶんあのときだ。覚えてるだろ、ちょっとしたバグがあった。きっとそうだ、システムがハッキングされたんだ。ファイルを盗んだやつが、そこにあった全員を消していってるに違いない。デヴォーを一刻も早く移動させないと」

「おっしゃることはわかりますが、あえて言わせてもらいますよ。あいつが知ったら――」とバークレイは天井のほうを向いて、うんざりした表情を見せた。二人とも、『あいつ』というのは三十一階にオフィスを構える新しい長官を指すことがわかっていた。バークレイはこぶしを作って手を上げたが、デイビスは部下の手の汚さに気を取られてしまった。「ひとつ」バークレイが人差し指を突き出す。爪《つめ》は噛《か》み切られ、肉が見えて痛そうだ。「信用することなど到底できないとしても、警察もFBIもうちの捜査官も、そろって事故死だと結論を出しています」

「まさか、そんなことを信じるのか？」

「待ってください。二つ目」もう一本指を立てる。「ジュリア・デヴォーの首には二百万ドルという賞金がかけられています。これほどの大金になるというニュースは、全国津々浦々、あっという間に広まります。殺し屋に憧《あこが》れる人間が全国に何人いると思います？　あちこちですごい賞金を狙《ねら》って殺し屋が誕生してるはずですよ。うちのファイアウォールを破ったぐらいですから、ハッカーはひどく頭のいいやつでしょう。そんな人間がデヴォーの居場所を知ったのに、同じファイルに載った人間を順番にひとりずつ殺していくようなことをすると思いますか？　しかもアルファベット順に。アプトとデヴィッドソンを殺して得られる金額は、せいぜい十万ドルがやっとのところでしょう。ジュリア・デヴォーを最後に取っておいて、二百万ドルをそれから稼ごうとしますか？　つじつまが合わないでしょう？」

そういうふうに説明されると、確かにつじつまが合わない。

「それに何より」バークレイはさらに説得を試みた。「ファイルはすべて二四〇ビットの暗号でコード化されてます。これを破れる人間は、いませんよ」

デイビスはきっと唇を結んで、必死に頭を回転させた。普段ならアーロン・バークレイの勘は信用するのだ。

しかし最近のバークレイは、普段とは違う。目の下に大きなくまを作り、重そうにぶらさげている。デイビスはバークレイの指先を見た。神経質にとんとんと規定マニユアルを叩いている。

バークレイの手は震え、風呂に入っていない、汚れたままの服を着ているという臭いがぷんと漂っている。とても勘の働く状態とは言えない。「ボス次第ですよ」バークレイが言った。

「ああ、そうだな」デイビスはため息を吐《つ》いた。穏やかな感謝祭休日ともおさらばだ。局内で非難の集中砲火を浴びるのも覚悟の上だ。しかし、デイビスは受話器を取った。

「俺は自分の勘を信じる。彼女を移動させる」

彼女は震えている。サリーの家の前で車を停めると、助手席に座るサリーの震えが空気を振動させてクーパーのところまで伝わってきた。くそ、また俺はけだものみたいな行動を取ってしまった。

一週間電話もせずに、サリーを放っておいた。そして帰ってくるなり、彼女の手をつかんでベッドに引きずり込もうとしている。

今度こそ、慎重にいかなければ。こんなことよりはるかに些細《ささい》なできごとを理由に、魅力的な女性はクーパーの男たちを捨てていくという歴史があるのだから。サリーがまだ一緒にいてくれるだけで、奇跡だ。信じられない。彼女に捨てられないようにしよう。どれほど今すぐ彼女の体に自分のものを埋めたくても、まっとうな行動を取るようにしよう。

クーパーは暗い車の中で体を倒してサリーにキスした。彼女に触れたくてたまらないが、それを抑えるために手はしっかりハンドルを握ったままにした。軽くやさしいキスだった。十六歳の男の子が、チアリーダーの女の子を初めてデートに誘ったときにする、そういうキスだった。サリーの唇が笑みを描くのを感じる。サリーが両手でクーパーの頬《ほお》をはさんできた。

「中に入ろう」唇を近づけたまま、クーパーがささやいた。

「いいわ」サリーが、ほうっと息を吐く。まだ舌を使ってはいなかったが、サリーの唇はチョコレートの味がした。さっきメイジーが出したブラウニーだ。めまいがしそうになる。

サリーに手を貸して車から降ろすときには、クーパーは自分を抑えようと必死だったが、サリーが寒さに首をすくめるのが目に入った。氷点下の天候のもと、サリーはシャツ一枚を着ているだけだ。いきなりサリーの手を引っ張って連れてきたため、サリーはコートを手にする余裕もなかったのだ。クーパーはすぐに自分の分厚いパーカを脱ぎ、サリーの肩にかけた。

サリーが笑顔で見上げてきた。ルビーでも見せてやったようなほほえみだった。

まいった。俺に感謝するのか？　あなたって、最低の男ねと責められて当然なのに。クーパーはふっと息を吐くと、サリーの肩を抱いた。「どういたしまして。さ、中に入ろう。ここじゃ凍《こご》え死ぬ」

「ありがとう」

雪が落ちてきた。ふわっと毛布をかけたように、雪が地面をおおい始め、あたりが静かになってきていた。シンプソンの町の住人はすべて食堂にいる。サリーの家のある通りは、暗くて物音も聞こえない。町の中で、この州全体で、いや世界中でたった二人きりになったような気がした。

中に入るとサリーが電灯のスイッチを入れ、クーパーを見上げた。「気に入った？」クーパーのジャケットから雪を払い落としながら、サリーがたずねた。

クーパーは訳がわからなくなった。彼女のことを気に入っているかって？　どういうことだ？　もちろんイエスだ——そのときサリーの視線を追ったクーパーは、驚きに目を見開いた。

もの悲しくさびれた小さな家はすっかり消えていた。壁はクリーム色に塗られ、手作りのクリーム色とピンクのかわいいカーテンがかけてある。同じ生地がテーブルクロスとして使われている。醜い大げさなバラの模様のソファや肘《ひじ》掛《か》け椅子《いす》には、淡い黄色の布が掛けてあり、両脇《りょうわき》がおしゃれな蝶《ちょう》結びにしてある。大きなガラスのボウルがテーブルにあり、そこには小さな水晶玉が入れてある。シュワブの店で購入したものので、クーパーにも見覚えはあったが、あの買い物がこれほど劇的な変化をこの部屋にもたらすとは、とても想像できなかった。

「これは本当にいいな」サリーの肩を抱いていたクーパーの腕に力が入る。「君は手品師みたいだ」

サリーがふっと息を吐くのがわかった。音が聞こえたというより、腕の下で肩がわずかに持ち上がったので、そう感じたのだ。「そんなことないわ。ただできるだけのことをしようと思っただけなの」

横から見ると、サリーの長いまつ毛、華奢《きやしや》な尖《とが》った頬、クリームのような肌を間近に感じる。呼吸するのを忘れそうだ。手品師なんかじゃない、サリーは魔法使いなんだ。俺は強力な魔法にかかったんだ、クーパーはそう思った。

急に、この一週間をひとりでサリーから遠く離れたところで過ごしたのが、人生最大の難関だったような気がした。SEALになるための訓練で、地獄の一週間というのがあるが、あれよりも辛い体験だった。もう二度とあんな辛い思いはしたくない。

「ベッドに行こう」クーパーは喉《のど》を詰まらせたような声で言った。「今すぐだ」

サリーが笑顔で見上げてくる。「今すぐ？」

クーパーはうなずいた。

「いわゆる、それしかないっていう瞬間なのね」サリーがやさしくつぶやいた。

いわゆる、サリーの服を脱がせて、人間の限界に挑戦するぐらいのスピードでその体に自分のものを入れる、それしかないという瞬間だ。「ああ」

サリーは笑顔のまま、クーパーに抱きついてきた。クーパーは身を乗り出すようにして、サリーの唇を奪った。柔らかくて温かくて、ずっと思い描いていたとおりだった。サリーは正面から体を預け、腕をしっかりとクーパーの首に巻きつけた。その姿勢をいっさい崩したくなかったクーパーは、そのまま腕を回してサリーの体を持ち上げ、寝室へと入っていった。ベッドのすぐそばで、サリーを床に下ろす。唇を重ねたまま、サリーの肩にかけていたパーカを取った。パーカがどさっという音を立てて床に落ちていった。キスを中断したくはなかったが、サリーを裸にしようと思えば唇を離さざるを得ない。

クーパーは急いで脱がしにかかった。まず、フランネルのシャツ、ブラ、ジーンズ、パンティ、ソックス、よし……彼女だ。生まれたままの姿で。青白く輝く天使だ。じっとその顔を見ながら、クーパーは一歩退き、彼女の大切な部分を守るように手を置いた。まだじゅうぶんに濡《ぬ》れてはいない。指を一本滑らせて熱を帯びた滑らかな肌を撫《な》でていく。サリーの体の中心部からじわっと湿り気が出てきた。これだけでも奇跡と言っていい。しかしまだ足りない。クーパーの状態は、今にも牝馬《ひんば》に飛び掛ろうという牝馬（ぼば）と変わらず、これを受け入れてもらうには、じゅうぶん、たっぷりと濡れていてもらう必要がある。しかし、必ずそうなる。

クーパーはまた体を倒し、今度はたっぷりとキスをした。指はサリーの体の中に入れたまま。サリーがクーパーの肩に置いている手の先に、ぐっと力が入る。クーパーが柔らかさを確認するように指を出し入れすると、サリーの息が荒くなっていった。

「クーパー」あえぐようにサリーがつぶやく。そしてクーパーに親指でクリトリスをゆっくり撫でられると、「ああっ！」と悲鳴のような声を上げた。サリーの体が震えると、クーパーの体も震えた。

まったくゼロのところから、時速何千マイルのところまでこれほど速く昇りつめられる女性というのも、クーパーには初めてのことだった。

クーパーは歯を食いしばって我慢していた。サリーの体はいっそう柔らかく濡れてきたが、それでもまだじゅうぶんではない。ひとたび彼女の中に入れてしまえば、激しく強くやってしまうことになる。彼女もすっかり用意ができていなければ。

「ベッドだ」サリーの口元でクーパーがささやいた。

「いいわ」サリーが笑みを浮かべるのが、重ねた唇の動きでわかる。彼女にもこういう口調になったクーパーがどういう状態かが、わかっている。もう少しで自分が抑えられないところまで来ているという証明だ。

クーパーは空いているほうの手を使って、そっとサリーをベッドに下ろし、自分もサリーのヒップのすぐ横に落ち着いた。指はまだ入れたままで、ゆっくりと動き続けている。クーパーが手の向きを変えると、その動きに従ってサリーは脚を開いた。きれいな脚だ。長くてほっそりとして。その腿《もも》の内側に手を滑らすと、温かなベルベットに触れているような感じがする。

クーパーはしばらくサリーの姿を見ていた。寝室は暗いが、窓の外から入ってくる明かりでサリーの体は青白く輝いている。女性の形をした真珠のようだ。早く自分のものを入れたくてたまらないが、この瞬間も堪能したい。彼女のすべてを楽しみたい。細い鎖骨、小さくてつんと上を向いた乳房、その先端は淡いピンク色、柔らかなお腹《なか》、その下にふんわりと広がる炎のような毛、そして脚。彼女のすべてが上品で、完璧《かんぺき》だった。

クーパーが指をペニスのように使うと、サリーの脚が毛布の上で落ち着きを失った動きを始めた。ペニスではこれほどやさしい動きができない。サリーの中に入ってしまうと、力任せに激しく打ちつけてしまう。今後も常にそうしてしまうだろう。彼女の感覚をゆっくりと高めてやれるのは、手を使うときだけかもしれない。

まったく何の物音もしない。聞こえるのはクーパーの息遣いと指がサリーの体を出たり入ったりするときの、ぴちゃぴちゃという音だけ。

クーパーはサリーの脚のあいだを動く自分の手を見た。指はもうすっかり濡れている。親指でまたクリトリスを撫でると、サリーの体が奥のほうから指を引き込んでいく。サリーのお腹にぐっと力が入る。

「これは気に入ったか？」静かな声でクーパーがたずねた。長いあいだ下のほうに向けられていたクーパーの視線が、サリーの目をとらえる。クーパーがサリーの体をじっと見ている姿をサリーは見ていたのだ。

サリーの手がクーパーの腕を撫でる。「あなたがやってくれることは、みんな大好きよ、クーパー」サリーが率直な答を告げた。

クーパーは痛みを感じたように、目を閉じた。これ以上はあり得ないというところまで、ペニスが上を向く。長く、硬くなり、ジーンズの硬い生地を突き破ろうとするような勢いだ。

クーパーはシャツのボタンを外し始め、はっと動きを止めた。驚きだ。

手が震えている。

クーパーの手が震えることはない。クーパーは狙撃手《そげきしゅ》として超一流であり、さらにはサリーにも説明したようにナイフにかけてはさらに優れた腕がある。実際に狙った場所なら百発百中で仕留めるような人間は、プレッシャーを感じたからといって手が震えたりはしないものだ。

人生で手が震えるのを感じたのは、もう一度きりしかない。サリーと初めてセックスしたときだった。

サリー・アンダーソンは、ゆっくりとクーパーの中身を粉々にしてしまう。そして、もう一度組み立てて、新しい人間に作り変えてくれる。前よりすばらしい男へと。

クーパーはシャツのボタンを片手で外しそのまま脱ぎ捨てようとしたが、下に落とそうとすると右手を袖《そで》から抜かねばならず、サリーの柔らかな温もりから一瞬だが離れてしまうことになる。このまま腕にシャツをぶらさげておこうかとも思った。

しかし、肌に直接サリーを感じたい。愛し合うときサリーは仔猫《こねこ》のように体をすりつけてくる。そのときの感触を最大限まで楽しみたいのだ。

しょうがない。クーパーは手を離して袖を抜き、Tシャツも取った。作業ブーツの紐《ひも》を緩めると蹴《け》り飛ばし、ソックスも脱ぐ。身につけているのはジーンズとその下のブリーフだけだ。

サリーの隣に横になり、サリーの全身を撫でる。上からのぞきこむようにして、顔の線をキスしていく。首に、そして耳たぶを軽く唇でつまむ。サリーが体をよじらせてしがみついてきた。「会いたかった」クーパーはサリーの耳元で低くつぶやいた。

「ああ、クーパー。私もあなたに会いたかったのよ」サリーは片方の手でクーパーの頭をつかみ、首筋にキスしてきた。「本当にさびしかった。どんな気持ちだったか、あなたにはわからないぐらい」

バカ言え、どんな気持ちだったか、よーくわかるさ。

「君のことを毎晩思ってた」クーパーは唇をサリーの首に当て、そのまま胸のほうへ滑らせていった。片手はずっと下腹部をおおったままだ。サリーは片脚を上げて、クーパーの腿のあたりに絡ませてきた。何もかもをすっかり差し出している。

「ジーンズは脱がないの？」

「まだだ。脱いだらその瞬間に、君の中に入ってしまう」

首筋にサリーがほほえむ唇の動きを感じる。「デニムの貞操帯みたいなものね」

「ああ」指が二本入るようになった。よかった、もう長くはこうしていられないから。指二本でもペニスの太さにはならないが、サリーが柔らかく体を開いてきている証拠だ。クーパーは指を出し入れし、徐々に指を大きく開いていった。そのあいだもサリーの胸の頂を舐《な》め続ける。サリーの爪が背中に深く食い込んでいくのを感じるし、喉の奥からもらすあの小さなあえぎ声も聞こえる。この声が聞きたかった、サリーが絶頂に達する前の声だ。

胸の頂を軽く噛み、指を深く突き入れると、サリーの体にぐっと力が入っていった。指が締めつけられる感触。サリーが昇りつめていく。

今だ、今すぐ、早く！

クーパーはむさぼるようにキスをして震えながらジーンズの前を開け、ブリーフも一緒に引き下ろした。動きを少しでも制限されるのがいやなので、下ろすだけではなく完全に着ているものを取り去って、好きなように動けるようにした。すぐに真っ裸になると、サリーの体の上にのしかかった。

サリーのクライマックスはまだ続いており、はっはっとあえいでいる。クーパーはサリーの両脚を思い切り開くと、自分の体を突き出した。入っていくときに鋭く奥に引っ張られていくのを感じる。もう何も考えられない。サリーは体全体で、絶頂を感じている。腕も脚もしっかりクーパーを抱き寄せ、腰を回しながら上に突き出し、クーパーがサリーを奪うのと同じ強さで、クーパーを奪おうとしている。口も大きく開いている。サリーのすべてが、クーパーを待ち望んでいた。そして、入ってくることを歓迎している。

あまりにもペニスが敏感になっていて、何層か皮がめくれたのかと思うほどだった。この八日間、夜は常に勃起《ぼっき》状態で、ホテルの部屋で、ひとり自分を慰めるしかなかった。そんなことをしても、何の役にも立たなかった。爆発しそうな状態がずっと続いたままで、やっとこの柔らかな襞に分け入って、きつく締め上げられるのを感じたとき、何もかもが吹っ飛んでしまった。

口をつけたまままうなり声を上げ、クーパーはサリーのヒップをしっかりつかむと、鋭く速く突き始めた。サリーの体がずるずると押し上げられていく。クーパーはサリーの体のことはすっかりわかってきていた。速く上のほうに突き出して、クーパーの体でクリトリスに押しつけるようにすると、クライマックスがいつまでも続く。サリーが連続して新たな絶頂に押し上げられるのを感じ、クーパーは胸の奥でひそかな満足感を覚えていた。今度の収縮は前より激しく強烈なものだ。

しかし、温かな襞が強く自分のものを引き込んでいく感覚に、クーパーはそれ以上抵抗することができなくなっていた。熱いしぶきがほとばしり、体じゅうが震え、汗まみれになりながら、なおも腰を動かす。普段は敏感なクーパーの五感は、強烈なクライマックスを味わうことで、まったく利かなくなっていた。ベッドがきしる音も、サリーが快感を訴える叫びも聞こえない。見えるものは目の前にあるサリーの白い肌、それだけだった。体じゅうのすべてが、渦を巻いて強い力で中心部に集まっていく。そして歓びとなってサリーの中へと飛び出していった。

大きく最後にぶるっと体を震わせたあと、クーパーはどさりとサリーの上に崩れ落ち、頭は枕《まくら》に置いてサリーのほうを見た。あまりのすごさに、息が上がり、わなわなしている。

まだ硬いままだった。研《と》ぎ澄まされていた欲望は、いくぶん和らいだという程度でしかない。呼吸が元に戻ればまたすぐに始めよう。次のは今よりもさらによくなるはずだ。サリーはすっかり柔らかくなり、二人とも絶頂を味わったあとなのでさらに濡れている。彼女の中に入れたまま、一晩で四度も五度もいったことがあるが、最後のほうではサリーも自分の液とクーパーのものとで、すっかり滑りやすくなっていて、その中で動くのは夢のようだった。

しかし今回のクライマックスは、いつものよりも激しかった。だから、今すぐに始めたいとは思わない。今夜は一晩じゅう、二人だけのものだ。やっと感覚が戻ってきたので、今望むのはこの快感に酔いしれること。あまりに強烈で、頭ががんがんと鳴っている。

ゆっくりと感覚が戻ると、クーパーは鳴っているのが自分の頭ではないことに気がついた。電話だ。

はん、どうにでもなれ。誰が電話してきているのかは知らんが、俺には関係ない。

「出るな」クーパーはぼそりと言った。クーパーの鼻はサリーの耳のすぐ後ろ、柔らかでバラの香りのする肌にくっついていた。クーパーはその部分に唇を当てた。

「何が出るって?」サリーがぼんやりと答える。

「電話には出ないでくれ」

「ああ」サリーが息を吐く。「私の頭が鳴ってるんだと思ってたわ」

クーパーは暗闇《くらやみ》の中でほほえみ、鼻先をさらにくっつけて顔をサリーの首に埋めた。

くそ、いいかげん、あきらめろよ。鳴り続ける電話を苦々しく思いながら、クーパーは無視した。

サリーが突然、びくっとした。「電話だわ。電話よ。ああ、どうしよう、電話がかかってきた」急に目が覚めたのか、鋭い口調になっている。サリーがクーパーを押しのけようと、肩を押した。「電話に出なきゃ」

クーパーは驚いて顔を上げた。

「お願いよ、クーパー。行かせて。私、どうしても電話に出ないといけないの」

クーパーはサリーを見下ろして、顔を曇らせた。サリーの体が震えている。普段から白い肌が、血の気を失ったように真っ青になっている。

「クーパー、お願い」サリーがまた肩を押してきた。クーパーはおそらく四十キロ以上はサリーより体重があり、クーパーがどかなければサリーがベッドから出ることは不可能だ。さらに、クーパーはサリーを離したくなかった。今この状態で満足している。サリーの上に乗って、その体に深くペニスを入れたまま、細い脚が腰に巻きついている、この状態がいいのだ。「クーパー、どうか、どうかお願いだから」サリーが低い声で訴える。電話は鳴り続けている。

サリーの声が震えている。

クーパーはサリーから体を離し、ベッドに寝転がった。どうしても険しい表情になる。サリーは大急ぎでベッドから飛び出した。暗い部屋を白い影が走るのが見え、サリーは居間へ向かった。

クーパーはセックスと激しいクライマックスのせいで、体が熱く汗びっしょりだったが、背筋を冷たいものが伝わるのを感じていた。サリーの表情が目に入ったからだ。戦火の中で、何度も見たことがある。部下の兵士たちが浮かべていた表情。

恐怖だ。

何かにサリーはひどく怯《おび》えている。くそ、そんなことを許すものか。何であれ、誰であれ、俺の女を怖がらせはしない。クーパーは真剣な表情を浮かべてサリーのあとを追ってベッドから出た。

クーパーの体の下から抜け出たとたん、ジュリアの体が震え始めた。時計を見るとさらに恐怖が強くなる。午後十時を過ぎている。シンプソンの住民からの電話ではない。この町ではみんな午後九時にはベッドに入る。つまり、残る相手はただひとり。ハーバート・デイビスだ。彼がこんな夜遅くに電話してくるというのは、良い知らせのはずがない。

ベッドから出ると、脚がちゃんと立つか不安だった。クライマックスが終わったばかりで、体はまだ敏感なままだ。立ち上がると、脚のあいだから液が伝い落ちるのがわかる。さっとシーツで拭《ぬぐ》うと椅子にあったガウンをつかみ、居間へと入っていった。電話を取ろうと急ぐと、ガウンのコットンが風を切る音がした。

「もしもし」セックスのせいで、声がまだかすれていた。咳払《せきばら》いをしてから、もう一度呼びかける。「もしもし」

「ジュリア？ ジュリア・デヴォー？」本名を聞くと、さらにどきっとした。自分の本当の名前を聞くのは六週間ぶりだった。

「ミスター・デイビス」決められた手順は、もう無視されているようだ。デイビスが本名で話しかけてくるのなら、ジュリアが彼の名前を口にしても文句は言われないだろう。何か非常に大変な事態になったのだ。

「ええ、そうです。ハーバート・デイビスです。これからお話しすることを、ちゃんと聞いてください。あなたの居場所が、漏れてしまった可能性があります。はっきりしたことは言えないのですが、もしものことを考え安全策をとります。今この瞬間から、けっしてその家を出ないでください。誰とも話してはいけません。誰かに連絡を取るのもだめです。誰ひとり、例外はありません。おわかりいただけましたか？ 誰も信用してはいけないんです。危険が迫っているかもしれないので、こちらからあなたを迎えに行きます。これから言うことをよく聞いて、そのとおりにして——」

受話器が音を立ててテーブルに落ちた。ジュリアの指には力が入らず、滑ってしまったのだ。受話器からハーバート・デイビスのわめく声が遠く聞こえる。「ジュリア？　ジュリア、どうしました？　何か言ってください！　ジュリア？」

「誰だ？」低いかすれた声がした。

ジュリアははっと息をのみ振り返ると、クーパーが戸口に立っていた。力のみなぎる腕をドア枠に置いて、体を支えている。誰とも話してはいけません。誰も信用してはいけないんです、デイビスがそう言っていた。

クーパーとはほとんど話をするということはないが、彼とセックスするというのは、デイビスの言うやってはいけないことのリストに入るものだろう。

「誰でもないわ」ジュリアは胸の詰まる思いで、そう答えた。放心したまま受話器を拾い上げると、まだわめいているデイビスからの電話をがちゃんと切った。受話器は跳ね返って、数字キーの上に斜めに落ちてきた。「全然、知らない人。単に……間違い電話よ」ジュリアのガウンは前がはだけている。クーパーと愛を交わしてすぐだということを考えるとばかげてはいるが、それでもジュリアはしっかりと前を合わせ、体を隠した。クーパーが一歩前に出ると、ジュリアは本能的に一歩退いた。

「サリー？」クーパーが心配そうな顔をしている。「何かあったのか？」クーパーが自分のほうに向かってくると、ジュリアはさらに後ろに下がり、壁に当たってしまった。背をぴったりつけて、ジュリアは壁をつかもうとした。自分を守ってくれる何かにすがりたかった。クーパーから自分の身を守ってくれるものは何もないのだ。

　クーパーはあまりに力強く、恐ろしかった。明るいところで彼が裸になった姿というものを、あまり目にしていなかった。威嚇《いかく》的な体だった。肩や腕の筋肉は筋になって盛り上がっている。盛り上がって大きくなった筋肉には力がみなぎっている。彼が自分を襲うつもりなら、どんなに抵抗しようとしてもまるで意味はない。クーパーがその気になれば、ほんの数秒でジュリアの動きを止め、次の瞬間には首をへし折ることができる。その間、彼は息を荒げることもないだろう。

　どこかで読んだことがあった。古代スパルタの兵士たちは、裸で戦ったのだという。敵を威嚇するためだ。

　確かに、効果的だ。この体にすっかり恐怖を覚えたのだから。

　クーパーが目の前まで来て、ジュリアの体の両脇の壁に手をついた。ジュリアはまるで身動きができなくなった。

　ジュリアの目の前にあるのは、黒い胸毛、胸の筋肉の谷間には汗が流れている。そこをずっと見つめていたジュリアは、そうっと視線を上げた。クーパーの顔が強ばり、また感情を隠している。見知らぬ人の顔。愛を分かち合った男性の顔。

　誰も信じてはいけません、デイビスの声がよみがえる。

　ジュリアは震える手を上げ、はさみこむようにクーパーの顔に当てた。彼が歯を食いしばり頬の筋肉が動くのが、ジュリアの指に伝わる。ひげは剃《そ》っていなかったらしい。その頬が温かく、ひげが指先にちくちくする。

誰も信じてはいけません。

「クーパー」ジュリアはそっとささやいた。涙がはらりとジュリアの頬にこぼれた。ゆっくり首を振って、まっすぐに目を合わせる。「どうすればいいの？　もしあなたを信じられないのなら、私、生きていたくない」

クーパーは何も言わない。ただ腕を広げた。ジュリアはその胸にわっと飛び込んだ。ジュリアを抱きしめたまましばらくじっとしていたクーパーは、それからジュリアをソファに運び、座らせた。ジュリアはクーパーの首にしっかり腕を巻きつけて、泣いた。止めることなどできなかった。怒りや絶望を吐き出すように泣き続け、そのあいだずっとクーパーにしがみついていた。クーパーは何も言わなかった。ただ座ってジュリアを抱きしめていてくれた。やがて、ジュリアの気持ちも落ち着いていった。

クーパーの姿を見ることができるのも、これが最後かもしれないことに、ジュリアはふと気がついた。彼への気持ちが強くなっていた。これほど強い感情を抱いた男性は初めてだった。なのにやっと見つけた最愛の人を失おうとしているのだ。

あと一時間、せいぜい二時間ほどのことだろう。連邦マーシャルサービスの人間が迎えに来る。そしてどこか別の場所に移される。夜の闇に紛れて、どこへともなく連れ去られることになる。

これまでの生活と、いっさい縁が切れるのは明らかだ。これで人生をぶつ切りにされるのは二度目になる。シンプソンを永久に離れ、ノースダコタだとか、フロリダとか、あるいはニューメキシコで、新しい偽名に新しい経歴をくっつけて暮らし始めることになるのだろう。サンタナの公判が始まるのは、早くて春だとデイビスが言っていた。もっと遅くなるかもしれない。裁判は何ヶ月も続くだろう。それが終わっても控訴、抗告が繰り返され、裁判のかたがつくのは、一年以上先だ。二年ぐらいになるかもしれない。そうしてやっとジュリアは自由の身となり、どこでも好きなところに行ける。

クーパーとのあいだに生まれた関係は、何年か会うことがなくても持ちこたえられるだけのものなのだろうか。まだ始まったばかり、夢中になり始めようという時期だ。愛を確認し合うようになったのも、ほんの二週間のこと。そのうちの一週間は、クーパーは出かけていた。二人で話をすることもほとんどなかった。二人だけの時間は、ほとんどセックスに費やされた。ひょっとしたら、それだけの関係だったのかもしれない。ただのセックスだけ。

それでも一緒にいてくれたことで、クーパーには生涯感謝し続けるだろう。彼がいてくれたおかげで、正気を保っていられた。特に夜のあいだはクーパーなしではどうなっていたかわからない。はっと新しい生活がどんなものになるかが、ジュリアの頭に浮かんだ。どこか小さな名もない町、まったくのひとりぼっち――そうすると、クーパーの存在が温かく胸に迫った。彼が自分にとってどれほど大切であるかがはっきりわかった。

ジュリアはクーパーの膝《ひざ》に乗っていた。クーパーは裸のままだ。脚の下では、彼がまだ勃起しているのを感じる。しかし、クーパーはこの姿勢を利用して、大きくなったものを押しつけてこようとはしない。ジュリアは彼の首に顔を埋め、クーパーの顎《あご》がジュリアの頭を守るように押さえてくれる。ジュリアは彼の首にそっと口づけした。力強く、温かく、ジュリアの涙で濡れていた。

「あなたに話しておかなければならないことがあるの」ジュリアはクーパーの肩で涙を拭くと、静かに話し始めた。

「ああ」クーパーがうなずいた。「話を聞こう」

「私は――あなたの知っている私は、本当の私じゃないの」ジュリアは少し体を起こしたが、頭はクーパーの肩に乗せておいた。広くて強い肩だ。この肩に寄りかかることができるのも、もうあとそんなに時間はない。クーパーに本当のことを話してから、荷造りを始めよう。今から数時間のうちに、クーパーの人生からジュリアは消えていくのだ。おそらく永久に。ジュリアはそっと瞳《ひとみ》を閉じた。

心臓が大きく鼓動を打つ。こんなに辛いことはない。

今この瞬間が、サリー・アンダーソンでいる最後の時間になる。サム・クーパーの恋人。アリス・ピーダーセンの友人。メイジーやベスや、その他たくさんの人たちの友だち。フレッドのママ。クーパーなら、フレッドを預かってくれるだろう。くれないかもしれない。

ジュリアが嘘《うそ》で固めた生活を送り、クーパーにまで嘘をついていたことを嫌悪するかもしれない。話をすると膝からジュリアを押しのけ、同時に彼の人生からも完全にジュリアを追い出すことにするかもしれない。そして立ち上がって玄関から出て行ってしまうかもしれない。

「私の名前は――」声が震える。ジュリアは唇を嚙みしめ、しっかりした口調で話せるようになるまで、少し時間を空けた。「私の名前はサリー・アンダーソンではないのよ、クーパー。私はベンド出身でもないし、小学校の教師でもない」クーパーは身動きひとつしなかったが、ジュリアを抱く腕が少し緊張した。「私の本当の名前は、ジュリア・デヴォーというの。私の住所は――元の住所はボストンで、仕事は編集者なの。いいえ、もう元編集者って言うべきね。今は、自分がどうなっているのかもわからないから。ただひとつわかるのは、怯えているっていうことだけ」

ジュリアはクーパーの肩に預けた首の向きを少しずらして、顔を見られるようにした。彼はいつものように無表情だった。黒い瞳がじっと辛抱強くジュリアを見つめている。

ここからが、辛い部分だ。

「私は、ひどいことを見てしまったの」とうとう肝心の部分が始まった。「九月のことよ。写真を勉強していて、ボストンの港湾部でいい被写体がないかとうろついていたの。絶対的な日常世界が欲しかったからなんだけど、偶然使われていない倉庫に入り込んでしまったのね。門は開いていたし、簡単に入れたの。連続で写真が撮れるカメラを持ってて、ファッション写真を撮るときに使うようなやつね、それで倉庫の中でばしゃばしゃとシャッターを切り続けた。そのうち倉庫内の空き地みたいな場所に出て――」あのときのことを思い出すたびに震えてしまう。ジュリアはうつむいて、じっと落ち着くのを待った。またあの光景が脳裏に浮かぶ――灰色の工業地帯をバックに、怯えきった小柄な男が、黒い銃を頭に突きつけられているところ。銃を持っているのは、がっしりした殺し屋、残酷な表情を浮かべ、銃が発射される。

「殺人事件を目撃することになったの。しかもその一部始終がフィルムに収められた」ただそれだけの事実を言うと、クーパーがはっと息を吸い込むのがわかった。彼の体が緊張する。首と肩の筋肉がつながる場所をジュリアは見つめていた。そんなところでさえ、クーパーの体は美しい。「ギャングの抗争の見せしめだったらしくて。

警察で面通しがあって、私は誰が殺したのかを証言できたの。ドミニク・サンタナという男よ。マフィアの大ボスだったらしくて、ＦＢＩが何年も狙いをつけていたって説明された。私は公判で証言することになっているんだけど、サンタナが私の首に賞金をかけたと教えられた。どうもすごい大金らしくて。百万ドルだとか。一方では裁判はずっと中断されたままで、私は証人保護プログラムに入ることになったの。それで、セキュリティに何か問題が起きたらしくて——」

「くそぼけたちが、何やってるんだ！」

クーパーがジュリアを膝から下ろし、すっくと立ち上がった。ジュリアは驚いて彼の顔を見上げた。その顔は突然、無感動でも無表情でもなくなった。クーパーは激怒している。大きな体全体が、怒りに強ばっている。ジュリアは何か胸騒ぎのようなものを覚えた。もちろん、恐怖を感じたのではない。クーパーを恐れることは……本来の意味合いにおいては、ない。

しかし何かが始まろうとしている。ジュリアの手を離れたところで、何かが。ジュリアの心のどこか片隅に、問題をクーパーに預けてしまいたい気持ちがあったのだ。そして、今、まさにそうしてしまった。文字どおり、どさっと投げ捨ててしまった。しかし、クーパーが全力でその問題に立ち向かおうとしているのを見て、安堵《あんど》とともに、ああどうしようという取り返しのつかないことをしてしまった気分も出てきた。

巨大な恐ろしい男性を作り上げてしまったような。自然の力では抑制することのできないものができてしまった気がする。

戦士だ。

「クーパー?」

しかし、クーパーはジュリアの言葉など耳にも入っていないようだ。すたすたと電話まで歩くと、受話器を取り、受信番号への返信ダイヤルを押した。

誰かの声が聞こえる。「ハーバート・デイビスです」電話の向こうの声がそう答える。クーパーが怒鳴りつけた。「デイビス? きさまはいったい何者だ」

クーパーは相手がはっと息をのむのを耳にした。それから用心深くその声が問いかけてくる。「そちらはどなたです?」

クーパーは受話器を持つ手に力を込め、怒りを爆発させるな、と自分に言い聞かせた。「俺はサム・クーパーだ。アイダホ州シンプソンの町からかけている。この電話は——」クーパーはさっとサリーに、いやジュリアだ——に目をやる。ジュリアはソファで小さく体を丸めていた。顔には生気がなく真っ白で、大きな紺碧《こんぺき》の瞳を見開いてクーパーをじっと見ている。あまりにも小さく、傷つきやすく、幼く見えた。柔らかで華奢なその体の感覚がまだ、クーパーの手に残っており、彼女を誰かが傷つけようとしていると思うだけで、頭がどうにかなりそうだった。話に集中しようと、クーパーは目をそらした。「ジュリア・デヴォーの家からこの電話をかけている。もう一度だけ言う——きさまはいったい何者だ？」

「そのようなことをあなたにお話しする権限は私にはありません」男性の声が、まるで他人事のように事務的に響いた。

プラスチックでできた受話器を握りつぶさないだけでも奇跡だった。「このくそ野郎、耳の穴をほじってよーく聞けよ。きさまは司法省連邦マーシャルサービスの担当官で、証人保護プログラムの責任者だろう。へっぽこ仕事しかしないとこだとは聞いてたが、想像よりひどいな。システムは落ちるところまで落ちたって話だったが、へまをしたどころじゃ済まない。無実の女性が殺し屋に狙われてるっていうのに、監視する捜査官もつけずに、ぽんと世間に放り出したんだ。これで保護してるって言えるのか？」

「あの……その……」男性の声が、返事の内容を決めかねているのがわかる。「当方では、若干の予算削減を余儀なくされまして、ボイーズにある事務所は——」

「何が予算削減だ！ いったい連邦政府は、どうなってしまったんだ？ 証人をどっかに放り出して、無事でいてくれたらいいなとお祈りすれば終わりなのか？ 彼女の首には賞金がかかってるんだぞ。じゅうぶんな保護が必要だ。今までしてくれなかった警備を、今この瞬間に手配しろ」クーパーは怒鳴りたおしている。

「ええ、今この瞬間から、その女性はあなたとは関係なくなりましたから。セキュリティに問題があって、その場所から連れ出すんです」

「やれるもんならやってみろ」クーパーの声が突然静かになり、強い威嚇があふれている。「せいぜい、がんばることったな」

「クーパー？」ジュリアがクーパーの腕に触れ、弱々しくつぶやいた。クーパーが振り向く。「クーパー、彼、何て言ってるの？」

クーパーの頰の筋肉が、ぎゅっと緊張した。

「ね、クーパー？」

クーパーは受話器を手でふさいだ。「君をここから連れ出すって、言ってる」

「ええ、わかってる。いつ来るって？」ジュリアはクーパーの肩に額《ひたい》を載せ、手首の内側で涙を拭った。ジュリアが小さく見える。怯えて途方に暮れている。クーパーは強烈に胸が締めつけられる気がした。受話器を握る手に力が入り、こぶしが白く見えた。

「君はここにいるんだ」クーパーがぶっきらぼうに告げた。

「何？　どういうことだか、私には——」

ジュリアがそんなふうに話すのが、クーパーには耐えられなかった。途方に暮れ憔悴《しょうすい》しきっている。「君はどこにもいかない、ここにいるんだ。俺のそばに」

彼女にこんなことが起こっていいはずがない。二人の身に、こんなことが起こっていいはずがない。本来なら今、二人は寝室でまだ愛を確かめ合っているはずだったのだ。クーパーは最初のときは、我を忘れる激しさで求めてしまう。しかし、そのうちもう少し落ち着いたペースになってくるので、そんなことを心配する必要はない。二人には、まだまだたっぷり時間があるのだとクーパーは思っていた。

ところが、突然時間がないと告げられた。

「クーパー？」

見上げてくるジュリアの顔を見ると、青白く当惑した表情が浮かんでいた。この顔に自分の将来を見出したのだ。やっと手に入れたと思い始めた未来がそこにあった。サリー、いやジュリアだ、くそ！――彼女と一緒にいると、生きている実感があった。そんな感覚は長らく忘れていたものだった。彼女が現れる前は、自分というものがなかった。不毛なことしか考えられず、そんな寂しい世界にどんどん沈み込んでいく気がしていた。北極から流れてきた氷の塊の上に乗って、陸からどんどん離されていくような感覚だった。

彼女がすべてを変えてくれた。彼女がいるだけで救われた気がした。水平線のかなたに消えていこうとするぎりぎりのところで、彼女が助けてくれたのだ。また人生と息を吹き返そうとしている。そして、シンプソンの町もまた、同じように彼女のおかげでいうものを取り戻した。

彼女を放すことなんか、絶対にない。

「クーパー、誰かが私を迎えに来るんでしょ？　ならそろそろ準備をしないと。荷造りして……」

「な、俺の言うことをちゃんと聞くんだぞ。君はどこにも行かない。この場所にいるんだ。ここなら俺が君を守れるから」

「でも――」ジュリアは、連邦マーシャルサービスの人間が今にも現れるという様子で、周囲を見渡した。「私を連れ出すんだって、言ってるんでしょ。もう終わりなのよ、クーパー」

「違う、まだ終わってない」ジュリアの頑固そうな表情を見て、言うことを聞くんだと体を揺すってやりたい気分になったクーパーだが、その美しい青白い顔の下に恐怖がほの見えて、思いとどまった。「まだ、終わりじゃないんだよ。な、わからないか？　連邦マーシャルサービスは、君にまた新しい偽名と経歴を与えて、どこか知らないところに隠すだけなんだ。けど、セキュリティは破られた。一度起こったことは、必ずもう一度ある。だから、しいっ、俺に任せてくれ、な？」

クーパーは受話器をおおっていた手を離して、怒鳴り始めた。「俺に話をするんだ」

「ええ、ミスター——クーパーとおっしゃいましたか」ハーバート・デイビスが説明しようとした。

「シニア・チーフ・クーパーと呼ぶんだな」

「ああ」電話の向こうでは、しばらく考え込んでいる様子だった。「海軍にいらしたんですか」

「SEALだ」元SEALだったことを自慢して、相手を怖気《おじけ》づかそうとしたことは一度もなかったが、今は違う。ハーバート・デイビスにきちんと話をさせなければならず、そのための最善の策は、クーパー自身が何者であるかを理解させる必要がある。「それから言っとくが、おまえらにはジュリア・デヴォーをどこにも連れて行かせないからな。彼女はここに残る。ここの保安官、チャールズ・ピーダーセンの保護下に置かれる。俺のもとでな」

ショックを受けたような短い声が聞こえた。「絶対にだめです。そんな無茶なことを耳にするのも初めてです。私は長らくこの仕事をして——」

クーパーの声はさらに静かに、今度は圧倒的な凄みを帯びていた。「絶対に、彼女をここから出すことはない。俺がそんなことはさせないから。おまえらができるような保護なんてので、彼女を黙って行かせるはずがない。だからここの保安官と俺で、彼女の面倒をみる」

「そんなことは不可能で――」

「黙って言うことを聞くんだ。俺の言うとおりにしないんなら、司法省に直接この話をぶちまけてやる。しかも司法省に連絡する前に、ワシントン・ポストにいる親友にこの話をするからな。ロブ・マンソンっていう記者だが、こいつの記事はきさまも読んだことがあるはずだ。連邦保安官が、ウォレン事件をしくじったことをすっぱ抜いて、連載記事を書いた男だよ。あいつなら、こういう話に飛びつくぜ。連邦裁判所で証言するはずの重要証人に何の保護もつけず、マフィアの餌食《えじき》に投げ出したってな。今から見出しが躍るのが目に浮かぶ」

「あ、そういうことは、私ならお勧めしないですね、ミスター――」

「クーパーだ。マンソンの電話番号は今だって手元にあるんだ」クーパーの口ぶりは実にもっともらしく、住所録でも手にするのかと期待してクーパーの手を見たジュリアが、そこに何もないことを知って驚きの表情を浮かべた。住所録を調べるまでもなかった。クーパーはロブの電話番号なら、暗記しているのだ。「マンソンは遅くまでオフィスにいる。朝刊の締め切りまで働くからな。今だって自分の机の前にいるはずだ。きさまはここの保安官に連絡を入れとけ。チャールズ・ピーダーセンだ。俺と保安官で裁判の日までジュリア・デヴォーを危険から守る計画を立てる。それがいやなら、俺はロブに、そのあと司法省に連絡する。今すぐだ。明日の朝刊に間に合うかもしれんからな」

「いいですか、クーパーさん。私があなたの話をこのまま鵜呑《うの》みにすることはできないことぐらい、おわかりいただけますよね？　あなたがどういう人なのかも私にはわからないんですよ。ミス・デヴォーに対する警護がじゅうぶんでないとあなたは非難されますが、いきなり電話をかけてきた男性の言うことをそのまま、はいそうですかと受け入れて彼女を預けるほどバカなまねはしません」

なるほど、悔しいがデイビスの言い分にも一理ある。クーパーは壁を向きながら、必死で方法を考えた。「よし、こうしよう。これから電話番号を言うから、そこにかけてくれ。ジョシュア・クリーソンの個人用の携帯電話だ。やつに、俺がどういう人物かをたずねてくれ。クープにはサンディとマックもついている、俺たち全員、腕は落ちてない、敵は押さえていられると、言えばいい」

「今話題になっているジョシュア・クリーソンというのは」デイビスがおそるおそる口をはさんだ。「ひょっとしてジョシュア・クリーソン大将のことですか？　統合作戦本部議長の？」

まったく。クーパーはいいかげんにしてくれと言いたくなって天井を仰いだ。「当然だ。クリーソン大将って言えば、ひとりしかいないだろう――」そこまで言って、口をつぐんだ。デイビスに同意させるのが目的であり、彼を敵に回しても始まらない。

「時間の無駄になることはやめよう。ジョシュのやつに俺のことを確認しろ。それから、俺はまだやつに十ドル貸しがある、ポーカーの腕を磨いとけと付け加えろ」

クーパーはそのまま待たされた。テーブルに体を預け、何とか持ちこたえようとした。サリー、いやジュリアがクーパーの顔を見ている。彼女の顔は白く、やつれている。二人は言葉を交わすこともできなかった。クーパーは腕の中にジュリアを抱き寄せ、頬をジュリアの頭に乗せた。

十五分ほどすると、電話から声が返ってきた。「クーパーさん」

「ああ」クーパーは背筋を伸ばし、ジュリアは緊張してその顔を見上げた。

「これは——非常に珍しいことですが」デイビスがふうっと息を吐いた。ストレスがたまっているに違いない。ひどい重圧にデイビスの神経がまいっているのが、クーパーにはわかった。しかし、そのせいでへまをしでかし、大事な証人が命を落とすところだった。

「ああ」クーパーのほうからは、弱みを見せるようなことはいっさいしない。ただ、向こうの出方を見るだけだ。

「私のほうで、ええと、クリーソン大将と話をさせていただきました。あなたや、ハリー・サンダーソン、マック・ボイス両氏に関する人物や能力については、アメリカ軍統合作戦本部議長からの絶対的な確証をもらえました。さらにうちの事務所でピーダーセン保安官についても身元調査をしました」

これは聞かなくともわかっている。クーパーは無言だった。

「その後、ええっと、うちの内部でいろいろと検討を重ねた結果、あなたのほうから具体的な警護計画をいただけるのであれば、デヴォーさんをそちらに置いておいてもいいだろうという結論に達しました。あなたには、うちのボイーズ事務所と連携して仕事をしていただくことになります」

「了解」

「定期的に私に経過報告をしてください」

「ああ。おれもこの事件の背景を知りたい。今すぐ話してくれ」

デイビスが事務的に今までのことを話した。会計士が新しい税金の計上の仕方について話をするような口調で、セキュリティが破られたと疑うようになった経過が説明されていくと、クーパーのうなじがざわついた。さらに、ジュリアの首にかけられた賞金が、今や二百万ドルになり、その噂《うわさ》が世間を駆け巡っているということも。

「つまりですね……デヴォーさんをそちらの保安官とあなたの手にゆだねることになるわけです。今後彼女の安全は、あなたの責任になります。それでも構いませんか？」

「もちろん」

「よろしい。明日の午後こちらに連絡をください。詳細を詰めましょう」

「そうしよう。明日一三〇〇時に、警護計画の詳細を説明する。そっちは、情報の漏れをなんとか直すんだな、わかったか?」

また、ふっとため息が聞こえ、デイビスは電話を切った。ジュリアがこわごわ肩に触れてきたので、クーパーはくるっと振り向いて抱きしめた。強く。

「つまり、そういうことだ。君はここに残る」しばらくしてから、クーパーが言った。

クーパーの体じゅうの筋肉が戦闘モードに入って緊張していた。「誰かが君に触れようとしたら、俺の死体を越えていくことになる」

ジュリアはほうっと息を吐いた。「そういうことなら、クーパー」消え入りそうな声で、ジュリアはクーパーの胸元でささやいた。「あなた、何か服を着たほうがよさそうだわ」

16

コンピュータ解析モデルにおいて、スタンフォード大学のジャージィ・スタニスラウス教授は図形構築分析法、略してMATというものを完成させた。MATの考え方の根本は、コンピュータのデータベースを家に見立てることだった。通常の家と同じく、データベースにはドアがありドアには鍵《かぎ》がかかる。教授はそれを三次元で見ることがドアの鍵を解く、まさに鍵になると説明した。プロはMAT理論の象徴的な物事のとらえ方に夢中になったものだ。

その授業を受けていた学生全員が、しょっちゅうハッキングをやっていた。さらに全員が、鍵のかかった部屋、つまりロックのかかったデータベースに侵入しようとする際に、すぐさまMAT理論を実際に使ってみた。

プロがサイバースペース上で侵入を試みるとき、前に誰かが明らかにMAT理論を使ってファイアウォールを突破した痕跡《こんせき》を認めることもあった。鍵の大きさから、それがスタニスラウス教授の教え子であることはわかった。そういった場合、プロはたいていそっとドアを閉じ、心の中で敬意を表しながら黙って立ち去ることにしていた。

プロは司法省のファイアウォールを破るのに、MATを使うことにした。ジュリア・デヴォーの居場所を特定するのだ。

司法省のコンピュータ・コードは現在三層になり、二四〇ビットの暗号がかけられている。家にたとえれば、ドアにタンブラー式のロックをかけて、窓を薄っぺらな枠で補強したという程度の時代遅れのものではなくなっている。言わば、コンクリートで補強されたドアに、防弾ガラスの窓をつけたという状態になった。ドアはびくともしないし、ピッキングで鍵を開けることもできない。しかし、ドアはどこまでいってもドアでしかない。つまり入り口である。

プロは慎重に、複雑に入り組んだコンピュータの迷路に連続攻撃を開始した。プロが使ったシステムは大容量コンピュータを所有しながら、うかつにも夜間にはまったくその使用を監視する人間を残していない会社のものだ。このコンピュータなら膨大な数字の処理もスムーズに行なえる。母なる機械、ありがとう、とプロは皮肉っぽく思った。

ジュリア・デヴォー、用意はいいね？

プロは鍵のありかを探し始めた。数字が延々と続き、このコンピュータの性能をもってしても、時間がかかる。

アイダホに持ってきたラップトップ・コンピュータが、ウィスコンシンにある会社のコンピュータと交信を続けるあいだ、プロは食事をした。クラッカーとダイエット・コークだけ、ひどいものだ。こんな未開の地では、キャビアとシャンパンなど、望むべくもない。こんな仕事ももうすぐ終わるのだと思うと、神に感謝したい気分になる。

プロは時間を計った。この会社のコンピュータを使える時間は三十分以内に限られる。でなければITシステム部のエンジニアがハッキングされたことに気づいてしまう。もうすでに二十分が経過していた。

そろそろ、出て行かないと。

プロはため息を吐き、出て行くための長々としたプロセスを開始した。司法省のコードを破るのには、あともう二晩――ひょっとすれば三晩はかかるだろう。問題は、ここまで暗号を解いた鍵をどこに置いておくかだ。あまりに長くて複雑なので、ラップトップのハードディスクには収まりきらない。どこに置いておこう?

はっと気づいてプロは笑顔になった。

鍵の置き場所。答は決まってる。MATの中に入れておけばいいのだ。

「クーパー、やめて」ジュリアはショックを受け、つぶやいた。そして、もう一度はっきり大声で言った。「いやよ！」緊張に張り詰めた空気の中、ジュリアは勢いよく立ち上がり、苛々《いらいら》と自分の家の居間を歩き回った。

クーパーがいつものように、物事に動じない表情でジュリアを見ている。しかし、チャックは心配そうだ。それから、スプリングの壊れたソファで落ち着きなく体を動かして、痛そうに顔をしかめた。

電話を切ったあとすぐ、クーパーはチャックを呼び出した。チャックは十分もしないうちに、息を切らしてやって来た。その間ジュリアはかろうじてジーンズをはき、セーターを着ることができた。チャックは、クーパーがシャツのボタンをかけながら寝室から出てきたのと同時に、家の中に入ってきた。クーパーは下からボタンを留めていったらしいが、二つほどかけ違っていた。

事態は深刻で他のことに構っている場合ではないのだが、それでもジュリアは恥ずかしさを覚えた。この状態を見れば、チャックにも二人が何をしていたかがすぐにわかるはずだ。しかしチャックがまるで普通に接してくれたので、ジュリアは感謝したい気分だった。チャックは、二人が紅茶でもすすりながら、お天気の話でもしていたのだろうという顔をしてくれている。

チャックはジュリアの話に真剣に聞き入った。九月に起きた殺人事件、そのあとこれまでどういうことになっているのか。それから、クーパーがチャックとジュリアに警備計画を話した。

クーパーが低い声で警備計画とやらを話していくにつれ、ジュリアはどんどん不安になっていった。こんな計画をアムネスティ・インタナショナルに知られたら、あまりにも残酷で常軌を逸した人権侵害であると訴えられるところだ。

クーパーの計画を簡単に言うと、ジュリアを鍵のかかった部屋に閉じ込めて、そのドアのすぐ外に武装した警備の人間を立たせておくというものだった。裁判が開始されるまで、その状態を続けるという。そんなことを考えるだけで、ジュリアは息苦しくなっていった。

「そんなの計画じゃないわ、刑の執行よ」寒さと緊張で震える体を抑えようと、ジュリアはお腹《なか》の上に手を置いた。「別の計画を考えてちょうだい。私は囚人じゃないのよ、鍵のかかった部屋に閉じ込められるなんていや。頭がおかしくなるわ」

クーパーの穏やかな黒い瞳《ひとみ》は、しっかりとジュリアの姿をとらえて放さなかった。

「誰も君を閉じ込めようとはしていない。ただ君の身の安全を図っているだけだ。俺のできる限りのことをして、君を守りたい」

「こんなの安全とは言わないわ。これじゃ、生きているとも言えない」この一ヶ月半のことを思って、ジュリアはぞっとした。アリスとコーヒーを飲みながら食堂の改装をあれこれ計画し、シンプソンの町に溶け込み、みんなと仲良くなる――そういうことがあったから、正気を失わずに済んだ。自分が恐怖に飲み込まれそうになっているのはわかっているので、部屋に閉じこもってしまえば、逃げ出そうとして頭がおかしくなる。外に飛び出そうと、窓ガラスにばたばた羽根を打ちつける蛾《が》のようになってしまうだろう。「そんなことだけはしないで、クーパー。お願いだから。そんなことなら――」ジュリアはぎゅっと両手を握りしめた。「私、死んだほうがましだわ」

クーパーの視線がジュリアの表情に注がれ、それがどれほど本心なのかを推し量っているようだった。「じゃあ、君はどうしたいんだ?」苛立たしく問いかけてくる。クーパーは目頭《めがしら》を指で押さえた。「頭に標的でも貼《は》り付けて町を歩くのか? 新聞に広告でも載せるか? 地図に矢印でもつけて、『注目! 殺し屋の皆さん、ジュリア・デヴォーがここにいます』とでも宣伝したいか?」

ジュリアはうつむいて、あふれる涙を必死でこらえた。「私だって無事でいたいのよ。だから、不必要に危険なことは避けたいとは思う。でも生き埋めにされるような生活は耐えられない。ねえ、ハーバート・デイビスは実際のところ、あなたに何て言ったの? サンタナが私の居場所を知っているのは、確実なの?」

「いや」クーパーもそれは認めざるを得ない。「ただな、その可能性が高いと、デイビスは思っている」

「何を根拠にしてだ?」チャックが口をはさんだ。

クーパーは助かったと言わんばかりの顔でチャックのほうを向いた。彼なら道理というものをもう少し理解してくれるものと期待しているらしい。「ジュリアのデータは暗号をかけて、あと二人の証人と一緒にコンピュータにファイルされていた。この二人はジュリアと同じようにアイダホ州にかくまわれていたんだ」クーパーがぐっとこぶしを握りしめた。「二人とも死んだ」

厳然とした事実を告げる言葉に、部屋は静まりかえった。チャックは何かを考え込み、ジュリアはまたパニックに陥りそうになるのを感じていた。胸の奥から暗い影がむくむくと頭をもたげ、息ができなくなる。

「死んだって……どうやって?」しばらくしてからジュリアがたずねた。

「事故だ、二人とも」クーパーがぐっと歯を食いしばる。「報告ではそういうことになっている」

ジュリアの胸を締めつけていた冷たいものが、少し緩んだ。「誰が報告したの?」

「地元警察とFBIのやつらだ」

「警察とFBIの両方が、その二件とも事故だと考えたんだな?」チャックが言った。

クーパーは硬い表情のままうなずいた。

チャックがぽりぽりと顎《あご》を引っかいた。「どうなんだろうな、クープ。警察とFBIだろ、どっちもバカがそろってるわけじゃないぞ。おまえも知ってのとおり、徹底的な調査をするから……あいつらを相手にして、気づかれずにいられるなんてことはない」

クーパーの頬《ほお》の筋肉が波打つ。

「それにね――」ジュリアは乾いた唇を舐《な》めた。まともなことを考えられる状態ではないが、ひとつ思い当たることはあった。「それに、もし誰かが私の居場所を知ったのなら、その人は私のところに真っ先に来るんじゃないの？　私の首には百万ドルの賞金がかかっているって、聞いてるから」

「二百万だ」クーパーがさらに不機嫌な顔になった。「賞金が上がったんだ」

ジュリアは目を閉じた。自分を殺すためには、サンタナが二百万も喜んで使おうとしていると思うとぞっとする。それほどの憎しみを受けたことは今まで一度もなかった。手のつけられないことになってしまったこの状況を理解しようと、必死で頭を回転させる。「私の身元が漏れてしまったという、確実な証拠はないんでしょ？」

「ない」しぶしぶながら、クーパーもそれを認めた。「しかし、漏れていないという保証もない」

ジュリアはゆっくりと窓の近くに歩いていって外を見た。気温が下がり、道路は凍《い》てついている。雪におおわれた街灯が鈍く輝き、町をどんよりとした灰色に染めている。世界中が冷たく、命の息吹《いぶき》がまったく見えない。この小さな窓から、来る日も来る日も、何時間も外を見つめることを考えてみた。恐怖に震え、ひとりぼっちの囚われの身。想像するだけで通りと同じように、心まで冷たくどんより曇ってくる。

クーパーがすぐ後ろまで来た。窓に彼の姿が映る。窓ガラスから見つめるクーパーの瞳と、ジュリアの目が合った。「無理よ、クーパー」ぽつりとジュリアが言った。「閉じこもっていることはできない。お願いだから、それだけはやめて」

クーパーがジュリアの肩に手を置いた。「どこかに行くときは、必ず俺に言ってからにしてくれるか？」ジュリアは期待に瞳を輝かせて、クーパーのほうを向いた。

「ええ」クーパーの瞳をのぞきこむ。「必ず」

「約束だ」

「約束する」

「学校に行って、帰ってくるだけだぞ。チャックかバーニーかサンディかマックか、誰かが君を送り迎えする」

「はい、クーパー」

「どんなときでも銃を携行する。学校の中にいるあいだは持たなくていいが、チャックが学校の門のところで待っている」

「私が？」ジュリアは驚いて、目をぱちくりさせた。「銃なんて、一度も使ったことがないのよ」

「これから使い方を覚えるんだ。俺が教えてやる。宇宙工学みたいな難しいことじゃない」

「わかったわ」ジュリアは首をかしげて考え込んだ。「それから、護身術の基本も教えてほしい」

「それはいい考えだ。合気道にしよう」

「アイ……何？」

「合気道っていう武術がある。柔道や空手みたいに、体がでかいと有利になるという武道ではないんだ」

「はい、クーパー」

「友だちに会いたくなったら、アリスとかベスとかメイジーだ、そのときは俺がついて行く。あるいは、チャックかバーニーかサンディかマックの誰かが付き添う。ローレンやグレンにも、この話をしとかないとな」クーパーは話しながら、さっとチャックのほうを見た。「それから、町じゅうの男どもにも伝えておかないと。みんなは、どうしてそういうことをするかまでは知らなくていい。ただ、彼女はけっしてひとりになってはいけないんだって、頭に入れといてもらう。一分たりともな」

　チャックがうなずく。

　いい取引をしたと思っていたジュリアだったが、雲行きが怪しくなってきた。ただ、今の段階では何も言うことはできない。「はい、クーパー」

「電話には出るな。絶対に、だ。俺が電話を取る」

「はい、クー――」自動的にそう言いかけたジュリアは、はっと思いとどまった。

「どんな時間にかかってきても？　どうやってあなたが電話に出るの？」

「俺はできる限りここにいるようにする。君と一緒にここに住むから」

「でも、そんな――」めまいがしそうになる。「あなたがここに私と住むなんて――そんなことしたら――だって、町の人たちにどう思われるの？　そういうのってあんまり……」ジュリアは助けを求めるようにチャックのほうを向いた。

「それなら心配はないさ」チャックはジュリアを励ますように肩を叩《たた》いた。「町の人間がどう思うかなんてことは、いっさい考えなくていいから。町の連中は、あんたのことが大好きなんだ。それに何より、はん、クーパーがやっとその気になる相手を見つけてくれただけでも、大喜びなんだから」

　死ぬほど警備されてるわよね、ジュリアがそう感じ始めたのは、それから数日も経たないうちだった。学校でトイレのドアを開けようとすると、後ろをついてきていた用務員のジムに立ちふさがれてしまった。

「ここには来なくていいのよ、ジム」ぞっとしたジュリアは悲鳴のような声を上げた。

「でも、でもアンダーソン先生」ジムは言い張って、薄い水色の瞳を困ったように見開いた。「チャックに言われてるんです。先生の姿を絶対に見失うなって」

ドアの縁《ふち》にかけたジュリアの手に力が入った。「あのね、チャックが言ったことの中に、女性用のトイレの中までっていうのは含まれてなかったと思うわよ。絶対に大丈夫だから、この中はいいの」

それ以上反論の余地を与えず、ジュリアは職員用のトイレに入るとばたんとドアを閉めた。洗面台に両手をついて、鏡に映った自分の顔を見てみた。

殺人を目撃したときから、自分の人生は自分でどうにもならないものになったと思った。大きな間違いだった。サム・クーパーに守られる暮らしというのは、今までの生活など問題にならない。トイレの中の小部屋に鍵をかけ、三日ぶりに味わうひとりきりの感覚をありがたく思った。あのあと、日曜日から月曜の朝まで、クーパーはずっとジュリアの家にいた。ハーバート・デイビスに電話をかけ、チャックと計画を相談していた。三人が相談していたのは拡張警備計画とかいうもので、ジュリアはその内容についていくことができなかった。〝妨害のない連絡手段の確保〟だの〝即座の応戦許可地域〟だの〝確認信号の徹底〟などという軍事用語が、クーパーの低い声で語られ、戦略が決められていくあいだに、ジュリアはソファで眠りに落ちていた。

現在のジュリアの住まいは、まるで要塞《ようさい》だ。何かを開くと必ず警告音が鳴る。玄関も裏の扉も、鋼鉄で補強されている。クーパーの部下が二人ボイーズまで行って、月曜の夜には動作探知システムとセンサーのついたワイヤが家の周りに張り巡らされた。電話は録音されるようになり、発信者通知システムまでついた。すべての部屋には消火器がある。

朝目覚めたときから夜家に帰るまで、ジュリアは次々に別の男性にエスコートされ、切れ目なく彼らの手から手に引き渡される。

朝食が終わるとクーパーはチャックの迎えを待ち、やって来ると牧場へ帰っていく。チャックは学校の門までジュリアを送り届け、そこで学校の事務員にジュリアを渡し、事務員に教室の入り口まで付き添われる。授業が終わると、チャックが門のところで待っている。この二日間、チャックはローレン・ジェンセンの店までジュリアと一緒に来た。ベスと改装をどうするか相談しなければならなかったからだ。ベスに約束したとおり、ジュリアはアイデアをスケッチした。そのあとチャック、あるいはサンディという名前のひょろっとした牧場の男性が現れ、ジュリアを家まで送り届ける。どちらも、クーパーが現れるまで家で待ち、やがてジュリアの引き渡しという儀式を行なって去っていった。

まるでリレーのバトンになったみたい、とジュリアは思った。

クーパーとチャックがシンプソンの町の男性たちに、どんな話をしたのかはさっぱりわからなかったが、その効果は明らかだった。ジュリアとベスが楽しく食料・雑貨の店を生まれ変わらせる計画を話すあいだじゅう、ローレンは気をつけの姿勢でカウンターの後ろに立って、外の通りを見張っていた。ベスが話す夢をジュリアは何枚もスケッチにしたが、ローレンは入り口から目を離すことはなかった。

あるとき道に迷って困っている営業マンが、案内を求めて店に入ってきた。ローレンはカウンターの下に隠していたトランシーバーを取り出し、静かに何かを言った。チャックとバーニーが即座に姿を現した。チャックの手はいつでも抜けるように拳《けん》銃《じゅう》の上にある。拳銃は、買ったばかりらしいぴかぴかの革のホルスターに納まっている。バーニーはといえば、ライフルを担いでいる。営業マンらしい男性は、にこりともしない顔から不審の目を向けられて、順に店内の人々の顔を見つめた。そしてりんごをひと袋買うとルパートまでの道をたずね、そそくさと出て行った。男性は店の外に出ると、ひゅうっと息を吐いて額《ひたい》を拭《ぬぐ》い、自分の車へ走っていった。チャックとローレンとバーニーは入り口から車が去っていくのを見届け、テールランプが見えなくなるのを確認した。

これでは、外からシンプソンを訪れる人はいなくなる。

クーパーがやって来る夜だけは、ジュリアにとっても楽しみだった。クーパーはテレビにDVDプレーヤーをつないでくれて、映画のディスクを大量に持ってきた。これなら向こう五十年は退屈しないでいられそうだというぐらい、たくさんあった。うれしい驚きだったのは、クーパーも大の映画好きだったということだ。ジュリアと同じように、古いのが好きなのだ。二人の趣味は、不思議なほど似ていた。ただ、ジュリアのほうはどちらかといえばロマンチックなコメディがいちばん好きなのに比べると、クーパーはヒッチコックや西部劇のようなもののほうがもっと好きだという違いぐらいだ。今夜は『カサブランカ』を持ってきてくれることになっていた。

そしてそのあと、何をするかを考えると、ジュリアの胸がきゅんとうずいた。

学校にいるとき以外は、ジュリアは銃を携行した。小さいが強力な拳銃、ベレッタ・トムキャットだ。三二口径用の弾《たま》、クーパーの表現だと32ACT実弾を撃てる。クーパーには、〝女性用のおもちゃみたいな銃〟は使うなと言われた。トムキャットは小ぶりだが、発射したときの衝撃の強さは予想をはるかに超えていた。さらに練習を始めると、弾が当たった木の幹が、どれほど大きな損傷を受けるかを知りジュリアは驚いた。

親指と人差し指のあいだに肉刺《たこ》ができ、射撃練習用の服を別に用意しなければならなくなった。練習から帰ると弾薬が服に飛び散っているからだ。また、右手の爪《つめ》のあいだに弾薬が入り込み、それを取るのにも一時間ほどかかる。

クーパーの教え方は、抜群にうまかった。辛抱強く徹底的に教えてくれる。彼は繰り返して頭に理論を叩き込むことから始めた。目標に向かって構えの姿勢、引き金を引く重さ、さらにクリープという少し目標からずれる現象を考えること、そういったものを教わったあとで、やっと標的に向かって撃つ練習を開始した。最初に撃ったときの足の構えが悪かったため脚の裏側が今でも痛む。クーパーが体をぴたりとつけるようにして、やや猫背の姿勢になるように手を固定してくれ、ジュリアは生まれて初めて銃を撃つことを体験した。標的には当たらなかったが、大きくは外れなかった。クーパーはすばらしい狙《ねら》いだったと大げさにほめてくれたが、ほめられるほどではないのはジュリアにもわかっていた。ただ、もう手の中にある金属が別世界の異物という感覚はなくなった。本当に人間に対して銃を撃つような度胸があるとは思えなかったが、常に銃が手元にあることで安心感が得られることには驚いていた。クーパーがジュリアに銃を持たそうと考えたのも、それを意図してのことなのだとわかった。

どん、どん！　びくっとしたジュリアにジムの心配そうな声が聞こえた。「アンダーソン先生、無事ですか？」

やれやれ。「大丈夫よ。今すぐ出るから」

よし、これだ！

コンピュータがビーッと音を立てると、プロは身を乗り出した。

そろそろだと思っていた。こんなところに長居をすると、どんな人間でも頭がおかしくなりそうだ。ベッドはたわむし、天気は最悪、さらに食事は天候よりひどい。しかし長らく待ったかいがあった。

kdsjcnemowjsiwexnjskllspwieuhdksmcsldjkjhfd
kdiejduenbkclsjdjeudowjdiejdocmdksdldkjdjeiel
mpnwjcmsmwkcxosapewkrjhvgebsjckgfnghgdsj

解読60％終了……70％……80％……90％……。

そう、がんばれ、感謝祭までにはセント・ルチアに行きたいんだから。

解読が完了しました。

やった！

文字が画面上にさあっと現れてきた。

ファイル番号：二四八

証人保護プログラム下にある証人：ジュリア・デヴォー

生まれ：英国ロンドン、一九七七年三月六日

以前の住所：マサチューセッツ州ボストン市、ラーチモント通り、四六七七番

事件：殺人、二〇〇四年九月二十七日発生、被害者ジョーイ・キャプルッツォ、同人の最後に確認された住所はマサチューセッツ州ボストン市、シットウェルホテル

内。

死因、三八口径銃による左前頭葉損傷。被疑者、ドミニク・サンタナ。被疑者の現住所、ファーロウ島、矯正施設。

早く、早く。プロは体を乗り出して、食い入るように画面を見た。こんなことは、もうわかっている。私の知らないことを教えてほしい。

証人保護プログラムに入った日：二〇〇四年十月三日

地域番号、二四八、コード 7gb608hx4y

地域番号、二四八、ふん、それがどこかぐらい、私にはわかってる。その続きを知りたい。ここまでは、簡単にわかること。情報はすべてファイルにある。要はそれをどうやって取り出すかだ。時間の問題ではあるが。それに忍耐も必要だ。

待つ時間をつぶす退屈しのぎがここには何もないのが残念だ。実に何もない。かびくさい緑色の壁紙を見ているしかない。壁紙にはピンクのフラミンゴが描かれていて、そこを走り回るごきぶりの姿を追うぐらいのものだ。コンピュータは静かにうなりを立てている。

地域番号、二四八、コード 7gb608hx4y：カーソルは同じ場所で十五分近くも点滅している。そして、プロが天井のひび割れを数え終えたときだった。コンピュータが信号音を鳴らした。

解読60％終了……70％……80％……90％……。

解読が完了しました。

ああ！　追跡の醍醐味だ。これに勝るものはない。

文字が画面にさーっと現れ始めた。

ジュリア・デヴォーの仮の身分：サリー・アンダーソン、アイダホ州シンプソン、東バレー通り、一五〇番
は、はーん。サリー・アンダーソンねえ。プロは背もたれに体を預け、考えた。

これで終わる。シアトルから二百万ドルを手に高飛びできる日も、もうまもなくだ。

翌週の月曜の午後、ジュリアはジェンセンの食料雑貨店の入り口に立っていた。

〝ランチにお出かけ〟から、ときおりどっと笑い声が聞こえるのが羨《うらや》ましくてしょうがない。

アリスはついにルパート婦人会の会合を自分の店で開くことに成功し、このにぎやかさからすると、ご婦人たちはシンプソンに新しく誕生したカフェバーをおおいに楽しんでいるようだ。

全員が。ジュリア以外には。

ジュリアは、クーパーが迎えに来るまでジェンセンの店の中で待つようにと、厳し

く言い渡されていた。ベスでさえカフェバーに行ってしまった。メイジーのチョコレート・ラム・ムースをたらふくお腹に詰め込んでいるところだわ、とジュリアは恨めしく思った。

実を言えば、ベスはジュリアの気持ちを察してひとりで行ってもいいかと気を遣ってくれた。ジュリアは、どうぞ楽しんできてと答えたが、そう口にするにはかなりの意志が必要だった。これほど楽しいことがあるのに、ジュリアひとりが入れないのはあまりにも不公平だ。

クーパーが到着すれば、婦人会の集まりに顔を出すどころではなくなる。

そんなことはしません。

ルパート婦人会とはいっさい関わりを持たないこと、とクーパーからはっきり言われている。このことについては、ジュリアも素直に言うことをきけず昨夜もクーパーに一生懸命頼み込んだのだが、無駄だった。体で誘惑してみたら、クーパーはすぐに応じてくれたが、ただ何度も頭がぼうっとするほど絶頂感を味わうだけのことだった。

壁に向かって口論しているようなものだった。クーパーは頑として譲らなかった。ルパート婦人会の女性が、突然サブマシンガンを花柄のバッグから取り出してくるなど、考えるだけでも普通ではない。

女性たちが次々に到着するところをジュリアは見ていた。ルパートのご婦人がたは、バッグは小ぶりのものが流行だということをご存じないらしく、抱えているバッグは実際にバズーカ砲でも入りそうなほどの大きさだった。

だとしても、ルパート婦人会のメンバーを疑うなどばかげている。全員が大昔からの知り合いなのだ。ジュリアは何とかその理屈でクーパーを説得しようと試みたが、それでもレンガの壁に頭を打ちつけている感覚を持っただけだった。話してわかったのは、クーパーは生まれてからずっと知っている人以外は、誰ひとり信用していないということだった。たとえその人物が七十歳の老婦人で、体の節々が痛みで動かないというような状態でもだめだった。

こんなの、まともな暮らしじゃない。世界でいちばんおいしいチョコレート・ムースを味わうこともできないなら、生きている意味なんてないもの。おまけに最高のアップルパイのサワークリーム添えや、チョコレート・ババロアや、フルーツタルトまであるのに。メイジーは遺憾なくその料理の腕を発揮しているはず。サンプルを少し食べてみたから、大成功になるのはわかっていた。店で出される本物で、ぜひ確かめてみたい。

またどっと笑い声が起こり、ジュリアは憧《あこが》れるように通りの向こうのカフェバーを見た。通りには人影はない。いつもと同じだ。銃を抱えた狂気の殺し屋も、邪悪な人影もない。それどころか、野良犬さえうろついていない。ジュリアはひとりぼっちで、シンプソンの全員がカフェバーで楽しんでいる。

ただし、ローレンはここにいる。店の裏で、届いた品物にあたふたしているのだ。ペンキ、ニス、釘《くぎ》、足場になる材木、アンティークな木製の樽《たる》が届いていて、土曜日にジェンセンの店は大改装をすることになっている。ジュリアとベスが練り上げた計画どおりに店は生まれ変わる。

ローレンがぶつぶつ独り言をもらすのを耳にしたジュリアは、思わずほほえんだ。ローレンには工具や塗料などの知識がなく、この改装計画がおおごとになってきたことに、少しばかり不安を感じているのもジュリアにはわかっていた。ベスがすっかり夢中になっているというだけの理由で、ローレンは計画に乗ってきた。おそらくいまだに、こんなものまで買わなきゃいけないのかと信じられない気分でいるはずだ。

あと三十分ほどは、ローレンは見慣れぬ道具を調べることに頭がいっぱいのはずだ。ジュリアはまた通りを見た。やはり人っ子ひとりない。四時半。クーパーは迎えに行くのは五時を過ぎると言っていた。

四時三十三分。また時計を見て、ひと気のない通りに視線を走らせた。

いいんじゃない？　何が起きるっていうわけでもないし。ちょっと〝ランチにお出かけ〟に顔を出して、紅茶を飲み、メイジーの傑作とも言えるお菓子を味わうだけ。ほんの何度か笑ったあと、ここまで走って帰れば、クーパーもローレンもジュリアが出て行ったことにも気づくはずはない。ほんの十五分ほど。

冒険に挑戦する気分で、ジュリアはさっと振り返って背後を見た。そして通りを確かめる。〝ランチにお出かけ〟のドアを開けると、おいしい料理の匂《にお》いと女性たちのにぎやかなおしゃべりの声に迎えられた。

「サリー！」アリスが満面の笑顔で走り出てきた。どうやらパワーレンジャーの格好をする考えは捨てたらしく、シンプルな黒のワンピースを着ていた。若々しく生き生きして、幸せそうだ。「来てくれてありがとう！　あなたに会えるとは思ってなかったから。クープが――」いかめしい顔つきの老婦人に、腕に手を置かれてアリスは振り返った。「はい、何でしたでしょう？」老婦人はおぞましい色合いのオレンジと黄色のスーツを着ている。「裏にありますわ、左奥です。女性用はピンクのリボンが、男性用は青のタイの印がつけてあります。こちらです、ご案内いたします」笑いながらジュリアをちらっと見て、アリスは老婦人を奥のほうに連れて行った。びっくりマークの下の点と、かぼちゃみたいな組み合わせだとジュリアは思った。

その姿を見て、アリスは大丈夫ね、とジュリアは安心した。店内を見ると、大勢の客がいてカフェバーもそれほど時代錯誤の薄っぺらなものには見えない。見るからによだれが出そうなメイジーの料理が、麻のテーブルクロスでおおったワゴンテーブルに並べられ、さまざまな種類のハーブティーがかわいらしい紅茶のカップとソーサーで出されているところは……実に洗練された雰囲気だった。

間違いのないところは、この店に不満を持っている客が誰ひとりいないことだ。女性ばかりが三十人はいるだろうか、その全員の表情、それにこの騒々しいおしゃべりから判断すると、非常に楽しい集まりになっているようだ。みんなイナゴの大群のように、食べ物に集まっている。

ジュリアは決意をみなぎらせた視線を食べ物が並べられた奥のほうに向け、戦利品がまだ残っているだろうかとチェックした。まっすぐあのテーブルに向かわなければ。もう残っているものは少なく、すべての料理を味わいたい。戦闘準備を整え、ジュリアは前に踏み出した。

「あら」すべての料理を山盛りにした皿を手にした若いブロンドの女性が、ジュリアの前に立ちふさがった。「お元気？　知った顔に会えてよかったわ、ほんとに。このチョコ味のふわふわしたやつ、食べてみた？　すっごくおいしいんだから」

ジュリアは女性の顔をしげしげと見た。どこかで会ったことがある……「メアリー」はっと思い出した。「メアリー……」

「ファーガスンよ」

「そうだったわね」失礼にはならないようにそう言ったジュリアだが、視線はテーブルに向けたままだった。ムースが盛りつけられたグラスは、あと三個しか残っていない。「ルパートの本屋さんで会ったのよね？」

「ええ」女性はフレンチ・クルーラーを手でつまんで口に入れた。「うわあ」驚いたようだ。「これ、何ていうお菓子？」

「フレンチ・クルーラー」ジュリアの手はこっそり人垣をかき分け、ムースのグラスをつかんだ。目標、ひとつ達成。あと二つ。「基本的には軽く揚げたドーナツよ。ちょっと失礼――」

女性がジュリアの腕を引く。「あなたの言ったとおりだったわ」

「何が？」またムースが誰かの手に消えていった。ジュリアは心の中で、うーっとうなり声を上げた。「私、何か言ったかしら？」

「こんなところに来るなんてバカだって」

「こんなところって――ああ、思い出したわ」メアリーはアイダホ州の東部で自分の弁護士事務所を始めようとしていて、そのクライアントを探していると言っていた。

「まだクライアントが見つからないの？」アップルパイのサワークリーム添えなど、すっかり消えてしまっていた。チョコレート・ババロアも、あともう残り少ない。

「いえ、クライアントは何人か見つかったわ。でもね……」

会話を続けることもジュリアにとっては難しくなっていた。口からよだれが垂れてきそうになっている。メアリーがフレンチ・クルーラーをたいらげるのを羨ましそうに見るだけだ。きちんとした行儀は母に叩き込まれているので、失礼な態度を取ることがどうしてもできないのが恨めしい。「でも、って？」

「あーあ。何て言えばいいのかしら。離婚訴訟がひとつと、怪我《けが》をした人が賠償を求める件を抱えてるんだけど」メアリーが肩をすくめる。「ただね、離婚って本当に辛いわね。夫と妻が子供を盾《たて》にして争うんだもの。それに賠償問題は――」メアリーが体を近づけてささやいた。「この男、怪我してるふりだけなの。保険会社から賠償金をたっぷり踏んだくろうとしてるのよ」

「まあ」ジュリアは適度にショックを受けたふりをした。

「そうなのよ」メアリーは口を結び、厳しい表情になった。「私、こんなものだとは思ってなくて……こういうことがあるなんてね。人気テレビ番組みたいに、法律家が正義を求めて闘うものだと思ってたの。無実のクライアントを救い出す、みたいな」

「あなたのお父さまは、何を専門にされてる弁護士なの？」

「不動産よ。昔はつまらない仕事だと思ってたの。でも今となってみれば……」メアリーはババロアをフォークですくいとった。それがメアリーの口の中に消えていくのを、ジュリアはじっと見ていた。「今は、何がいいのかわからないわ。不動産関係なら、疲れ果てた父親や、嘘《うそ》の診断書を見ることもないでしょ」

「キャリアを考え直してもいいのかもよ――お父さまの事務所は、案外悪くないと思うかもしれないじゃない」

「ええ、そうね。ね、これもすっごくおいしいわ」メアリーはフォークでババロアを指した。「クリスマスまではここでがんばってみようと思ってたんだけど、感謝祭が終わったら家に帰るつもり。もうあと何日もないし、アリスはここで盛大に感謝祭パーティを開くって言ってるから、それまではいるけど。パーティが終わったらすぐに荷物をまとめてボイーズの実家に帰るわ。父はすごく思いやりがあってね、『ほら、私の言ったとおりだろ』なんて言わずにいてくれるから」

「ふむ、む」ジュリアは礼儀正しく返事をして、メアリーの横を通り抜けようとした。ムースのグラスがぽつんとひとつだけテーブルに残っている。すぐにこれも消えてしまうはず。「じゃあ、感謝祭に、またね」女性がムースに手を伸ばすのが見え、ジュリアは先を越そうと突進した。急に鉄のような手を肩に感じ、ジュリアはぐいと後ろに引き戻された。

「いったい何をしてる？」怒りに満ちた低い声が頭上高くから響いた。

ま、まずい。

17

「いったいあれは何事だ？」クーパーは同じ言葉を口にした。もう千回目にもなるだろうか。カフェバーから無理やり連れ出して、友人たちにきちんとさよならを言う暇もジュリアに与えず、そのまま引きずるようにしてジュリアの家まで歩いて帰った。その間、クーパーは油断なく通りを見て警戒し続けていた。

この三十分ばかりは、クーパーはジュリアを叱《しか》りながら擦り切れたカーペットの上を苛々《いらいら》と歩き回っている。穴が開くのではないかと思うほどだ。「言っておいたはずだ、君は――」

「ローレンの店から出てはいけない」うんざりした様子で、クーパーの言葉の先をジュリアが言った。「確かに、あなたからそう言われたわ」

「アリスの店には顔を出しちゃいけないこともわかってるだろうな？」

「はい、クーパー」ジュリアは目を閉じた。

「それが危険だということもわかってるだろ。このことは、何百回も話をしたはずだ」

「はい、クーパー」

普段のジュリアははつらつとした女性なのに、今はぼうっとして反論すらしてこない。じっとうつむいて床を見たまま、感情的にならないように耐えている。

「ごめんなさい」ジュリアは静かに言うと、ふーっと息を吐いた。気持ちを鎮めようとしているのだろう。そして顔を上げて、手を髪の中に突っ込んだ。「あなたは私を守ろうとしてくれているのに、私が子供みたいな行動を取ったのね。謝るわ、クーパー」

怒りに燃え上がっていたクーパーも、やっと理性をもって物事を見られるようになってきた。アリスの店で、ジュリアがブロンドの若い女性とおしゃべりしながらデザートを取ろうとテーブルを狙《ねら》っているのを目にしたとき、激しく怒りがわきクーパーの心を焼きつくしそうになった。デザートのスプーンを握りしめたままのジュリアを店から引きずり出したので、誰にも挨拶《あいさつ》すらできなかったはずだ。その間ずっと、クーパーは怒りにまかせて行動していた。

それでも怒りは恐怖よりもましだった。そして最初に来たのは恐怖だった。ローレンの店に着くと、人の姿がなかった。そして奥から申し訳ないと言いながらローレンが出てくると、今まで味わったことのなかった恐怖が体の中に広がっていった。ローレンは膝下《ひざした》まであるエプロンで手を拭《ぬぐ》いながらクーパーに声をかけた。「やあ、クープ、悪かったな。奥ですっかり気を取られていて。あ、彼女は……」そのとたんローレンは蒼白《そうはく》になって、きょろきょろと見回した。ぞっとした表情がその瞳《ひとみ》に浮かんでくるのが見えた。

ジュリアがいない。クーパーは体がすとんと地獄の底に落ちるような気がした。ローレンがジュリアの姿を求めてあたりを見渡した。そんなことをしてももう遅いことはクーパーにはわかっていた。「ああ、どうしよう、クープ――どこに行ったんだ。ああ、私としたことが――」ローレンの言葉をクーパーは聞いてはいなかった。すでに店を飛び出していたのだ。そして唯一考えられるジュリアの居場所に向かった。ここにいなければ、死んでいることになる。

アリスの店で開かれている、婦人会のティーパーティ。

婦人会に参加したいと言い出したジュリアと、クーパーはかなり言い争った。さらに数日後の感謝祭にも、〝ランチにお出かけ〟で開かれるパーティではメイジーが腕をふるうからどうしても行きたいとジュリアは言っていた。どれほど厳しくどこにも行くなと伝えてもジュリアは言うことを聞いてくれない。どうしても出かけたいときはクーパー自身か、クーパーが大丈夫だと認める数人の男性が付き添うから、と言い聞かせてもだめなのだ。

理屈ではジュリアも、命を狙われていることはわかっている。しかしそれがどれほど危険なことか、実際にはまるで理解していない。命を狙われるということに関して、何の知識もないのだから。クーパーにはある。自分で狙いをつけた相手を追い詰めたことがあり、それがどういう脅威であるかは身をもって知っている。

しぶるハーバート・デイビスを説きふせて、サンタナに関する情報のすべてをメールしてもらっていた。そして不安と恐怖は最大レベルまでふくれ上がった。

サンタナという男は、そのあたりのちんぴらではない。ギャングの大物で、高い頭脳とそれと同じぐらいの残酷さを持っている。二百万ドルの賞金がかかっているということは、すなわちアメリカ全土の殺し屋がジュリアの居場所を血眼《ちまなこ》になって探っているはずだ。それぐらいのことはクーパーにはよくわかっている。今のところ、ジュリアとサンタナを結びつける線はない。連邦マーシャルサービスが立ちはだかっているからだ。しかし二百万ドルもの大金があれば、どんな情報でも買える。

「ごめんなさい、クーパー」ジュリアがまたぽつりと言って、クーパーを見上げた。

「あんなことすべきじゃなかったわ」

クーパーの怒りや恐怖は収まりつつあった。ジュリアに触れたら、つい力が入ってしまいそうだったので、手はポケットに突っ込んで、一歩退いた。「そうだ、あんなことをしちゃいけなかった」

「あなたの言うことを聞いておくべきだったわ」

「ああ」その言葉が、二人のあいだに厳しく漂った。

「あなた、心配したのね」

心配どころではない。恐怖で死にそうだったというのが正しい表現だろう。「ああ」

「でもね――」ジュリアは軽い口調で言おうと無理をしているようだった。「だとしても、ルパート婦人会のおばあちゃんたちが、サンタナと共謀するなんて考えられないわ」

「それはわからない。確かなことはないんだ」そう返事する自分の口調が荒っぽく聞こえることに気づかないでいたクーパーは、ジュリアがびくっと反応するのを見てはっとした。ジュリアは体を動かしていないのに、自分から遠ざかっていくような気がする。彼女を自分につなぎとめておきたいのに、どうすればいいかわからない。「危険はどんなときにでもやってくるし、どんな形で来るかもわからないんだ。用心していなければ、あっという間に君は過去の人間になってしまうんだぞ」あの美しい瞳が、大きく見開かれる。これほどかわいらしくてやさしい女性が追われる身になってしまった運命のいたずらを、クーパーは心の底から憎んだ。「サンタナに君を奪われたりはしない。何があってもだ。それだけはわかってくれ」

「もう奪われてしまったわ」ジュリアがそっとつぶやいた。ジュリアの言葉をクーパーが理解するのに、しばらく時間がかかった。

「どういう意味だ?」厳しい口調になっていることはクーパーにもわかっていた。その間、クーパーはジュリアの様子を頭からつま先までさっと調べてみた。どこにも怪我《けが》はない。彼女が傷つく……そう考えただけでも耐えられず、クーパーはこぶしを握りしめた。

ジュリアが顔を上げる。紺碧《こんぺき》の瞳を大きく開いていたが、そこには悲しみが宿っていた。「サンタナはもう勝ったのよ、クーパー。あいつは私から生活を奪い取っていったの。戻っても仕事はないし、自分の家は二ヶ月も目にしていない。もう一度見られる保証すらないのよ。植物もみんな枯れてるはず。それに私の猫」ジュリアはそこで笑って見せようとした。目元を拭い、けっして泣くまいと心に決めた。「フェデリコ・フェリーニっていう猫で、フレッドはこの猫にちなんだ名前なの」自分の名前を耳にしてフレッドは床に預けていた顔をひょいと上げ、問いかけるように尻尾《しっぽ》を振った。「でもフレッドはフェデリコと、まったく似てないの。悪くとらないでね、フレッド」そう言われて納得したのか、フレッドはまた鼻先を床にそろえた脚の上に置いて、くーんと鳴いた。

ジュリアの言葉は荒涼とうつろに響いた。「私の持っていたものなんて何もかもなくなってしまった。私という人間が存在しているという事実がすっかり……消えてしまったのよ。私にはもう人生なんてないの。サンタナが私の人生を奪い去っていったんだわ」

そのとおりかもしれない。きらきらと輝く、何よりもジュリアらしいいきいきした様子がなくなっている。ジュリアの体の中の光源を誰かが暗くしていったように見える。サンタナはジュリアの人生を、根幹にあるジュリアらしさというものを奪ってしまったのだ。

ジュリアの顔に疲れたようなしわができている。目の下が黒くなり、口の両側に強ばったような線がしわをつくっている。

ジュリアはシンプソンの町をあっという間に明るく照らしてくれた。シンプソンはずっと長いあいだ、死んだも同然の場所だった。しかし今、新しく食事をする場所ができローレンの店も拡張される。ひょっとしたら、シンプソンの町は生まれ変わり、繁栄していくという可能性だってでてきた。

家を失い、職をなくし、人生そのものも奪われた人間が、こんな奇妙な町に放り出されたのだ。これほど辛い経験をしている人など、クーパーは今までお目にかかったこともない。さらにそんな状況でも友人を作れる人間がいるのだろうか？　自分ならどうだろう、絶対に無理だ。同じことが起きたら、自分にはそんな勇気はないとクーパーは思った。新しい生活に溶け込み町の人たちと仲良くなり、そこでできた友人の生活を活気ある新しいものに変える、そんなまねはとうていできっこない。新しい恋を始めようという勇気さえなかったのだ。ジュリアが自分に与えてくれたものはあまりに大きいのに、それに応えることさえできていない。

「クーパー？」ジュリアがこちらを見ている。瞳が心配そうな表情を浮かべている。

「まだ、私に怒ってる？　すごく？」

「いや」クーパーはふうっと息を吐き出し、ジュリアを腕に抱き寄せた。彼女がここにいてくれるだけで感謝したい気分だった。無事で、自分の腕の中にいる。「怒っちゃいない。怖かっただけだ」

背中に回されたジュリアの手が、ぎゅっとクーパーの体をつかんだ。「私もよ」

クーパーは少しだけ体を離して、話し出した。「じゃ、どうして――」そこで言うのをやめた。理由はわかっている。計画を立てたのは、すべてジュリアだ。作業の大半も彼女がやった。カーリーの食堂は、今や〝ランチにお出かけ〟というカフェバーになった。そこで楽しいことが始まるのなら、行ってみたくなるのは当然だ。

「俺は……君のことを思って」しばらくして、クーパーは心の奥底から絞り出した言葉を告げた。

「わかってるのよ、クーパー」ジュリアが体を引いてそう言ったときには、瞳もその声もやさしくなっていた。いつも心の中のすべてを映し出す目が、悲しみと疲労を物語っている。本当なら改装の大成功を祝って、きらきら輝いているはずなのに、そんな喜びが奪われてしまうのは、なんと理不尽なことだろう。「私のせいであなたを心配させてしまったのね。自分勝手なことをしてごめんなさい。許してくれる？」

重い石でも、その気になれば動かすことはできる。しかも、石みたいなやつ、とメリッサにはよくなじられたが、本当はクーパーも石でできているのではない。「ああ」クーパーの声がかすれていた。「許すよ。それに、俺が悪かったんだ。俺が遅くなってしまったせいなんだ」

「そんなことないわ、あなたが悪いんじゃない」ジュリアがクーパーの頬《ほお》に手を当てた。朝ひげを剃《そ》る時間もなかったので、きっとちくちくして痛いだろう。「私が悪かったの。ただ、辛抱できなかったのよ。あなたの言うような生活は続けられそうになくて。私はもう目を閉じて耳をふさいで、無感動でいなければいけないのね……誰のことを気にかけてもいけないんだわ。アリスがうまくやっているかを知りたかったの」

クーパーは長いため息を吐《つ》き、少し唇を緩めて笑みらしきものを浮かべた。「本当はメイジーが作ったチョコ味のぐちゃっとしたやつが食べてみたかっただけのくせに」

「ムースっていうのよ」ジュリアもほほえんだ。「ええ、そう、それもあるわ。結局、味見はできなかったの。でもメイジーに頼めば、明日ベスのところにムースを持ってきてくれるみたい。ね、クーパー？」

「ん？」クーパーが見下ろすと、ジュリアはクーパーの心を試すように腕に手を置いた。

「私たち、最初の喧嘩《けんか》をしたのね」

ふう。「ああ」

「でも二人で乗り越えたんだわ」

「ああ」

「でも、あなたはどうしようもなくわからず屋よ」

クーパーが口を尖《とが》らせる。「君は許しがたいほど、むこうみずだ」

「でも、そんな私を許してくれるのね」太陽のようなほほえみがクーパーに向けられる。「でしょ？」

「ああ」クーパーは手を伸ばしてジュリアを引き寄せた。ジュリアが唇を重ねてくる。かなり時間が経ってから、ジュリアがつぶやいた。「つまりあなたは、本当に私のことを思ってるってことだわ」

クーパーはあきらめたような笑みを浮かべた。「そういうことになるな」

「ううっ！」初めての喧嘩から二日後の夜、クーパーはマットに転がされてうなった。毎日行なう合気道の練習用に、居間にマットを入れるように言い張ってつくづくよかったと思った。転がったクーパーの胸に、ジュリアがすぐに馬乗りになった。

「やった、やったわ！」ジュリアは喜びにこぶしを宙に突き上げた。「あなたを投げ飛ばしたわよ！」ジュリアは立ち上がって軽く前後に飛びながら構えの姿勢を崩さずにいた。架空の敵に向けて鋭いパンチを放っている。

「よし、やったな」クーパーは笑顔で立ち上がった。ジュリアが勝利を喜び、うれしそうにしているところをずっと見ていたかった。真っ白な顔ではなく、透きとおるような肌の下に桃のようなピンク色の頰を見られてうれしかった。ジュリアの唇が、普段の表情を作り出す。笑顔だ。

自分で自分の体を投げ飛ばすのは、なかなか難しい技だが、ジュリアがこうやって自信を取り戻すのに役立ったのだから、やってみる価値はあった。

ジュリアには基本的な組み手を教えておいた。これで経験の少ない人間にならら襲われても防御できるだろう。非常に弱く、何の訓練も受けていない相手なら。ともかく、ジュリアに身をもって投げ飛ばすという感覚を覚えてほしかったのだ。

というわけで、クーパーは自分で自分を投げ飛ばした。

ジュリアは『ロッキー』のテーマ曲を口ずさみながら、ヘビー級のチャンピオンにでもなったように、しゅしゅっとこぶしを突き出している。クーパーの顎《あご》にも、フェイントでジャブを打つそぶりをした。「たいしたことないのね、おにいさん」そう言うと大声で笑った。

クーパーはほほえんだ。「そうみたいだな。思い上がってたよ」

「勝ったんだから、ごほうびをちょうだい」ジュリアは空中に向けてパンチを出しながら、ボクシングのステップでクーパーの周りを動いた。「くれないと、顔面にパンチを食らうことになるんだから」

「おいおい、ぶっそうだな」ジュリアがこれほど楽しそうにしているのに、クーパーが逆らえるはずもない。「いいだろう。望みを言ってくれ。欲しいものは何でもいい」

ジュリアは動きを止め、クーパーを見上げた。「本気？」

ジュリアに何か贈り物をする。そう考えると思わずクーパーの顔がほころんだ。

「もちろんだ。君が望むものなら、何だって。馬が欲しいのか？」馬のことになると、つい力が入ってしまう。「すごくきれいな栗毛の馬がいるんだ。素直に言うことを聞く、いい子だぞ。きっと気に入るはずだ」

ジュリアが首を横に振る。そうか、馬ではないらしい。「宝石か？」

まだうなずいてはくれない。

「毛皮のコートか?」ジュリアはなおも首を振る。

うーん、毛皮でもないのか。「じゃあ、いったい何が望みなんだ?」手に入れることができるものだとすれば、ジュリアの望むものは何だって与えてやろう。

「アリスのところの感謝祭のパーティに行きたいの」

そのとたんに、クーパーの顔から笑みが消えた。「だめだ。絶対だめ」

ジュリアも笑顔ではなくなっていた。「私の望みなら何だっていいって、今言ったじゃない。私の望みは、アリスとメイジーがパーティを成功させる、その場にいたいだけなの」

「だめだ」クーパーはかたくなな表情で言った。「それ以外なら、何でもいい。ダイヤモンドでも真珠でも。俺の育てた中で、いちばんいい馬だってやる。でも、感謝祭で混み合うところに、君を行かせたくない。そんなことをしたら、取り返しのつかないことになる」

二人のあいだには、緊張感が漂い始めた。ジュリアはおどけたしぐさをやめて、すっくと立っていた。「あのお店を改装するのに、私は何日もがんばったのよ。アリスは私のいちばんの友だちなの」ジュリアは、ごくりと唾《つば》を飲み込み話を続けた。「私は友だちも持てないの? 友だちの成功をその場で祝ってあげることもだめなの?

計画を楽しみにすることもできないの？　そんなの、生きてるって言わないわ。死んだのも同然じゃない。どうかお願いよ、クーパー。その日の成功をアリスと祝わせて。一日じゅうって言ってるんじゃない、少しの時間でもいいの」ジュリアの視線がクーパーの口元に注がれる。「お願い、クーパー」

「ああ、もう！」クーパーは何かを殴りつけたくなった。壁とか。ドミニク・サンタナとか。ハーバート・デイビスとか。ジュリアの頼みが当然だということも、よくわかっている。さらに、そうすることの危険も。感謝祭当日、アリスの店にジュリアがいるのは、まったく正しいことだ。ジュリアにとっても、アリスやメイジーにとっても大きなイベントなのだから、店の成功を一緒に祝うことができないのは実に不当なことだろう。

いまいましいことに、ジュリアはそれ以上何も言おうとせず、クーパーの良心に訴えかけてくる。正しいことは何かという判断が、クーパーならきちんとできるだろうと問われている。まだクーパーの頭の中では、ジュリアがパーティに行くことに反対しようという考えと、正しいことへの判断が戦っていた。危険が大きく、そんなことをしてしまうのは愚かだ。しかしジュリアにこの程度の喜びも味わわせてやれないというのは、あまりに不公平だ。ついにクーパーの頭の中で、戦いの決着がついた。クーパーは決心した。

こんなことはしたくないんだが。こんなことを口にしたくない。しかし、言葉がクーパーの口から出た。

「いいだろう」しぶしぶそう言ったものの、クーパーは胸に大理石の重しを乗せられたような気がした。

「ああ、クーパー！」人生最大の間違いを犯してしまったことで、心が沈んでいたクーパーも、ぱっと明るくなったジュリアの顔を見て、まあ、それだけの価値はあったかもしれないなと思った。「ああ、クーパー、ありがとう」ジュリアはクーパーにさっと抱きつき、そのあとぴょんぴょん飛び跳ねた。「ああ、本当に楽しみにしてたのよ。メイジーはすごくがんばっていろんな料理を考えたから、パーティはきっと――」ジュリアは言葉を途中で切ると、疑うような目つきでクーパーを見た。「知らない人がいっぱいいるところに、私を行かせたくないって言ったわよね？」

「確かにそう言った」

「てことは、ルパート婦人会のおばさんたちを怖がってるってこと？」

クーパーはぐっと顎に力を入れた。「ああ」

「つまり、あなたは最大の譲歩をしたってことね」

「ああ」

「今日は、二度目の喧嘩をしたわね」

「ああ」

「で、あなたが負けた」

「いや、その……」

「午後にちょっと顔を出すだけよ、クーパー」なだめるような口調でジュリアが言う。「ほんの二、三時間のことだから。あなたも一緒に来たらどう?」

「もちろん、俺も行く」クーパーはジュリアを見つめた。行かないはずがないだろう? 必ず行く――銃を持って。バーニーとサンディとマック、さらにチャックも同様だ。できる限り、安全を確保しておきたい。

「ま、あなたが賛成してくれてうれしいわ」笑顔のジュリアが見上げてくる。クーパーは手を伸ばして、しっかりとジュリアを腕に抱いた。ジュリアがキスしてくる。しばらくすると、ジュリアが言った。「あなた、どうしようもなくわからず屋ではないときもあるのね。よかった」

「お礼を言っとこう」ジュリアのためにも、笑顔を作らなければ。「とりあえず」

この業界にいる人間の多くはそうなのだが、プロも人目につかないという点では、天賦《てんぷ》の才能があった。

中肉中背のプロはどんなところでも怪しまれることなく入っていける。情報はたやすぐ入手でき、仕事が終わったあと目撃者がいても、プロに関してこれといった特徴を挙げることができない。場所に溶け込むというやつだ。いい仕事をする際に、重要なのは情報であり、目立つ人間だとあちこち聞きまわることはできない。

シンプソンという町を地図で見つけるのは大変だったが、町に来てみると東バレー通り、一五〇番という住所はすぐにわかった。町にはおそらく六本ぐらいしか通りがなかったので、人にたずねるまでもなかった。目立たないように町を歩くだけで、ジュリア・デヴォーの家を正確に知ることができた。

平屋建ての小さな家だった。ペンキは剝《は》げ落ち、惨めな庭が表についていた。玄関ポーチの柱のひとつは、数センチにもなるひびが入っている。全体として見ると、デヴォーがボストンで住んでいたところとはえらい違いだ。おしゃれな住宅街にあるコンドミニアムは、若いエリートサラリーマンたちが多く住む場所だった。その建物の住居は、一戸あたり二十五万ドルはくだらない。

ジュリア・デヴォー、現実社会にようこそ、というところか。

しかし、シンプソンでのデヴォーは積極的な行動を取っていたようだ。どこかのカウボーイと関係を持っているらしい。サム・クーパーとかいう男。さらに腹立たしいことに、デヴォーの周囲には一日じゅう、常に誰か人がいる。くたびれたようなあばら家から朝足を踏み出した瞬間から、夕方帰宅するまで、基本的にはサム・クーパーがそばについており、夜もそのままサム・クーパーが彼女の家にとどまる。クーパーがいないときは、彼の牧場で働く三名の男の誰かが付き添っている。町の住民の話から、男たちはサンディ、マック、バーニーという名前だとわかった。

町のおばさんたちが集まるくだらないパーティが地元の食堂で行なわれたとき、わずかなチャンスが生まれた。しかしすぐに例のカウボーイが現れ、どうしようもなくなった。

通常であればこんなことは何の障害にもならない。プロはすぐれた狙撃手《そげきしゅ》であり、ジュリア・デヴォーが通りを渡るときにでも遠くの屋根から狙えばかたはつく。しかし、問題が二つある。どちらも、大きな問題だ。

ひとつ目、シンプソンの町の男たちは、やたらに疑り深い。サム・クーパーを筆頭に、男たちは町を歩くとき、地平線のかなたにまで目を光らせている。保安官も同じで、田舎《いなか》町には珍しく警戒を怠らず、銃をいつでも抜けるように手をホルスター近くに置いている。これでは狙撃のあとの混乱に紛れて姿を消せるか疑問で、プロは確実であることを好む。

しかしそれよりも重要な問題がある。サンタナには、誰がジュリア・デヴォーの命を奪ったのか、はっきり知らせなければならない、という点だ。これが曖昧《あいまい》なら、二百万ドルには永久に手が届かない。ジュリア・デヴォーが死んだところで、プロには何の意味もない。それを誰がやったかをサンタナに証明して初めて、二百万ドルを手に入れることになるのだ。

準備はすべて整った。周到に計画を完了し、実行するのみになっている。ゲージの小さな銃、時刻を記録できるカメラ……なのに、予定どおりにそこから先に進まないのは、実に残念だ。十一月三十日には海辺の家を購入できるように手はずを整えてあったのに、こんな予期せぬ問題が発生し、スケジュールがずれこんでしまうとは。

まったく、サム・クーパーのやつ。

することがなくなった退屈と腹立ちまぎれに、プロはクーパーという男のファイルをハッキングしてみることにした。カウボーイのくだらない経歴をのぞいてみるだけのつもりだった。サム・クーパーに関するさまざまな事実が、画面に現れる。そこに、軍歴があることを示す記号がついていることに気づき、プロははっと本腰を入れてファイルを読み始めた。

軍隊にいたのか。これは、まずい。

気持ちが沈んでいくのを感じながら、プロは国防省のデータをハッキングした。

かなり、まずい。

サム・クーパーは、ただのカウボーイではなかった。元ＳＥＡＬ。さまざまな格闘技の有段者。クーパーの軍歴を見ていくうちに、プロの中で警戒信号が鳴り響いた。

このクーパーという男は、元特殊部隊にいたというだけではない。ファイルによれば、戦闘にあたっての戦術を立てる天才だ。彼の指揮下にいた何名かの兵士が、彼を慕って牧場に来ている。非常に有能な狙撃手、ハリー・サンダーソンとマッケンジー・ボイスという二人もいる。サンディとマック。あいつらか。町で見かけた二人に違いない。

きわめて、まずい。

クーパーの部隊にバーニーという男がいた記述はなかったが、あの男も銃にかけては優れた腕の持ち主であるのは絶対に間違いのないところだ。

ということは、ジュリア・デヴォーがけっしてひとりにならないのは、ただの偶然ではなかったのだ。

プロは突然、激しい怒りに駆られた。本当に簡単な仕事だったはずなのに。きれいに仕留めて終われるところだった。痛みを与えることさえなかっただろう。外科手術のように正確にやってのけられるはずだった。それが何もかも台無し、今までの計画が水の泡になる。

感謝祭、もうそのチャンスしかない。みんなは浮かれて、注意も散漫になる。お祭り気分でごちそうをたらふく詰め込み、酔っ払うはず。そこにしっかり練った計画を立て、その計画どおりに行動する。きれいにかたをつけて、さっさとこの場をあとにする。残酷なのはいやだ。

プロは暴力を嫌悪していた。

「クーパー、何か言って」ジュリアがクーパーの耳元でささやいた。

ジュリアの腕は彼の肩にきつく回され、脚は彼の腰に巻きつけたまま。二人はこの何時間もずっと愛を交わしていた。

ジュリアが困難にあるせいなのか、クーパーのセックスが変わった。以前は激しい嵐に吹き飛ばされるように、絶頂感へと押し上げられていった。最近のクーパーは、前戯の時間を引き延ばし、最後にはジュリアのほうから、お願いだから早く入れてと懇願するようになっていた。

クーパーは体を埋めてからも、ジュリアを傷つけるようなことはいっさいしなかった。ゆっくりと時間をかける。

クーパーはジュリアの体の上に崩れ落ちた。その体重に、ジュリアの体もベッドに沈んでしまう。体が汗と体液とでべたついていた。

ジュリアは顔を動かして、クーパーの首にキスした。「何か言って」

クーパーの目がぱっと開いた。眠っていたのだ。

「今、そんなこと言うのはあんまりよね、クーパー」ジュリアはやさしくそう言うと、クーパーの頭を撫《な》でた。ジュリアの体は満足感にぐったりとしているが、頭はいろいろなことをあれこれ考えていたのだ。

最近のジュリアは、いつもこうだった。感情が極端に揺れ動く。恐怖があまりに大きく、体が麻痺《まひ》してしまいそうになる。何も考えられないような快感にのみこまれる。不安。充足感。悲しみ。喜び。

「ふう。いろんなこと考えすぎてしまうのね。同じところをぐるぐる回って、自分でもどうしていいか——」

「君を愛してる」クーパーの穏やかな声が、静かな夜に爆弾のように響いた。

ジュリアの心臓が音を立てて砕け、動きを止めた。

「私はまだ——」ジュリアの頭は、どう返事しようかとぐるぐる回っていた。しかし体のほうはそれとは無関係に、クーパーの体に反応し始めていた。中に入ったままクーパーのものがむくむくと大きくなっていき、クーパーはジュリアのヒップをつかんで動き出す。「そう言われても、何て答えればいいのかわからないの」

「それでいいんだ」低い声で、クーパーがジュリアの返事にも動じていないことがわかった。「わからなくて当然だと思う。これまでにいろんなことが起きて、君は混乱している最中だ。それに、こんなことを俺が今言うのも、どうかとは思う。ただ、君に知っておいてもらいたかった。もし——」クーパーが言いよどんだ。「ただ……もしものことがあったら」

「クーパー、私は……」クーパーの人差し指が、ジュリアの唇に当てられる。

「いいんだ。俺に返事する必要はない。今は、めちゃめちゃな状態だし、君が自分の気持ちがどうかと考える余裕もないのはわかっている。俺の気持ちをはっきりさせとくだけでじゅうぶんだ」

ジュリアは感動してクーパーの顎にキスした。「いつからそんなにものわかりがよくなったのかしら？」

クーパーは顔を上げ、悲しそうにほほえんだ。その腰が軽く突き始める。「俺は世界一頭がいい男だとは思わないけど、石でできてるわけじゃないんだぞ」

「ええ、違うわね。でも、体の一部は石みたいよ」ジュリアは唇をクーパーの首筋にはわせながら、肩をつかんだ。彼の感触が好き。この強さ、確かさが好きだった。

ジュリアはクーパーの腰の上でかかとを合わせ、彼が腰を出したり引いたりするのに合わせた。動きはゆっくりとして、最初はけだるいようなリズムだった。ジュリアは目を閉じて、びりびりと体を走る快感の渦の頂点に感覚のすべてを集中させた。テンポが徐々に速くなるにつれ、ジュリアは体を震わせながら、あと少し、ぎりぎりというところに踏みとどまっていた。

しかし短く鋭く数回突き上げられると、とどまっていることはできなくなった。

荒々しい叫びを上げて、ジュリアはクライマックスに達し、その鋭い収縮にクーパーもこらえられなくなった。クーパーがジュリアをつかむ手に力が入り、中のものがいっそう大きくなって、激しく自分を解き放った。この前にも何度もクライマックスを迎えていたので、あちこちがべとべとになっていた。クーパーとジュリアは毎夜一緒に眠ったが、朝になると敷いているシーツも取り替えなければならなかった。

そんなことは、ちっとも構わない。

すべてを吐き出すクーパーの最後の震えを、ジュリアの腕が包み込み、やがてクーパーは動きをやめて、どさっとジュリアの上に倒れこんだ。

クーパーのしてくれること、すべてが大好き。そう思っていたジュリアだが、このセックスは特別だった。二人ともが激しい快感に身をゆだね、それでも静かに絆《きずな》を感じていた。男と女が結ばれるという意味合いのすべてで、ふたりはつながっていた。体、心、頭、何もかもが。

大きくてがっしりした体から、少し体をずらす。クーパー。私のクーパー。こんなにも強い人。でも、鋼鉄でできているのではない。スーパーマンとは違う。彼が疲れることも、心配することも、不安になることもあるのは知っている。顔にはまたしわが増えて、消えそうにない。このしわのほとんどは、ジュリアのせいでできたものだ。でも、自分の生活にジュリアが侵入してきたことに対して、いちども文句を言わなかった。不快そうな態度すら見せなかった。

暗闇《くらやみ》で時計を見ようとしたが、よく見えない。きっと十一時頃だろう。牧場主は、早寝早起きの健康的な生活を送る。ジュリアといえば、子供の頃からこんなに早くベッドに入ったことがなかった。

星も見えない夜だった。空は分厚い雪雲におおわれ、予報では吹雪《ふぶき》になるとのことだった。家の外では物音ひとつ聞こえない。動物たちも雪に備えて冬眠に入るんだ、とクーパーが言っていた。この世界中にいるのは、ジュリアとクーパーの二人きりのような気がする。

ボストンとは、正反対だ。ラーチモント通りにあるマンションでは、人々が忙しく出入りしている頃だろう。十一時なら、劇場帰りの人々がカフェにでも立ち寄る時間だ。ボストンの中心部は、眠ることなどない。二十四時間、動きっぱなし。朝帰りの人たちは、ごみ収集の車と会う。酔っ払って家に帰る人と、出世しようと早くから仕事をする人がすれ違う。

シンプソンのこの家の裏から、八十キロはずっと未開の森が続く。

おかしなところで愛を見つけたものだ。

愛。クーパーが愛を告白してくれた。ジュリアもクーパーを愛している。気持ちを確認するのは難しい状態だが、この感情は愛だと思う。しかし、愛を語り合うときには、普通、二人の将来はどうするかを考えるものではないのか？　このあと二人はどうなるのかを、ある程度想定するものだろう。ジュリアには自分の将来というものが、まったく予測できなかった。そこが大きな問題だった。自分で人生設計を立てようとするたびに、頭の中で暗いカーテンが閉められる。ジュリアには予測できる未来というものがない。恐怖とクーパーがそばにいるという、この現実があるだけ。

ジュリアははっとした。クーパーにも、自分の想いを知っていてほしい。顔を上げてクーパーに気持ちを伝えようとしたが、クーパーがジュリアの唇に手を当てた。

「今は、おやすみ」クーパーがそっとつぶやいた。「明日は感謝祭だよ」

18

「ああ、デイビス。ＦＢＩからのクリスマスプレゼントだ」司法省のがらんとしたオフィスに、下級職員の声が響いた。

「今日は感謝祭だろうが、このバカ」ハーバート・デイビスは憂鬱《ゆううつ》な顔で応対すると、七面鳥のサンドイッチをほおばった。午後九時、また残業だ。いつものことだが、誰もが休暇を取る祭日でも、デイビスには関係なかった。「クリスマスは来月まで待て」

「何だっていいけど」職員は機嫌よく言うと、デイビスの机に紙包みを置いた。「とにかく、楽しくなる季節だろ」職員からビールの臭いがして、デイビスはやれやれと思った。昔は勤務時間中にアルコールを飲めば解雇、あるいは厳しい訓告を受け、職を去ることを余儀なくされた。

時代も変わったもんだ。

デイビスは、真空パックの上から「緊急」と書いて封がしてある包みを手に取った。

ビニールの中身を手で探ってみる。カセットテープだ。そして包みを開けようとして、時刻のスタンプに気づいた。「おい！」出て行こうとする職員を呼び止める。「ここに十一月二十八日の一七〇〇時とスタンプが押してあるぞ。『緊急』と書いてあるのに、もう丸一日も経ってるじゃないか。いったい何を――」

職員は振り返ると、陽気に指を振った。「文書配送の職員のせいだ。のんびりしてるんだな。悪いけど、僕はこれで」

デイビスはため息を吐《つ》いて、中から紙切れを引っ張り出した。疲れきって、何をする気にもなれない。アーロンがインフルエンザにかかってダウンしてしまったのだが、自分にもうつったのかもしれないなと思った。アーロンはここにきて二日間も病気で仕事を休んでいる。忙しくて、部下のありがたみを痛切に感じていた。

ＦＢＩからのメッセージの紙切れを開いたが、内容を理解しようとしても頭がついていかなかった。メッセージでは、ＦＢＩはまったく別のドラッグの事件で弁護士のＳ・Ｔ・エイカーズの電話を盗聴しており、その事件の担当捜査官が、内容はデイビスにも興味のあるものだと思う、とのことで、このテープを送ってくれたのだ。

デイビスはがらんとした廊下をすたすたと歩いて、オーディオ・ヴィジュアル装置が備えてある部屋に入っていくとテープを入れた。疲れてはいたが、興味がわいてきていた。あまりにも長時間の勤務をあまりにも長期間続けすぎている。うるさい義理の母と感謝祭を過ごすのも、こんなところよりましかもしれないと思えてしまうほどだった。

だめだ、しっかりしなければ。ただ疲れているだけだ。アーロンが病気で休んでしまったことが、改めて悔やまれる。デイビスは再生ボタンを押した。

音はとぎれとぎれで、最初は何の話が録音されているのかがなかなか理解できなかった。はっと内容に気づくと、デイビスはうなじの毛がざわっと逆立つのを感じた。一時停止ボタンを押して、巻き戻した。

一瞬、再生ボタンを押すのがためらわれた。これを聞いたら、もう同じように仕事をすることができなくなるのはわかっていた。そして、宙に浮かせていた指がボタンを押した。

電話が鳴る音、そして苛《いら》ついたような声から始まった。

「ああ？　こちらはエイカーズだが？」

「エイカーズさんですね？」

「ああ、そうだ。どなたかね？」

「あなたのお役に立てる人間ですよ、エイカーズさん。いえ、ドミニク・サンタナの役に立つ者と言ったほうがいいでしょうかね」

「続けたまえ」

「こちらに情報があります。ジュリア・デヴォーの居場所について――」

「おい、ちょっと待ってくれ。私はそういったたぐいの情報を受け取ることはできない。おわかりだと思うが、私がそんなことを知るのは、明らかに法に反する」

「では、どうやって――」

「しかし、だ。仮定の話をしてみよう。たとえば、私がこの電話を切り、留守番電話に切り替えたとする。君がメッセージを吹き込み、その間私は部屋を空けている。私は留守番電話に何が録音されたかはわからない。そこでだ、仮定の話だが――たとえば、だよ、そこを理解してくれたまえ、たとえば、私が自分のクライアントと接見しに収監所に行くときに、このテープを持っていくわけだ。このテープに録音された、別の部分を聞かせる必要があるからね。私は君がどういうメッセージを残したかも知らない。ところがテープはそのまま君のメッセージの部分も再生され、私にはもうどうしようもないということになる。私の言うことがわかるかね？」

「もちろん」

「では、電話を切るよ。私はこの部屋を十五分ばかり留守にする。それで足りるかね？」

「ええ、住所だけですから。でも私は金が欲しいんです。懸賞金の半分を私にください。百万ドルを私の――」

「君が何の話をしているのか、私にはさっぱりわからんね。しかし、何か要求があるのなら、テープに吹き込むがいい」

かちゃっと電話が切れる音がして、デイビスは停止ボタンを押した。これ以上聞く必要はなかった。デイビスは頭《こうべ》を垂れ、悲しみに打ちひしがれた。これから急いでしなければならないことが、山のようにある。時間の猶予もない。しかし悲しみにおぼれるほんのひとときは、自分に許してもいいだろうと思った。

ジュリア・デヴォーの情報を売ったことで、こいつは法の許す最高刑で訴追されることになる。個人の利益のために証人の安全を脅かす情報を漏洩《ろうえい》することは、二十五年の実刑となる。こいつはもう家族も失ってしまっていたのに。

ひとりの男が自殺していくところを耳にしたのも同じだった。どこかの誰かという男ではない。過去二十年、もっとも信頼を置いていた仲間。

ジュリア・デヴォーを殺し屋に売った男は、アーロン・バークレイだった。

「感謝祭、おめでとう。クープ、サリー」アリスがうれしそうに二人を迎えた。その日は一日じゅう雪がちらついていたが、二人がアリスの店に顔を出した午後も遅い時間になって、さあ本格的に吹雪《ふぶき》が始まるぞという降り方になってきた。クーパーはジュリアの背中に手を当てて、〝ランチにお出かけ〟の中へとエスコートしていきながら、胸の中で不安が大きくなっていくのを感じていた。

気に入らない。こういうのは、ひどくまずい。

「ほら、入って」興奮したアリスがジュリアの手を引く。「お野菜の盛り付けにすごく凝ってみたの。見てよ、絶対気に入るから。あ、メイジーがね、シェリー酒を使ったコーンブレッド包みの七面鳥を焼いたの。すっごくおいしくて、もう死んでもいいって思うわよ」

よしてくれ、死ぬのは。心の中でそう言い返しながら、クーパーはしぶしぶジュリアに添えた手を離した。ジュリアを自分の手が触れない場所に行かせてしまうことがためらわれた。アリスのおしゃべりに促されるように厨房《ちゅうぼう》に入っていくのですら不安になる。クーパーがバーニーにうなずきかけると、バーニーは立ち上がってアリスとジュリアの後ろについて、両開きの観音扉の向こうに歩いていった。サンディは窓際の定位置に陣取って、部屋の動きを絶えず目で追いながら、表の通りも警戒するような視線を向けている。よし、いいぞ、二人とも。さすが、俺の部下だ、とクーパーは思った。

クーパーは店内を見渡して、このひどい天候をありがたいと思った。一日じゅう雪が降っているのをうんざりした気分で見ていたのだが、天気のせいで感謝祭のわりには客が少ないのだ。誇りに顔を輝かせたグレンが、厨房のそばのテーブルでマットと一緒に座っている。別のテーブルにはシンプソンの住民が一緒に感謝祭を祝っている。ロジャー、リー、マンローの家族だ。さらにルパートで顔を見かけるが名前までは知らない二人連れが二組いる。別に、年寄りの夫婦がメイジーのデザートをほおばっていて、この二人を今まで見かけたことがなかったクーパーは、彼らが七十代にはなっているのはわかっていながらも、身元を証明するものを見せるようにと詰問したくてたまらなかった。

他にも見かけたことのない男がいた。出張中の営業マンという感じだが、クーパーはまばたきもせずにその男を注視した。目を合わせたまましばらくすると、男性は気まずそうに顔をそらした。すると今度はサンディに敵意むき出しの視線でぎろっとにらみつけられ、男性はフォークを置いて立ち上がった。金を出そうとしているのか、ポケットを探っている。男性が出て行ってすぐに、年寄りの夫婦も去っていった。

若いブロンドの女性がクーパーの目に入った。前にジュリアを引きずるようにこの場所から連れ帰ったときに、ジュリアが話をしていた女性だとわかって、自分から先だっての非礼を詫《わ》びに行こうかとも思ったが、まあいいだろうと考え直した。礼儀など、くそくらえだ。

後ろで何か騒ぎが起きて、クーパーは警戒しながら振り向いた。銃を納めたホルスターに手を伸ばしかけたが、ロイ・マンローが騒々しい声でアリスとメイジーに店と食べ物をほめる言葉を伝えているところだった。ほっとして、クーパーは手を元の位置に戻した。

この時間を選んだのは、クーパーの考えだった。最後の客が帰る寸前にしたかったのだ。この天候では夕食に来る客はないと考えていた。吹雪になるという警報もずっと出ており、暗くなってからこれほど他の町から離れた田舎《いなか》にわざわざ食事に来ようと考えるなど、よほどどうかしている。

クーパーは、アリスがジュリアとクーパーのために空けておいたテーブルにつき、あきらめるような気持ちでジュリアが厨房からまた現れるのを待つことにした。シャツの襟《えり》を引っ張って緩める。この場所は暖房が効きすぎている。肩から銃を吊《つ》るしているため、ジャケットを着ていなければならないのがいまいましい。

今日これで千度目だろうか。後悔の念にさいなまれる。ジュリアが感謝祭をここで祝うことを、衝動的に許してしまった。こんなことはできるだけ早く終わりにしたい。人目につく場所にジュリアを出すのはこれで最後にするつもりだった。公判の日までジュリアはどこにも出さない。しかし、はっと気づいた。クリスマスもやってくる。ううっ。ジュリアが友人とクリスマスを祝うのを止める手だてなどない。ジュリアはクリスマスを伝統的にきちんとした形式で祝うタイプの女性だろう。

クーパーにとって、クリスマスなどどうということでもなかった。過去二年は、クリスマスも普段どおり働いて過ごした。

馬というのは、土曜日や労働祭日や感謝祭やクリスマスというものを認識できない。毎日餌《えさ》をやり、水を与え、運動をさせてやらなければならない。例外はないのだ。クーパーがダブルC牧場に抱えている馬の価値は、ゆうに二千五百万ドルを超える。

実際には、現在のような生活を続けていくのが少しばかり大変になってきてはいた。あとどれぐらいこんな暮らしでやっていけるのか、自信がない。ジュリアに自分の家に来てくれるように説得できさえすれば……クーパーの顔にゆっくり笑みが広がっていった。一週間ぶりの笑顔だった。

ああ、そうだ。そうすれば問題はすべて解決する。ジュリアを説得して、牧場に来てもらえば、何もかも簡単になる。そんな夢の世界に、クーパーはしばし浸ってしまった。何とかクーパー家も改装をしてくれないかと頼んでみる。アリスやベスにしてやったようなことを、ジュリアは自分のところでもしてくれるかもしれない。温かく住みやすい場所にしてくれるはずだ。それから、このままずっと牧場にいてくれと頼んでみよう。そうすれば、もし上手に頼み込めば……ひょっとしてこれからもずっと牧場にいてくれるかも……一生ずっと……。

「まあ、まあ。あなたの笑顔を見られるのはすてきね」ジュリアがテーブルの座席に体を滑り込ませて、クーパーの横に座り、ウエストポーチを体の前の位置に持ってきた。「眉間《みけん》のしわは、タトゥでもして彫りこんであるのかと思ってたの」

アリスが目の前に料理を山盛りにした皿を置いた。「全部の料理をちょっとずつね」そしてクーパーに命令した。「全部食べるのよ」クーパーには、ほとんど見たこともないような料理ばかりが皿に並んでいた。感謝祭といえば、七面鳥、芋《いも》、クランベリーのソースとパンプキン・パイと相場は決まっている。それでおしまいのはずだ。

しかしジュリアは並んだ料理のすべてを知っているようだ。「うーん」うっとりとため息を吐き、その匂《にお》いを吸い込んでいる。「スイート・ポテトね。コーン・ブレッドのパンプディング、七面鳥のラズベリー・ピューレ添え。メイジー、はりきったわね」

アリスはいかにもうれしそうに首をすくめた。「ええ、すごいでしょ？　そのラズベリー・ソース、じゃなかった、ピューレ、食べてみてよ。今日ね、ルパートの新聞社から記者が来たの。すごく気に入ってくれて、この店のことを記事にするんですって」アリスは店内を見渡した。「でも、今日はそんなに込まなくてよかったわ。まだ勉強しなければいけないことがいっぱいあってね、七面鳥はたくさん注文しすぎたし、野菜は足りないし、おまけにコーヒーは切らしちゃうわ、パイは売り切れるわで。でも――」肩をすくめてみせる。「クリスマスまでには、軌道に乗るわ。始めたばかりにしちゃ、それほど悪くないと思うわよ」

クーパーはまったく食欲がなかったにもかかわらず、夢中で食べていた。食べるとさらに食欲が出てきた。まったく、すごくうまくやってるさ、とクーパーは思った。そして二口目をほおばったときだった。ふくらんでいた幸福感があっという間に消えてしまった。

携帯電話が鳴ったのだ。番号表示を見て、凍りつくような感覚に襲われた。デイビスからの電話。

悪いことが起きたのだ。

ジュリアはクーパーが食べる様子をうかがいながら、心の中で考えていた。クーパーはおいしいものが大好きなのに、あまりおいしいものを食べる機会が今までなかったようだ。ジュリアのことを、ものすごく料理がうまいと信じているらしく、確かにへたではない。しかし、メイジーの腕に比べればまったくの素人だ。メイジーの作ったスイート・ポテトを口に入れると、その夢のような味に目を閉じたくなる。

ここに来たのは正解だった。こういう時間が必要だった。クーパーも一緒に来るのはわかっていたし、クーパーにもこういう時間が必要だと思っていた。ふと息を抜く時間だ。

クーパーも気を緩める必要がある。少しだけでも緊張を解いたほうがいい。クーパーはひと言も口にはしないが、牧場の仕事を放ったらかしにしているのはわかっている。牧場での暮らしとジュリアの面倒をみる両方を抱えて、彼の生活はめちゃめちゃになっている。

そうだ、私が牧場に住むと言えばいいのかもしれない。

ちょっと前なら、そんなことを考えるだけでぞっとしたはずなのに、今のジュリアには非常に魅力的に思える。あのアダムス・ファミリーの屋敷みたいな家を、少しばかり改装してあげられるかもしれない。巨大な広さのキッチンで腕をふるって、美しい馬たちが調教されていくのをながめる。

それに何よりも、もっとクーパーと一緒にいられる時間が増える。夕方、二人で暖炉のそばで体を寄せるところが目に浮かぶ。その前で、愛を確かめ合うのもすてきだ。あの家なら百ヶ所ぐらい暖炉があるのだろう。そのすべてを試してみよう。

豊かな味わいを楽しみながら、ジュリアは暖炉の前の二人という幻想に酔いしれていた。「今の、何?」ぱっと幻想が消えた。

クーパーはフォークを置き、ズボンから携帯電話を取り出した。ジャケットがずれ、鈍く灰色に光る金属がクーパーのわき腹に見えた。クーパーは電話の表示を見て、険しい顔になった。

「クーパー」

話を聞くクーパーの手が、白く握りしめられていくのが見える。クーパーの顔がいっそう険しくなっていくにつれ、ジュリアの心に恐怖とも不安ともつかない気持ちがふくらんでいった。クーパーの瞳《ひとみ》が険しくなり、感情も読み取れなくなってしまった。

「クーパー」ジュリアはそっと声をかけた。その声にクーパーはジュリアのほうを見たが、ジュリアの姿に焦点は合っておらず、後ろを見ている。受話器から誰かの声が聞こえているが、何を言っているのかまではジュリアにはわからなかった。クーパーは電話を左手に持ち替えると、右手を回して左脇のホルスターから銃を引き抜いた。

「クーパー?」はっきりとした恐怖を感じ、ジュリアはささやくようにつぶやいた。

クーパーが厳しい表情で電話を切った。「サンディ」低い声で呼びかけると、すぐに返事が聞こえた。

「おう」

「マック」

「ああ」

「バーニー」

「うん」

「チャックを呼べ」

「すぐに」サンディが吹雪の舞う暗闇《くらやみ》に消えていった。バーニーとマックはクーパーの表情を見るなり、近づいてきた。

「バーニー」クーパーは顔も上げずに命令する。「スプリングフィールドと三八口径をトラックから取って来い。忘れるな、弾《たま》はたっぷり持て」

「クーパー」ジュリアはクーパーの袖《そで》を引っ張った。その手が震えている。「どうなってるのだ、私にも教えてちょうだい。何が起きたの？　今の電話は誰から？」

クーパーがジュリアのほうを見た。「今のはハーバート・デイビスからだ」冷たく感情のない声でクーパーが答えた。「サンタナが君の居場所を二十四時間前に探り当てた。やつの差し向けた殺し屋は、もうこの町に来ているはずだ」


何もかもが一度に起きた。

チャックが大慌てで店に飛び込んできて、シープスキンのジャケットから雪を払い落とした。巨大な兵器みたいなものを手にしている。バーニーとマックはそれからしばらくして戻ってきて大量の武器を運び入れた。全員が真剣な表情をしていた。

何もかもがめまぐるしく起こった。ジュリアはクーパーの手を取ろうとしたのだが、そのときにはクーパーは店の反対側まで移動していた。グレンと話している。その姿を見ていると、ジュリアは彼が見知らぬ人間になったような気がした。男たちは輪になってクーパーを取り囲み、クーパーが全員に低い声で何かを説明している。

「サリー？」メアリー・ファーガスンの怯《おび》えた声がして、ジュリアは振り向いた。「サリー、いったい何ごとなの？　何をこんなに大騒ぎしているの」メアリーの顔は蒼白《そうはく》になっている。ジュリアは怯えたジュリアは怯えたメアリーの肩を抱き寄せた。「話せば長いのよ、メアリー。聞いてもあんまり楽しい話じゃないし。こんなことに巻き込んじゃってごめんなさいね」メアリーの後ろでは、メイジーが厨房から出てくるのが見えた。メイジーはエプロンで手を拭《ぬぐ》いながら、グレンのもとに駆け寄った。

「サリー？」アリスもメイジーのあとから出てきた。「何がどうなってるの？」

ジュリアはアリスに向き合うと、その手を握り、そしてやさしく肩を叩《たた》いた。安心させようとしたのだが、ジュリア自身が安心とは程遠い状態だ。「大丈夫だから」

「大丈夫じゃないんだ」クーパーの張りのある声がすぐ後ろでして、ジュリアはびくっとした。「アリス、シンプソンにやって来る男たちがいるんだ。こいつらはプロの殺し屋で、その目的は……」クーパーはその先を言うのをためらった。

「ジュリアよ」ジュリアは意を決して話し出した。ここまできたら、秘密を隠していても何の意味もない。「アリス、私の本名はサリー・アンダーソンじゃないの。私はジュリア・デヴォーという名前で、殺し屋は私を狙《ねら》っているの」

「殺し屋はもう町に着いたの？」アリスが平然として答えた。「ふん、そんなやつらをあなたには近づかせないわよ。それは間違いないから、賭《か》けてもいいわよ」アリスはクーパーを見上げる。「クープ、私にできることはあるかしら?」

クーパーはきれいになった店内を隅々まで見渡した。その体じゅうが緊張感を伝えているが、声はアリスと同様、平静だ。きっと西部の人間っていうのは、パニックになる感情を遺伝的に持ち合わせていないのね、とジュリアは思った。

「よし、こうしよう。ドアにはすべて鍵《かぎ》をかけ、店内を暗くしてくれ。全員を店の真ん中に集めるんだ、できるだけ窓から離して。壊れ物を遠くにやってくれ。ガラスや陶器でできているものは、みんなよそにやるんだ。割れたガラスなんかで怪我《けが》をするのはばかばかしいからな。ここにはバーニーとサンディとマックを置いていく――」

「私もいるぞ」クーパーの疑り深そうな視線に対抗するように、グレンが立ち上がった。「私だって、銃は扱えるんだ、クープ。私の腕は知ってるはずだ。この腕を信じてくれ。こういうことには、一緒に立ち向かうんだ」

「そうだ」ローレンも声をそろえた。

クーパーは少しだけうなずいた。「わかった。チャックから武器をもらってくれ。裏口のドアを見張るんだ。バーニーは正面のドアに張り付く。サンディとマックは窓を見張れ。殺し屋は、ジュリアを狙って彼女の家を襲うはずだから、ここが狙われることはないとは思う。だが、万一のこともある」

チャックがグレンに武器を渡すと、バーニー、サンディ、マックも含めて男たちは持ち場に向かった。ジュリアが見ていると、クーパーは何か見慣れぬものを革の袋に詰めて、それを厨房から持ち出した二枚のタオルでくるんだ。

チャックがクーパーと一緒に行くことには、誰も何の疑問もはさまないようだ。チャックは太りすぎだしもう五十代なのだが、クーパーの決定にジュリアが口を出すまでもない。ジュリアの周囲を、クーパーは自分がもっとも信頼を置く部下で固めたのだということも、ジュリアにはわかっていた。

基本的には、クーパーはプロの殺し屋にひとりで立ち向かおうとしているのだ。

周囲を見渡して、胸が詰まるような気がした。女性たちはせっせと皿を片付け、テーブルを移動させている。男たちは自分の武器を調べている。誰もジュリアには何も言わない。

これはジュリアの抱える問題だし、ここにいる誰もが、自分のことだけを考えてジュリアひとりで対処させてもいいはずだ。クーパーがジュリアを守ろうとするのはわかる、何と言ってもジュリアは彼の女なのだ。チャックも法律を守らせる立場の人間だ。しかし、グレン、ローレン、バーニー、サンディ、マック、ベス、アリス、しかもメイジーまで。みんなには関係のないことなのに。ジュリアひとりが苦しめばいいだけのことなのに。

涙があふれてくるのがわかった。シンプソンの人々は、ジュリアのために、迷いも文句を言うこともなく、命をかけて戦おうとしてくれている。そのとき、後ろから手が触れるのを感じてくるりと振り向いた。ジュリアはクーパーの腕の中にすっぽり納まっていた。

ジュリアは力いっぱいクーパーを引き寄せると、その匂いを胸いっぱいに吸い込んだ。松と革と男性の匂いがする。自分の体に、クーパーの存在を焼きつけておこうと、ジュリアは力の限りクーパーの体を抱きしめた。胸に涙が迫り、恐怖がそこに巣くっていた。「クーパー、気をつけてね」そっとそれだけをつぶやいた。

「ああ」クーパーは引きはがすようにジュリアの体を離し、腕の分だけ距離を空けた。「俺たちは大丈夫だから」そして、ジュリアの瞳をのぞきこむ。「君は？」

今までに観てきたさまざまな映画の、勇敢でかっこいいヒロイン像がジュリアの頭に浮かんで、ジュリアはクーパーにグリア・ガーソンとキャサリン・ヘップバーンとヴィヴィアン・リーを混ぜたような、精一杯の笑顔を向けた。「ええ」喉《のど》が絞めつけられて、声がうまく出なかった。「大丈夫よ、私なら」

「銃を手にするんだ」

「あ、そうね」ジュリアは銃のことなどすっかり忘れていた。どうかしてる。小さいけれど恐ろしい武器を取り出した。しし鼻の銃がどっしりと手のひらに重かった。こんなものを本当に自分が扱えるのだろうか。

「さあ、いいか。俺の言ったことを思い出すんだ。引き金に力を入れるときの引っかかりな」

「はい、クーパー」ジュリアは必死で涙をこらえた。

「できるだけ狙いを絞れ。体重を前にかけろ。反動に体を起こすな。予備の弾はあるな?」

ジュリアはポーチを押さえてうなずいた。

クーパーはさっと激しくキスしたあと、チャックと一緒にドアに向かった。すると
ジュリアの瞳から、熱い涙がこぼれ落ちた。

「親父」マットの涙をこらえたような声が聞こえた。ドアから出かけていたチャックが足を止めて振り向いた。

「どうした?」

「僕にも銃が要る」

チャックの顔にさまざまな感情が交錯するのが見えた。驚き。恐怖。プライド。

そして、プライドが勝った。

チャックは、さっきバーニーが武器を置いたテーブルに行くとライフルを取り出した。しっかりとライフルを手にして、息子へと歩いていく。

こんなの、もういや、とジュリアは思った。クーパーとチャック、それに彼の部下

たちがジュリアを守ってくれるというのはもう受け入れるしかない。しかしマットはまだ子供なのだ。「だめよ、チャック。これは私の問題なの。私のせいで、こんな年のいかない男の子が撃たれでもしたら——」

チャックにぎろりとにらみつけられ、ジュリアは黙ってしまった。「あんたはもう私らの仲間なんだ、ジュリア。私らは自分たちの仲間をみんなで守る。マットは銃の使い方は六歳のときから習っている。私が自分で教えたんだ。今まで気がつかなかったが、うちのせがれもすっかり大人になってたんだな」厳粛な面持ちで、チャックはマットにライフルを渡し、マットも同じぐらい厳かに銃を受け取った。「ご婦人がたの面倒をちゃんとみるんだぞ、マット」チャックがきっぱりと息子に伝えた。

ジュリアは笑い出したいような、泣きたいような気分だった。マットの顔が急に大人びて見え、奇抜な髪型や耳や鼻のピアスをしていても、その下にある何世代ものあいだ受け継がれてきたパイオニア精神あふれる顔つきがはっきりわかった。西部の開拓地では、少年が大人になるのは早いのだ。

「親父、任せてくれ」マットは落ち着いた調子で答えた。もうその声は震えてはいなかった。

チャックは一度だけうなずくと、クーパーを追って外に出た。

二人が出て行くとすぐに、マットがにんまりと笑顔を浮かべた。「すっげー!」うれしそうに叫ぶと、マットは窓のすぐそばに位置を決めた。片手で銃を抱え、耳の横に構えている。テレビで見るようなカウボーイスタイルだ。しかし、もう片方の手は高々と突き上げた。「厄介者の息子から、ヒーローだぜ！」

雪が激しくなり、目の前に白いシーツを広げられたように視界が悪い。地面にもすでに数センチは積もっていて、柔らかな足跡を残すようになっていた。しかし、そのせいで音が聞こえない。雪は時として恐ろしい敵となる。雪を味方につけなければならないことは、クーパーにはじゅうぶんわかっていた。向こうに回してはいけない相手だ。気温は氷点下を切り、さらに急速に寒くなりつつある。森の中で獲物を探すのでなくてよかったとクーパーは思った。この寒さではしもやけになるし、そうなれば笑いごとではない。

クーパーは姿勢を低くしたまま、中央通りの家の前を黙ったまま歩いていった。後ろには同じように静かにチャックがついてくる。クーパーは頭の中で、いろいろなことを考えていた。時間的なことだ。時間をどう読むかが、すべてなのだ。デイビスは自分の身内に裏切り者が出たことを非常に申し訳なく思っていて、できる限り正確に起こった出来事の時刻を調べてくれた。クーパーはグレンの金物道具店の壁に伏せの姿勢を取りながら、出来事を時系列でもう一度考えてみた。

S・T・エイカーズは通常の面会時間が終わってから、健康に関する緊急事態があるからと言ってファーロウ島を訪れた。この施設では朝の七時にならないと、電話をかけることが許されない。サンタナは七時きっかりに、ボストンにいる自分の手先に電話をかけたという記録があった。

デイビスはボストンを出発するあらゆる飛行機の便を調べた。サンタナの狙撃《そげき》チームがすでに準備されていて、いつでも出かけられる態勢にあったとしても、ボイーズに到着できるいちばん早い便は、午後二時だった。空港が悪天候のため四時間閉鎖されたのだ。ボイーズの空港からシンプソンの町までは、天候に恵まれた日に、道をよく知っている者が急いでも三時間かかる。このあたりのことを知らない人間が、この吹雪のなかを来るのなら、少なくとも四時間はかかる。

クーパーは街灯の光で腕時計を見た。五時半。準備を完了するのに、あと三十分ある。

携帯電話が鳴り、クーパーはびくっとした。くそっと思いながら、二度目のベルが鳴る前に電話に出て、口元を手でおおった。「クーパーだ」中央通りから目を離さずに、クーパーは低い声で応対した。

「デイビスだ。こっちから知らせておきたいことがある」

クーパーは目を閉じた。祈るような気持ちだった。「狩りは終わりだ、猟犬は全部

「そうはいかんな。そっちの様子はどうだ？」

「申し訳ない」デイビスは本当に申し訳なさそうだった。「そうはいかんな。そっちの様子はどうだ？」

「ジュリアの安全は確保した。無事でいる。最悪でも、今彼女がいる建物の壁の漆喰《しっくい》が銃弾ではがれて、当たるぐらいのものだ。保安官と俺は、彼女の家の前まで来て、歓迎会の準備をするところだ」

「そうか、がんばってくれ」デイビスの声が小さく聞こえる。雪で音が吸収されてしまうのだ。「やって来た連中に、金を受け取ることはできないと言ってやれ」

雪の中にヘッドライトが光った。トラックがゆっくりと中央通りに入ってきて、クーパーは全身を緊張させたが、トラックは前を通り過ぎ、運転していたのはクーパーの隣の牧場主だった。「今何て言った？　どういうことなんだ？」電話の向こうの相手に怒鳴りつける。

「サンタナが死んだ」

「何だと？」クーパーは眉間を寄せた。聞き間違えたのだろうか？　今は、わずかな失敗も許されない。ジュリアの命がかかっているのだ。「もう一度言ってくれ」

「午後三時頃、サンタナは大きな心臓冠状動脈の梗塞《こうそく》を起こした」雑音がひどくて聞き取りづらいが、それでもデイビスはいかにも満足しているということが、その声から伝わってきた。「東部標準時午後三時十五分、やつは死亡を宣告された。私にも、今伝えられたばかりだ」

「死んだふりしてるってことはないのか？」

「やつが神様と特別の取引をしてるんでなければな。サンタナの内臓は、今検死台の上にぶちまけられてるところだ。解剖医の話では、アルコールの飲みすぎで肝臓がひどいことになってたらしい。つまりだ、今そっちに向かってる殺し屋を捕まえれば、何もかも終わりになるってことだ」

「サンタナの内臓を俺用に少し残しといてくれ。家の壁に釘《くぎ》で打ちつけてやりたいんだ」クーパーはそう伝えると、〝切る〟ボタンを押し、今、デイビスから聞いたことを頭の片隅に押しやった。目の前にやらなければならないことがあり、全神経をそれに集中しなければならない。

「今のは誰からだ？」チャックがほとんど聞こえないくらいの声で、クーパーの耳元にささやいた。

「あとでな」クーパーも同じぐらい低い声で答え、通りの角に建つジュリアの家を指して、手をこぶしのまま上げてぐるぐる回した。裏に回ろう。チャックは了解、とうなずいた。二人は静かに家の背後に回り、クーパーは鍵を使って中に入った。チャックも中に滑り込むと、ドアを閉める。静かに、しかしてきぱきと、ポケットからペン型の懐中電灯を、革の袋から閃光弾《せんこうだん》と細い導線を取り出して、チャックに渡した。

「足跡を拭き取ってくれ。気づかれるとまずい」小声でそう言われて、チャックはうなずき、濡《ぬ》れた足跡を拭き始めた。その間クーパーは閃光弾を正面玄関と裏口のドアの引き手につないだ。

すべてを完了するのに、四十五秒しかかからなかった。クーパーは満足して、寝室へと急いだ。

ジュリアの服を毛布の下に詰め込んで、万一誰かが窓からのぞいた場合、ジュリアが昼寝でもしているように見せかけた。そのときチャックの手が肩に置かれるのを感じた。クーパーが返事の代わりにうなずく。クーパーにも聞こえていた。車が、東バレー通りに入ってくる音がする。

窓の外を見ると、車がヘッドライトもつけずに進んできた。五十メートルほど家の手前で、車は雪にスリップするようにずるずると停まり、中から人影が現れた。車のドアが開いても車の室内灯はつかず、どういう人物かがはっきりわからない。ただ非常に警戒しながら、スムーズに動くところからもプロであることははっきりしている。

クーパーはチャックをクローゼットに押し込み、自分も入るとしっかりとドアを閉めた。

時計を見てみた。これで閃光弾の直撃を浴びずにすむ。デイビスが見積もったいちばん早い時間よりさらに十五分早い。

すばやく動く、有能な殺し屋だな、とクーパーは思った。

しかし、俺のほうが有能だぞ。

数ブロック先で爆発音が聞こえた。カフェバーの窓枠も振動し、そのあとは完全な静寂が訪れ、ジュリアの胸の空洞の中だけで、さっきの爆発音が反響し続けた。ジュリアが店内を見回すと、全員がショックに引きつった顔をしていた。しかしサンディとマックとバーニーは別だ。三人は厳しい表情を崩さず、武器を構えていつでも撃てる状態にしている。

「いやよ」ささやくようなジュリアの声が響いた。アリスはうつむいたまま、メイジーがジュリアのところに来て、落ち着かせようと肩を抱く。ジュリアは体を硬くしてその腕を振り払った。「いや！」今度は大きな声で、ジュリアが言った。

誰も何も言わない。

震える指先で、ジュリアは自分の銃の引き起こし式の銃身を調べた。これでもう何度目になるだろう。そして銃を元に戻す。クーパーにもしものことがあったら、そんなことになったら、この銃だって平気で使えるわ、とジュリアは思った。ジュリアは安全装置を外して、いきなりドアから飛び出した。クーパーの部下たちが押しとどめる暇もなかった。

「おい！」バーニーが声を張り上げるのが聞こえる。「クープに言われてるだろ――」

しかし、ジュリアはそのときにはもう外に出ていた。クーパーが何を言ったかを、バーニーに教えてもらいたくはない。直接クーパーの口から聞きたいのだ。クーパーの生身の体から、ジュリアを叱《しか》る言葉が出るのを聞きたい。言うことを聞かなかったと、文句を言ってほしい。危険なところに自分から飛び込むなんて、どういうつもりだと、クーパーにとことん説教されたい。そんなことには、俺は我慢できないぞ、と言ってもらいたい。クーパーに……クーパーが……。

生きていて。

ジュリアは涙と雪を顔から拭いながら自分の家の方向へ走った。こんな天候用の靴を持っていないので、ところどころで足が滑る。雪はくるぶしのあたりまで積もっていた。しかし胸まで埋もれるほど雪が積もっていたところで、ジュリアには関係なく、また気づきもしなかっただろう。ジュリアの頭には、クーパーのそばに行きたいということしかなかった。

自分の家の入り口までの数メートルを滑るように移動し、門柱に手をついてストップした。そしておぼつかない足でポーチを登ると勢いよくドアを開け、はあはあと息をして目をしっかり見開き、銃を撃つ姿勢を取った。

部屋の中には、不機嫌そうな男が二人、後ろ手に手錠をはめられ、壁に背を向けて居間の床に座らされていた。チャックが事務的に逮捕される際の被告人の権利を読み上げている。クーパーはバスルームから出てきたところで、赤くなったこぶしを口に当てていた。非常に険しい顔をしている。

その姿にジュリアの心臓が飛び上がり、胸が詰まって何も言えなくなってしまった。ジュリアは震えながら、安全装置をかけ銃をテーブルに置いた。「クーパー――」そこから先が声にならない。もう一度だ。「クーパー」弱々しい声がかろうじて出たが、クーパーにも聞こえたようだ。

クーパーがまだ怖い顔をしたまま振り向き、ジュリアを認めるといっそう険しい表情になった。「いったい、何――」言い始めて、ジュリアの後ろを見た。「バーニー、彼女を安全な場所に置いておけと、言っといたはずだ」

バーニーが説明しようと口を開いたが、息が上がって声にならない。しかし、何か言っていたとしても違いはなかった。ジュリアがクーパーの腕に飛び込み、歓喜の叫びを上げたのだ。「ああ、よかった。クーパー、爆発が聞こえて、私、てっきり――私――」

「わかってる」クーパーがしっかりと抱きしめてくれる。「いいかい、あそこでじっとしていろって、言ったよな?」

ジュリアは何も言えなくなっていた。肩に顔を埋めたまま、ジュリアはうなずいた。

「俺が言ったことを覚えてるか？　〝ランチにお出かけ〟で、そのまま待つようにって言ったはずだ。たいしたことを頼んだわけじゃないだろ？　あそこにずっといて、俺が迎えに行くのを待ってなきゃいけなかったんだぞ」

ジュリアはうなずき、首を横に振り、またうなずいて笑い始めた。クーパーの肩に預けていた顔を起こす。「私も、あなたに会えてうれしいわ」

クーパーを体に感じるのは、本当にうれしい。彼の強さ、安心感が伝わる。濡れたウールの匂いがする毛羽立ったジャケットすら肌に感じるとありがたい気がする。ジュリアはふと壁にもたれかかっている二人組の男を見た。クーパーから体を離し、ジュリアは男たちのそばに寄って、見下ろした。

「この人たちの顔はどうしたの？」

「ドアにでも当たったんだろ」クーパーが答えた。

「逮捕に抵抗したんだ」チャックが言い直した。

その殴られた顔をじっくり見ると、ひとりの男はブロンドで長い髪をポニーテールにしており、もうひとりは黒っぽい髪を短く刈り上げていてピアスを三個つけていた。しかしその表面の特徴がどうであれ、同じ表情があった。サンタナにもあった、あの顔つき。この表情はジュリアの記憶に、永遠に刻み込まれている。冷たく、残酷で、暴力でものごとを解決しようという顔。この男たちなら、ためらうことなく自分の命を奪っていただろうとはっきり悟って、ジュリアはぞっとした。

しかも、サンタナはまだあきらめないだろう。

ジュリアはそう思うと、新たな恐怖に襲われた。この七週間ずっとこの恐怖にとらわれてきた。―クーパー、サンタナにはもう私の居場所が知られたのよ。また別の――」

「新たな殺し屋が送られることは、もうない。どこにも誰も来ないんだ。あいつは死んだんだよ。何時間か前に、心筋梗塞で。悪夢はもう終わったんだ」

その言葉の意味が、一瞬ジュリアには理解できなかった。

悪夢はもう終わった。頭の中で、その言葉を考えてみる。悪夢はもう終わった。どういうことなの？

「まあ」言葉が空虚に響く。「じゃあ、そういう――それは、よかったわ」

クーパーは心配そうな顔でジュリアを見た。「な、ちょっと座ろうか」ジュリアが首を横に振ると、クーパーは肘掛《ひじか》け椅子《いす》のところまでジュリアを連れて行って、そっと上から押してきた。「座るんだ。倒れそうだから」

そんなことしたくない。しかし、膝《ひざ》が言うことをきかなかった。

体の奥のほうが、激しく震え始めるのがわかった。指が椅子の肘をぎゅっとつかみ、目の前がちらちらして、焦点が合わなくなってくる。クーパーに今言われたことを理解するのを、頭が拒否しているようだ。

悪夢はもう終わった。

来る日も来る日も、恐怖にさいなまれ、孤独に苦しんだ。そんな状態にどっぷりつかって、孤独のあまり死んでしまうのではないかとすら思うこともあった。何週間もひとりぼっちで逃げ続けた。体が震えて眠りから覚めると、汗びっしょりになっていた。しかし夢の中で忍び寄る脅威よりも、目を覚まして現実に感じる恐怖のほうが大きいことがわかるだけだった。そして自分に言い聞かせてきた。今、この瞬間を生き延びるのよ、私には明日があるかは、わからないのだから、と。

悪夢はもう終わった。

胸の中で、涙が爆発した。もう一度。

「ああ、神様」ジュリアはぐらぐらする頭をかかえて、あえいだ。悪夢の終わりという事実が、ジュリアを激しく何度も揺さぶった。ジュリアは息苦しくなって、何も考えられなくなった。

クーパーがジュリアの震える手を包んでくれた。ジュリアの視界につなぎ合った手が入った。「終わったのね。もうこれ以上、ここにいることもないんだわ。好きなことを何でもできる。家に帰れる。ああ、ありがとうございます。また、家に帰れる。

今すぐにでも。神様、もう我慢しなくていいんですね。今すぐ家に帰れるんだわ」涙がとめどなく流れ、心臓が激しく高鳴った。クーパーが体を離したのも、ジュリアはほとんど気がつかなかった。

ジュリアはわなわなと震える指で髪をかき上げた。思いはただひとつ――家に帰れる。そのことで頭はいっぱいだった。

悪夢はもう終わった。

ジュリアはふとあたりを見回して、クーパーが距離を置くようにして自分を見ていることに気がついた。チャックも出て行こうとしている。バーニーは背を向け、ドアの近くで体を硬くしていた。

ジュリアは自分が今口にした言葉をはっと思い出し、それがクーパーにどう受け取られたかに気づいて愕然《がくぜん》とした。家に帰りたいと言ったのを、二度と戻ってこないという意味に受け取っただろう。しかし、そんな意味で言ったのではない。まったく違う。どういう意味かというと――どういう意味だったかは……どういうつもりで言ったのか、ジュリアにもわからなかった。

ジュリアは順序だてて、いろいろなことを考えようとしたが、頭がうまく回らなかった。ずきずきと痛むだけだ。

もうクーパーのことは、何もかもわかるようになっていた。その無表情に見える顔から正確に感情を読み取ることもできた。そんなことにふと気づいたのは、また彼の心の中が見えなくなってしまったからだった。ジュリアの前に気をつけの姿勢で立つクーパーは、大きくてがっしりして、その顔からはいっさいの表情が消えていた。

チャックは捕まえた男たちをドアの外に連れ出した。バーニーはすでにいなくなっていた。クーパーもドアに手をかけている。

「もう苦しむことはない」クーパーの口調は、顔と同じように何の感情もにじんでいなかった。「デイビスが、宣誓調書を取るために君に連絡すると言っていたが、しばらく時間はかかるだろう。俺のほうで明日の飛行機を予約しておく。うちの誰かに、空港まで送って行かせるから」

「いえ、私は――」ジュリアはクーパーのほうへ手を伸ばした。クーパーがこんなに無表情な顔で自分を見るのが耐えられない。しかしあまりにもいろいろな感情に押し流され、どの感情の波に乗ればいいのかも、わからなくなっていた。ジュリアは震える唇を噛《か》んで、だらりと手を下ろした。

クーパーに言いたいことがあまりにもたくさんある。しかし、何を言う時間も残っていない。クーパーはもうドアを出て、門のところに行ったのに、足が重くて前に出ない。

これでよかったのかもしれない。

自分の気持ちを、誰に説明していいかもわからない。そんな人はこの世にひとりもいない。少なくとも今夜は。特に、今すぐには。

ジュリアは倒れるようにソファに座った。ひどいソファ。壊れたスプリングが、お尻《しり》に痛い。

そしてはっと思った。このくだらないソファを懐かしく思うに違いない。ボストンに置いてきたジュリアのソファはイギリス製のアンティークでチンツ加工のシックな更紗《さらさ》が張ってある。このソファはどうしようもない代物だけど……味はある。

身の回りからなくなると、懐かしく、恋しく思うものがたくさんある。

家に帰るのだ。やっと、実感がわいてきた。家に。

我が家に。

しかし、ボストンに何があるというのだろう？　今、家と呼べるのはどこなのだろう？　ボストンで、何が待っているというのだろう？　仕事？　うまく職に復帰できたとしても、すでにあの仕事には不満を感じていた。独立して、フリーになることさえ考えていたほどだ。本のお医者さん。勤めていた出版社は別の企業に買収されたため、人の出入りが激しく、同僚と揺るぎない友情のようなものを築くことさえできなかった。作家に対しても同じだ。基本的にジュリアの仕事とは、言ってしまえば原稿を右から左に整理するだけのことだった。

でも、またジーンとドーラに会える。

ただ、今考えてみると、シンプソンに来てから、二人がどうしているかと思うこともなかった。ジーンとドーラとは、会社でもよく一緒にいた。同じ傾向の本を読み、土曜日にはカフェでコーヒーと会社の噂《うわさ》話を楽しんだ。しかし、それだけのことだった。

ここでの人との付き合いはそんなものではなかった。毎日の暮らしの中で、友人たちとは密接に関わり合っていた。アリスが元気でやっているかが気にかかる。〝ランチにお出かけ〟はうまくいっているのか知りたい。メイジーのすばらしい料理の数々をこれからも味見したい。ベスの店の改装を手伝いたい。マットは百二十ページもあるSF作品を書いたと言っていた。それを読んでみたい。

みんなとは、離れられない。

ジュリアは膝の上に濡れた鼻先を押しつける犬を見た。フェデリコのような上品なシャム猫なら、別の飼い主をすぐに見つけられる。しかしフレッドはそういうわけにはいかない。フレッドにはジュリアが必要だ。フレッドを置いていくことなどできない。

クーパーを置いていくことなどできない。

何があっても、絶対に。

さっき、思わずあんな反応をしてしまったが、一度にさまざまな感情に押し流され、どっと安堵《あんど》してしまったせいだ。今は頭をおおっていた霧のようなものが晴れ、クーパーのそばにいたいことを実感した。私のクーパー。彼がいてくれたから、安心できた。同時にわくわくした。ジュリアを叱ってくれ、ジュリアのためにいろんなものを修理してくれたクーパー。彼とベッドに入ると、どきどきして心臓が止まるかと思うほどだった。

激しい感情の波が引いていき、ジュリアは穏やかな心ではっきりと悟った。

バカなことをしてしまった。でも、大丈夫。クーパーは許してくれるはず。きっと……許してくれなければ、こてんぱんにやっつけてやるわ。前に合気道の練習をしたとき、笑い転げていたクーパーを投げ飛ばしたことだってあるもの。

格闘技の達人のくせに。

確かにクーパーには、くだらないプライドがあるのかもしれない。でもジュリアにはそんなものはない。ジュリアはやっと膝ががくがくしなくなったのをありがたく思いながら、立ち上がった。

ジュリアは電話を手にしたが、不思議そうに受話器を見つめた。信号音が聞こえないのだ。音が聞こえないかと、受話器を振ってみると、ベルが鳴り出して、びくっと飛び上がった。床に落とした受話器を見て、眉《まゆ》をひそめる。またベルが鳴る。やっと電話ではなく、玄関の呼び鈴が鳴っていることに気がついた。

誰が来たのかはわからないが、相手をしてはいられない。今すぐクーパーと話さなければならない。他の誰とも言葉を交わす暇はない。

ジュリアがドアを開けると、入り口にメアリー・ファーガスンが立っていた。肩には雪が積もり、小さめの旅行かばんを抱えている。「ハイ」メアリーはおずおずとほほえんだ。「これから発《た》つの。父のところに帰るのよ。結局、父の言うとおりだったから。あなたにお別れだけはしておこうと思って。ちょっとお邪魔してもいい？」

メアリーはクーパーではない。まるで違う。クーパー以外の人間には会いたくない。しかし、体にしみこんだ礼儀というものが、クーパーのあとを追いたいという気持ちと闘った。ほんの一瞬悩んだジュリアは、礼儀を取ってしまった。メアリーにきちんとお別れをして、それからクーパーのところに行けばいいのだ。

「ええ、どうぞ。さあ入って」ジュリアは弱々しく笑顔を作り、メアリーを中に迎え入れた。

「さっきは、大変だったわね。死ぬほど怖かったのよ」メアリーはそう言うと、旅行かばんを床に置いた。

「ええ」ジュリアはキッチンに行ってお湯を沸かし、マグカップを二つ持って居間に戻った。「何もかも終わって、本当によかったわ」

「ええ、そこなのよね、ジュリア」メアリーが残念そうな口ぶりで言う。「まだ、何も終わってないような気がするんだけど」

ジュリアの頭の中が、ごうごうと音を立て始め、カップが床に砕けるのが遠くで聞こえた。

メアリー・ファーガスンは銃を手にし、その銃口がぴたりとジュリアに向けられていた。

町外れまで来たところで、クーパーはジュリアのもとを去ったことを後悔し始めていた。雪があちこちで小山のように固まり、トラックがその上を跳ねるので、運転するのも必死だった。雪がフロントガラスに激しく吹きつけられ、ワイパーがほとんど追いつかない。

自然でさえ、ジュリアのところに戻れと言っているのだろう。

プライドというのは、おかしなものだなとクーパーは思った。この四世代にもわたって、クーパー家の男たちは、そのプライドで自分の首を絞めてきた。しかし、プライドなどにしがみついたって、笑うこともできないし、夜にベッドが温かくなるわけでもない。プライドというのは、人を冷たくし、他の人間との関わりをなくさせるものだ。

なるほど、彼女は家に帰りたいと言った。それが、どうした？　家に帰りたいのは当然ではないか。誰だって家に帰りたいものだ。彼女はシンプソンの町にすっかり溶け込んでいたので、ここで生まれたのではないことも忘れていた。彼女には置いてきた過去というものが、別の場所にあるのだ。

ひと言も彼女の話を聞こうとしなかった。あんな大変な目に遭ったのだから、ショックと恐怖を味わうのもあたりまえなのに、その余裕すら許さなかった。まったく、何て男なんだ。空港には誰かが送っていくと、冷たく言い放っただけ。

ジュリアは今どうしているだろう？　きっとみんなに捨てられたような気分で、今日起きたことのショックにひとり震えているのだろう。あの悪趣味でスプリングの壊れたソファに小さく体を丸めているジュリアの姿が目に見えるようだ。

今夜は、いつにもましてジュリアをひとりぼっちにしてはいけない夜だった。自分の行動を振り返ると、クーパーはいたたまれない気分になった。今、彼女のそばにいて、彼女を慰め、へたな腕でも最善を尽くして料理を作ってやり、何とかその料理を飲み込む彼女の姿を見守り、そして彼女がまずい料理に勇敢ともいえる斬新《ざんしん》なコメントを言うのを聞いているべきだった。

トラックがまた雪に乗り上げ、スピードを落とした。もう待てない。ジュリアが途方に暮れ、寂しい思いをしているところなど、あと一秒でも耐えられない。クーパーは片手でハンドルを操ってトラックを道路に戻しながら、もう一方の手でポケットの携帯電話を取った。ジュリアに、これから戻るからと言おう。ジュリアの家の番号をダイヤルした。だが応答はなかった。

番号を間違えたのだろう。クーパーは車を止め、眉をひそめてもう一度ジュリアの家の番号を押してみた。さらに三度。そして、電話を切った。

クーパーの体の中で、今までになかったような恐怖がわいてきた。

俺は、なんという愚か者だったんだ。クーパーは自分自身への怒りに震えた。くだらないプライドに心が痛み、まともに考えることができなかった。

サンタナの送り込んだ殺し屋が、さっきの男たちだけだったとは誰も言っていない。また別の殺し屋が、万一のためとして用意されており、ジュリアの家に到着するまでに車から先に降りていたという可能性もある。殺し屋が、今ジュリアの家にいるのかもしれない。

ジュリアに何の警護もつけず、ひとりで置き去りにした。

背筋を冷たいものが走るのを感じながら、クーパーはトラックのハンドルをねじるように無理やり切って、雪の塊に後部を突っ込み、Uターンした。自らの愚かさを激しくののしりながら、アクセルを目いっぱいに踏み、雪の舞う夜を疾走し始めた。

「あの、メアリー」ジュリアはからからになった唇を舐《な》めた。「その……その銃には気をつけてね。弾が入ってるかもしれないでしょ」

「もちろん弾は装塡《そうてん》してあるわよ、バカね」メアリーは旅行かばんからカメラを取り出し、ソファの前のテーブルに置いた。「中の銃弾のひとつはあなた用よ。使われる日を二ヶ月も待ってきたんだから」メアリーはバカにしたような目つきで、あきれたようにちらっとジュリアを見た。「向こうの壁に行きなさい。白い背景が要るのよ」

「メアリー、これはどういうこと？」ジュリアはささやくような小声で話しかけた。「どういうことって？　私が二百万ドルを稼ごうとしてるってことよ、お嬢さん」メアリーが銃口でジュリアに動けと促す。「さ、向こうに行って」

ジュリアはメアリーを見ながら、言われたとおりの方向に足を引きずるようにして歩き、ソファの前のテーブルににじり寄った。テーブルにはトムキャット三二口径が置いてある。かなり近づいたところで、メアリーのほうがさっとトムキャットに手を伸ばした。

「あら、あら、ジュリア」メアリーは銃を取ると、チェンバーをくるくる回して銃弾を出し、空《から》にした。「トムキャット三二口径ね。すごく銃のことをわかってる人が、あなたにアドバイスしてくれたみたいね、ジュリア。とは言っても、それが何の役に立つわけでもないんだけど」

メアリーが若い女の子だと思ってしまったのはなぜだろう？　この女性は天才的にメークがうまい。よく見ると目じりにたくさんのしわがあり、鼻の下の縦の線も口までくっきり深く刻まれている。

「メアリー、どうしてこんなことをするの？　私があなたに何かした？　こんなことやめて」

メアリーは大声で笑い出した。「まず言っておくけど、私の名前はメアリーなんかじゃないわ。本名をあなたに言うつもりも別にないけど。二つ目に覚えておいてほしいのは、私はこれからあなたを殺すってこと。あなたの行方は十月からずっと追いかけてきたんだもの、当然でしょ。あなたに、すてきな海辺の別荘を買ってもらって楽しく暮らすってわけ。正確に言えば、あなたの首に買ってもらうことになるんだけど」

メアリーはかがみこむと、カメラのレンズを調べ、それから部屋中すべての明かりをつけて回った。その間もずっと、銃はぴたりとジュリアを狙ったままだった。見事なまでに訓練されているのだ。「明るさが肝心なのよね」メアリーがぶつぶつ言っている。

「でも――」ジュリアは頭でいろんなことを考え、何が起こっているのかをきちんと把握しようとした。「サンタナが送ってきた人たちは、もう捕まったわ。私を殺そうとしたけど、失敗したのよ」

「あの、バカなやつらのこと?」メアリーの顔が強ばり、真っ白になった。さっきアリスのカフェバーで見せた表情と同じだ。そのとき初めて、これは恐怖ではなく激怒だったことに、ジュリアは気がついた。「安っぽい殺し屋が二人。その場しのぎに雇われただけなのに、あいつらが私のお金をかっさらっていこうとしたなんて、考えるだけでも腹が立つわ。でもね、ちゃんと写真を撮るから、サンタナは誰にお金を払えばいいかが、わかるってことになるの」

「払わないのよ!」ジュリアは、ほっとして泣きそうになった。メアリー、いや本名が何だかは知らないが、この女性はまだ何も知らないのだ。「サンタナがお金を払うことはないの。無理なのよ。知らなかったの? サンタナは死んだのよ。今日の午後、死んだの」

「嘘《うそ》よ!」メアリーが怒鳴った。

大声に驚いたジュリアは、メアリーの薄いブルーの瞳をのぞきこんだ。サンタナやさっき家に押し入った二人の殺し屋に共通する、冷たい残忍さというものはなく、そこに見えるのは純粋な狂気だった。感情のない瞳がジュリアをにらみつけているだけだった。

「助かろうとして、嘘ついてるんだわ。でも、その手には乗らない」メアリーの薄い唇に笑みが浮かんだが、目は笑っていなかった。「あなたを撃って、その写真をサンタナに送るの。そうすれば、向こうから送金してくるのよ」

「でもそうはならないのよ！　サンタナが送金することなんてないの」ジュリアは何とか話を聞いてもらおうとしたが、メアリーにはいっさい通用しなかった。何を言っても届かないのだ。そして、メアリーの手に握られた銃が、ゆっくりと弧を描いて上がっていく。

時間を稼ぐのよ！　ジュリアは夢中でそう思った。もう少し時間が必要だ。何とかしてメアリーに撃たれるまでの時間を引き延ばすことができたら、誰かがやって来てくれるかもしれない。きっとクーパーが……。

けれど、クーパーは自分が遠ざけてしまった。何てバカなことをしてしまったのだろう。クーパーを追い払ってしまうなんて。しかし、メアリーの注意を少しでもそらすことを考えなければ。「ね、このまま帰ったほうがいいわ。お金を受け取ることなんてないんだもの。このまま帰ってくれたら、このことは誰にも言わないから、約束する。誰も何があったのかは知らないのよ。銃を下ろして、出て行って。サンタナは死んだんだもの」銃口はジュリアの心臓に向けられていた。狙いをつけられた心臓が、激しく早く音を立てている。「お願いよ」ジュリアはささやくような声で、付け加えた。

「お願いって何よ？　ふん、二百万ドルに代わるものを、あなたが私にくれるってわけ？　それだけのお金があれば、私は新しい生活を始められるの。あなたの命と引き換えに、私の人生が始まるのよ」そして、メアリーが耳障りな声で短く笑った。「それぐらいは、当然でしょ」

「違うわ、そんなことはできない」ジュリアはできるだけ落ち着いた口調を保とうとした。「私の命と引き換えに、新しい人生なんて手に入らないのよ、メアリー」さらに、ジュリアはすぐにわかる理屈を並べた。「この吹雪よ、遠くまでは逃げられないわ。すぐに捕まる。何のためにもならないことをして、捕まるのよ。あなたにお金を払う人なんてどこにもいないんだから、私を殺しても何にもならないの。サンタナは死んだのよ、メアリー」

「この嘘つき！」メアリーは悲鳴のような声を上げ、引き金を引いた。

ジュリアはどさっと壁に打ちつけられ、肩に火がついたような痛みを感じた。よろよろと立ち上がったが、脚がふらついてまた倒れてしまった。視界がかすんでいく中で、メアリーが近づいてきて目の前にしゃがみこむのが見える。目の中で炎がばしゃっと音を立てて燃え上がる。もう一度。しばらくして、それがカメラ用のストロボライトであることが、わかった。

メアリーはまた立ち上がったが、足元が血で滑るらしく、その顔が不機嫌そうにゆがんだ。「血だわ。私、血って大嫌いなの。さ、もう何枚か写真を撮りましょうね、お嬢さん。それで、最後にしましょ。最後のショットは頭を狙うの。それでおしまいになるから。そろそろ行かないとね。私、飛行機に乗り遅れたくないから」

セーターの前がみるみる赤く染まっていく。ジュリアはそれを見ながら、セーターを赤くしているのは自分の血なんだ、ということをぼんやり理解していった。遠い外国からファックスで情報が送られてくるような、鈍い反応だった。すると、霧がかかったような頭に、低く威嚇《いかく》的なうなり声が聞こえた。

「うるさい！」メアリーがフレッドを蹴《け》っていた。フレッドは毛を逆立てて、ジュリアの前に立ち、大きく吠《ほ》えたと思うと、メアリーの手に噛みついた。メアリーはちょうど銃口をジュリアのこめかみに当てようとするところだった。フレッドはなおも歯をむき出して、ぞっとするようなうなり声を上げている。「このバカ犬に下がるように言って」メアリーが負けじと叫ぶ。「もうこんなところから、出て行かなきゃならないんだから」

「いい子ね」ジュリアがつぶやいた。「フレッド、おまえはいい子だわ」痛みが強くなり、波のようにジュリアを襲う。どこか遠くでわき起こった波が、すぐそこまできてジュリアをさらっていこうとしている。

「ふん、下がれと言わないならそれでもいいわ。ここから撃つから」メアリーは離れたところから照準を合わせるように、片目をつぶった。

頭がすごく重い。ジュリアはそう思いながらも顔を上げ、自分の額《ひたい》に向けられた銃口を見すえた。

死にたくない。生きていたい。生きて、クーパーと結婚したい。クーパーの呪《のろ》いを解いてあげたい。赤毛の娘をたくさん産んで、あの家をいっぱいにしたい。女の子だらけの毎日で、もう勘弁してくれとクーパーに言わせたい。それに、クーパーにまだ伝えていなかった。彼を愛していると。

引き金にかかったメアリーの指が絞られていく——これで終わりなんだわ。

大音響とともに、メアリーの額に赤い花が咲いた。フレッドが吠え、クーパーがそばにひざまずいている。ジャケットを脱いでジュリアの肩に押し当て、両腕でジュリアを抱えながら叫んでいる。「ジュリア、ジュリア!」クーパーの手がジュリアの体を調べている。傷を確認しているのだ。そして、肩の傷をさらに強く押した。

あまりの痛さに気が遠くなりそうになって、ジュリアはやめてくれと言いかけたのだが、痛みで声が出ない。

「ジュリア」クーパーがそうっとジュリアの体を抱え上げた。低音の声が涙まじりになっている。「死なないでくれ、ジュリア。俺を置いていかないでくれ。君がどうしても必要なんだ。少しのあいだ、がんばるんだ。すぐにルパートのアダムス先生のところに運ぶからな。ちょっとだけ、がんばるんだぞ。ジュリア、何か言ってくれ。死なないって、言うんだ。そんなことはさせないからな。お願いだ、何か言ってくれ」

何か言ってくれ。

「ねえ」ジュリアはそっとつぶやいて、弱々しくクーパーの頬《ほお》に手を当てた。温かくて、ざらざらして、確かな感触だった。これこそが、クーパーだ。「それって、私のせりふでしょ」

エピローグ

四年後

「おしまい、と」

ジュリアは満足して椅子《いす》に深々と寄りかかり、しばらく画面のカーソルが点滅するのを見ていた。ほうっと満ち足りたため息を吐《つ》いて、ドキュメントを保存し、コンピュータの電源を切って、ううっと体を伸ばした。あうっ。いつもより肩が痛む。ということは、もうすぐ雪が降るのだ。天気予報によれば、感謝祭には四年前の大雪のときと同じような吹雪《ふぶき》になるということだった。

あの吹雪のせいで、ジュリアは命を落とすところだった。ルパートの医師から聞いた話では、担ぎこまれたときにはジュリアの血圧は、最高で50と最低は0にまで落ち、そのままさらに下がり続けているところだった。ジュリア自身はほとんど意識もなかったが、悪い夢を見るときには、いつも場面が白でおおわれていた。雪、包帯、白衣の医師と看護師、手術室の照明、そして……。

生きているのは、まったくの幸運だと言われた。今は撃たれたことを思い出させるものは、天候の変わり目にうずく肩だけしかない。もしクーパーが止血法を知らなかったら、もし雪の中をクーパーが必死でルパートまで車を走らせてくれなかったら……そう思うとぞっとする。

ベッドで起き上がれるところまで回復するとすぐに、クーパーは治安判事を病室に招きいれて、結婚式を挙げた。クーパーが持ち込んだ花で埋めつくされた病室で、シンプソンの友人たちに囲まれて、ジュリアはクーパーとの人生のスタートを切った。

ギプスで六ヶ月肩を固定され、さらにリハビリにもう半年かかって、肩を動かせるようになった。その間クーパーからは、仕事をすることを許してもらえなかった。そのあとは、双子の女の子が生まれ、この二年間子供の世話にかかりきりになった。

ある程度まで肩を動かせるようになると、ジュリアとクーパーはボストンに最初の旅行に出かけ、そのとき子供のことを考えてみるようになった。ボストンに行ったのは、所有していたマンションを売り、荷物をまとめてアイダホに送るため、そしてボストンの友人たちと再会するためだった。友人たちには、いつでもアイダホに遊びに来てくれと伝え、実際に何人かはやって来た。

子供のことは、何も問題なく決まった。昔のマンションの部屋で愛を確かめ合ったあと、ジュリアはそっとクーパーの耳元にささやいた。「もう、ピルを飲むのをやめたの」

「よかった」クーパーの言ったのはそれだけだった。それで、何もかもを了解し合った。

ただし、これほど騒々しい双子の女の子が生まれることは、誰も予想していなかった。最初の二年間、仕事をするなど問題外だった。しかしそうしているうちに、ジュリアは何となくそわそわした気分になっていった。そして今、フリーの編集者、いや、本のお医者さん、とジュリアは呼んでいるが、その呼び方にふさわしい仕事から、キャリアをスタートさせることになった。ロブ・マンソンの処女作の編集をすることになったのだ。

マンソンはこれまでに、ジュリアのことを記事にして、ピューリッツァー賞を獲得していた。『ジュリアを救った町』という特集記事だった。

クーパーがジュリアの話を友人であるマンソンに話した。マンソンは非常に興味を持ち、シンプソンまでやって来てリサーチをした。そしてアリスと出会い、地元新聞の編集主幹に推薦されシンプソンにとどまることになった。この記事は全米を席巻する大ニュースとなった。証人保護プログラムがうまく機能していないことが、マンソンの記事で人々に知られることとなり、連邦マーシャルサービスには新しい長官が任命され、予算もついた。『ジュリアを救った町』は、テレビの人気ニュース番組で取り上げられた。

ロブはときおり冗談で、本当は『ジュリアが救った町』だよね、と言う。この二年、いくつかの企業が本社をシンプソン周辺に移転した。ロブの弟は、アップル社でソフトウェアのエンジニアをしているのだが、兄を訪ねてシンプソンにたびたびやって来るうちに、彼もこの町で新しく会社を興すことを考えている。ロブとアリスは一年前に結婚し、もうすぐ初めての赤ちゃんが生まれるところだ。

娘たちとクーパーが何をしているのだろうと、ジュリアは椅子から立ち上がった。ジュリアの書斎として使われている部屋は巨大なもので、ドアまで行くのにも時間がかかる。クーパーが、二階部分をすべてジュリア専用の場所に改装してくれた。昔働いていた出版社全体より、今自分専用に使える部分のほうが広くなってしまった。仕事机からドアまで、三十メートル近くあるのだ。

ジュリアには、仕事部屋、文献用の図書室、プリンターの置いてある部屋、客間がそれぞれ別にある。さらにクーパーが「瞑想室《めいそうしつ》」と名づけた、ひろびろとした角部屋があり、そこからは家の前の芝生がのぞめる。娘たちがいたずらをしないように、クーパーの部下たちが右往左往している様子がそこから見える。

ジュリアはお腹《なか》に手を当てた。今朝の検査薬の結果が正しいとすれば、来年の八月には、またクーパーの家に女の子が増えることになる。女の子に決まっている。それだけは、絶対の自信がある。クーパーの呪《のろ》いは、サマンサとドロシーの誕生で完全に打ち砕かれた。フレッドにもかわいらしいコリー犬の妻ができ、たくさん仔犬《こいぬ》が産まれたが、ほとんどは雌だった。さらに馬たちも次々に牝馬《ひんば》を産むようになってきて、クーパーは女性ばかりに囲まれた生活を送ることになってしまった。

ジュリアは自分の書斎の大きな扉を開け、こぶしほどの大きさの真鍮《しんちゅう》のドアノブに部屋に居る、という札をぶらさげた。『本のお医者さん、在室中』まさにぴったりのタイミングで、玄関のドアがばたんと閉まる音がした。クーパーの豊かな低音と娘たちがきゃっきゃっと騒ぐ声が聞こえる。

ブーツの重い足音、犬の爪《つめ》が硬い木の床にかちかち当たる音が聞こえる。クーパーのあとをフレッドがついて歩いているのだろう。ジュリアは手すりから顔を出し、階段を昇ってくるクーパーたちのほほえましい光景を見た。

「ちょっと邪魔してもいいかな?」両方の腕それぞれに二歳の女の子を抱えたクーパーは、幸せそうで、ぐったりと疲れた様子だ。双子の誕生以来、クーパーはずっとこの表情のままなのだ。

「ええ、もちろん」ジュリアは笑顔で答えた。「上がってきて。私も話したいことがあるの」

クーパーが最後の段を上った。「終わったのか? うまくいった?」

「本のこと?」ジュリアは親指を立てた。「ヒット間違いなしよ。でも、話っていうのは——」

「よかった」クーパーがにっこりした。「アリスは今朝からじっとしてられないみたいでね。コーヒーを飲みに店に立ち寄ったんだが、君が本の出来をどう思っているか、気になって仕方ないのに、その話を切り出すことさえできないんだ。かわいそうだから、君の編集作業はもうすぐ終わるはずだって、言っておいたんだ」

「編集済みのものは、私が自分で届けるわ。コメントをつけてね。肯定的な意見ばっかりよ」ジュリアは伸び上がってキスした。クーパーが笑いながら顔を近づけたが、そのとたん、サマンサにぐいっと髪を引っ張られて、顔をしかめた。漆黒だった髪は、あっというまに白いものが混じってきて、その白髪の一本一本、すべてが娘たちのせいだった。

「痛っ! サマンサ、放してくれよ」クーパーは髪をつかんでいるサマンサの指を、そっと開こうとした。「なあ、放してくれないかな」サマンサがきゃっきゃっと笑い転げながら、さらに強く引っ張るので、クーパーは情けない顔をして身をすくめた。「ね、お願いだ。いい子だから、パパの毛を放して、な?」

ああ、もう、とジュリアはため息を吐き、つま先だってサマンサと目の高さを同じにしてから、厳しい口調で言った。「サマンサ！　やめなさい。お父さんの髪を引っ張るんじゃありません！　今すぐやめなさい！」紺碧《こんぺき》の瞳《ひとみ》と真っ黒の瞳がぶつかり、サマンサは子供らしい丸々とした手を開いた。ここで誰がいちばん強いかを、子供ながらに知っているようだ。

「どうやったら言うことを聞かせられるんだ？」クーパーは引っ張られていた頭皮をさすりながら、恨めしそうに言った。「俺の言うことなんか、何ひとつ聞いてくれないんだぞ。ドロシーも同じだ」

ジュリアはあきれて、勘弁してちょうだいという顔をした。「ほんとにしょうがないわね。クーパー、あなたは子供たちより体も大きいし、強いんだから。あらゆる格闘技の達人で、何と言っても、元ＳＥＡＬなのよ。口で言っても聞かないんなら、力ずくでやればいいのよ」

クーパーがひどくショックを受けた顔を見て、ジュリアは噴き出しそうになった。娘の誕生と同時に、冗談もなかなかクーパーには通じなくなっている。

娘たちが笑いながら体をよじる。クーパーは体をかがめて子供たちを床に下ろした。サマンサとドロシーは一瞬そのままじっと立っていた。奇跡だ。しかしびっくりしたようにあたりを見回し、普段は入ってはいけないと言われている部屋にいることを悟って、この部屋をどうやってめちゃめちゃに壊そうかと考えているようだ。

美しい子供たちを見ていると、ジュリアの胸がいとおしさでいっぱいになり、痛いほどだった。双子たちの世話にかかりっきりで、娘たちを授かったという奇跡に感動する暇もなかった。しかし、今この幼い二人を見ていると、改めて涙があふれてきそうになる。ドロシーとサマンサはジュリア譲りの輝くような赤毛に、クーパーの黒い瞳を持っている。利発で、恐れというものをまったく知らない。私の娘たち、その響きに、ジュリアはいつになく感傷的になった。

たぶん、ホルモンバランスが変わったせいね。新しい命が体に宿ったなら。ジュリアが夫に体を預けると、クーパーは自然に腕の中に抱き寄せてくれた。二人は娘たちがとことこと反対の方向に歩いていくのを見ていた。

ジュリアはクーパーのわき腹を、ぐっと指で突いた。

「うん？」クーパーがうれしそうに文句を言った。「何でそんなことをする？」

「あなたに言いたいことがあるの。でもまず、キスして」

「それだけか？」クーパーの黒い瞳が輝く。「それなら早く言ってくれよ」

ジュリアはクーパーの首に腕を巻きつけ、魔法に酔いしれた。結婚して四年経っても二人のあいだで生まれる感覚は変わらない。

二人はキスに我を忘れてしまいそうになったが、クーパーが父親らしい慎重さで一方の目を開けた。すぐさま反対の目も開け、恐怖の表情でだっと走り出した。

「ドロシー！」ドロシーに飛びかかって、その手に握られていたはさみを慌てて取り上げる。フレッドがすぐそばにじっと横たわり、幼い娘たちにお腹の毛を切られるままになっていた。あと少しで、フレッドは二度と仔犬が作れなくなるところだった。

クーパーがその横に体をかがめる。「何てことをするんだ、ドロシー。ああフレッド、かわいそうに、もう少しで――」

ドロシーがわっと泣き出し、クーパーは娘が泣くといつも見せるおろおろした顔つきになった。「ああ、どうしよう」どうしたらいいのかわからないのだ。「泣かないで、もう大丈夫だから――」ジュリアがそばまで来て、笑っているのを見たクーパーは、気分を害したように言った。「何だ？」

「これもみんなあなたのせいなんだから、クーパー」ジュリアは本棚にもたれながら言った。「それに、ここの男性全員。牧場の人もラファエルも、フレッドまで、この子たちの前じゃ喜んで、はいつくばってお腹を見せるんだから。男性はみんな、自分たちの靴の底でも舐《な》めてくれると、この子たちが思ったって当然でしょ？　サマンサとドロシーは、Y染色体を有する生物は、自分たちの奴隷だと思って育ってきてるのよ」

そんなことを言っても無駄だった。クーパーはドロシーを抱き上げ、何とか笑顔を見せてもらおうとあやしている。ドロシーの小さな頭の中が、この状況をうまく利用しようと回転しているのが目に見えるようだ。

「ほーらね、もういいだろ?」クーパーはドロシーをまた床に下ろし、やさしくぽんとお尻《しり》を叩《たた》いた。

「クーパー」

クーパーが笑顔でジュリアを見上げる。「うん?」

「私が言おうとしていたことよ、あのね――」

「あ、忘れるところだった」クーパーが興奮ぎみに、ジュリアをさえぎった。「サンディが双子をサザン・スターに乗せたんだ。あいつが言うには、サマンサは乗馬に天性の素質があるって。ドロシーは少し努力が必要らしいが――」

「クーパー、もう。この子たちはまだ二歳なのよ。サンディだって、この子たちに乗馬の素質があるかどうかなんて、わかりっこないでしょ。さっきの話だけど、私が言いたかったのは――」

「早すぎるってことはないんだ。ピュア・ゴールドが生んだ仔馬なら、あと二年半すれば乗馬できるように調教できる。娘たちには、できるだけ早くから馬に慣れさせておこう。先日もな――」

「クーパー、私から話があるのよ――」

「バーニーが言ってた。デッドホースの女の子と付き合い始めたんだけど、知ってるよな？　ヒュー牧場の調教をやってるかわいい子、それでだ、バーニーが言うには、彼女から聞いた——」

「クーパー——」

「——話では、彼女は二歳から練習を始めたらしい。お父さんに、二歳の誕生日にポニーに乗せてもらって、それからずっと乗馬をやってるって。だから、うちの娘たちは——」

「クーパー——」

「——きっと全米チャンピオンになれると思うんだ。いや、そんなもんじゃないな、あの子たちがその気になれば、オリンピックに出られるようになるぞ。そうだな、いちばん早くて、二〇二〇年の大会かな。でも今から始めれば、きっと——」ジュリアに指を二本、唇に置かれて、クーパーは黙った。

「クーパー」うれしそうにジュリアが言った。「少しは黙ってて」

訳者あとがき

〈真夜中〉シリーズでリサ・マリー・ライスの作品にすっかり夢中になられた皆様に『闇を駆けぬけて』をお届けできることを本当にうれしく思っています。〈真夜中〉シリーズの続きを読みたいとお考えの方も多いとは思いますが、新しく登場した強くて頼りになる今回のヒーローの魅力、彼の熱さ全開のロマンスも楽しんでいただけたのではないでしょうか。ヒーローが魅力的なのはリサ・マリー・ライスならもう当然とも言えますが、道理の通った主張はしながらも、手に負えないところは素直に従うヒロインも、つい応援してあげたくなるすてきな女性だと思います。

この作品の背景として、連邦保安官について少し補足させていただければと思います。「連邦マーシャルサービス」にあたるような組織が日本にはなく、また「保安官」というとsheriffを想像してしまうのですが、「保安官」と訳されるものにはsheriffとmarshalと呼ばれるものがあり、その区別は明確ではないものの、大雑把にはsheriffが治安を預かるのに対して、marshalは裁判をきちんと実施させるための仕事に携わることが多いようです。今回のように証人保護プログラムを担当する場合、日本語の意味合いからは保安官と言ってしまうのは少し無理があるため、最近では連邦執行官あるいは捜査官と訳されることも多くなりました。しかし、連邦マーシャルは司法省管轄のもっとも歴史ある法執行機関で、映画にもよく登場し「連邦保安官」という訳語がある程度定着してしまったといういきさつがあります。映画好きのヒロインがゲイリー・クーパーみたいであってほしいと思った『真昼の決闘』の主人公の連邦マーシャルは確かに「保安官」というイメージですが、『逃亡者』でハリソン・フォードを執拗に追い回していたトミー・リー・ジョーンズや、『アウト・オブ・サイト』でジョージ・クルーニーを捕まえようとするジェニファー・ロペスも連邦マーシャルで、必ずしもOK牧場で決闘（ただしワイアット・アープもマーシャルの肩書を持っていたことがあります）するようなことが仕事ではありません。連邦マーシャルが守る連邦裁判所は、州をまたぐような重大犯罪を裁くところで、重大犯人の追跡や、事件の証人を保護するプログラムもこの組織の担当になるわけです。

さて、この作品についてですが、もともと〝Pursued〟というタイトルでもっと短い作品として一九九九年に別名義で出版され、リサ・マリー・ライス作のロマンチック・サスペンスの長編として出すにあたり、大幅に加筆されたものです。ふとしたことからそれまでの人生を捨てざるを得なくなったヒロインが、気づいていなかった自分の心のささくれをなだめてくれる周囲の人たちと確かな友情を育み、信頼して町の仲間として迎えられていくところがほほえましく、またさびれかけた町にやって来た都会の女性が太陽のように人々を照らしていく様子が心温まる作品でもあります。サスペンスとしても、意外な結末が用意されていて、作者の実力を思い知ることになります。そしてもちろん、リサ・マリー・ライスならではの熱くてロマンチックなラブシーンもたっぷり楽しめます。

扶桑社からお届けできる予定の次回作は今までの冬と雪の世界から、舞台が海辺になり、新境地に飛び出した感じがあります。今まさにのっている作家の勢いを見せつける魅力あふれる作品ですので、どうぞお楽しみに。

（二〇〇八年四月）

●訳者紹介　上中 京（かみなか みやこ）
関西学院大学文学部英文科卒業。英米文学翻訳家。
訳書にライス『真夜中の男』他シリーズ三作（扶桑社ロマンス）、ケント『嘘つきな唇』、ブロックマン『この想いはただ苦しくて』（以上、ランダムハウス講談社）など。

闇を駆けぬけて

発行日　2008年5月30日　第1刷
　　　　2008年6月20日　第2刷

著　者　リサ・マリー・ライス
訳　者　上中 京

発行者　片桐松樹
発行所　株式会社 扶桑社
〒105-8070　東京都港区海岸1-15-1
TEL.(03)5403-8870(編集)　TEL.(03)5403-8859(販売)
http://www.fusosha.co.jp/

印刷・製本　株式会社 廣済堂
万一、乱丁落丁(本の頁の抜け落ちや順序の間違い)のある場合は
扶桑社販売宛にお送りください。送料は小社負担にてお取り替えいたします。

ISBN978-4-594-05672-8　C0197
Printed in Japan(検印省略)
定価はカバーに表示してあります。